HERMES

在古希腊神话中，赫耳墨斯是宙斯和迈亚的儿子，奥林波斯神们的信使，道路与边界之神，睡眠与梦想之神，亡灵的引导者，演说者、商人、小偷、旅者和牧人的保护神……

西方传统 经典与解释　HERMES
Classici et Commentarii
启蒙研究丛编
刘小枫 ● 主编

图书馆里古今之战

The Battle between the Ancient and
the Modern Books in Library

[英]斯威夫特 Jonathan Swift ｜ 著

李春长 ｜ 译

华夏出版社

古典教育基金·"传德"资助项目

"启蒙研究丛编"出版说明

如今我们生活在两种对立的传统之中,一种是有三千年历史的古典传统,一种是反古典传统的现代启蒙传统。这个反传统的传统在西方已经有五百多年历史,在中国也有一百年历史。显然,这个新传统占据着当今文化的主流。

近代以来,中国突然遭遇西方强势国家夹持启蒙文明所施加的巨大压迫,史称"三千未有之大变局"。一百年前的《新青年》吹响了中国的启蒙运动号角,以中国的启蒙抗争西方的启蒙。一百年后的今天,历史悠久的文明中国焕然一新,但古典传统并未因此而荡然无存。全盘否定"五四"新文化运动以来的反传统的传统,无异于否定百年来无数中国志士仁人为中国文明争取独立自主而付出的心血和生命。如今,我们生活在反传统的新传统之中,既要继承中国式的启蒙传统精神,也要反省西方启蒙传统所隐含的偏颇。如果中国的启蒙运动与西方的启蒙运动出于截然不同的生存理由,那么中国的启蒙理应具有不同于西方启蒙的精神品质。

百年来,我国学界译介了无以计数的西方启蒙文化的文史作品,迄今仍在不断增进,但我们从未以审视的目光来看待西方的启蒙文化传统。如果要更为自觉地继承争取中国文明独立自主的中国式启蒙精神,避免复制西方启蒙文化传统已经呈现出来的显而易见的流弊,那么,我们有必要从头开始认识西方启蒙传统的来龙去脉,以便更好地取其精华、去其糟粕。事实上,西方的启蒙传统在其形成过程中也同时形成了一种反启蒙的传统。深入认识西方的启蒙与反启蒙之争,对于庚续清末以来我国学界理解西方文明的未竟之业,无疑具有重大的现实意义和历史意义。

本丛编以译介西方的启蒙与反启蒙文史要籍为主,亦选译西方学界研究启蒙文化的晚近成果,为我国学界拓展文史视域、澄清自我意识尽绵薄之力。

古典文明研究工作坊
西方经典编译部丁组
2017 年 7 月

目 录

中译本导言：古今之争的历史僵局（刘小枫） ………… 1

木桶的故事 ………………………………………… 69
书籍之战 …………………………………………… 195
论圣灵的机械运转 ………………………………… 221
论雅典和罗马贵族与民众的竞争和争执及其对两国的
　影响 …………………………………………… 241

附　录

评《木桶的故事》（沃顿） ………………………… 276
坦普尔遗著的编辑问题（斯威夫特） ……………… 288

中译本导言

古今之争的历史僵局

刘小枫

按照常见的欧洲文化史分期,文艺复兴接下来是启蒙运动,这两个思想文化运动之间具有内在的连带关系。这种文化史分期观不仅塑造了西方人的欧洲文化史"常识",也塑造了中国学人对西方近代文化史的认识。然而,由于这种分期观忽略或者说删除了古今之争这一发生在文艺复兴至启蒙运动之间的重大文化事件,在欧洲知识人(更不用说在中国知识人)的西方近代文化史"常识"中就不会有这样的常识:古今之争不仅堪称与文艺复兴和启蒙运动三足鼎立的文化思想史事件,甚至堪称西方近代史上更具标志性的文化事件。如果我们不熟悉古今之争这一历史事件,难免很难透彻理解文艺复兴尤其启蒙运动的性质。

西方文明史上的古今之争有广义和狭义两种含义:狭义的古今之争指17世纪末至18世纪初欧洲知识人持续半个多世纪(一说持续整整一个世纪)的论争;广义的古今之争得从15世纪的意大利人文主义者算起,一直贯穿到当代。① 狭义的古今之争起初几乎同时在巴黎和伦敦爆发,两个战场很快融为一个战场,并向欧洲其他学问城市蔓延——比如维科所在的那不勒斯,以至于催生了《新科

---

① 参见勒高夫,"古代/现代",见氏著,《历史与记忆》,方仁杰、倪复生译,北京:中国人民大学出版社,2010,页23–46。

学》(1720年第一版)这样划时代的著作。①研究古今之争的已故权威学者列维尼(J. M. Levine)说：

> 这场论争更像一场伴随有许许多多小冲突的持久战,而非只是大战一场;它铺天盖地地展开战斗,涉及了无数问题,但论战双方最终都没有(尽管不是完全没有)分出胜负,而是陷入了某种僵局。②

所谓"陷入了某种僵局",未必符合历史实情。毕竟,古今之争刚刚兴起,崇今派就取得优势,孕育了托兰德(1670—1722)这样的年轻且激进的启蒙哲人。③ 法国启蒙运动的精神前辈伏尔泰

---

① 在巴黎爆发的论争通常称为 La Querelle des anciens et des modernes[古人与现代人之争](中译通常简称"古今之争"),在伦敦爆发的论争通常称为 The Battle of the Books[书籍之战]。迄今为止,Rigault 的 *Histoire de la Querelle des Anciens et des Modernes*(Paris,1856)仍然是关于整个事件(无论巴黎还是伦敦)最权威的描述。关于巴黎古今之争的历史文献,见 Hans Robert Jauss 编,*Parallèle des anciens et des modernes*(Paris,1688—1697),四卷本,München 1964。关于伦敦的书籍之战的研究文献,参见 Anne Elizabeth Burlingame,*The Battle of the Books in Its Historical Setting*,New York,1920/1969；R. Foster – Jones,*Ancients and Moderns: A Study of the Background of the Battle of the Books*,St. Louis,1936；R. Foster – Jones,*Ancients and Moderns: A Study on the Rise of the Scientific Movement in Seventeenth Century England*,St. Louis,1961；尤其 J. M. Levine,*The Battle of the Books: History and Literature in the Augustan Age*,Cornell Uni. Press,1991。与文艺复兴和启蒙运动的研究文献相比,古今之争的研究文献少得可怜(文献史参见 Levine 前揭书页4注3)。伯瑞的《进步的观念》(范祥涛译,上海:上海三联书店,2005)一书有两章对整个古今之争事件作了概述(参见页56 – 90),但不及列维尼的"维柯与古今之争"一文清晰(见刘小枫、陈少明主编,《经典与解释25:维柯与古今之争》,北京:华夏出版社,2008)。

② 参见列维尼,"维柯与古今之争",前揭,页107。

③ 托兰德的成名作《基督教并不神秘》(1796)攻击基督教信理时引用今人言论仅三人,其中两人即巴黎古今之争的肇始者丰特奈尔和佩罗。参见《基督教并不神秘》,张继安译,北京:商务印书馆,1982/2012,页74 – 75。

（1694—1778）出生在巴黎爆发古今之争那年，可以说是在这场持续论战中长大的。1751年，《百科全书》第一卷作为法国启蒙运动的标志出版，已经是著名文人的伏尔泰当时正旅居柏林的普鲁士宫廷，他深受鼓舞，决意亲自撰写一部类似的启蒙辞书，名为《袖珍哲学辞典》。① 这部辞书后来集成四大卷，其中的"古人与今人"词条一开始就说，"古与今的大论战还没有完结"……尽管如此，伏尔泰通篇以崇今派已经完胜的笔调来描绘刚刚过去的古今之争。② 事实上，《哲学辞典》站在现代新哲学的立场上全面贬抑所有古老文明（而非仅仅贬抑西方古代文明），本身就是一部参与古今之争的"战斗性哲学著作"。十分明显，启蒙文人是古今之争中的崇今派的嗣子。我们虽然不能说，谁编撰辞书或掌握了教科书的编写权，谁就赢了，但既然启蒙文人一路高歌猛进到今天，列维尼就得承认，古今之争中的崇今派赢了。

当然，从西方思想史的长河来看，由于卢梭、莱辛、尼采乃至20世纪的海德格尔的思想地位迄今居高不下，列维尼又的确有理由说，崇古派未必在思想上输了。他说古今之争"陷入了某种僵局"，而且是历史的僵局，的确没错。否则，我们很难解释如今的思想怪现象：我们虽然由崇今派抚养大，却仍然觉得崇今派不及卢梭、尼采和海德格尔有智慧，其思想不及后者深刻。

---

① 伏尔泰随即参与了《百科全书》词条的撰写，后来他将所撰写词条连同为《法兰西学院辞典》撰写的词条与《袖珍哲学辞典》合在一起，1764年以《哲学辞典》（*Dictionnaire philosophique*）为名出版（共613个词条，四卷本），中译本（伏尔泰，《哲学辞典》，王燕生译，两册，北京：商务印书馆，1991）选译不到100个词条。

② 见伏尔泰，《哲学辞典》，前揭，页94。在1751年匿名出版于柏林的《路易大帝时代》（*Siècle de Louisle Grand*，中译本《路易十四时代》，吴模信等译，北京：商务印书馆，1996）中论及古今之争（见第34章）时，伏尔泰的语气还远不是那么自信。

一 古今之争:巴黎

1687年(清康熙二十六年)年初(元月二十七日),路易十四治下的法兰西王国学院院士佩罗(Charles Perrault,1628—1703)在学院朗读了自己写的一首长诗,题为《路易大帝时代》(Le siècle de Louis le Grand),为绝对王权统治歌功颂德。这首长诗一开始就提出了古今作家对比,借歌颂当代帝王抬高现代作家、贬低古希腊罗马作家:既然路易大帝时代胜过历史上所有的时代,当今的文学成就也就胜过历史上所有时代的文学成就。这首长诗绝非佩罗的心血来潮之作,而是精心构拟的对古人的宣战书。因为,佩罗紧接着(1688)就发表了贬低荷马及其他古代诗人的对话作品《古人与今人对比》(Parallèle des anciens et des modernes)两卷(这个标题显然模仿了普鲁塔克的《希腊罗马名人对比列传》),还附上了一年前朗诵的长诗。1690年,佩罗又发表了第三卷对话录,进一步攻击荷马,1692年发表第四卷——1697年发表第五卷时,对荷马的攻击再次升级。

佩罗的通俗对话作品《古人与今人对比》是巴黎古今之争的直接导火索,他宣称:荷马也许曾是伟大的诗人,但《伊利亚特》有太多明显的缺点:构思粗糙、情节松散、笔法拙劣、风格粗野、比喻笨拙、人物品行丑陋……不一而足。佩罗认为,知识和文雅(politesse)得靠时间的推移来形成,与历史的发展成正比。与这条贬低荷马的理由相比,下面这个理由更具打击力度——佩罗提到,一个姓奥比纳克的老神父(Abbé François d'Aubignac,1604—1700)正在写一篇考据论文,他将证明历史上并没有荷马其人,《伊利亚特》和《奥德赛》不过是由一些无名诗人写的小篇章拼凑而成。奥比纳克虽然是个僧侣学者,却是个新派知识人,他曾依据笛卡尔哲学原理写过《戏剧实践》一书,提出了史称新古典主义戏剧原则的"三一律"。奥比纳克并非古典学家,他的古希腊文史功夫并不比佩罗好,笛卡尔的新科学理性原则给了他勇气,使得他敢于对《伊利亚特》作考据式研究,通过证明历史上没荷马这个诗人来贬低古代诗人。佩罗引用奥比纳克的未刊稿,说明两人私交甚笃,打算联手行动。

奥比纳克神父的论文《学院猜想或论〈伊利亚特〉》(Conjectures académique, ou dissertation sur l'Iliade)在他去世十五年之后才刊布(Paris,1715),对当时爆发的古今之争没有直接影响,倒是成了八十年后(1795)以《荷马绪论》(Prolegomena ad Homerum)获得博士学位的沃尔夫(Friedrich August Wolf)立论的基础,并且沃尔夫因提出所谓"荷马问题"(Homeric Question)享有了西方现代古典学之父的美誉。① 基于实证理性原则建立起来的考据学,其实就是把笛卡尔的新自然哲学原理用于辨析古传经典,凭靠新的数学理性寻找古传文本中违背"科学/逻辑事实"的谬误。这种"实证"的考据方法不仅开启了18世纪以来日益兴盛的"疑古"风,而且使得实证考据成了西方现代古典学的首要方法,至今未曾动摇。严格来讲,西方现代古典学是17世纪的古今之争中的崇今派孕育出来的。由此可以理解,何以如今西方大学中的古典学专业仍然是崇今派的大本营。

不过,奥比纳克神父并非这种新派考据的开创者,真正的开创者应该是霍布斯和斯宾诺莎:霍布斯的《利维坦》(1651)对《圣经》语词的理性辨析以及斯宾诺莎的《神学-政治论》(1670)对《圣经》的理性考据式研究,开创了凭靠笛卡尔的数学理性寻找古传文本谬误的先河。② 佩罗以及奥比纳克神父凭靠新的哲学理性寻找荷马文本违背"科学逻辑事实"的谬误,不过是霍布斯和斯宾诺莎开创的新风在欧

---

① Friedrich August Wolf, *Prolegomena to Homer*, Princeton, 1985;参见 Anthony Grafton,《沃尔夫的荷马绪论》,载 *Journal of the Warburg and Courtauld Institutes*, 44(1981),页 101-129。

② 霍布斯的《利维坦》用了近半篇幅致力《圣经》的理性考据式语词批判,以此摧毁罗马基督教政制传统的基础,相关分析参见施特劳斯,《霍布斯的宗教批判》,杨丽等译,北京:华夏出版社,2012,页 94-182。斯宾诺莎如何开创现代式的《圣经》考据学,参见施特劳斯,《斯宾诺莎的宗教批判》,李永晶译,北京:华夏出版社,2013,页 157-205。

洲学界开始走向普及的例证而已。佩罗贬低荷马的根本理由在于:新的自然科学思维比古老的诗性思维更为可靠,古代诗人的智识无法与现代哲人或自然科学家的智识相比。显而易见的是,与当今的科学家相比,荷马在天文学、几何学、自然学方面的知识实在贫乏,甚至可以说糟糕透顶。毕竟,新自然科学在晚近几十年内所取得的成就超过了整个古代的自然科学成就。佩罗据此提出了一种妙论:今人比古人更年长(这意味着更有知识)。毕竟,"我们的世纪要晚于其他所有世纪,因而我们也是这所有世纪中最古老的"(notre siècle est postérieur à tous les autres, par conséquent le plus ancien de tous)。①

　　这一妙论并非佩罗的发明。就在《古人与今人对比》发表之前还不到一年,比佩罗年轻得多的丰特奈尔(Bernard Le Bovier de Fontenelle,1657—1757)发表了名噪一时的小册子《关于古人与现代人的离题话》(*Digression sur les anciens et les modernes*,1688),其中有这样一句话:"古人在我们看来是年轻的"(les anciens étaient jeunes auprès de nous)——佩罗不过把丰特奈尔的说法变换一下再说一遍而已。丰特奈尔是著名戏剧作家高乃依的侄子,早年在里昂耶稣会学校读书,因迷拜笛卡尔的数学原理转而专攻数学哲学,成了数学史家。在培根和笛卡尔的新科学精神激发下,年轻的丰特奈尔尝试用通俗对话体推广新科学知识,成为最早的法语科普作家。他的处女作《死人对话新篇》(*Nouveaux dialogues des morts*,1683)模仿路吉阿诺斯的《死人对话》,让古人苏格拉底与今人蒙田就古代与现代孰优孰劣展开对话,但没有引起什么反响。② 仅仅三年之后,丰特奈尔又发表了《关于世界多样性的对话》(*Entretiens sur la pluralité*

---

　　① 托兰德在《基督教并不神秘》(前揭,页75)中完整引用了佩罗的这一说法。

　　② 见 Donald Schier 编,*Uni. of North Carolina Studies in Language and Literature* 55(Chapel Hill,1965)。关于丰特奈尔,伯瑞的《进步的观念》一书有专章介绍(前揭,页71–90)。

des mondes，1686），假托与一位少妇对话宣传新天文学。① 这一次他造成了轰动效应，毕竟，太阳围绕地球转在那个时候还是人们的常识。从书名来看，《关于世界多样性的对话》显然受到伽利略在1632 年（明崇祯五年）出版的《关于托勒密和哥白尼两大世界体系的对话》和1638 年（明崇祯十一年）出版的《论两种新科学及其数学演化》的启发。据说，伽利略的书在当时几乎是知识青年的最爱，以至于那个时候的知识青年都迷上了天文学。《关于世界多样性的对话》给时年不到 30 岁的丰特奈尔带来巨大声誉，伏尔泰后来称该文为"把优美的文笔运用于撰写哲学著作"这一"精巧技艺"的首例。②趁《关于世界多样性的对话》获得成功的大好时机，丰特奈尔紧接着发表《关于古人与现代人的离题话》，重新提出《死人对话新篇》的厚今薄古主题。

就古今之争事件而言，《关于古人与现代人的离题话》的影响未必远大于《关于世界多样性的对话》。③ 在伏尔泰看来，《关于世界多样性的对话》有一个根本缺陷，即把哲学真理"建筑在笛卡尔的涡流运动的空想上"。伏尔泰拒绝笛卡尔并不意味着他反对新科学。与孟德斯鸠一样，伏尔泰是个崇英派（类似于今天的崇美派），崇拜培根和牛顿而非自己的同胞笛卡尔。他指责笛卡尔背离了培根指出的道路，"与理应采取的做法背道而驰，不去研究大自然，而是对之进行猜测"（《路易十四时代》，前揭，页 458–459）。按伏尔泰的说法，倘若《关于世界多样性的对话》普及的是牛顿学说而非笛卡尔学说，就堪称现代经典了。然而，事实上，在整个启蒙运动时

---

① 见 Robert Shackleton 编，Oxford，1955；英译本 Conversation with a Lady on the Plurality of Worlds（London，1719）。

② 参见伏尔泰，《路易十四时代》，前揭，页 474。

③ 伏尔泰在词条"古人与今人"中引用了"聪明博学的丰特奈尔"《关于古人与现代人的离题话》中的文字，褒奖之余还嫌不够彻底。参见伏尔泰，《哲学辞典》，前揭，页 96–97。

期,《关于世界多样性的对话》都是"经典"读物——休谟(1711—1776)已经把丰特奈尔拿来与西塞罗和普鲁塔克一类古典作家做对比。① 一百多年后,尼采还把丰特奈尔算作自蒙田以来至18世纪最出色的六位作家之一(尤其推崇《死人对话新篇》),虽然言辞不无反讽。②

无论如何,文人佩罗的厚今薄古论来自新派自然科学家的厚今薄古论,这意味着古今之争绝非是一场仅仅涉及文艺创作原则(所谓模仿还是不模仿古人)的论争。佩罗对荷马的攻击表面看来纠缠的是诗艺,其实是攻击荷马不懂科学。后来的伏尔泰在撰写哲学词条"古人的天"时还模仿丰特奈尔和佩罗的腔调这样调侃荷马:

> 倘若有人问荷马,萨尔佩东的灵魂到哪个天上去了,赫丘利的灵魂在哪里,荷马会很窘:他必然会用悦耳的诗篇来答复。③

佩罗的对话录《古人与今人对比》第四卷在1692年出版之后,古典学者布瓦洛(Nicolas Boileau - Despréaux, 1636—1711)发表了研究朗吉努斯佚作《论崇高》的论文(1693),借此回击佩罗对荷马的攻击。④ 布瓦洛与佩罗一样是个没什么才华的诗人,模仿品达颂

---

① 参见休谟,《人性的高贵与卑劣》,杨适等译,上海:上海三联书店,1988,页23,亦参见页176、页180。

② 参见尼采,《人性的,太人性的》,卷二,第二篇,214节,魏育青译,上海:华东师范大学出版社,2007。

③ 伏尔泰,《哲学辞典》,前揭,页357。

④ 英译(A Treatise of the Sublime from the Greek of Longinus with Critical Reflections)收入《布瓦洛文集》(Nicolas Boileau - Despréaux, Works),两卷本,London,1712,卷二。研究文献见 A. F. B. Clark, *Boileau and the French Classical Critics in England*, New York, 1965。

诗体写过赞颂路易十四攻陷那慕尔的《攻陷那慕尔颂》(*Ode sur la prise de Namur*),但在古今之争问题上,他与佩罗互为仇敌。布瓦洛在青史上留名,除了靠他那篇平淡的《论诗艺》(*L'Art poétique*),更多的是靠他当时挺身捍卫荷马。他坚持传统的观点:历史上确有荷马其人,而且《伊利亚特》与《奥德赛》具有内在的一致性。布瓦洛宣称,就写作技艺而言,现代诗人当中没有谁是荷马的对手。何况,佩罗连希腊文都不怎么样,谈什么荷马啊……他轻蔑地表示,对"一个连荷马语文都不懂的人",最好别理。他甚至用带人身攻击的修辞说:"一个天生的瞎子不应该满街跑到处喊叫。"布瓦洛的攻击让崇古知识人高兴,让崇今知识人愤怒,一场激烈论争在法国知识界骤然爆发。半个世纪以后,伏尔泰在哲学词条"古人与今人"中评说这场论战时说:

> 佩罗把荷马的一段诗句理解错了,或许他把理解的那一段没有译好吧?布瓦洛便抓住这个小辫子,把他当作最危险的敌人猛烈攻击,认为他是不学无术、文笔平庸的作家。但是,很可能是,佩罗有时见解错误,可他对于荷马史诗中的矛盾百出、重复连篇、战斗的单调、在混战中长篇大论的演说和诸神行为粗野轻率,以及他认为这位伟大诗人所犯的一切错误,也时常批评得有道理。总之,布瓦洛讥笑佩罗之处大大超过他肯定荷马之处。①

佩罗与布瓦洛的论战引发的论争持续了十年左右,按列维尼的说法,法兰西王国绝大部分知识人都卷入了这场论争,直到1711年方才渐趋平息。但没过几年,论争又卷土重来。1714年,法兰西王国学院院士胡达·德·拉莫特(Antoine Houdar de la Motte,1672—1731)出版了一个通俗化的《伊利亚特》简本(诗体),把荷马诗作改

---

① 伏尔泰,《哲学辞典》,页102。

写成当时的流行诗歌。德·拉莫特是丰特奈尔的好朋友,有poète - philosophe[诗人-哲学家]之称。① 他在编写的《伊利亚特》通俗本后面附上了一篇题为《论荷马》(*Discours sur Homère*)的文章,说明自己为了让今人能够更好地理解荷马诗作,如何以笛卡尔哲学这一时代的良好理知为指导,祛除《伊利亚特》的乏味章节,修正诸神和英雄们的败坏行为,删减或压缩喋喋不休的说辞,最大限度地减少重复,摒弃违背自然知识的情节……达西尔夫人(Madame Dacier,1654—1720,本名安妮·勒费弗尔[Anne Lefèvre])怒不可遏,随即撰文反击——这位崇古派女将古典学养深厚,曾将《伊利亚特》忠实地译成典雅的法文(散文体,1699年),而且正在翻译《奥德赛》(1718年出版)。②

论争再次爆发,诸多巴黎知识人加入论战,双方都用上了冷嘲热讽。达西尔夫人的丈夫安德烈·达西尔(André Dacier)也发表了一篇亚里士多德《论诗术》注疏,声援自己的妻子。1715年,一个姓特拉松(Abbé Jean Terrasson,1670—1750)的僧侣学者出版了一部两卷本巨著,题为《论荷马〈伊利亚特〉的考据,或寻求一种基于理性的诗学之规则》(*Dissertation critique sur l' Iliade d' Homère, ou on cherche les règles d' une poétique fondée sur la raison*,Paris 1715,扩充本1716,有英译本)。特拉松神父是古希腊语教授,古典文史功夫不错(也写小说),但他宣称,新哲学应该主宰一切,笛卡尔才是真正的大师,没有哪个古代或现代哲人能望其项背。由于荷马不知道笛卡尔,因此他的智识一塌糊涂。即便荷马生活在蒙昧无知的年代不知道笛卡尔情有可原,他不知道科学理性常识却不可原谅。当今的文学如果要取得类似晚近科学取得的成就,就必须首先废黜荷

---

① 丰特奈尔在1691年入选法兰西王国学院院士,1697年起成为常任院长,德·拉莫特在1710年入选院士。

② 关于达西尔夫人,参见 Fern Farnham, *Madame Dacier:Scholar and Humanist*, Monterey,1962。

马的权威,正如搞科学研究必须首先废黜亚里士多德的物理学和天文学。特拉松由此推论:古代经典并不具有亘古不移的价值,古传经典必须接受新理性科学的裁决。特拉松的抱负是,凭靠最新的自然科学研究成果,将真哲学的理性引入整个 Belles Lettres[纯文学](包括修辞学、诗学、文学评论和语文学)。特拉松甚至宣判文艺复兴人文主义者的死刑,因为他们还没有掌握先进的笛卡尔哲学,不可能真正懂得如何学习和理解传统。毕竟,笛卡尔以来的新哲学才开始学会掌握人类心灵的真正规律,掌握了新哲学才能掌握所有年代的人类心灵。以现代理性这块经过"千锤百炼的真理的试金石"为武器,特拉松不仅声讨西方的古代,而且鞭挞其他古代文明。

1719 年,一个姓杜博(Jean-Baptiste Du Bos,1670—1742)的神父出版了一部四百多页的大作,题为《关于诗歌和绘画的批评反思》(*Réflexions critiques sur la poésie et sur la peinture*),在法国启蒙运动兴起之时被译成英文后(Thomas Nugent 英译,London 1748),据说在欧洲学界家喻户晓。① 杜博神父本来是个笛卡尔主义者,论争让他对自己的立场有所反思,力图调和古今两派。尽管他确信,今人在哲学和科学方面更胜一筹,但不等于在文学和艺术方面同样如此。毕竟,凭靠历史认识的积累获得的学问(史学)和基于事实和经验的学问(哲学)与需要情感和想象的学问(诗歌),性质上完全不同。不过,杜博始终站在今人立场,对古人始终持有一种进步论的优越感,惋惜荷马"不幸生活在一个淳朴无知的年代"。

德·拉莫特是作家,并非古典文史家,与达西尔夫人不具有共同的学问基础。特拉松则不同,他与达西尔夫人都是古希腊文

---

① A. Lombard, *La Querelle des anciens et des modernes: L'Abbé Du Bos*, Neuchatel, 1908。休谟在其论说文中就引证过"修道院院长杜博"关于诗与绘画的思考,参见休谟,《人性的高贵与卑劣》,前揭,页 178。

史专家,两人却因古今之见不同成为敌对者。1718年,意大利地区帕多瓦王国的年轻贵族孔蒂(Antonio Conti)来到巴黎观战,然后写了一份有关巴黎古今之争的报道,为荷马辩护,嘲笑特拉松荒谬可笑。① 在此之前,由于胡格诺教派遭受迫害而流亡到荷兰的培尔(Pierre Bayle,1647—1706)在其著名的《历史与批判辞典》(*Dictionnaire historique et critique*,1697年首版,1702年增订版)的"阿喀琉斯"词条中详细报道巴黎的论争时,则立场鲜明地支持崇今派。② 由此可见,古今之争不仅是同一个国家中甚至有共同学问基础的知识人的分裂,也是整个基督教欧洲知识人共同体的分裂。在此一个世纪之前的宗教改革导致的基督教欧洲各国的内部分裂仍在蔓延,古今之争不仅加剧了分裂,而且使得基督教欧洲知识人共同体的内部分裂变得更为错综复杂。

如今流行的观点认为,启蒙运动的兴起证明,佩罗依据"实证考据"贬低荷马所引发的荷马大论战以崇今派获胜告终。其实,这种说法缺乏历史依据。1766年,年轻的德意志学人莱辛发表《拉奥孔》,通篇都在谈模仿荷马的问题(明确提到佩罗和特拉松),③但莱辛恰恰是个崇古派人物——而且是从崇今派倒戈过来的。这部在

---

① 孔蒂传记参见 Nicola Bdaloni,*Antonio Conti:Un abbate libero pensatore tra Newton e Voltaire*,Milan,1968。关于持续论战的描述,参见 Noémi Hepp,*Homère en France au XVIIe siècle*,Paris 1968,亦参列维尼在《维科与古今之争》一文(前揭)中的扼要描述。历史文献参见 Francis Brerewood,*A Critical Dissertation upon Homer's Iliad*,两卷本,London,1722—1725。

② 伏尔泰在"古人与今人"词条中对18世纪初在巴黎再度爆发的荷马之争也有描述,参见《哲学辞典》,前揭,页107-118。《历史和批评辞典》是西方现代文史上第一部启蒙百科全书,以科学理性的批判精神纵论古今各种思想,直接影响了后来巴黎的《百科全书》构想。在启蒙运动文人眼里,培尔是英雄,伏尔泰、卢梭、狄德罗无不崇拜培尔。《历史和批评辞典》被译成英文和德文后,培尔也成了休谟乃至腓特烈大帝、杰斐逊、富兰克林的崇拜对象。

③ 参见莱辛,《拉奥孔》,朱光潜译,北京:人民文学出版社,1988,页104。

启蒙运动期间问世的作品表明，围绕荷马的古今之争并没有完结，论争仍然潜伏在启蒙潮流之中。从今天的情形来看，即便启蒙文化抹平了欧洲基督教的分裂伤痕，也未能抹平欧洲知识人共同体因古今歧见导致的分裂。就此而言，古今之争比宗教改革的历史影响更为深远。

二 古今之争：伦敦

围绕荷马的论争在法国知识界爆发之前，古今之争的战火其实已经在伦敦点燃。1690年，出身于伦敦的英国文人、资深政治家坦普尔爵士（Sir William Temple，1628—1699）在伦敦发表了《论古今学问》（Essay upon Ancient and Modern Learning，写于1689年）一文，①对崇今派发起主动攻击，矛头所向并非佩罗，而是自己的同门柏奈特和法国人丰特奈尔。

坦普尔的父亲是锡德尼的秘书，他从小喜欢文学，早年在文法学校修习拉丁语和古希腊语文学，后来就读于剑桥学院，师从当时著名的柏拉图主义者卡德渥什（Ralph Cudworth）。起初坦普

---

① 这篇论说文是1690年11月坦普尔出版的文集《杂篇二编》（Miscellanea, The Second Part）中的一篇，该书共四篇论说文，其余三篇分别题为："论伊壁鸠鲁的园子"（Upon the gardens of Epicurus）、"论英雄德性"（Upon heroic virtue）和"论诗"（Upon poetry）。1692年出第三版时，坦普尔对《论古今学问》一文作了修订，次年重印，并被译成法文。坦普尔去世后，《杂篇二编》被收入四卷本《文集》（Works of Sir William Temple, London, 1814）卷三和《全集》（The Complete Works, New York, 1898）卷三（今人讨论该文时通常引用后者）。《杂篇二编》中除《论古今学问》外，《论诗》也涉及古今之争。1909年，哥伦比亚大学教授J. E. Spingarn将这两文重新编辑，作笺注单独刊行，题为 Sir William Temple's Essays on Ancient and Modern Learning, and On Poetry（Oxford, 1909/2013）。中译见坦普尔，《论古今学问》，刘小枫编，李春长译，北京：华夏出版社，2015。本文所引均自李春长译文（个别引文略有改动），页码则注J. E. Spingarn本，便于读者核查原文。

尔是个文人，写随笔和小说。① 英国王政复辟之后，坦普尔开始了自己在爱尔兰议会的政治生涯，长期出任外交官。从政期间的坦普尔不忘情于文学，大量阅读古书，尤其喜欢东方秘学。52岁那年(1680)，坦普尔突然退休，重新回到自己喜爱的以阅读和写作为主的生活方式。不过，坦普尔虽然热爱古典，却并非在古代文史方面深有造诣的古典学者，古希腊语也学得并不好，主要通过英译本和拉丁语译本阅读古希腊经典，而且并非是个完全排斥现代新知识的守旧分子——尽管如此，他认为崇今派贬低古人的理据没有道理。

坦普尔在1689年写下《论古今学问》的直接导因，并非佩罗在1688年发表的《古人与今人对比》前两卷，而是丰特奈尔的《关于古人与现代人的离题话》，以及一位名叫柏奈特(Thomas Burnet, 1635—1715)的学者所写的《大地的圣化理论》(*The Sacred Theory of the Earth*)。柏奈特是伦敦一所中学(Charterhouse School)的校长，早年毕业于剑桥学院，也师从卡德渥什，算坦普尔的学弟。但与坦普尔不同，柏奈特虽然研习古代哲学和基督教神学，却醉心于新派哲人如培根、伽桑狄，尤其迷醉笛卡尔哲学。与丰特奈尔用通俗文学普及笛卡尔哲学不同，柏奈特的《大地的圣化理论》是一部基督教意义上的"世界史"巨著(两卷本)，非常学究化，用拉丁文写成(名为 *Telluris theoria sacra*，第一卷出版于1681年，三年后经扩充再版并被译成英文；第二卷出版于1689年，随即有了英译本)。基督教意义上的"世界史"源于文艺复兴末期的16世纪，当时称为 historiae universae[普遍历史]，通常从《旧约》伊甸园一直写到作者所属王国的诞生时代。比如波舒哀(Jacques Benigne Bossuet, 1627—1704)为法王路易十四的太子所写的教材《论普遍历史》(*Discours sur l'histoire universelle*, 1681)，就从伊

---

① 参见 C. Moore Smith 编，*The Early Essays and Romances of Sir William Temple*, Oxford, 1930。传记参见 Homer E. Woodbridge, *Sir William Temple: The Man and His Works*, New York, 1940。

甸园一直写到查理曼大帝立国,在当时非常有名。《大地的圣化理论》类似于这样的"世界史",但与波舒哀用奥古斯丁传统的基督教信理来解释欧洲历史不同,柏奈特试图用新派哲学原理来解释欧洲历史,尽管并没有放弃寻求与基督教信理协调一致。全书带有浓厚的新派哲学思辨色彩,与其说是一部史书,不如说是一部历史哲学论著,有如后来黑格尔讲授的"世界历史哲学"——但在坦普尔看来,柏奈特此书则只能算哲学小说。

《大地的圣化理论》第一卷出版之后,既受到了热烈赞扬,也引发了激烈争议。柏奈特在一开始便宣称:古人拥有的知识不是靠自己创造出来的,亦即不是凭思辨理性和观察自然得来的,而是凭不可靠的传说获得的。言下之意,古人关于历史的说法都靠不住。柏奈特相信,新派哲学所取得的成就超过了以往任何时代。毕竟,知识随着历史的脚步在不断进步,晚近的进步尤其显著。他甚至于觉得,按此道理,他的哲学比笛卡尔哲学更为进步。因此,柏奈特相信自己有理由摈弃古典遗产。①

针对柏奈特尤其针对丰特奈尔,坦普尔写下了战斗檄文《论古今学问》。毕竟,丰特奈尔的《关于古人与现代人的离题话》更为旗帜鲜明地发起了对古人的挑战。严格来讲,丰特奈尔的宣传品式的"离题话"既是巴黎也是伦敦的古今之争的直接导火索,分别激发了

---

① 古今之争爆发后不几年,柏奈特又推出一部用拉丁文写成的大作《哲学考古学》(*Archaeologiae Philosophicae*, London, 1692),三十多年后被人译成英文出版,用的是双语书名《万物起源的古代学说;或各民族哲人关于世界起源的学说研究》(*Doctrina antiqua de rerum originibus; or, An Inquiry into the Doctrines of Philosophers of All Nations Concerning the Origin of the World*, London, 1736)。仅仅从书名看,这部大作就带有启蒙哲学色彩——甚至后现代色彩,因为我们难免会想起福柯的《知识考古学》。柏奈特的所谓"哲学考古学"不过就是用新的哲学理性来评判西方和东方的所有古代传说——从摩西、波斯法师、佐罗阿斯特(Zoroater)到第三最伟大者赫尔墨斯:由于他们都不具备物理学的证明能力和数学的推演能力,他们的学说都靠不住。

佩罗的《古人与今人对比》和坦普尔的《论古今学问》:佩罗追随丰特奈尔把战火引向荷马,坦普尔则抨击丰特奈尔,全面阻击崇今派发起的攻势。《论古今学问》在论及古代学问时具有广阔的视野,不仅涉及西方古典学问,也涉及近东和远东的古典学问。在坦普尔看来,凭靠新的自然科学成就摈弃古典遗产,不仅是目光短浅的表现,毕竟,新的自然知识更多具有的是实用性,只会引导人们追求实际利益——更重要的是,今人若抛弃古人就会丧失眼界的高度。培根曾把今人比作"站在巨人肩上的侏儒",因为今人既可以利用古人的知识也可以利用现代的知识。言下之意,今人即便是侏儒,由于他站在了巨人肩上,也就比巨人看得更多更远。坦普尔则说:

> 我们若是侏儒,即使站在巨人肩上仍然是侏儒;我们若是天生短视,或对周围情况不像巨人那么了解,或由于胆小和迟钝在高处感到晕眩,我们就是站在巨人肩上,也比巨人看得少。(《论古今学问》,页18－19)

坦普尔对崇今派的来头知根知底:尽管丰特奈尔和柏奈特主要依傍笛卡尔学说贬抑古人,崇今派精神的始作俑者是培根。历史刚刚进入17世纪之时,44岁的培根就用通俗的散文笔法写了《学术的进展》(*Advancement of Learning*,1605,明万历三十三年)。这仅是他计划写作的共有六个部分的大作《伟大的复兴》的第一部分,旨在描述迄今为止的学问状况。在这部通俗笔法的随笔中,培根说过这样一句话:

> 世界的老年是我们所处时代的属性,而不是古老生命生活的早期时代。虽然在我们看来,那个时代要老一些,但就整个世界的角度来说,那个时代才是年轻的。①

---

① 培根,《学术的进展》,刘运同译,孙宜学校,上海:上海人民出版社,2007,页64。

佩罗所模仿的丰特奈尔的那句名言("古人在我们看来其实年轻")并非丰特奈尔的发明,其实是模仿培根。新派智识人认为,现代人在自然知识、数学、逻辑学等方面已经超过古人,因此古人不再具有权威,这一广为当时的新智识人接受的共识也来自培根。《学术的进展》明确提出,不假思索地遵从古代权威,必然有碍科学认识的发展,任何学问都会无所建树。因此,培根才是古今之争的真正发动者。在近代以来的西方文明史中我们很容易看到,用来废黜古代权威的核心观念是所谓"进步论",这在后来的启蒙运动时代蔚然成为学界显论。[①] 培根正是首先明确提出这一观念的要人,他在《学术的进展》中写道:

> 我的确渴望尽可能用我的笔,在古代(Antiquitie)与进步(Proficience)之间建立一个友好的交流基础,看起来最好的是,沿着古代的道路,usque ad aras[一追到底]。(《学术的进展》,前揭,页52)

培根贬抑古人的说法虽然比较隐晦,不那么张扬,但《学术的进展》所呈现的知识进步远景让当时的知识青年激动不已。在培根的影响下,意大利人塔索尼(Alessandro Tassoni,1565—1635)在1620年再版自己的文集《杂思》(*Pensieri diversi*,1612年初版)时,添加了"论古人与今人"一章(第十章),质疑荷马的权威,说荷马算不上"渊博的哲人和精确的史家"(profondo filosofo ed esatto istorico)。塔索尼被史家视为以"论古人与今人"这个标题明确提出厚今薄古主张的第一人,曾名噪一时。伽利略一生对这本书都爱不释手。[②]

---

① G. Spadafora, *The Idea of Progress in Eighteenth - Century Britain*, New Haven / London, 1990。

② 参见伯瑞,《进步的观念》,前揭,页57 - 58;列维尼,"维科与古今之争",前揭,页109。

按培根的设计，《伟大的复兴》的第二部分将提出一种新的科学研究方法，这一部分更重要，是"破"之后的"立"。然而，直到15年后发表《新工具》(*New Organon*, 1620，明万历四十八年)，培根才完成了这一部分，但至死都没有完成后面四个部分。① 丰特奈尔和佩罗都视为精神导师的笛卡尔(1596—1650)其实是培根的学生，他在1637年发表的小册子《方法谈》所用的大部分论证都秘而不宣地取自培根的《新工具》。② 1751年，《百科全书》第一卷在巴黎出版，年仅30岁的达朗贝尔执笔撰写了"导言"，奉培根和笛卡尔为精神导师。事实上，这篇"导言"堪称笛卡尔《方法谈》的续篇。

坦普尔在《论古今学问》中把矛头主要对准丰特奈尔，他说：

> 在哪些学科方面我们可以声称超越了前人呢？在过去的一千五百年内，除了笛卡尔和霍布斯之外，我不知道还有哪个哲人能够具有这么崇高的地位。对于笛卡尔和霍布斯，我在这里不作评判。我仅仅要说，按照当今学者的意见，他们俩绝没能掩盖柏拉图、亚里士多德、伊壁鸠鲁和其他古人的光辉。在文法或修辞上，尚没人质疑古人的成就；就我所知，在诗歌方面基本也是一样，只有我上文提到的那位新近的法国作家（[引按]指丰特奈尔）提出了不同意见。我认为，反驳他的最有力的证据莫过于他自己的诗歌和论文合集。(《论古今学问》，页25)

坦普尔在这里将霍布斯与笛卡尔相提并论让今天的我们感到有些奇怪，毕竟，霍布斯并非为崇今派提供武器的人物，而是为正在

---

① 参见伯恩斯，"《新工具》与征服自然"，见刘小枫编，《古典诗文绎读：西学卷·现代编》，李小均、赵蓉等译，上卷，北京：华夏出版社，2009，页179–195。

② 参见肯宁顿，"《方法谈》的笔法"，见刘小枫编，《古典诗文绎读：西学卷·现代编》，前揭，页285–298。

出现的新政制提供武器的人物，尽管他在《利维坦》中的确已经公然挑战柏拉图和亚里士多德的权威。事实上，在迄今为止讨论古今之争的文献中，霍布斯很少被提及。① 然而，在笔者看来，坦普尔将霍布斯与笛卡尔相提并论具有极为重要的思想史意义。毕竟，从思想史的角度来看，作为现代自由主义政治观念的公认鼻祖，霍布斯的新政制观得到笛卡尔新哲学观的支撑是一个理论事实。在坦普尔看来，新哲学观与新政制观的合流是欧洲自古代晚期以来最重要的事件——尽管这种合流是历史的偶然。这意味着，坦普尔敏锐地意识到，时下的古今之争绝非仅是古今学问优劣之争，也是古今政制优劣之争。我们甚至可以说，坦普尔明确意识到，时下的古今之争与英国正在发生的政制大变革有关。我们不能忘记，1688年，支持议会的辉格党人与部分托利党人发动宫廷政变，废黜詹姆斯二世，邀请詹姆斯二世的女儿玛丽和时任荷兰奥兰治执政的女婿威廉回国执政；次年，议会颁布《权利法案》确立议会式君主立宪制，剥夺了君主的主权，史称现代民主政制的先驱……正是在这一年，坦普尔写下了《论古今学问》。坦普尔清楚地知道，古今之争其实早在半个多世纪以前就开始了。换言之，在坦普尔眼里，英格兰所经历的共和革命和随后的"光荣革命"，都与崇今派的兴起有关。坦普尔既非哲学家也非书斋学者，而是有长期政治实践经验的政治家，其经历与马基雅维利有些相似：早年受人文主义教育，然后从政，退出政坛后从事写作长达18年。②坦普尔意识到英国的政制变革与看似同政治不相干的学问论争有着内在关联，并不奇怪。

由此可以理解，在巴黎，布瓦洛与佩罗的论争主要引向了这样

---

① 列维尼研究古今之争的四百多页大作 The Battle of the Books（前揭）仅四次顺带提及霍布斯。

② 坦普尔的政治论文既涉及政治法理，也涉及实际政治，如《论统治的起源和性质》(1680)、《对低地联省的若干观察》(见《全集》，卷一)和《论民众的不满》(见《全集》，卷三)等。

一个问题:就文学成就而言,今人是否不能超越古人,是否一定得模仿古人? 与此不同,在伦敦,坦普尔的《论古今学问》虽然也提到作诗,但明显更关心古今之争与政治制度乃至文明形态的关系问题。《论古今学问》一开始就说,写作自古分两类,要么为了"娱乐"(entertainment),要么为了"训导"(instruction),读书人的才智和学识为此各显神通。然而,在坦普尔眼里,如今这两类写作都算不得什么,因为,读书人如今面临一个古人也从未论及的问题,即"一些国家不同的宗教法律的宪制和统治以及由此而产生的一切争论"(the different constitutions of religious laws or governments in several countries, with all matters of controversy that arise upon them,页2)——这话听起来真有点儿张之洞当年所谓"三千年未有之大变局"的味道。事实上,《论古今学问》的基本特征是:通篇把学问的品质问题与政治制度的优劣问题联系起来。做学问虽然是学人个人的事情,但在坦普尔看来,学问本身与政治制度的关系非常密切,而政治制度又与文明传统联系在一起。

> 毕竟,我不清楚,造就卓越的智慧和知识是否与造就权力和帝国一样,或许只能依赖某些个人纯粹的精神力量或天赋,而非从他们那里承传的实力,无论这种承传为其增色多少;这些智慧和知识可能只能自然天成,不能通过技艺来提升。(《论古今学问》,页16)

《论古今学问》的中心主题其实是古今政制比较,由于坦普尔笔下的古代政制也包括东方甚至中国的古代政制,在今天看来,这篇论文堪称两种"普世"政制原理的首次对决:古老的"普世"政制原理与如今被称之为"普世价值"的民主政制原理的对决。这篇论文足以纠正西方学界长期流行的关于17世纪末古今之争的错误说法,提醒我们应该认识到:第一,古今之争并非首先发生在巴黎;第二,古今之争并非仅仅关涉文学艺术,甚至也并非仅仅关涉广义的学问,而是更关涉古代文明与现代文明的优劣。①

《论古今学问》在 1793 年被译成法文,激发了巴黎的布瓦洛和拉辛(Racine)对佩罗开战。另一方面,佩罗的《古人与今人对比》也被译成英文,激发了伦敦的崇今派对坦普尔开战:巴黎和伦敦两个战场由此连成一片。1694 年,年轻的古典学家沃顿(William Wotton,1666—1727)出版了一部近四百页的大作《关于古今学问的反思》(*Reflections upon Ancient and Modern Learning*),反驳坦普尔的《论古今学问》这篇短论,使得论争骤然升级。沃顿出生于学者世家,据说小时是个神童。他父亲热衷搞新式教育实验,在父亲的精心培育下,沃顿六岁就能用拉丁语、希腊语、希伯来语三种古典语文阅读,上剑桥大学时还未满十岁,年纪轻轻就才学出众;1687 年成为英国皇家学会会员时年仅 21 岁,发表《关于古今学问的反思》时才 28 岁。随后,皇家图书馆馆长本特利(Richard Bentley,1662—1742)出面声援沃顿。他虽然没有沃顿那样的神童背景,却也在 24 岁那年就以六种《圣经》古本汇编会注闻名学坛。1693 年年底,本特利出任皇家图书馆馆长。论战爆发后,他以伦敦古典学权威学者的身份写了《论法拉里斯书简》(A Dissertation upon the Epistles of Phalaris)一文,让沃顿在 1697 年重版《关于古今学问的反思》时用作附录。这篇文章满篇古书引文和古注(Scholia),以新派证伪考据法论证古罗马时期的《法拉里斯书简》和古希腊晚期的《伊索寓言》都是伪作,因为坦普尔在《论古今学问》中曾写道:

> 就推崇古人而言,也许还可以进一步断定,我们现有的最老的书籍在古书类中仍然是最好的。在我们称为俗世作家(profane authors)的散文作品当中,我所知道的两部最古的(the two

---

① 迄今为止,西方学界的主流文献在提及古今之争事件时通常仅提丰特奈尔和佩罗,不提坦普尔。即便列维尼的大作 *The Battle of the Books* 在说到《论古今学问》时,也没有关注所涉及的政制问题。

most ancient)是《伊索寓言》和《法拉里斯书简》(Phalaris's *Epistles*)。伊索、法拉里斯、居鲁士和毕达哥拉斯基本生活在同一时代。[以往]所有时代的人都同意,伊索是寓言类最伟大的大师,所有其他这类作品都是在模仿他的原创;同理,我认为,《法拉里斯书简》比我读过的其他同类的古代和现代作品都更独特、更灵气、更充满机智和天赋的力量。(《论古今学问》,页 34–35)

如今具有西方古典学常识的人都知道,伊索是古希腊文史中的传说人物,希罗多德最早在《原史》中提到过他,随后的阿里斯托芬和柏拉图在作品中也都提到过他,但历史上是否真有其人难以断定。法拉里斯(约公元前570—约前549年)则是古希腊罗马典籍中有明文记载的西西里地区阿克拉伽斯(Acragas)城邦的僭主,①他推翻当地贵族的统治后试图将城邦扩张为一个帝国,但施行统治16年后被推翻。法拉里斯在古书中被用作残暴统治者的代名词,古代晚期的希腊语作家路吉阿诺斯曾撰文为他恢复名誉。公元4到5世纪时,出现了托名法拉里斯的《书简集》(共148封),显然是伪作,但意大利文艺复兴时期被译成拉丁文后一路走红,成为人文主义教育的通识文本之一(1695年伦敦还出现了拉丁语新译本 Phalaridis Agrigentinorum Tyranni Epistolae)。今本《伊索寓言》的成书年代很晚,最早也在亚历山大时期。坦普尔欠缺古典文史知识,他把《伊索寓言》和《法拉里斯书简》称为"最老的书籍"(the oldest books),以此作为"推崇古人"(in favor of the ancients)的证据,显然露了大怯。本特利很容易就指出,所谓《法拉里斯书简》是伪作。他花了一番功夫来证明,传世的《伊索寓言》有一半系晚于伊索近千年的后人伪造,另一半篇幅也比以往认为的更为晚出,甚至是所有古代作品中最晚近的。本特利并非单纯的新锐古典学家,与奥比纳克神

---

① 参见品达,《皮托凯歌》(*PythianOdes*),1.95–7;西西里的狄奥多罗斯(Diodorus Siculus),《古纪事书藏》(*Bibliotheca historica*),9.18–19;西塞罗,《演说集》(*Orationes*),4.73。

父一样,他不仅是王室附属教堂牧师,也是"牛顿式"神学家(Newtonian theologian),非常崇拜洛克和牛顿,铁杆的新科学理性派人士,因此主动为沃顿提供弹药。

沃顿借本特利打击崇古派的做法与佩罗依傍奥比纳克神父的做法如出一辙,这就是以新派考据法论证古典作品是伪作来贬低古典作品。让今天的我们得以开眼界的是:坦普尔并非古典学者,却热爱古典,《论古今学问》开篇第一句话是,"新书很难取悦浸淫于古书之人"(页2)。相反,沃顿和本特利是古典学家,整天浸淫于古书,心性上却并不热爱古书,古书在他们手上不过是一件技术活儿的对象。然而,恰恰是这些人史称西方现代古典学的创始人。他们为我们印证了后来尼采的一个说法:搞古典未必等于真正敬重和热爱古典。如今的我们也很容易看到,好些研究西方古代文史甚至研究中国古代文史的古典学者,其实是破碎古典的急先锋。① 崇古与崇今的区分不在于是否受过古学训练或从事古典研究,而在于对古学或古人的态度。

针对沃顿和本特利的攻击,坦普尔写了《对〈论古今学问〉的评

---

① 1992年,美国科罗拉多州的一些同性恋支持者起诉该州刚刚以公投方式通过的一条宪法修正案(科罗拉多州宪法第二修正案)歧视同性恋(该修正案的裁决包括:禁止本州各级政府部门对男、女同性恋和双性恋予以"特殊保护"),属于压制个人自由的违宪行为。丹佛地区法院在判案时为了了解反对同性恋的诉求在《圣经》之外是否有理性基础,就同意被告(州政府)和原告分别请来哲学家、古典学家等作证。让人大跌眼镜的是,以研究柏拉图和古希腊肃剧闻名的古典学家纳斯鲍姆(Martha Nussbaum)(其名著《善的脆弱性》有译林版中译本)竟然作证指出,苏格拉底、柏拉图和亚里士多德都认为同性恋"不违反自然、不是不道德的,而且无害",从而支持同性恋者的诉求。柏拉图的《法义》卷一636c明确提到同性恋"违反自然",纳斯鲍姆却能把围绕此句的整个上下文解释成"这是一个中性的表述"。此案(Romer vs. Evans)最后上诉至美国最高法院,以原告胜诉告终。但纳斯鲍姆用当今时代的"政治正确"来"解读"柏拉图等古典作家的做法,随后遭到不少学者的质疑,乃至强烈指责她滥用古典学知识。见 Randall Baldwin Clark, "Platonic Love in a Colorado Courtroom: Martha Nussbaum, John Finnis, and Plato's Laws in Evans v. Romer", *Yale Journal of Law & Humanities* 12.1 (2000),页1-38。

论的若干思考》(Some Thoughts upon Reviewing the Essay of Ancient and Modern Learning)予以回击。① 对坦普尔来说,古书即便是后人的托名之作,那也是古人在托名写作,而非现代人在写作。如今的古典学家即便能证明某部古书是古代的伪作,也不能证明他们在心性和灵魂品质上比古人高。在《对〈论古今学问〉的评论的若干思考》中,坦普尔化用拉辛的诗句直接挖苦丰特奈尔和佩罗:柏拉图、西塞罗、维吉尔等举世敬重的伟大作家的文字一旦经过他们的解释就都看起来傻傻的,这不过是因为他们把自己的低俗灵魂强加给古代的高贵灵魂,以至于古代作家看起来就跟他们一样(同上,页474)。

三 蜜蜂与蜘蛛的论战

伦敦的"古今学问之战"刚刚展开,坦普尔就在1699年元月去世,接替他继续抵抗崇今派的是他年轻的秘书斯威夫特(Jonathan Swift,1667—1745)——《对〈论古今学问〉的评论的若干思考》一文当时并未杀青,坦普尔去世之后经斯威夫特整理在1701年才发表。斯威夫特出生于爱尔兰都柏林的一个贫苦家庭,15岁进都柏林三一学院读书。21岁那年(1688),因抚养他的叔父去世以及爱尔兰政局动荡,斯威夫特前往英格兰,在远亲的帮助下投靠正在私家庄园撰写回忆录的坦普尔,做他的私人秘书。② 沃顿重版《关于古今学问的反思》那一年(1697),年仅30岁的斯威夫特写下了题为《书籍之战》的寓言小品(篇名全题 A Full and True Account of the Battle, fought

---

① 初次发表于《杂篇三编》(Miscellanea, The Third Part, London, 1701),见四卷本《文集》,前揭,卷三,页473–501(或《全集》,前揭,卷三,页487–518)。

② 斯威夫特的传记见 Leo Damrosch, Jonathan Swift: His Life and His World, Yale Uni. Press, 2014。

last Friday, between the Ancient and Modern Books in St. James's Library［上周五发生在圣詹姆斯图书馆里的古书与现代书之战：一份完整的纪实］，通常简称 The Battle of the Books［书籍之战］），采用《伊索寓言》的笔法描绘发生在皇家图书馆里的古书与现代书的激烈战斗，影射当时仍在持续的激烈论战。

《书籍之战》完成于1698年，但并未随即出版。1699年元月坦普尔去世后，斯威夫特离开伦敦回到爱尔兰，在都柏林帕特里克教堂担任总司铎。1701年，斯威夫特匿名发表了小册子《论雅典和罗马贵族与民众的竞争和争执》(A Discourse of the Contests and Dissentions between the Nobles and the Commons in Athens and Rome)。① 这篇论说文共5章，从讨论古希腊罗马的三种政制（君主制、贵族制、民主制）入手，过渡到集中讨论贵族与平民的冲突引发的政争，以及由此引出的僭政问题。在斯威夫特看来，贵族与平民的冲突在任何时代都难免，最好的政制是权力均衡的政制或者说混合政制。在总结古希腊罗马政争的历史经验时，斯威夫特认为首先应该吸取的经验教训是：

> 国家的权力均衡一旦正式确定，最为危险和愚蠢的做法是对于民众最初的夺权行为作出妥协。这样做通常是为了逃避无理取闹，以获得安宁，或者把妥协当作仅供买卖的商品。这等于拆掉整体去满足一时之需，是江湖庸医的止痛疗法，将带来意想不到的严重后果。迁就孩子，他会顺从满足；稍微迁就一下恋人，他就会满足，不再有其他要求，于是希望用小小的让步使民众满足。在整个历史长河中，无论是哪一个公民大会，假如能找出一条例证，说明它在起初夺权时得到了一点点满足就从此安于现状，假如能找出一条例证，说明公民大会曾经清

---

① 中译见本书李春长译文，页码为 Frank H. Ellis 校勘、编辑、笺注本，Oxford, 1967。

楚提出或宣布他们的权限,那么我们才有希望通过思考、讨论和辩论调整权力均衡。然而,既然所有事实显而易见均非如此,我认为,在稳定的国家里不必要采取其他措施,那些被托付重权之人应该持之以恒,坚定信念,永远不要让步于民众的无理取闹,不要使国家有一丝的裂痕,否则无数的权力滥用和争夺迟早必定强行涌入。(Ellis 编本,页 115)

这些话是针对近半个世纪以来的英格兰政争而言的。论文最后一章直接讨论到英国的当前政制问题,文中出现得最多的是"民众僭政"(a popular Tyranny)这个语词。在斯威夫特眼里,晚近半个世纪的英国政制变革证明的是一个古老的法则:"先是迎来了民众的僭政,然后是单个人的僭政"(a Tyranny, first of the People, and then of a single Person,同上,页 119,"个人僭政"指克伦威尔)。这篇论说文看起来与当时的古今之争没关系,其实不然。毋宁说,斯威夫特才真正看懂了坦普尔的《论古今学问》。事实上,这篇论说文彻底挑明了《论古今学问》所隐含的论题,而且通篇都在比较古希腊罗马的政争与现代英格兰的政争。议会民主制对西方人来说的确不是现代才有的,古代的雅典和罗马都有平民议会建制。对此斯威夫特的看法是:

> 无论在古代还是现代,重大议事机构有时抛出无知、鲁莽、错误的决议,常常让我感到诧异。这使我意识到,民众的议会也会犯个人所能犯的所有问题、蠢事和邪恶。(同上,页 120)

与如今的我们喜欢用古代史例来论证民主政制的优异相反,这篇论说文用古代史例来论证民主政制的品质低劣,并进而证明英国的民主革命品质低劣。虽然这篇论说文以史带论,斯威夫特的论析实际上依傍的是柏拉图的观点:如果城邦不是由有卓越德性的人统治,那么,权力"必然成为你争我夺的东西,这种产生于自己人之间和城邦内部的战争必将毁灭这些人和其余的城邦"(《王制》卷七,520d-521a;参见同上,页114)。在古希腊罗马经典文献中,今人的确找不到对民主政制的颂扬。因此,贬低古典作品,才能更顺当地为现代民主新政提供论证。

斯威夫特离开伦敦之后,古今之争仍在伦敦持续。《论雅典和罗马贵族与民众的竞争和争执》表明,斯威夫特虽身在爱尔兰,却通过写作参与了论争。1702年年初,斯威夫特在都柏林三一学院获得神学博士学位。1704年,时年36岁的斯威夫特出版了长篇寓言体作品《木桶的故事》(*A Tale of a Tub*),①一同付梓的还有《书籍之战》和《论圣灵的机械运转》(*Mechanical Operation of the Spirit*)——这是《书籍之战》首次面世。② 《木桶的故事》的矛头直接对准沃顿和本特利,据斯威夫特自述,《木桶的故事》动笔于1696年,当年已经完成主要部分。因此,《木桶的故事》的成稿先于《书籍之战》,当时坦普尔还在世。虽然都是寓言体作品,《木桶的故事》比《书籍之战》篇幅长得多,结构复杂得多,寓意也隐深得多。若无详细注释,如今的我们很难读透。《书籍之战》不仅篇幅短小,而且寓意浅显易懂,以生动笔法概述了古今之争的来龙去脉,尤其是更为直截了当地揭示古今之争的性质,作为西方近代学问史文献比《木桶的故事》更为显要。

《书籍之战》一开始就说:如今的"智识国家(Intellectual State)或学问共富国(Commonwealth of Learning)"已经形成"武装起来的两派"——"古代派"(the Ancients)和"现代派"(the Moderns),双方

---

① 参见斯威夫特,《木桶的故事》,主万译,南京:译林出版社,2003。研究文献参见 Ernest Tuveson 编,*Swift: A Collection of Critical Essays*, London, 1964; K. Williams, *Jonathan Swift and the Age of Compromise*, London, 1970。

② 权威版本见 The Cambridge Edition of the Works of Jonathan Swift 中的 Jonathan Swift, *A Tale of a Tub and Other Works*, Marcus Walsh 编, Cambridge, 2010。中译见本书,前揭。

所致力的目标必然引发一场短兵相接的精神之战。在斯威夫特的心目中,同一个国家的智识人的分裂,就好像英国的人民分裂成了势不两立的国教徒与不从国教徒。国家智识人在意识形态上的分裂如今已是普遍的现代现象,斯威夫特堪称最早把握这一分裂现象的性质的思想家之一。

随后,斯威夫特用了一则寓言式描述来具体界定崇古派和崇今派的性质:

> 最初引发争执的是一小块土地(当地的一位老人向我证实了这一点),它位于帕尔纳斯苏斯山两座山峰中的一座之上;最高耸最雄伟的那座山峰似乎在很久以前就毫无争议地从属于一些人们称之为古代派的定居者,而占据另一座山峰的是现代派。后者由于不满自己当前的地位,便派了些特使去古代派那里,指控他们大大侵害了现代派的权利,说他们占据的地方过高,挡住了他们的景致,特别是向东的视野。因此,为了避免战争,他们提出了两条道路供古代派选择:要么现代派慷慨让出自己较低的山峰,古代派连人带财产搬过去住,现代派则接手古代派的地盘;要么古代派同意现代派带来铲子和锨头,将这座山峰削低到他们认为适宜的高度。

崇古派占据的位置高意味着眼界高,崇今派占据的位置低意味着眼界低。这是对两派性质的界定,如果用理论修辞来表述,就不如寓言修辞生动。不仅如此,这则寓言还寓意了一种"削低"说:面对比自己眼界高的"古人","现代人"要求"古人"要么自己降低自己的眼界,要么允许"现代人"动手用铲子和锄头"削低"他们的眼界。对于"现代人"的要求,"古人"深感吃惊,他们觉得:

> 若说他们所在的山峰较高,挡住了现代派的视线,那也是爱莫能助;只能希望现代派想一想,高峰为他们遮阴挡雨

是否大大弥补了他们所说的损害(若是有的话)。至于削平或挖低,提这样的建议不是愚蠢就是无知。他们建议,现代派倒不如抬高自己所在的山峰,而不是梦想着削低古代派的山峰。选择前者不仅能得到他们的准许,还会获得大力支持。现代派愤然拒绝了所有这些建议,依然坚持两个方案二选一。于是争端引爆了一场旷日持久的战争,一方仰仗着决心和某些领袖与盟军的勇气,另一方则依赖数量优势,屡败之后还有源源不断的兵源。这场争执耗尽了所有墨水,双方也愈发狠毒起来。

斯威夫特的笔法看起来不偏不倚,但高低山峰的比喻已经表明,古今之争是精神眼界高低之间的战争。这个脍炙人口的"削低"说来自坦普尔,他在回击沃顿的《对〈论古今学问〉的评论的若干思考》一文中说过,崇今派不过"是一帮 leveller[削平者]"——这种说法具有政治含义,如后来的尼采所说,民主政治就是把人的灵魂往下"拉平"。斯威夫特把坦普尔的说法发展成了一则寓言,以至于沃顿读了《书籍之战》后认为,这篇恶毒的文章出自坦普尔的遗作,斯威夫特是抄袭的。

继"削低"寓言之后,斯威夫特又通过一则蜜蜂与蜘蛛论战的寓言来界定崇今派和崇古派的品质——蜜蜂比喻古代作家,蜘蛛比喻现代作家。蜘蛛住在一座"按照现代防御风格建造而成"的城堡中,以苍蝇为食,因"吞食了数不清的苍蝇而成了庞然大物"。"一只迷路的蜜蜂偶然飞到此处",落脚在蜘蛛城堡的某处外墙上。蜘蛛对蜜蜂说:

你算个什么东西,无非是个流浪汉,要家没家,要积蓄没积蓄,祖上也没给你留下什么遗产,生来除了一双翅膀和低低的嗡嗡声一无所有。你靠在自然界四处打劫谋生,是个强盗,无法无天地盘旋在草地和花园上空;为了偷窃,你会像抢紫罗兰那样轻松自如地抢劫一棵荨麻。而我可是居家的动物,依赖自身的积蓄生活。这么大的城堡乃是我一手建造的(可见我在数学上的进步),所有材料也都取自我本人。

斯威夫特在蜘蛛的言辞中放进了崇今派的所有理据,还特别点明最有分量的一个理据:笛卡尔的新数学是崇今派贬低古典的主要武器。对此,蜜蜂的回答是:

> 那么,我似乎只感谢上天赏赐了我翅膀和音乐;神若不是有最崇高的目的才不会赐予我这两样礼物哩。我确实遍访草地和花园中的所有花朵,但是,无论我采集了什么,都既滋养了我自己,也丝毫无损于花朵的美丽、芳香和美味。至于你,还有你在建筑和数学方面的技能,我没什么可说的。据我所知,你为建造那座房子可能没少花费苦力和心思,但咱俩的这场悲惨经历证明,它的材质显然不怎么样。我希望你以此为鉴,除了技巧和艺术也考虑一下耐用和材质。你甚至自夸不用任何其他生物帮忙,全靠自己吐丝织网,也就是说,如果我们可以依据流出来的东西判断容器里的液体的话,你的胸腔里可是存了不少的尘土和毒药。我绝不是在小看或贬低你这两种材料的实际储备,但我恐怕,要增加这两种东西,你多多少少还是有赖于外界的小恩小惠。你身体中的尘土肯定来自下面清扫出的垃圾。一只昆虫为你提供一份毒剂去杀死另外一只。所以说,归根结底就是一个问题:哪一个生物更高贵?一个仅关心四英尺见方的弹丸之地而且狂妄自负,虽然自给自足,却变一切为废物和毒液,最后造出来的只有毒药和蛛丝;另一个以天地为家,凭着不懈追寻、潜心研究以及对事物的正确判断和辨别,带回了蜂蜜和蜂蜡。

蜜蜂的言辞首先挑明了现代生活方式与古代生活方式的品质差异:古代生活依托于自然,栖息于自然;现代生活方式依托于人为的技艺(物理学和数学),栖息于人为设计出来的城堡。由此对比,斯威夫特引出了一个根本问题:"哪一个生物更高贵",或者说哪一种生活方式更高贵?可想而知,无论论战如何激烈、胶着,论战的性质没有变:这是高贵品质与低俗品质之间的论战。正当双方相持不下时,斯威夫特让被本特利的考据判了死刑的伊索出场。伊索自然站在"古代派"一边,他说:

> 先生们,有什么能比蜘蛛的架势、措辞和矛盾更现代啊?……对于蜘蛛的所有指控,蜜蜂就是我们这些古书聘来的辩护人,他认为适当的回答就是:若是根据现代派的产出判断他们的伟大天才或者发明创造,那么,几乎没有证据支持他们在任何一方面的夸耀。你尽可以用无尽的奇思妙想绘制蓝图,但如果材质只是从你的内脏(现代人脑袋里的东西)中排出的粪便,最终的大厦就是一张蜘蛛网,和其他蜘蛛网一样,之所以耐久无非还多亏被人们遗忘或忽视,或者由于隐匿在角落里。……我们古代派和那只蜜蜂一样,除了翅膀和歌喉,即我们的飞翔和语言,甘愿承认一无所有。而我们所获得的其他一切,都出自无尽的辛劳和寻觅,遍及大自然的每个角落;有所不同的是,我们更乐于用蜂蜜和蜂蜡而不是尘土和毒液去填满我们的蜂箱,进而用两个最高贵之物来造福人类:甜蜜和光亮。

伊索的言辞回应了蜘蛛所代表的现代文明的自豪:没错,蜘蛛有先进的数学和以此为基础的工艺,还有先进的方法,也能够动员起足够的劳力来打造出庞大的新型城市。问题在于,蜘蛛营构出来的东西在品质上肮脏,是坏东西甚至是"毒物"。高低山峰的比喻展示的是"古"与"今"的品位高低,但品位的高低还不能代替品质的好坏。毕竟,低的东西未必一定是品质坏的东西,高的东西也未必一定是品质好的东西。蜜蜂与蜘蛛的论战突显的是品质的好坏优劣。"哪一个生物更高贵"这样的问题不仅很好地回答了现代派的第二条理由——技术知识的进步,而且突显了古今之争的实质:衡量文明究竟看技术进步还是看德性品质。从今天的文明视野来看,伊索的言辞堪称对现代文明鞭辟入里的批判。

蜜蜂的比喻由来已久,最早见于柏拉图笔下的苏格拉底用来比喻诗人的灵魂从缪斯的花园采撷诗句(柏拉图,《伊翁》,534a8 – b2),好些古罗马诗人也都用到这个比喻。① 普林尼(Pliny)说,因此,"蜘蛛也是蜜蜂最大的敌人"(aranei quoque vel maxime hostile [apibus])。② 在17世纪时,新派学人喜欢用"蜘蛛"来讽刺经院哲人的学问,培根在《学术的进展》中则用蜜蜂采集来比喻他的归纳法。坦普尔把蜜蜂与蜘蛛的比喻变成了攻击崇今派的利剑。在与《论古今学问》一同发表的《论诗》一文中坦普尔写到,为了吐出蜂蜜,蜜蜂得长途跋涉,飞过好些田野和花园,精心挑选自己喜欢的花朵,挑选的标准是花的繁茂程度和香味品质。这比喻的是古代作品的品质和写作方式:通过区分、鉴别好坏美丑并选择好的、美的,生产出美好的蜂蜜。写作应该像蜜蜂一样为人的生活带来蜜和光,而不应该成为肮脏无益的蛛网罩住世人的生活。③ 在崇今派那里,技术知识的历史进步取代了对好坏美丑的区分和鉴别,所有东西都没有差别,由此导致的必然结果是催生出无数低俗写作。《论古今学问》在一开始时就说:"毕竟,三流文人(Scribbler)数不胜数,像蘑菇或苍蝇,在短短的时间周期里成群地生、成堆地死。而书籍有如格言,要经历岁月的磨砺和认可才获得自己的主要价值。"(前揭,页4)由于自身品性低劣,这类作品必须靠嘲笑古传德性才能为生,营构的只会是蜘蛛网,生活在蜘蛛网下的世人品性也会越来越坏。《论古今学问》以这样的言辞结尾:"奚落荣誉和美德以及学问和虔敬这类严肃、美好的

---

① 古罗马诗人卢克莱修的《物性论》(*De rerum natura*,卷三,11 – 13)、贺拉斯的《颂歌集》(*Odes*,卷四,2. 27 – 32)和塞涅卡的《道德书简》(*Moral Epistles*,84)都传承了这一意象,参见 Walsh 编本(前揭)相关注释。

② 普林尼,《自然史》(*Historia naturalis*,11. 21)。

③ 参见坦普尔,《论诗》,Spingarn 编本,前揭,页78。

东西"在英国已经成为时代的"风气"(climate),不仅大街小巷可见,还"厚颜无耻地走进国会",进入了"议会辩论"(debates of Council)——坦普尔希望,英国式民主政制的这种坏风气不要带坏别的其他国家(页42)。可以看到,斯威夫特在《书籍之战》中所写的寓言,不过是坦普尔的说法的扩展。

伏尔泰在"古人与今人"词条中专用一小节抨击坦普尔,称他为"时代的仇敌","他有渊博的知识,一种偏见却把他的长处全部给葬送了"。① 伏尔泰对坦普尔的抨击仅仅涉及其"极力贬低"自然科学的晚近进展,并未涉及其根本观点即人的德性品质问题。他在随后谈及布瓦洛和拉辛对佩罗的抨击时也说,"他们俩闭口不谈天文和物理"(同上,页102)。要么伏尔泰对这样的问题装聋作哑,要么他完全懂不了这样的问题。与伏尔泰不同,休谟直接迎战坦普尔对崇今派的指责,他的论说文集《论趣味的标准及其他论文》(*Of the Standard of Taste, and Other Essays*,中译本名为《人性的高贵与卑劣》),可以说是直接针对坦普尔的《论古今学问》《论诗》以及《对〈论古今学问〉的评论的若干思考》等文而发。整个来看,休谟的《论趣味的标准及其他论文》就是一部参与古今之争的论战之作,尽管其笔法温和而机敏,而且对古人不乏赞辞。② 由此可以再次证明,在启蒙运动期间,古今之争仍然没有停歇。

四 文艺复兴的含混

《书籍之战》和《论雅典和罗马贵族与民众的竞争和争执》是斯威夫特接替坦普尔与崇今派继续论战的两篇战斗檄文,前者以模仿《伊索寓言》的形式攻击源于培根的新经验科学精神,后者以当时常见的

---

① 参见伏尔泰,《哲学辞典》,前揭,页 100–101。
② 尤其参见休谟《人性的高贵与卑劣》(前揭)中题为"论艺术和科学的兴起和进步""论技艺的提高""论雄辩""鉴赏的标准"等的长文。

论说文体抨击刚刚诞生的英格兰宪政。这两篇作品显然有内在关联,由此出现了一个问题:新的经验科学精神与英格兰宪政构想究竟是什么关系?固然,在培根那里,新科学构想已经包含新政治构想。[①] 培根绝不仅仅是如今所谓的自然科学家,他也是新的政治思想家。然而,在培根的时代,新经验科学才刚刚萌发,从业人士极少,尚未形成气候。在培根那里,贬抑古人的冲动既可以说直接来自近代新科学,但也可以说,贬抑古人和古学是近代新科学和新政治构想的推动力。换言之,既然培根是公认的古今之争的始作俑者,而他实际上是文艺复兴人文主义的嗣子,那么要搞清楚古今之争的真正源头,就必须重审文艺复兴。

按照文化史教科书所下的标准定义:文艺复兴首先指复兴了异教(即古希腊罗马)古代典籍,开启了回到基督教之前的古典视野——"人文主义者"的原初含义就是"古典主义者"。然而,从17世纪末的这场古今之争来看,这个标准定义显然有问题。的确,文艺复兴的人文主义者把学习古希腊罗马经典视为教育的基础,他们确信,古希腊语和古典拉丁语作家在语法技艺、修辞术、历史认知和道德哲学方面都是今人的楷模。然而,并非所有文艺复兴时期的人文主义者都推崇古希腊罗马典籍。事实上,14世纪末出现了一种"全然改变的态度",古典首次与现在全然割裂。[②] 一种新的政治感觉在促使某些人文主义者拒斥古希腊罗马典籍中的历史认知和道德哲学:出生于托斯卡纳的布拉乔利尼(Poggio Bracciolini,1380—1459)就是值得首先提到的典型人物。

[①] 参见魏因伯格,《科学、信仰与政治:〈学问的进步〉诠解》,张新樟译,北京:生活·读书·新知三联书店,2008;Lawrence Berns, *An Introduction to the Political Philosophy of Francis Bacon*, University of Chicago Press, 1957。

[②] 这一观点在文艺复兴研究的专业学界已经得到认可,参见斯金纳,《近代政治思想的基础》,奚瑞森、亚方译,上册,北京:商务印书馆,2002,页142。关于古今之争与文艺复兴的关系的研究文献,参见列维尼,*The Battle of the Books*,前揭,页4注3。

布拉乔利尼早年主要在"文艺复兴"时期的人文主义重镇佛罗伦萨完成学业(也曾在博洛尼亚攻读民法),20岁出头(1403或1404)就进罗马教廷担任文书,随后成为教皇国的政治家。在长达五十年的政治生涯中,布拉乔利尼曾作为教皇国使节被派驻英格兰(1418—1423)。西方教会大分裂时,布拉乔利尼为康斯坦茨大公会议奔走于法国和神圣罗马帝国,51岁那年(1431)升任教皇恩仁四世(Eugenius IV)的私人秘书。晚年回到佛罗伦萨,已经年过七旬的布拉乔利尼还担任了几年共和国秘书官(1453—1458)。虽然是僧侣政治家,但布拉乔利尼也是个古典迷。30多岁时(1414—1418),布拉乔利尼借参加康斯坦茨大公会议造访今天位于瑞士、德国和法国的一些隐修院,搜罗了不少古罗马作家的作品抄本,其中西塞罗的六篇演说辞和昆体良的《修辞术原理》全本最为著名,"据说他用了32天时间以美丽的字迹全部抄完了这部著作",史称自一个世纪前彼特拉克等人寻找并发现诸多古典抄本以来最重要的发现。罗马城是古迹成堆的地方,布拉乔利尼在教廷任职期间经常探寻碑铭,50岁那年写下《罗马城遗迹考述》,"在他那个时代所留下的古迹比80年以后拉斐尔所看到的要多得多"。布拉乔利尼热爱古典拉丁语文,曾惋惜但丁用意大利语写那些伟大的诗篇。①

布拉乔利尼还留下了若干哲学作品(如《论人生的悲惨》《贵族论》)和政治著作(如《那不勒斯王国内贵族们反对斐迪南一世的阴谋》),以及史书《佛罗伦萨史》和书信(*Poggii Florentini Oratoris et Philosophi Opera*, Basel: 1538; *Poggii Florentini Historiae de varietate fortunaelibri quatuor*, Paris: 1713)。布拉乔利尼既是古典迷也是疑古者:他既热爱古书,又并不信任古代作家的见识——寻找古书的热情与怀疑古书的见识在布拉乔利尼身上集为一体。在他看来,当今时代尽管可能很悲惨,仍然比古代优越——或者说今胜于昔。这一

---

① 参见布克哈特,《意大利文艺复兴时期的文化》,何新译,北京:商务印书馆,1979,页174、181、185、248。

看法并非由于他那个时代的佛罗伦萨人文主义天才们有了什么伟大的新发现,而是由于他感受到非常切近的来自西亚蛮族的威胁:布拉乔利尼的整个一生都在目睹土耳其人重新向西推进,并在去世前六年(1453)看到土耳其人攻陷君士坦丁堡——事实上,土耳其帝国逐渐夺取了前罗马帝国的大部分领土。土耳其人对中欧和西欧的威胁,使得具有古典学养的布拉乔利尼非常敏感,因为,他从古希腊纪事作家的著作中已经看到,古希腊文明很早就面临西亚的威胁。对于布拉乔利尼来说,希罗多德的《原史》所记叙的古老的希波战争绝非仅是远古的故事:奥斯曼帝国的崛起,尤其帖木尔(Tamerlane 或 Taimur/ Timur,1336—1405)的辉煌战绩,让布拉乔利尼想起当年的克瑟尔克瑟斯(Xerxes,旧译"薛西斯")。在布拉乔利尼看来,就战事规模和指挥才能而言,帖木尔的战功超过了古希腊罗马的所有著名战役。他由此想到,古代史家的见识未必就是万世宝鉴。如果当今时代有比古代伟大得多的行动,为什么要崇拜古人的功绩,为什么今人应该看重古代作家的见识?难道今人不应该讲述自己时代的故事,提炼新的政治经验?①

就看重当今的新政治经验而言,晚一个世纪的马基雅维利(1469—1527)比布拉乔利尼不仅迈进了一大步,而且对后世产生了直接影响。在马基雅维利看来,布拉乔利尼"对于人们要名垂不朽的野心和欲望了解很少"(布克哈特,同上,页 162 - 163)。马基雅维利学富五车,其著述表明他有丰厚的人文主义古典学养。然而,他的重要著述有一个共同特征:注重当代的实际政治经验,而非古代或死人的经验。在《君主论》最著名的第十五章,马基雅维利说,他想要写的是从"事物实际的真实情况"出发有用的东西。这意味着古传经典是无用的东西,对当今现实政治没有指导作用。马基雅

---

① 布拉乔利尼传记参见 William Shepherd, *The Life of Poggio Bracciolini*, 1837/2010 年影印重版。关于布拉乔利尼政治思想的简短评述,参见沃格林,《宗教与现代性的兴起》,霍伟岸译,上海:华东师范大学出版社,2009,页 162 - 166。

维利否弃的不仅仅是古传经典中的历史见识,而且否弃古传经典的道德－政治观念。我们知道,马基雅维利年仅 29 岁就被任命为佛罗伦萨共和国第二国务秘书,在任 14 年(1498—1512);作为外交官 30 次出使;还致力于创建国军(废黜雇佣军),积累了丰富的政治实践经验。共和国失败后,马基雅维利埋首故纸堆,阅读和写作十余年。《李维史论》表面上是一部古史评鉴,甚至堪称一部关于古典文学的著作。按照人文主义的态度,这种著作应该把古史中的经验当作古典范例来研习,马基雅维利却在书中通篇对古典范例明褒暗贬。如施特劳斯所说:"《李维史论》一方面模仿古代,听命于古代作家的教导,另一方面则阐述全新的范式和秩序,实际上在与古典传统彻底决裂。"①

在马基雅维利笔下,已经频繁出现古今政治智识的对比——或者说已经挑起古今之争,因为这种对比的目的是摈弃古典传统中最具根本性的教诲。我们在《君主论》的献辞中可以看到,马基雅维利说,他要向现代君王推荐他自己"依靠对 cose moderne[现代大事]的长期经验"钻研 delle antiche[古代大事]得来的知识。言下之意,他要传授的并非是古代贤明的教诲,而是他自己研究现代大事的心得。这里明确出现了古与今的划分,或者说提出了现代与古代的对峙,其立足点是"现代大事"。《君主论》全书形式上显得老派,内容却很"现代"——各章标题用的是传统的学术语言(拉丁语),行文却是当时的意大利语俗语,这种做法本身就不寻常。

在马基雅维利的时代,新自然科学的势头尚未显露,他的厚今薄古立场并非像 17 世纪的现代派那样凭靠的是自然科学知识的进展,而是自己亲身的实际政治经验。在马基雅维利眼里,"最宝贵和最有价值的"东西不是古人的教诲,而是现代人的实际政治经验。

---

① 参见施特劳斯,《马基雅维利与古典文学》,见施特劳斯,《苏格拉底问题与现代性》[增订本],刘小枫编,刘振、彭磊等译,北京:华夏出版社,即出。

这种经验的道德力量来自马基雅维利的这样一种心志：让自己的祖国成为自立自主的国家。马基雅维利相信，只有凭靠从当今的政治实践中获得新的知识，才能在国家事务的各种复杂斗争中获胜。掌握了政治实践方面如何获胜的经验知识，不等于获得了关于人类政治生活方面的道德智慧。即便今人在政治实践方面的经历比古人丰富，不等于今人在这些方面的道德智慧比古人更高。但按马基雅维利的观点，正是由于今人在政治实践方面的经历比古人丰富，今人可以睥睨古人——至于古人的道德智慧，恰恰应该废除，因为它们对在当今的政治实践中取胜有害无益。因此，意大利人文主义者厚今薄古的真正含义在于：凭靠新的政治经验知识建立新的政治原则。

为了实现这一目的，就必须废黜基督教的《圣经》和古希腊罗马经典的权威。按施特劳斯的研究，在意大利人文主义者中，马基雅维利在这个方面走得最远。① 直接继承这一精神并发扬光大的恰恰是培根。② 培根大谈"新工具""新科学"，正是要以此取代基督教的《圣经》和古希腊罗马经典的权威。马基雅维利本人清楚地意识到，自己的政治经验与《圣经》的政治教诲"明显相冲突"(apparent conflict)，为了隐藏自己的反《圣经》立场，他采用了对《圣经》教诲三缄其口的笔法。论析到这里时，惜墨如金的施特劳斯引了培根《论说文集》第13篇中的一句话：

> 意大利的一位学者马基雅维利把自己的信心诉诸笔墨

---

① 参见施特劳斯，《关于马基雅维利的思考》，申彤译，南京：译林出版社，2003，第四章。顺便值得指出，这本书是20世纪研究古今之争的巅峰之作，其论析的思想深度前无古人。全书分为四章，其实是三个部分（针对《李维史论》三卷），中间两章为一个部分。古今问题一开始就出现了（参见第一章第3、6、9自然段），第四章占全书近半篇幅（按英文版计算，前三章约155页，第四章125页），透辟地分析了马基雅维利的抑古崇今论。

② 参见培根，《论古人的智慧》，刘小枫编，李春长译，北京：华夏出版社，2006。

（had the confidence to put in writing），用几乎是浅显易懂的说法（in plain terms）指出，基督教信仰已然把善良的人们做成鱼肉，拿去饲喂那些暴君式的不义者。①

培根的这句话是他对《李维史论》卷二第 2 章中的一段话的归纳——"我们的信仰所推崇的，却是卑恭好思之徒，而不是实干家……这种生活方式让世界变得羸弱不堪，使其成为恶棍的盘中餐。"②施特劳斯随之指出，培根提到的这句话可以说是马基雅维利对基督教"本质"的看法。施特劳斯引征了《李维史论》卷一第 1、11、12、14 诸章中的文字（第 12 章明言说到基督教），并指出马基雅维利意在突显古罗马共和国与基督教共和国作为两个理想政制的对立（也就是《李维史论》卷一与卷二的对立）。马基雅维利突显这个对立，为的是要用李维的《罗马史》取代《圣经》，然后再以现代的政治经验取代李维的《罗马史》。③ 施特劳斯的这段论析让我们看到，培根对马基雅维利的"信心"何其心领神会。不仅如此，培根与马基雅维利的差别在于：他不再像马基雅维利那样遮遮掩掩贬抑古传经典，而是更为大胆直白。

---

① 见施特劳斯，《关于马基雅维利的思考》，前揭，页 269。培根引文依据《培根论说文集》，水天同译，北京：商务印书馆，1986，页 44（译文稍有改动）。

② 另一个中译本（《培根随笔集》，曹明伦译，北京：燕山出版社，2000，页 45）在这里下注说：培根断章取义，因为马基雅维利的原话出自《李维史论》，人家接下来的一句是"这种看法是错的"。的确，如果翻开《培根论说文集》第 13 篇我们就可以看到，培根在归纳马基雅维利的话后紧接着还有一句："马基雅维利说这话，是因为真的从来没有一种法律、教派或学说曾如基督教那样尊重过善。"不过，曹明伦译本的这个注释很可能来自某个英文版的编者，因为他显然没有看出马基雅维利的暗度陈仓笔法。水天同的注释倒说到点子上："培根在表面上未见其赞同马氏，然其见解自与流俗不同，对马氏之政治见解固未尝不有心折之处。"

③ 参见施特劳斯，《关于马基雅维利的思考》，第三章，页 208 以下的分析。

比培根仅早半个世纪出生的路易·勒华（Louis Le Roy,1510—1577）是更近的例子，他是文艺复兴时期的法国人文主义代表，生前位及法兰西公学院教授。① 勒华曾周游欧洲各地，博学多才，精通古希腊文和拉丁文，翻译了大量古希腊经典（柏拉图、伊索克拉底、亚里士多德、德摩斯忒涅），被公认为法兰西王国当时最出色的古典学者，有"法语柏拉图"的美誉——直到今天，勒华的译作依然受到学界推崇。他还依据时人的关注，把不同古代作者的篇目重新编排成专题文集。不过，勒华晚年也身逢乱世——虽然路易十一已经成功将法兰西打造成一个高效的绝对王权国家，以至于马基雅维利也指望有朝一日意大利能出现一位这样的君主，收拾四分五裂的意大利封建状况，但是，路德事件引发的宗教改革风潮又让法国陷入内乱。勒华有感于时局变故，写下了一系列政治论著，如《思考法兰西历史和普遍历史》(*Considérations sur l'histoire de France et universelle*, 1562)、《论政治技艺的起源和卓越》(*De l'origine et excellence de l'art politique*, 1567)、《论君主制》(*Traité de la monarchie*, 1570)、《论君主政制的卓越》(*De l'excellence du gouvernement royal*, 1576)、《论宗教多样化在人群中引发的动乱或纠纷》(*Des troubles ou différends advenant entre les hommes pour la diversité des religions*, 1599)。最著名的是《论变迁，或世间万物之千变万化》(*De la vicissitude, ou Variété des choses en l'univers*, 1575)，这部作品内容包罗万象，尤其追溯了文学和武器从古至今的变迁，正是在这部著作中，勒华表达了马基雅维利式的厚今薄古论——与马基雅维利一样，勒华主要用母语写作，为法语文学做出了奠基性贡献。

勒华的政治思考不仅因应于法兰西君主国重新陷入无序状态，与马基雅维利的君主论视野仅限于意大利的地缘政治状况不同，勒

---

① Werner L. Gundersheimer, *Life and Works of Louis Le Roy*, Librairie Droz: 1966；伯瑞把勒华视为引发古今之争的重要先驱，参见《进步的观念》，前揭，页32-35；亦参沃格林，《宗教与现代性的兴起》，前揭，页168-176。

华的君主论具有更为广阔的地缘政治视野。与布拉乔利尼一样,具有古典学养的勒华清楚知道,13世纪蒙古人入侵时,奥斯曼帝国就曾威胁过欧洲,如今已经同时征服巴尔干半岛和匈牙利,对西欧的威胁再次迫近。正是由于法兰西王国的动乱和来自土耳其人的威胁,勒华产生了严重的忧患意识:

> 我已经在自己的心中看到长相、肤色、服装都很陌生的民族蜂拥来到欧洲,就像从前的哥特人、匈奴人、伦巴族人、汪达尔人和撒拉逊人那样,他们将会摧毁我们的小镇、城市、城堡、宫殿和庙宇,改变我们的风俗、法律、语言和宗教,焚烧我们的图书馆,在他们所占领的国家中损毁一切他们发现的美好的事物,以便毁灭其荣耀和德性。我预见到对内对外战争无处不在;各种宗派及异端抬头,亵渎一切他们发现具有神性和人性的事物;饥荒和瘟疫威胁着人类;自然的秩序、天体运动的规律性以及自然环境的和谐被破坏了;一方面洪水来临,另一方面又有酷热难耐和剧烈的地震;宇宙将通过这样那样的无序,带来万物的混乱,并使它们全都回归原始的混沌状态而走向终点。(《论变迁》)①

另一方面,那个时代的文艺复兴运动对勒华震动极大。他看到,在过去的一百年间,西欧人发现了好些甚至古人也不知道的东西:新的海洋、国家、种族、习俗、法律、矿物、蔬菜、动物、天体——这使得勒华觉得,古代圣贤的知识也有限。于是,在勒华那里,文明进步的乐观主义与由西亚蛮族威胁引发的悲观主义奇妙地交织在一起。帖木尔的出现让勒华更加相信一条历史规律:任何伟大时代的到来都以一场伟大的战争为开端。一个文明的繁荣必须以一场战争为前奏:希波战争之于雅典,亚历山大的征战之于希腊化时代,恺

---

① 转引自沃格林,《宗教与现代性的兴起》,前揭,页168-169。

撒的征战之于罗马帝国文明。勒华觉得，帖木尔在纪元1400年前后的战绩标志着一个新纪元的开始：正是在帖木儿统治期间，彼特拉克开启了从前封闭的图书馆，拂去蒙在古代作家优秀书籍上的灰尘。勒华开始尝试用非基督教的范畴来描述各个历史时代，重新划分文明时期，现代观念由此诞生。按沃格林的看法，勒华的史观标志着基督教的历史理解模式的解体：各种发现、发明和知识的推进以及欧洲舞台之外发生的政治事件，成为"现代意识"的基础。尽管勒华用来取得基督教的历史神学观念的思想资源是古希腊自然哲人的自然"变迁兴衰"论，比尼采早三百年用永恒循环（eternal recurrence）观念代替基督教式的神意史观，却为后来的激进崇今派提供了基础：新的自然科学观一旦取代古希腊的自然观，对人类历史的解释就得全然凭靠新的自然科学观。①

勒华的例子我们让可以更好地理解与古今之争密切相关的两个文艺复兴时期才开始出现的西欧近代文明现象：俗语写作和史书写作。所谓俗语写作，就是用本国口语（英语、法语、意大利语、德语）写作——坦普尔在《论古今学问》中曾说，

> 三种现代语言最受人看重：意大利语、西班牙语和法语，这些都是高贵的罗马人的方言，都有缺陷。起初，众多不同的野蛮民族长期侵扰罗马帝国时，他们刺耳的词语和后缀进入这些方言，使它们不再纯正；后来，经过大众长期使用，这些来自拉丁废墟上的方言成了几种不同的语言，也成了那些长期统治这些地区的野蛮民族（如西班牙的哥特人和摩尔人、意大利的哥特人和伦巴底人以及高卢的法兰克人）的主流语言。除此之

---

① 勒华的《论变迁》以柏拉图《蒂迈欧》中的自然哲学为基础，培根的论说文第58篇"论事物的变迁"（Of Vicissitude of Things，参见《培根论说文集》，水天同译本，前揭，页200-206）同样如此，很可能来自阅读勒华《论变迁》的心得。

外,还有高卢和西班牙土著语的混合语,这些土著语在罗马征服当地、建立起政权之前都已经存在。(前揭,页33-34)

西欧的基督教共同体的普通语文是拉丁语,用俗语写作的人越来越多,意味着共同体中各王国的独立政治冲动越来越强。布克哈特写到,16世纪初期的佛罗伦萨史家用意大利语写作,并不仅仅因为他们的拉丁语写作不能与语文学家们优美的西塞罗风格争短长,"而且也因为他们像马基雅维利那样,只能用活的语言来记载自己直接观察所得的现实的结果,……也因为他们最终希望:他们对于事件的进程的看法能够产生一种尽可能广泛而深远的实际影响"。① 基督教文明以古希腊罗马文明为基础,虽然古希腊罗马文明被西方基督教官方判为"异教",西方基督教的教养实际上以古希腊罗马经籍为基础。俗语作家要求获得自己的政治位置,必然要求废黜古希腊罗马经典的权威,否则俗语写作就永远只能是模仿者——更何况,俗语写作要写的是今人自己的现代故事。抬高"现代[俗语]作家"的地位,无异于抬高新生的日耳曼诸王国自身的地位。② 在16世纪末期,意大利已经出现废黜古人楷模的呼声——所谓的"反西塞罗主义"。由于意大利尚未形成统一的政治单位,这种废黜古人楷模的势头并不强劲。与此不同,法兰西王国是统一的政治单位,俗语(法语)写作取得的成就会得到绝对王权的支持或者说支持绝对王权的巩固。③ 从质疑西塞罗的权威到质疑荷马的权威,这是顺理成章的事情——质疑古希腊罗马的经典作家,说

---

① 参见布克哈特,《意大利文艺复兴时期的文化》,前揭,页244。
② 参见彼得曼,《马基雅维利与但丁》(贺志刚译),见刘小枫/陈少明编,《马基雅维利的喜剧》,北京:华夏出版社,2006;关于西方近代的俗语写作与现代新政制的关系,参见戈斯曼,"文学教育与民主政制",见刘小枫编,《古希腊修辞学与民主政制》,冯庆、朱琦等译,上海:华东师范大学出版社,2015,页199-233。
③ 关于法兰西的俗语写作,参见伏尔泰,《路易十四时代》,前揭,第32章。

到底就是要为日耳曼各王国的作家重写自己的历史开辟道路。荷马堪称古人楷模中的"第一人",现代派要废黜古人的权威,就必须打倒荷马——巴黎的古今之争围绕荷马激烈论战,不过是文艺复兴末期就已经出现的废黜古典权威的逻辑结果。

与俗语写作同样说明这一问题的是史书写作——日耳曼各王国的作家撰写自己王国的历史恰恰始于文艺复兴时期。① 由此开始出现现代意义上的"史家",在古今之争中,这些史家的著作成为崇今派的重要力量。在《书籍之战》中,斯威夫特罗列了一批最早撰写日耳曼各王国史和城邦共和国史的"史学家",称他们为现代派的"重甲兵部队的主力":从著有《意大利史》(*Historia d' Italia*)的圭恰迪尼(Francesco Guicciardini,1483—1540)、著有《英国史》(*Anglicae historiae*)的弗吉尔(PolydoreVirgil,1470—1555)、著有《苏格兰编年史》(*Rerum Soticarum Historia*)的布坎南(George Buchanan,1506—1582),到著有《法国内战史》(*Historia delle Guerre Civili di Francia*)的达维拉(Enrico Caterino Davila)(1576—1631)。自此以后,撰写日耳曼各王国史的史书层出不穷,而且在古今之争的历史时期开始形成写作法则——与此相配的是对古希腊罗马史书的"证伪"。

笛卡尔在提出科学理性原则的同时,并没有否弃现实的历史经验。出于怀疑希腊人在数学和机械论方面是否比今人更在行,笛卡尔主张区分两种知识:凭靠数学理性认知获得的科学知识和源于熟识(connaissance)的偶然知识。在他看来,后一种知识只能通过语言和历史经历来获得。显然,今人不可能靠古希腊罗马的语言和历史经历来获得关于当今欧洲王国的偶然知识。因此,对于一个有良好教养的现代欧洲人来讲,掌握法语或大不列颠语显然比掌握古希

---

① 参见 Orest Ranum 编,*National Consciousness, History, and Political Culture in Early - Modern Europe*, The Johns Hopkins Uni. Press, 1974; Joseph M. Levine,*Humanism and History*,Ithaca:1987。

腊语或拉丁语更重要,知道欧洲如今哪怕最小的王国的历史经历也比知道古罗马帝国的历史经历更有优先性。笛卡尔的这一主张无异于切断了古典语文学与教养的关系,明确排除古典作家在教化方面的权威地位,由此引出了改革文教科目的诉求:新科学和新方法的新式教育会把一个人培育成现代人,旧式教育只会把人培育成一个古代人——在笛卡尔看来,一个生活在现代的古人必然是迂腐之人。

综上所述,文艺复兴时期的人文主义者厚今薄古的真正含义在于:凭靠新的政治经验知识建立新的政治原则。文艺复兴时期西欧各日耳曼王国和城市共和国作为新政治单位的形成,各国智识人力图寻求新的政治生存法则,是抑古崇今风气的真正起因,或者说是引发古今之争的生存论原因。① 剑桥学派的代表斯金纳在描述意大利文艺复兴时期的人文主义时,始终与城市共和国的"自由"诉求联系在一起。这一"自由"诉求的具体含义"既指独立也指自治——不仅是在任何积极参加国家治理工作这个意义上,而且是在不受外界干涉这个意义上的自由"。② 可以说,崇今论标志着新欧洲诞生时欧洲新知识人力图摆脱欧洲文明传统的决心——文艺复兴时期的人文主义不是在延续欧洲古老的文明传统,而是与之决裂,打造日耳曼的新欧洲文明。

17世纪的古今之争中的崇今派文人有一个重要的特征:以辛辣的讽刺笔法嘲笑古传德性——这一写作风格在18世纪的启蒙文人那里得到发扬光大。然而,这一风气同样来自意大利文艺复兴的人文主义者。据布克哈特的著名研究,意大利人文主义者喜欢嘲讽,以至于"意大利已经成了一所诽谤中伤的学校",使人有了"最充分和最自由的表现机会",这样的学校在世界上绝无仅有:

---

① 曾有史家认为,西方近代划分古今的源头,可以溯源到查理曼大帝时代。参见勒高夫,"古代/现代",见氏著,《历史与记忆》,前揭,页31。
② 见斯金纳,《近代政治思想的基础》,前揭,页130。

当时的一般文化曾经同时培养出一伙恶毒又无能的机智嘲讽者,生来就是批评家和奚落人的人,他们的妒忌要求有成百嘲讽对象。……马基雅维利在他的《曼陀罗》的著名序言中正确地或错误地提到,道德力量显而易见地堕落成为一般说坏话的习惯,并威胁他的诽谤者,告诉他们说,他[马基雅维利]能够像他们一样地说出尖刻的语言来。①

这种风气也带坏了天主教教士,以至于当时的教廷成了"最刻薄最机智的嘲讽者荟萃之地"——那些"悠闲放荡的教士们"使得"罗马变成了既是富有哲学意味的讽刺的故乡,又是野蛮的嘲笑的策源地"。在布克哈特提到的被带坏的人文主义者中就有布拉乔利尼。他虽然是教廷文书,也是善于写作讽刺之作的新派文人,其代表作是《滑稽故事》。布克哈特甚至认为,布拉乔利尼是个"否认高贵出身的权利和人的不平等的激进思想家",单是在他的作品里"就含有足以使人们对全体人文主义者抱有成见的脏东西"——布克哈特还把这类人文主义者与启蒙文人伏尔泰相提并论:"伏尔泰和他的同伴们无疑并不缺少这种否定精神。"②

在无论是西方还是我国的西方文明史教科书中,我们看到的几乎无不是对"文艺复兴"文化和精神的赞美。前述考察不仅让我们看到17世纪的古今之争与文艺复兴的内在关联,而且让我们看到,即便涉及对"文艺复兴"的道德品质的评价,西方学者也存在持续论争。毕竟,布克哈特是19世纪的史学泰斗,如果将他的研究与晚近斯金纳对佛罗伦萨人文主义者寻求"自由"的描述对比,我们不仅可以看到现代史家的德性差异,还可以看到,古今之争直到现在仍然没有平息。

---

① 布克哈特,《意大利文艺复兴时期的文化》,前揭,页157。
② 同上,页157 – 158、270、359、455 – 456、512。

五　新哲人与新政制

坦普尔眼力敏锐,他看到崇今派的内在冲动是欧洲王国的崛起,但他反对欧洲王国的政制建设摆脱古典传统和古典德性的规制。他在《论古今学问》中说,西欧的日耳曼诸王国仅仅在近两百年才开始出现自己的学问,与古希腊罗马学问相比——更不用说与东方其他古老文明国度的学问相比——只能算是学问上的幼儿:

> 在过去的一个半世纪里,欧洲西部地区在学问和知识上取得了巨大进步,但这并不意味着,它们一定超过了过去那些在学问和知识上繁荣时间更长的国家;这只能证明,我们过去的水平有多低,而不能证明现在的水平有多高。(前揭,页22)

从当时的语境来看,"繁荣时间更长的国家"这样的说法意味着,就政治制度的优劣而言,欧洲西部地区在自然科学知识方面取得的"巨大进步"未必等于英格兰新政制的"水平有多高"。当时的英国国会通过法案确立了君主立宪制——按孟德斯鸠的说法,这是披着君主制外衣的民主政制。对于坦普尔来说,英国的现代政制创新未必是"巨大进步",民主政制相比于传统政制未必"水平有多高"。坦普尔在作比较时把我们中国也扯进了论争:

> 古代中国人就自然哲学写了大量著作;他们伟大而知名的孔子与苏格拉底差不多同时代,与苏格拉底一样,他开始改变人们对自然无休止、无意义的思考,让他们转到道德思考上来。然而,他们有一点不同,希腊人的重点似乎在于个人和家庭的幸福,中国人则重视王国或统治的良好状态和幸福,众所周知,这种统治已延续了数千年,完全可以称之为学

士的统治(a government of learned men),因为其他人无权管理国家。(前揭,页13)①

与此相反,崇拜英国新政的崇今派必然会贬低中国的古代政制。1748年,崇英的孟德斯鸠在日内瓦出版了他一生中最重要、影响也最大的著作《论法的精神》(*De l'esprit des lois*)——伯瑞称之为"启蒙时代"的真正标志。② 在比较共和政制、君主政制和专制政制三大政制类型时,《论法的精神》专门以古老的"中华帝国"作为专制政制的样板,一反当时的传教士和智识人把中华帝国视为君主政制的典范和对中国古代政制的赞美:

> 中国是一个以畏惧为原则的专制国家。在最初那些王朝统治时期,疆域没有现在这样辽阔,专制精神可能略微逊色。可是,如今已非昔日可比了。③

一般认为,伏尔泰虽然是启蒙文人,但他对古代中国的态度显得较为肯定。其实,在涉及古今之争时,伏尔泰仍然立场鲜明地贬低古代中国:

> 中国人在我们通俗纪元前两百多年就修筑了万里长城,这道城墙却也没有挡住鞑靼人的入侵。……万里长城是一座由恐惧和不安而产生的巨大建筑;[埃及的]金字塔是一些虚荣和迷信的遗迹。长城和金字塔都证明人民的巨大耐心,却并不说明任何高等的建筑艺术。无论是中国人也好,埃及人也好,

---

① 亦参《对〈论古今学问〉的评论的若干思考》,见《文集》,卷三,前揭,页498-499。
② 伯瑞,《进步的观念》,前揭,页83。
③ 孟德斯鸠,《论法的精神》,许明龙译,北京:商务印书馆,2011,页152。

都不会塑成一件像现今我们的雕塑家所塑造的人像。①

苏格兰启蒙哲人休谟在说到中国时,即便言辞温和而且据说思想还有些保守,但同样立场鲜明:

> 在中国,似乎有不少可观的文化礼仪和学术成就,在许多世纪漫长的历史发展过程中,我们本应期待它们能成熟到比它们已经达到的要更完美和完备的地步。但是,中国是一个幅员广大的帝国,使用同一种语言,用一种法律治理,用同一种方式交流感情。任何导师,像孔夫子那样的先生,他们的威望和教诲很容易从这个帝国的某一角落传播到全国各地。没有人敢于抵制流行看法的洪流,后辈也没有足够的勇气敢对祖宗制定、世代相传、大家公认的成规提出异议。这似乎是一个非常自然的理由,能说明为什么在这个巨大帝国里,科学的进步如此缓慢。②

与伏尔泰和孟德斯鸠式的品评相比,休谟的言辞的确显得温和,但思想绝对说不上保守。在我国当今的一大批知识人笔下,仍然时可见到对古代中国的伏尔泰式、孟德斯鸠式或休谟式的品评——这仅仅表明,古今之争在我们这里还没有真正展开而已。

作为坦普尔的学生,斯威夫特清楚地意识到,眼下的古今论战涉及的根本问题是古今政制之争。在《木桶的故事》的"序言"中,斯威夫特把霍布斯称为"我们时代具有威胁性的才子"——第九节的标题"关于共富国中疯狂的起源、用途及其改进的离题话"(A Di-

---

① 伏尔泰,《哲学辞典》,前揭,页100。伏尔泰关于古代中国的说法,参见《哲学辞典》中的词条"中国教理问答"和"论中国"。

② 休谟,《人性的高贵与卑劣》,前揭,页47。在该页脚注中,休谟还有一大段关于中国的君主政制的言辞,看似温和,实则尖刻。

gression Concerning the Original, the Use and Improvement of Madness in a Commonwealth),据说针对的就是霍布斯《利维坦》的书名。①《木桶的故事》问世 20 多年以后,斯威夫特又发表了篇幅更大、寓意更为深远的《格列佛游记》(1726)。② 这部传世的经典之作是斯威夫特对古今之争所作的更为透彻的思考,堪称古今之争时期最为深刻的政治哲学著作——对今天的我们来说,它则是最令我们尴尬的"世界文学名著"之一。

我国教育部如今已把这部作品列入普通高中语文课程标准"义务教育部分"推荐书目,印数相当可观。由于这部"世界文学名著"采用的是寓言文体,要概述这部作品的思想内涵非常困难。③ 一方面,寓言式的叙述使得这部作品据说看起来像是"深得孩子们喜爱的儿童读物";另一方面,书中大量涉及的政治、宗教、哲学、历史知识,显然又不是"儿童"们感兴趣的东西。事实上,就内容而言,《格列佛游记》与比它晚出 22 年的孟德斯鸠的《论法的精神》属于同类性质,两者都是政制比较之书,差异在于,《论法的精神》推崇现代式民主政制,《格列佛游记》推崇古代君主政制。④ 不妨说,这两部书是崇今派智识人所推崇的现代民主政制与崇古派所推崇的古代君主政制的品质对决。

---

① 参 Jonathan Swift, *A Tale of a Tub and Other Works*, Marcus Walsh 编,前揭,页 427。

② 斯威夫特的《格列佛游记》最早有林纾译本(《海外轩渠录》),现通行多个译本:张健译本(人民文学出版社,1962/1979/2008/2014)最早,随后有杨昊成译本(译林出版社,1995/2008),孙予译本(上海译文出版社,2011),刘春芳译本(人民文学出版社,2014),新译本在注释方面没有任何增进。本文所引均出自张健译本 2014 年版。

③ 据笔者所见,最为精当的概述见布鲁姆,《巨人与侏儒》,张辉选编,秦露等译,北京:华夏出版社,2009,页 418－438。

④ 参见潘戈,《孟德斯鸠的自由主义政治哲学》,北京:华夏出版社,2015。

格列佛是英格兰人，按书中所记叙的出海时间推算，他应该出生在"共和革命"之后、"光荣革命"之前，上过剑桥大学。《格列佛游记》以第一人称形式分四卷记叙了格列佛作为外科医生四次出海远行的奇遇。显然，格列佛作为英格兰现代知识人的身份是整个作品的支点，在他身后是被伏尔泰和孟德斯鸠视为人类理想政制的样本：英国式的自由民主政制。

格列佛第一次出海远航流落的地方是一个名叫 Lilliputia［利立浦特］的"小人国"，因为那里的人渺小委琐，政制的品格也渺小委琐。无论是 18 世纪的读者还是今天的读者都能看出，这个"小人国"就是"光荣革命"之后的英国。如今我们所追慕的两党政制，在格列佛眼里不过是高跟鞋党与低跟鞋党之间委琐的争权夺利，各自都得靠扫街拜票获得自己的政治生命。在这种政制中，商业利益是唯一的政治动机，政治生活成了人的自然欲望的玩物。这种新式政制来自基督教分裂导致的国家内战：为了摆脱宗教内战，英格兰最聪明的智识人（斯威夫特指的是霍布斯和洛克）设想出一种以实现个人自由而非以实现美德为取向的政治制度，其目的是为了保存自然性命及其私有财产。斯威夫特用"小人国"来指代英国的君主立宪式代议制民主政制，十分切合现代自由主义政制观念的品质——灵魂的渺小委琐。当然，在一个比如说伏尔泰这样的崇今派眼里，情形并非如此。1733 年，伏尔泰流亡英国期间（1726—1728）动笔写的《关于英格兰国族的书简》（*Letters Concerning the English Nation*）在伦敦出版。① 此书仅比《格列佛游记》晚 6 年，由于伏尔泰是

---

① 法文版《关于英国的哲学书简》（*Lettres philosophiques sur les Anglais*）1734 年在里昂秘密出版后，巴黎高等法院随即提起公诉，谴责该书严重违背基督教教义、损害公共秩序，下令逮捕出版商和作者。这部书的中译本名为《哲学通信》（高达观等译，上海人民出版社，1961/1982），让人误以为谈的是哲学。其实，这是一部宣扬英国清教革命、抨击法国绝对王权政制的政治著作，史称"投向旧制度的第一颗炸弹"。

个崇今派人物（或者说由于他的灵魂类型），他对英国新政的见解与格列佛有天壤之别。

在第二卷里，格列佛记叙的出海流落地是一个名叫 Brobdingnagia［布罗丁奈格］的"大人国"，那里的人不仅身材高大，而且心性高尚、淳朴。这是一个尚未经历现代革命的古老的君主制王国，"属地之内没有宗教纷争或者战火连绵的历史。他们唯一的政治难题是古老而自然的君主、贵族与民人的冲突，这也已经在很早之前就通过建立一个均衡的政制解决掉了"。① 显然，格列佛笔下的"小人国"与"大人国"形成的对比，是现代民主政制与古代君主政制的对比。

奇怪的是，格列佛在"小人国"时是个高大的人，他看不惯"小人国"的方方面面，"小人国"中人也看不惯他，甚至他的家人和朋友们也会认为他的行为举止莫名其妙。与此相反，格列佛在"大人国"则是"小人国"的代表，"大人国"的国王把格列佛放在手掌心上与他谈话，问他是属于代表商人和金融贵族以及其他新生资产者上层的辉格党，还是属于代表大地主和门阀贵族利益的托利党。格列佛在书中的这种角色变换，与其说是同一个人在不同国度的身份不同，不如说表征的是同一个国家的知识人的分裂。如《书籍之战》在一开始所说，如今，一个"智识国家"的读书人分裂成了崇今派和崇古派——格列佛表征英国知识人，但英国知识人分裂为两派。于是我们看到，来到"小人国"的格列佛通过描述利立浦特的古代政制向新的君主表明，古代的利立浦特并非"小人国"。这个国家变得渺小委琐，是"光荣革命"的结果（卷一第 6 章）。② 显然，这个格列佛是英国知识人中的崇古派。与此相应，我们在卷二看到，格列佛向"大人国"的国王介绍自由民主新政（同样是在第 6 章）。听完格列佛叙说英格兰晚近一个世纪的大事记后，"大人国"的国王对

---

① 布鲁姆，《巨人与侏儒》，前揭，页 426。
② 布鲁姆的概述对这一章给予了特别的关注，参见同上，页 427–429。

格列佛说了一段话——这段话一再被人引用：

> 这些大事只不过是一大堆阴谋、叛乱、暗杀、屠戮、革命或流放。这都是贪婪、党争、伪善、无信、残暴、愤怒、疯狂、怨恨、嫉妒、淫欲、阴险和野心所能产生的最大恶果。（前揭，页102）

对于英国走向商化民主政制，"大人国"的国王得出的是这样的结论：

> 你的同胞中，大多数人都是大自然让它们在地面上爬行的最可憎的害虫中最有害的一类。（同上）

"大人国"的国王拒绝了"爱自己的国家"（love of his country）的格列佛提出的有利于"大人国"现代化的建议（卷二第7章），理由很简单："爱自己的国家"的含义是"爱"现代式的自由民主政制，不爱这种政制等于不爱国。① 如果接受这个格列佛的建议，有传统德性的"大人国"必然会跟着英国宪政变成唯利是图的"小人国"。会让我们感到惊讶的是，这个格列佛已经描述了如今我们称之为导弹甚至原子弹一类的新式武器，以此证明英格兰的新政制何等先进（页104）。但是，这个格列佛清楚地知道，他所代表的新国家与"大人国"的差异最终在于"好品德与坏品德的观念"（notions of virtue and vice）。他认为，"大人国"的国王闭关自守，满脑子偏见和狭隘的想法，"而这种想法在我国以及欧洲的文明国家却根本不可能产生"，因此他说：

> 如果把住在这样遥远的地方的一位君王的好品德与坏品

---

① 孟德斯鸠在《论法的精神》中对这种道理有详细论述，参见拙著，《设计共和》，北京：华夏出版社，2014，页38-39。

德的观念当作全人类的标准（a standard for all mankind），当然很难令人接受。（同上，页103，译文略有改动）

对我们中国读者来说，斯威夫特笔下的"大人国"很像我们的古代，因为，卷二中的格列佛针对"大人国"说的那些话，与我们如今的一些知识人对自己的国家说的话一模一样。而且，他们也像这个格列佛向"大人国"讲述英格兰近代大事记那样，通过翻译更为详备的英国史向自己的国家推荐英国模式。在把民主视为"普世价值"的今天，《格列佛游记》的确不能算作一部极端反动的书。毕竟，卷二中的格列佛提出了新的"全人类的标准"或者说新的"普世价值"：一个人相信自由和民主就是好品德，不相信这种价值就是坏品德。

如果说《书籍之战》突显的是读书人的灵魂品质的优劣，那么，《格列佛游记》突显的就是政治制度的品质优劣——如布鲁姆所说，在斯威夫特看来，古代政制具有"对秩序的远见"（《巨人与侏儒》，前揭，页424）。按柏拉图笔下的苏格拉底在《斐德若》中的说法，灵魂品质的优劣就像大人比小孩高（《斐德若》，297a6－7）。因此，"小人国"与"大人国"的对比，首先是灵魂品质优劣的对比。何况，读书人个体灵魂的品质与国家政制的品质是联系在一起的，如柏拉图笔下的苏格拉底在《王制》（又译《理想国》）中所说，有多少种类型的灵魂就有多少种类型的政制。苏格拉底区分了五种灵魂类型，与此相应也就区分了五种政制（参见《王制》，445c9－d6）。"王制"或"贤良政制"（又译"贵族政制"）最好，民主政制接近最坏的政制。即便不能说《格列佛游记》是柏拉图《王制》的仿作，也得说斯威夫特延续了《王制》中的问题。与此相反，无论是伏尔泰的《关于英格兰国族的书简》还是孟德斯鸠的《论法的精神》，都抛弃了《王制》中的问题。

格列佛记叙的第三次出海（卷三）发生在1706年，这次他到的地方不止一个，而是五个。首先到的是一个叫作Laputa［拉普塔］的岛屿，由于这个岛屿"似乎能随意升降，或者向前移动"（页122），格列佛称其为"飞岛或者浮岛。"格列佛发现，这个岛的国王是个精通数学的天文学家，国家的主要阶层也是这类人。这个飞岛的国王对格列佛所到过的国家的法律、政府、历史、宗教和习俗没有丝毫兴趣（页130），因为，在他看来，政治的事情很简单，如果哪个城邦发生动乱、叛乱或剧烈政争，用天文学方式处理易如反掌——"只要国王能说服他的内阁和他合作，他就可以成为宇宙间最专制的君主"（页135）。显然，这个飞岛的政制基于现代天文学原理，它表征的是新理性科学废除传统生活方式的雄心和自信。

格列佛随后发现，飞岛其实是一个庞大的帝国，支配好些岛国（都是飞岛），首都是"拉格多"（Lagado，页127、139，据说影射伦敦）。格列佛乘坐飞行的拉普塔岛来到首都拉格多的所在地巴尔尼巴比，下降到岛上以后，格列佛在首都停留期间受到殷勤款待。这个城市是设计家的家园，最重要的地方是科学院。当格列佛走进科学院时，发现全是搞各种试验的实验室——其中一间挂满了蜘蛛网，带领格列佛参观的人高声尖叫，要格列佛千万小心别碰乱蜘蛛网，因为科学家们正在试验用蜘蛛代替蚕抽丝这一古老传统（页144）。如果我们事先读过《书籍之战》就会知道，这一试验所具有的现代含义是什么。由此来看，通常把斯威夫特笔下的飞岛理解为"乌托邦"是错的，毋宁说，格列佛所到的飞岛是崇今派头脑中的王国，它并非乌有之乡，而是崇今派的智性之乡——培根笔下的"新大西岛"，英国宪政正在把这个头脑中的王国变成历史现实的王国。看来，斯威夫特的笔法是，通过卷一和卷二比较"小人国"（民主政制）与"大人国"（君主政制）的品质之后，《格列佛游记》进一步探究这样一个问题：现代商化民主制这种理想政制是由什么样的头脑设计出来的？换言之，卷三的飞岛之行深化了民主政制与君主政制的比较：如果说"大人国"政制追求的是常识性的道德德性，那么，"小人国"政制追求的就是技术知识所带来的舒适和快乐。

格列佛还发现，飞岛上的科学家非常关心政治和时事，讨论国家大事或一个政党的主张时,非常激烈,寸步不让。显然,飞岛上的科学家们认为自己才真正懂政治,而且有特殊权利去改造所有传统的政治,因为他们有新的数学、物理学、化学知识——尤其重要的是,他们通过实验理性原则确立了新的历史科学。不用说,对于摧毁"大人国"来说,这门学问比数学、物理学、化学的火力大得多、管用得多。

参观过飞岛京城的科学院后,格列佛本来要去另一个飞岛拉格奈格,在马尔当纳达港转船时,由于一时没有班船,当地一位高贵的绅士建议格列佛去附近一个名叫格勒大锥(Gludubdribb,其含义是"巫人岛")的小岛看看。到那里以后,格列佛发觉自己到了一个极为古怪的地方,因为那里经常出没着许多古人的魂——原来,这里是现代式新史学专门处理古人英魂的地方。格列佛用了第7-8章两章篇幅来记叙在"巫人岛"的经历和见闻。他首先要求见荷马和亚里士多德,并希望也见见给他们作评注的后人——这种人一来就是好几百,由于惭愧自己对荷马和亚里士多德胡说八道,他们都躲得远远的。荷马和亚里士多德对这些后人大发雷霆,说他们的灵魂缺乏理解高贵精神的品质。格列佛还特地要求请来笛卡尔和伽桑迪,这两位当着亚里士多德的面承认自己"在自然哲学方面"犯了错(页158)。

最让格列佛感到惊讶的是,这里的现代式新史学家人数太多,他们"像娼妓一样哄骗世人",颠倒黑白地把历史上的英雄人物写成"最卑鄙的流氓和卖国贼"——反之亦然,把历史上"最卑鄙的流氓和卖国贼"写成了不起的诗人、政治家(页159-161)。如今好些学人都惊讶于斯威夫特笔下的格列佛能够准确预见到辉格党式史学的出现。甚至我们中国学人也难免惊讶,斯威夫特预见到了当今的新史学笔法。不过,最让人觉得斯威夫特的飞岛记具有历史预见性的是,格列佛后来发现,各个飞岛虽然有海洋隔开,但从地理上讲其实是一个大陆,它"向东一直延伸到美洲加利福尼亚以西的无名地带",通过拉格奈格岛,这个大陆还与日本"结成了亲密的同盟"(页154)。在今天的我们看来,这个飞岛大陆有如"英美"世界,如今的《美日安保条约》就像是拉格奈格岛与日本结成的"亲密同盟"的进一步巩固。

有些论者认为,卷三的飞岛记显得松散,故事性不如前两卷。其实,这一卷的古今之争色彩最为明晰。不过,相比之下,格列佛在卷三中的身份比较模糊。一方面,格列佛对飞岛相当鄙视,尤其对飞岛首都的科学院十分厌恶,显得像个崇古派。毕竟,无论是巴黎的王国学院还是伦敦的皇家学会,都是崇今派知识人的摇篮。① 可是,格列佛在飞岛时与岛上的大贵族(大数学家)也相处得很好,甚至愉快且秘密地相互交流政见(页138)。格列佛对岛上的语文考据家的科研提出意见时,马上被认为有原创性,答应给他署名权(页153)——凡此表明,卷三中的格列佛又是个崇今派。即便在"巫人岛"时,格列佛让亚里士多德反驳了笛卡尔,但没有反驳培根(页158)。格列佛有可能与同时代的伏尔泰一样,信奉的是培根而非笛卡尔的新科学方法。

也许我们可以说,作为英格兰知识人,格列佛有两类:崇古和崇今的。如果是崇古的,他来到飞岛必然心生厌恶。如果是崇今的,在飞岛就会感到十分愉快,并参与岛上的实验。这个双重的格列佛形象在卷四得到进一步证明。

卷四虽然题为"慧骃国游记",其实,这次格列佛所流落的地方并没有名字——与此相反,前三卷的标题中都没有出现 country[国]这个语词,这次却出现了。还有一个值得注意的差异:格列佛记叙的前三次出海中,他的身份是外科医生,这次是船长。不过,故

① 1635年2月,在法兰西王国学院成立典礼上,向法王路易十三的首相黎塞留建议创建法兰西王国学院的戏剧诗人德·布瓦斯罗贝特(François Le Métel De Boisrobert,1592—1662)就发表讲辞攻击荷马;1668年,为了支持培根的实验学派,与占据英国高等学府的亚里士多德主义抗衡,英国皇家学会(the Royal Society)成立。参见伯瑞,《进步的观念》,前揭,页58、66。坦普尔十分清楚,早在佩罗发端之前,英国皇家学会和法兰西王国学院就已经挑起了古今之争。

事一开始,格列佛就遇到船员造反,他被囚禁起来,然后被扔到一个不知名的岛上——显然,这比喻的是国家政变。我们可以肯定,这段情节是柏拉图的苏格拉底在《王制》中所讲的"国家航船喻"的改写(参见《王制》,488a – 489a)。

格列佛流落这个无名岛国后首先遇到的是一群奇怪的动物:它们的头部和胸部都有厚厚的毛发,嘴边长着山羊胡子,样子丑陋之极,格列佛见了后马上心生厌恶。这时又来了两匹马——格列佛随后发现,马才是这个岛国的主要居民。由于当地语言把马读作Houyhnhnm[慧骃],格列佛把这个岛国称为"慧骃国"(卷四第1章)。慧骃会说话、善良、高贵、有理性,它们把上岛那些丑陋的动物叫做Yahoo[雅虎](张健译本译作"耶胡")。由于雅虎不仅样子丑陋,而且生性贪婪、凶残、低贱,慧骃们把雅虎当奴隶来驱使,而且严加管制。让格列佛感到费解的是,他上岛后,慧骃们竟然把他也当成了一个雅虎。原来,雅虎虽然极为丑陋,却是一副人样——脸又扁又宽、塌鼻子、厚嘴唇、大嘴巴。由于格列佛身着制服、脚上穿有鞋和袜,慧骃们才有些疑惑,一时拿不准格列佛是不是雅虎。从头、脸和手的模样来看,慧骃们认定格列佛是个雅虎,但从格列佛整齐的衣着、光洁的皮肤和有礼貌的行为举止来看,慧骃们又觉得他不像雅虎。于是,整个卷四的故事情节便围绕这样一个问题展开:格列佛究竟是不是个雅虎(卷四第2章)。

为了让慧骃们认识自己,格列佛开始学习慧骃的语言,以便能与慧骃沟通。学会慧骃的语言后,格列佛开始向无名的马主人讲述自己的身世:他来自哪个国家,以及他如何流落到了这个岛上。马主人感到困惑:格列佛的国家——英格兰王国——的国民怎么都是些雅虎,因为,在慧骃们看来,雅虎是没有理性的凶残动物。格列佛同样感到困惑:他在这里看到,慧骃才是理性的高贵的动物,雅虎却不是。格列佛承认自己身上到处都像雅虎,但他没有想到,雅虎的本性竟然那么贪婪、凶残、下贱(卷四第3章)。为了消除马主人的困惑,格列佛讲述了自己的遭遇:为了发财他离开祖国出海航行,结果遭遇不测……然而,格列佛的这次遭遇却成了他认识自己的契机:雅虎究竟是否真的具有理性的天赋(卷四第 4 章)。于是,与前三卷不同,格列佛在卷四的认识对象不是岛国而是他自己。

慧骃有非常出色的理解力,而且喜欢沉思,它们对格列佛的国家英格兰非常好奇。在马主人的要求下,格列佛讲述了自己的国家自"光荣革命"以来的宪政建设,也谈到整个欧洲的文明状况——从贸易和制造业到艺术和科学。格列佛首先谈到的是奥伦治亲王领导的革命和对法兰西王国的战争,马主人得知,无论英国的内战还是欧洲土地上的王国之间的战争,都极为凶残、血腥、持久,而战争的起因不外乎宗教意见不合或争夺领地。格列佛还谈到英格兰的法律制度,我们知道,英格兰人向来以其优良的法律制度自豪,我们中国知识人也非常崇拜,格列佛却告诉马主人,英格兰的律师尽管像"毛毛虫"一样多,但他们都是些讼棍,为了盈利赚钱不惜搬弄文字颠倒黑白。英格兰的官司大多涉及的是各种自然权利,尤其是财物所有权。格列佛告诉马主人,英格兰的法律原则是不按普遍公理裁决,而是拿"判例"当权威的典据,以便让最最偏私的意见合理化(卷四第 5 章)。格列佛接下来还谈到英格兰人的唯利是图的生活方式和自以为优越的宪法,他不得不告诉慧骃国的马主人,英格兰的首相和大臣们的确都是些雅虎,他们仅仅对财富、权力、爵位有强烈的欲望(卷四第 6 章)。慧骃国的马主人听后觉得,格列佛的英格兰王国中与慧骃相像的人只有贵族,它甚至认为,格列佛就是这样的贵族。不过,马主人要格列佛注意:

"慧骃"中的白马、栗色马、铁青马跟火红马、灰斑马、黑马的样子并不完全相同,它们的才能天生就不一样,也没有变好的可能。所以,白马、栗色马和铁青马永远处在仆人的地位,休想超过自己的同类,如果妄想出人头地,这在这个国家就要被认为是一件可怕而反常的事。(页 204)

这段说法让我们会想起柏拉图的苏格拉底在《斐德若》中剖析有爱欲的灵魂时说到的马车比喻：灵魂有如两匹双翼飞马拉的马车，其中一匹是"白马"，它高贵、有节制、知羞耻，另一匹是"黑马"，它低贱、肆心、贪欲。如果是高贵的灵魂的话，"黑马"必定受马车夫和白马的控制；一旦"黑马"控制了马车夫和白马，灵魂必定堕落。马主人的说法让格列佛不得不想这样的问题：自己也许真的是雅虎。马主人听了格列佛的讲述后认定，格列佛所属的英格兰国人的确是雅虎，因为，英格兰国人的生活方式和政治制度的品质乃至国民的性情无不与慧骃国中的雅虎一模一样，他们相互之间的仇恨胜过他们对其他动物的仇恨（卷四第7章）。马主人对格列佛详细剖析了雅虎的低劣天性和下贱作为，格列佛觉得很有说服力。他终于认识到，自己的确是个雅虎，马主人对雅虎天性的剖析用到自己的同胞身上非常恰当。

格列佛在慧骃国足足生活了三年之久，他既力图认识雅虎，也致力认识慧骃——他认识到，雅虎的天性乖张、狡猾、歹毒、下贱，慧骃的天性正派、质朴、节制、高贵。由于天性不同，雅虎和慧骃喜欢的哲学也不同：雅虎喜欢的是种种自然哲学体系，慧骃则赞同柏拉图所表述的苏格拉底思想（卷四第8章）。读到这里，我们已经可以觉察到，整部《格列佛游记》的内在理路是，通过小人国和大人国的对比（卷一和卷二）并经过卷三对智识人的考察，格列佛的游历最终抵达的是这样的问题：英国的自由民主宪政的品质究竟与哪种灵魂品质相像——他的结论是与雅虎相像。《王制》中的苏格拉底在讲过"国家航船"故事后说，这个故事"与城邦和真正的哲人的关系相像"（《王制》489a6），我们有理由说，斯威夫特所讲的格列佛故事要揭示的是英国宪政与现代哲人的关系。布鲁姆有理由认为，斯威夫特笔下的"慧骃是从柏拉图刻画的人中推演出来的，而雅虎则是从霍布斯刻画的人中推演出来的"（《巨人与侏儒》，前揭，页434）。

揭示英国宪政的品质与雅虎而非慧骃相像，是《格列佛游记》的基本意图，因此，《格列佛游记》的前言"格列佛船长给他的亲戚辛蒲生的一封信"大谈雅虎和慧骃。让格列佛感到困惑的是：雅虎并非没有智性，雅虎式的宪政是雅虎式的灵魂设计出来的——英国宪政是雅虎让慧骃由主人变成仆人的结果。显然，斯威夫特笔下的雅虎国家寓意的是崇今派知识人搞出来的新政，但慧骃国却并非格列佛在游历大人国时所看到的君主国。毋宁说，慧骃国颇像是一个理想的共和国，因为，慧骃国施行统一的理性教育，婚配讲究择优，以保持纯净的血统。慧骃国的最高权力机构是全国代表大会，这个立法机构以按需分配的原则管理国家，并致力于让国家始终保持单一的纯洁——整个慧骃族具有的美德是友谊和仁爱。慧骃国的全国代表大会一直在辩论这样一个问题：要不要把雅虎们消灭干净（卷四第9章）。马主人并非这个国家的主人，它也得受全国代表大会节制——这个国家没有王者。当全国代表大会得知格列佛住在马主人家时，立即表示坚决反对，认为这违反了国家对待雅虎的规矩。全国代表大会要求马主人要么像管制和奴役雅虎那样对待格列佛，要么将格列佛驱离——迫于无奈，马主人只好向格列佛下逐客令，让他飘渡回自己的国家（卷四第10章）。

《格列佛游记》以出海经历为基本叙事框架，有人说，这是模仿笛福的《鲁滨逊漂流记》，也有人说这是模仿培根的《新大西岛》。其实，要说文学上的航海经历这一主题类型，鼻祖当然是荷马。读过荷马的我们都知道，奥德修斯的经历就是航海经历——《奥德赛》开篇就说：

> 这人游历多方，缪斯哦，请为我叙说，他如何
> 历经种种引诱，在攻掠特洛伊神圣的社稷之后，
> 见识过各类人的城郭，懂得了他们的心思。

由于奥德修斯的航海历险也是认识自己的灵魂的过程——就此而言，《格列佛游记》模仿的既非培根更非笛福。毕竟，无论是在《新大西岛》还是在《鲁滨逊漂流记》中，都没有涉及灵魂的自我认

识。我们已经看到,《格列佛游记》的卷四就是格列佛对自身灵魂的认识过程,而这个过程基于前三卷的"游历多方","见识过各类人的城郭,懂得了他们的心思"。① 只不过,格列佛对自身灵魂的认识在这里聚焦于一个时代的选择:古今之争的选择。所以,格列佛出海探险时"身边总有许多书籍",他一有空闲"就阅读古代的和现代的最好作品"(页4)。格列佛第一次出海是在1699年5月,如我们所知,斯威夫特的恩师坦普尔在1699年元月去世,年轻的斯威夫特在尚未停歇的古今之争中需要自己独自前行。

已经有悉心的读者注意到,《格列佛游记》寓示的是一个有极高智力热情的人的自我认识过程。② 格列佛的自我认识从认识自己所在的"小人国"开始,通过认识"小人国",格列佛发现自己有非常强烈甚至极高的智性热情。为了找到让自己的智性热情得以实现的地方,格列佛着手探究过去和现在的最佳政制。接下来他去往"大人国"。与"大人国"国王的交谈让格列佛慢慢觉得,自己对家庭和祖国的眷念之情越来越淡薄——这正是格列佛后来在黑色慧骃身上可以看到的情形。在飞岛的经历让格列佛对自己的智性欲求的性质有了成熟的认识,他从此不再迷恋新科学理性。接下来与慧骃的相遇是格列佛的自我认识最为关键的一课——格列佛发现,慧骃族不仅在好奇心方面与他旗鼓相当,而且追求智性知识的献身精神比他还要强烈。慧骃族献身智性知识的热情受一个伟大的理想支配:打造一个完美的"理性社会"。由于这个理想,慧骃族自己先组成了一个社会,这个社会的美德是友谊和仁爱——然而,这两种美德的根基却在自然理性。

---

① 比较尼采《扎拉图斯特拉如是说》第一卷第15节"一千又一个目标"的叙述暗示,哲人扎拉图斯特拉要创造新的价值会充满奇遇和历险,这里两次出现了"扎拉图斯特拉见识过许多地方和民族"。扎拉图斯特拉要驯服的怪兽"利维坦",正是斯威夫特在《格列佛游记》中写到的雅虎。

② 参见伯柔,"《格列佛游记》与矮化哲人",见刘小枫编,《古典诗文绎读:西学卷·现代编》,上卷,前揭,页467–481。

因此，这个"社会"让我们想起的是斯威夫特的同时代人托兰德的《泛神论要义》中的托名"苏格拉底协会"。

按伯柔的识读，"小人国"人、"大人国"人和慧骃族的差异让格列佛懂得了人性的差异，这种认识使得格列佛对慧骃族的理想产生了怀疑：自然理性的哲学取代常识非常危险。他终于明白，现代"自然哲学体系"即使"确定无疑，也没有什么用处"。慧骃族的理想让格列佛深感震撼，他最终认识到，自己的天性使他不可能成为慧骃族，即便自己的天性中有模仿慧骃族的智性潜能。认识到这一点后，格列佛就不再看重自己特有的智性热情……格列佛历时16年半的海外经历的确是一个自我认识的过程，但结局是否如伯柔所说则恐怕未必。毕竟，格列佛最后爱上了慧骃国，他愿意成为慧骃，像慧骃那样生活。格列佛被迫离开慧骃国时非常恐惧，他不愿再回到自己的祖国继续做雅虎。如果慧骃国不让他待，他宁愿去荒无人烟的小岛过孤独生活，自由地思考慧骃们无与伦比的德性（卷四第11章）。事实上，格列佛最后回到英格兰后已经不能忍受人味，因为他清楚知道这是雅虎的味道——他甚至很长时期都无法与自己的妻子和孩子在一起，"一闻到他们的气味就恶心得受不了"（页296）。

斯威夫特在《格列佛游记》的"出版者致读者"中说，刊布这篇游记为的是给"青年贵族"提供一部"有趣读物"，免得他们受那些谈论政治和政党的"烂书"毒害（页1）。可以断定，这里的所谓"青年贵族"指的是从古至今都会有的慧骃族灵魂。斯威夫特能指望的仅仅是，每个时代凭自然而生的慧骃族灵魂应该好好认清自己，尤其要注意两类慧骃——即便这两类慧骃也还有多种不同颜色：这是灵魂的颜色。毕竟，对于慧骃族灵魂来说，首要的危险是缺乏自我认识（参见柏拉图《斐德若》，229e5–230a8）。如果没有自知之明，无论慧骃有多高的智性、多奇妙的才华，都有可能沦为雅虎。① 当然，斯威夫特清

---

① 坦普尔在《关于对〈论古今学问〉的评论的若干思考》一文结束时提到了苏格拉底的自我认识与德尔菲神谕的关系，见《文集》，前揭，卷三，页501。

楚地知道，不必引导所有人都走向这种自我认识，或者说让雅虎通过自我认识而改变自己是不可能的。为了让"一般读者广泛接受"，或者说为了掩盖这种灵魂的自我认识，他采用了寓言形式。就此而言，坊间认为此书是"儿童读物"并非不正确。

最后还需提到《格列佛游记》的另一大基本特征——讽刺，这一特征已经见于《书籍之战》和《木桶的故事》。我们知道，《伊索寓言》善于通过短小的动物之间的故事来讽刺人性的弱点甚至邪恶，①讽刺对象是人性品格等级中低劣和败坏的东西。在雅典时期的阿里斯托芬和古代晚期的路吉阿诺斯那里，这种讽刺诗艺得到极大的提升。他们不仅善于描绘人与人之间、人与动物之间（比如阿里斯托芬的《鸟》）的故事，而且讽刺对象除了人性的弱点和邪恶，尤其还讽刺了慧骃族中的某类灵魂以及民主政制。可以说，《格列佛游记》是阿里斯托芬和路吉阿诺斯作品的现代翻版。与此相反，崇今派文人学士则师从文艺复兴时期的人文主义者，渴望嘲笑所有严肃美好的东西。由于自身的灵魂品性亲近雅虎，他们的作品只能靠嘲笑古传德性为生。坦普尔在《论诗》一文中比较古代的和现代的讽刺作家时说：在崇今派文人身上出现了一种"脉动"（vein），即嘲笑传统所界定的人的所有好品质。在坦普尔看来，这种"脉动"只会"败坏我们的现代诗歌"（corrupt our modern poesy）。毕竟，把好与坏、邪门与正派放到一起嘲笑是不义的，在这种嘲讽的鞭挞下，所有东西都没了差别。② 作为坦普尔的学生，斯威夫特参与古今之争的主要作品师法阿里斯托芬和路吉阿诺斯的笔法，使得讽刺这门诗艺本身也陷入了古今之争：古典式的讽刺针对人性的种种弱点和邪门，现代式的讽刺针对严肃、高贵和美好的东西。当然，自启蒙之后，模糊人性的种种弱点和邪门与高贵和美好品格的界限或区分，在英国新派智识人那里

---

① 参见伊索，《伊索寓言》，王焕生译，上海：上海人民出版社，2014。
② 参见坦普尔，《论诗》，Spingarn 编本，前揭，页 71–73。

已经成了一种幽雅的机智,如今的我们仍在追慕这种机智。①

结语:历史僵局

斯威夫特笔下的古今之争并没有以僵局结束。我们从《格列佛游记》的"前言"(格列佛写给亲戚的信)中可以看到,黑色慧骃族与雅虎的联手受到尖刻嘲讽。即便早年描述皇家图书馆里的古代书与现代书之战时,斯威夫特也没有以僵局结束:

> 荷马借坐骑的蹄子踢死了卫斯理(Samuel Wesley),然后又发力将佩罗从马鞍桥上抓起,向丰特奈尔砸去,两人顿时脑浆迸裂。

在斯威夫特笔下,崇今派遭到致命打击。但斯威夫特的笔力没有阻挡住历史前进的脚步,历史证明崇今派赢了。伏尔泰在总结古今之争时这样写道:

> 古人和今人之争至少在哲学领域里已经得到了解决。今天,在文明开化的国家,没有人再用古代哲学家的论述来教育青年。(《路易十四时代》,前揭,页497)

伏尔泰所谓的"哲学"首先指的是自然科学知识,他明确说,"尤其在哲学方面,英国人是其他民族的导师"——伏尔泰具体提到三位导师:培根、波义耳、牛顿。培根是新哲学的伟大开拓者,他首先倡导"应该使用新的方法探索自然";牛顿是新哲学的伟大建立者,他凭靠自己发明的数学原理使得自己比其他任何凡人都"更加接近上帝","在人类经过三千年徒劳无功的探索之后","第一个

---

① 参见休谟,《人性的高贵与卑劣》,前揭,页96 – 104。

发现并指出了自然界非常重要的规律"(同上,页496)。伏尔泰在18世纪作出的这一断言迄今有效,如今的大学理科生无须学习亚里士多德的物理学,古希腊的数学和物理学也不可能把导弹送上天,牛顿的数学和物理学原理才有这样的能力。

然而,伏尔泰所谓的"哲学"同时也指精神哲学和政治哲学,因为他随后又对比了洛克与柏拉图。对伏尔泰来说,洛克在精神哲学和政治哲学方面的地位相当于牛顿在自然哲学方面的地位:

> 洛克一个人足以成为我们时代相对于希腊极盛时期的优越性的重要例证。从柏拉图到洛克,哲学毫无进展。在这段时期内,没有人把人类的精神活动推进一步。一个人如果懂得整个柏拉图,并且也只懂得柏拉图,那实在是懂得很少,而且并非真正懂得。(同上,页497)

表面看来,伏尔泰并没有否认柏拉图在理解"人类的精神活动"方面的重要性和权威地位。然而,谁都看得出来,他的意思是:洛克哲学能够而且应该取代柏拉图哲学。毕竟,"只有洛克在他的一部著作中阐述了人类的理解力。这本书的内容全是真理"(同上,页498)。从今天的学问状况来看,伏尔泰的这一断言未必有效。如今的大学文科生如果以为无须读柏拉图而只需读洛克,他在读书人圈子里难免成为笑柄——即便他自己意识不到自己可笑,甚至还以为自己很进步。

必须指出,无论是坦普尔还是斯威夫特,都从来没有否认新自然科学的成果,而是仅仅否认崇今派基于新自然科学发展出来的文明政制观念。无论基于新自然科学的商业文明的经济成就有多高,都并没有证明坦普尔在《论古今学问》中提出的根本论点输了:古代高于现代的关键在于其精神品质的高贵。这一论点为斯威夫特的所有涉及古今之争的文字提供了支撑点,因此,他在《书籍之战》中将源于培根的现代"年老"论称之为"现代悖论"(modern paradox)。

即便按照"历史进步论"的观点,越现代越年长、越经验丰富,仍然不等于越高贵。如今,我们一方面享受着科技文明带来的种种舒适、保健和安全,一方面也经历着人类灵魂的整体沦落。自20世纪的"罗马俱乐部"以来,西方学界一直在谈论如何限制科技文明冲动给人类整体所带来的可见危害甚至危险,然而,从一开始就与商业生活方式携手并进的新科学技术明显很难摆脱商业利益的制约。坦普尔和斯威夫特这样的崇古派单单凭靠古典精神的高贵与商业技术文明的"进步"成就搏斗,从人类历史进程来看,显得自不量力。尽管如此,古今之争迄今仍在僵持,而且还会继续僵持下去。维持僵局比打破僵局对于人类文明史的未来发展更为重要,也更有意义,否则,人类文明真的会成为一张巨大的蜘蛛网。

由于我国学界对这场古今之争一向缺乏兴趣,虽然斯威夫特的《木桶的故事》已经有了中译本,《格列佛游记》甚至有多个中译本,《论雅典和罗马贵族与民众的竞争和争执》和《书籍之战》迄今没有中译本。这部斯威夫特文集除首次翻译这两篇作品外,还提供了《木桶的故事》的新译本(从 Walsh 编本的150余页注释中选译了少量注释),另附几则相关文献,以及沃顿对《木桶的故事》的反驳。随着我国学界古典研究的兴起和发展,斯威夫特的作品不会再仅仅是"中学语文"推荐读物。毕竟,"五四新文化"运动时期的学衡派所引发的论战,早已让我们与西方的古今之争接上了火。

木桶的故事
——为普遍提升人类而作

A TALE OF A TUB.

Written for the Universal Improvement of Mankind.

Diu multumque desideratum.

To which is added,

An ACCOUNT of a BATTEL BETWEEN THE Antient and Modern BOOKS in St. *James's* Library.

Basima eacabasa eanaa irraurista, diarba da caeoraba fobor camelanthi. *Iren. Lib.* 1. C. 18.

―――― *Juvatque novos decerpere flores,*
Insignemque meo capiti petere inde coronam,
Unde prius nulli velarunt tempora Musæ. Lucret.

LONDON:
Printed for *John Nutt*, near *Stationers-Hall*.
MDCCIV.

作者撰写此文的强烈愿望由来已久。

此文根据一些希伯来语而作,以便更加彻底地难倒新信徒。①

我乐于采撷新的花朵,为自己编织一顶光荣的花冠,连缪斯还从未用此处的花朵把别人的额头装点。②

以下作品均为同一作者,其中大部分会在下面的论述中提到,③它们将很快问世。

《本岛当前才子圈特点》
《数字 3 礼赞》
《评格拉布街④的主要作品》
《人性剖析》
《世人颂》
《从历史、神学、生理学看狂热症》
《耳朵通史》
《为历代平民诉讼小辩》⑤
《荒谬国见闻》
《南方某绅士游历英格兰》
《从哲学、物理学和音乐学看行话艺术》

---

① 爱任纽(Irenaeus),《驳异端》(*Adversus Haereses*)卷一,章 18。
② 卢克莱修,《物性论》卷一,行 928-931。
③ 《木桶的故事》提到八部,最后一部在《论圣灵的机械运转》中提到过。
④ 御用文人与平庸作家所在地。
⑤ 可能与 17 世纪 90 年代长老会反对苏格兰圣公会有关。

为《木桶的故事》一辩

若作用于人类的善恶本性势均力敌,我或许可以省去写本辩护的麻烦。从对《木桶的故事》的反应看,绝大部分有品位的人显然都持赞赏的态度,但有两三篇文章明确表示反对,①还有许多文章对其偶有轻佻之意。据我所知,除了最近论述自然神论和索齐尼教②(Socinian)之争的作者具有绅士风度外,③没有人发表一句为其辩护的话,甚至以引用的方式表示支持的也没有。

因此,既然本书似乎很可能至少要和我们的语言同在,我们的品味也不容许其有大的改动,那么我乐意为其附上一篇辩护辞。

十三年前,也就是1696年,本书的主要部分已经完成,但八年后才得以发表。作者当时很年轻,④处于创作高峰,读过的书仍然记忆犹新。通过认真的思考和大量的交流,他竭力清除自己许多真正的偏见。⑤ 我说真正的偏见是因为他知道,偏见曾使人们陷入了多么巨大的危险。经过如此训练的他认为,宗教和学问方面多如牛毛、粗俗不堪的谬误或许可以作为素材,写篇讽刺文,既有益处,也

---

① 牛津大学耶稣教堂学院的学生金(William King)博士和沃顿都曾撰文评论《木桶的故事》。

② 索齐尼(Lelio Sozzini, 1525—1526),意大利人文主义者,主张宗教改革,反对三位一体。波兰兄弟会和英国早期一神教派的教徒被称为索齐尼教信徒。

③ 盖斯特罗(Francis Gastrell)著有《自然神论原理》(*Principles of Deism*),对于《木桶的故事》嘲笑或讽刺宗教作过辩护。

④ 斯威夫特当时29岁。

⑤ 希金斯(Higgins)在《斯威夫特的政治学》(*Swift's Politics*)一书中认为斯威夫特区分了"真正的偏见"和"偏见观念",后者是辉格派反对教权的论战工具。

有娱乐效果。他决定采用全新的方式写作,因为长久以来,每个题材都有无休止的重复作品,世人对此深感厌恶。他打算用"外套和三兄弟"的寓言写宗教谬误,此部分将构成本书的主体。他决定用中间穿插的方式介绍学问谬误。他当时是个年纪轻轻的绅士,却见过不少世面。① 他的作品旨在写给与自己趣味相投的人。因此,为了吸引他们,他写起来比较随意,可能与成年人或比较严肃的人的作风不太吻合。② 要是发表之前,作品在他手上能放一两年,他抹去数笔即可轻易改正过来。

这并不是说,他愿意让那些尖酸、嫉妒、愚蠢、品味低下之人的胡乱指责左右自己的判断。他承认,若年轻人说一些口无遮拦的话,庄重的人和有才识之人都可以批评。然而,他希望仅仅为自己的过错负责,那些既不怀好意也没有能力判别真假的人不应该因为无知、矫饰和苛刻而进一步传播他的错误。除此之外,若是有人可以合理地从本书推论出任何一条与宗教或道德相抵触的观点,他将以死谢罪。

为什么我们国教的神职人员看到愚蠢的宗教狂热和迷信遭到揭露却愤愤不已?虽然揭露的方式极其可笑,但这可能是消除它们,至少是防止它们进一步传播最有效的方式。此外,揭露文章没打算让教士们细细研读,但他们反对什么,文章就嘲笑什么。它赞扬英国国教,认为其在教规与教义上是最完美的宗教,既不提倡教士反对的观点,也不非难教士接受的观点。不满的教士若是要动手,鄙人以为他们本可以找到更适合的目标忙活一番:"你一直都不缺敌人。"③我的意思是,这些言行粗俗、行文不通的三流文人出卖节操,生活堕落,命运悲惨。令虔诚和明智的人感到羞愧的是,人们贪婪地阅读他们的作品,仅仅因为后者充斥着无耻、虚假和亵渎神

---

① 斯威夫特当时是已经退休的坦普尔的秘书,后者曾带他见过威廉三世。
② 斯威夫特1694年被授予圣职,在写《木桶的故事》一书时已经是牧师。
③ 卢卡努斯,《法萨利亚》,卷一,行29。

灵的主张，同时夹杂着对教士的不敬言辞，旨在公开反对所有宗教。简而言之，他们的所有原则受到热切欢迎是因为他们旨在清除宗教告诫的恐惧：人将为自己的罪恶生活负责。你在本书中将找不到类似问题，虽然有些人偏要随意理解，以提出指责。我以前常常发现，许多教士并不总能够精确地区分敌人和朋友，但愿以后没有这样的事情发生。

作者出于尊重不愿意提及名字的某个人若能够更加公正地解读本书的意图，他可能受到启发，去研读上述一些文人的作品。作者认为，自己本可以很容易地发现和揭露它们的谬误、无知、乏味和罪恶，使得那些被认为最可能受到它们影响的人很快放下书本，感到羞愧。然而，他现在放弃了这些想法，因为在最重要位置上的最重要的人偏向于认为，①嘲笑他们自己都不赞同的宗教谬误是比较危险的举动，相比而言，努力动摇所有基督徒都一直赞同的基础危险性就小一些。

作者认为，任何人自作主张确定本书作者名字的做法都是不公平之举，因为作者一直隐居，与大部分最亲近的朋友都没有来往。然而，有些人更进一步宣称，另外一部书与本书出自同一人之手。②作者直截了当地声明，这完全不是事实，他至今还没有读过那部作品呢。此例明显说明，根据风格或思想相似做出的一般猜测常常不是事实。

若是本作者写了一本揭露法律或医学谬误的书，他相信，该学科的专家必定不会痛恨他，而是感谢他付出了辛劳；若是他再长篇叙述该学科的正确做法，他们的反应更是如此了。然而他们说，宗

---

① 通常用来指约克大主教夏普（John Sharp）博士。据说他曾提醒女王，不要提拔斯威夫特为主教，他可能把《木桶的故事》给女王看过。

② 指库珀（Anthony Ashley Cooper）写的《论狂热》（*A Letter Concerning Enthusiasm*）。斯威夫特否认读过这封信不是明智之举，因为他在1708年给一位朋友的信中认为《论狂热》写得非常漂亮，但不是他写的。

教不应受到嘲弄,①他们对我们说了大实话。但宗教肯定有谬误,因为有一句人人皆知的老掉牙的名言告诉我们,宗教是最美好的事物,它的谬误则是最坏的东西。

　　细心的读者必定会发现一个现象,本书中最可能遭受异议的一些片断是他们称之为模仿的东西,那是作者模仿自己意在揭露的其他作家的风格。我举个例子,就在本书第51页。② 德莱顿、莱斯特朗奇和其他一些我不愿意点名的人在此处成了靶子。他们一生都在从事派别斗争、背叛信仰等各种罪恶活动,③却声称因为忠心和宗教成了受害者。德莱顿在一篇序言中向我们诉说了他的美德和苦难,并感谢上帝,他一直保持着耐心。④ 他在其他地方也讲同样的话,莱斯特朗奇也常常采用同样的风格。我相信,读者可能发现更多的人采用类似的言辞。但这足以引导那些曾忽略作者意图的人。

　　有偏见或无知的读者曾费尽九牛二虎之力另外找了三四段话,暗示其中含有恶意,仿佛他们在浏览宗教信条一样。对此,作者庄严宣布,他完全是无辜的,他从来也没有想过自己的话能够这样解释。若这也成立的话,他完全可以从世上最无辜的作品得出一模一样的解释,让每一位读者看到,这根本不是他的阴谋或

---

　　① 可能暗指培根,他在《论交谈》一文中认为,不应当在宗教问题上使用诙谐字眼。
　　② [译按]参见本中译页111,另参页113注①。
　　③ 莱斯特朗奇(1616—1704)是位翻译家、编辑、作家、记者和密探,在查理二世当政时期,任出版审查官。他一生都是保皇派雇佣的喉舌。德莱顿出生于清教徒之家,在王位复辟时效忠于国王并皈依国教,在1685年詹姆斯登基前夕改信天主教。斯威夫特和其他一些人通常认为德莱顿具有功利性,但他改信天主教明显是出于思想和宗教原因,他在威廉登上王位后没有再改变信仰。
　　④ 见德莱顿的《论讽刺的起源与发展》(Discourse Concerning the Original and Progress of Satire)"前言"。

意图。他注意到，所有国教徒都认可这些谬误。另外，除了宗教改革以来一直争论不休的问题外，作者笔下的人物乱谈别的问题也不合适。

只举一例，在序言中有一段提到三类木质装置，但在最初的手稿中还有第四类。拥有这些手稿的人将其删除了。我猜想，他们觉得其中的讽刺过于明显，因此被迫将其改为三类。有些人由此煞费苦心，生拉硬扯进作者从来也没想到过的恶意。① 改变数字的确大大损害了艺术效果。4 更为神秘，②因此能更好地揭露人们伪称的数字属性。作者的本意也是要嘲笑此类迷信。

另外还有一点需要注意，有品位的人也会发现和辨认出来，反讽贯穿本书始终，使得曾经的反对意见显得不堪一击和无足轻重。

本辩护辞的主要目的在于满足将来的读者。人们可能认为，不必理会反对本书的作品，因为和其他反驳好书的常见读物命运一样，它们也已经沦为废纸，被人遗忘了。的确，它们像一年生植物，长在小树周边，与小树竞争一个夏天，到了秋天却与黄叶一起飘落死亡，从此音讯全无。伊查德（John Eachard）博士就蔑视教士写了一部作品，立刻招来了数不清的类似反驳。他的回复使这些反驳依然清晰地保留在人们的记忆里，否则人们根本不知道有人反驳过他。③ 当然也有例外：某个伟大的天才觉得值得花时间戳穿愚蠢的作品。于是，我们至今仍津津有味地阅读马韦尔（Andrew Marvell）对帕克（Samuel Parker）的反驳，虽然其反驳的书早就消

---

① 斯威夫特放的烟幕弹，为自己任意谈论三一学说辩护；4 是"完美数字"。
② 在犹太神秘教作品中，神名通常用四个字母表示。
③ 伊查德牧师写了《蔑视教士和信仰的原因与场合研究》（*The Grounds and Occasions of the Contempt of the Clergy and Religion Enquired into*）（1670），引起一些激烈的反驳。

失了;①我们也将兴致勃勃地阅读奥乐利伯爵(Earl of Orrery)的评论,虽然他揭露的作品再也找不到了。② 但这些佳作普通人无法企及,一个时代也只有一两篇,不能奢望。人们在写反驳文时更担心浪费时间,因为他们考虑到,有效地驳斥一部作品比写该作品需要更多的精力、技巧、机智、学问和判断。对于那些对此文花费了心血的绅士们,作者保证,自己的文章经过了几年的研究、观察和创新。他删去的内容比留下的还要多得多;要不是文章很早以前就脱手了,他肯定要加以更大的改动。请绅士们想想,那些污言秽语,无论出此言论的口有多么恶毒,能重创这样的建筑么？作者曾看过两部反驳作品。其中一部的作者最初是匿名,③但后来由于某些原因发现其中并无恶意就公开了身份。令人遗憾的是,他竟然鬼使神差地一定要仓促完成作品。若是写点别的,倒也常常能逗人一乐。然而,他在此处的失败有着显而易见的原因。他违心创作,采取了世界上最为错误的行动:他的作品一周即创作完成,却去嘲笑花费了大量时间、因嘲笑别人取得轰动的作品。我现在已忘记他如何写的了,只是在其刚出版时,我像其他人一样,仅仅因为其题目的缘故浏览了一下。

另外一位反驳者较为冷静,其作品一半痛骂一半评论。④ 他的

---

① 年轻的国教牧师帕克(后来成为牛津主教)著有《论教会政体》(*A Discourse of Ecclesiastical Politie*),认为宗教事务应服从国家管理,反对脱离国家权力的宗教自由。此书被认为是复辟时期对非国教教徒最猛烈的攻击,马韦尔(1621—1678)撰写《变调的排练》(*Rehearsal Transpros'd*)进行驳斥。

② 指博伊尔,他继承哥哥成为第四位奥乐利伯爵,著有《论本特利博士〈关于《伊索寓言》和《法拉里斯信札》的研究〉》(*Dr. Bentley's Dissertation on the Epistles of Phalaris and the Fable of Aesop Examin'd*)。

③ 金博士(William King)在1704年发表《论〈木桶的故事〉》(*Some Remarks on the Tale of a Tub*)。

④ 指沃顿(William Wotton)在1705年发表的《为〈关于古今学问的反思〉一辩》(*A Defense of the Reflections upon Ancient and Modern Learning*)。

评论大体上还取得了不小的成功。当时,他的反驳广受欢迎,吸引了不少读者,有几位似乎还希望他对一些比较晦涩的段落作些解释。他的谩骂也不是毫无理由,因为所有人都认为,原作者已让他忍无可忍。但他谩骂的方式遭到比较大的质疑,因为其非常不适合他的目标之一。大部分人坚决认为,这位反驳者在某种程度上不可原谅,因为他抨击了某个在世的伟人,[①]此人德才兼修,广受尊重,可能成为最有成就的人。可以看出,那位反驳者很乐意把这位高贵的作家当作自己的对手。他的讽刺非常有效,因为我听说坦普尔爵士受到了极大的羞辱。由于担心此事会带来不良后果,有智有礼之士义愤填膺。他们不再仅仅轻蔑,而是立刻加以反击,后来演变成波塞纳(Porsenna)事件:"我们三百人发过共同的誓言。"[②]总之,事态发展到了要群起而攻之的地步,此时,奥乐利大人稍稍平息了大家的怒气,避免事态进一步发展。但大人主要针对另外一个敌手。[③]大家认为,为了平息众怒,必须对这位敌手加以惩戒。《书的战争》一书的部分创作动机也源于此事,作者还不辞辛苦,在本书中单独评论了他两句。

这位反驳者因为在十几段话中挑出了毛病而甚感得意。原作者不愿费功夫辩护,仅向读者保证,这个满口诽谤的人所说的绝大部分完全错误,至于他强加的那些意义,作者想所未想;作者也不知道,是不是哪位有品位的正直读者想到了。作者承认,书中最多有两三处写得不太严谨。他为此恳请大家原谅,因为他当时年轻气盛、口无遮拦,而且作品出版时已经不属于他。这些理由上面已经提到过。

[①] 指坦普尔(William Temple)爵士。

[②] 这是罗马勇士斯凯沃拉(Gaius Mucius Scaevola)对围困罗马的克鲁修姆(Clusium)国王波塞纳的答复。前者试图谋杀后者,失败被捕,在后者面前把右手伸进火里以示对疼痛的蔑视。

[③] 指本特利(Richard Bentley)。

但这位对手坚持说,他讨厌的主要是写作的意图。我刚才已经讲过该书的意图;我认为,凡是能读懂本书的英格兰人都会认为,其旨在揭露学问和宗教的谬误,而非其他东西。

然而,最好了解一下这位诽谤者要达到什么目的。他在自己的小册子结尾提醒读者注意,那位作者的机智不完全是自己的。毋庸置疑,这个有用的发现必定缓和了个人敌意,至少还夹杂有服务公众的意思。此举的确击中了作者的软肋,因为作者坚持说,整本书没有一处借自世上其他作者,并认为此书在所有批评中史无前例。作者以为,自己的作品为独创,毫无争议,无论其有什么样的错误。然而,这位反驳者举出三个例子,证明作者的机智在多处不是自己的。第一例,彼得、马丁和杰克这些名字借自已故白金汉公爵的一封信。①无论这三个名字中含有多少机智,作者都情愿放弃,也希望自己的读者完全扣除他们在此处赋予作者的机智。同时,作者郑重声明,在看到此反驳文之前,从未听说那封信,因此正如作者断言的那样,名字不是借的,虽然它们碰巧相同。这事的确很奇怪;作者也不愿意相信,杰克这个名字没有像另外两个那样明显。表明作者的机智不完全是自己的第二个例子是,彼得对圣餐变体的戏谑(banter,他用阿尔塞西[Alsatia]②区的语言这样称呼)来自同一位公爵与一位爱尔兰牧师的谈话。在谈话中,软木塞变成了马。作者声明,他在自己的书写完后过了大约十年,即出版后大约一两年才看到此书。不但如此,那位反驳者自己否定了自己,因为他认为,《木桶的故事》写于1697年;我记得,公爵那本册子多年以后才出版。

---

① 维利尔斯(George Villiers,1628—1687)的《就〈人类理性〉致克利福德先生书》(*To Mr. Martin Clifford on his Humane – Reason*)。

② 当时人们通常称伦敦怀特弗莱斯(Whitefriars)区的一个地方为阿尔塞西。该地有天主教的卡尔梅勒会(Carmelite)修道院,具有庇护权。它在1608年获得王家授予的特权,1697年特权终止。享受特权期间,它因为收容众多负债人和罪犯前往避难而臭名昭著。

谬误必须具有寓言和其他一些形式,作者也尽可能创作得恰到好处,而没有参考别人写了什么;最普通的读者将会发现,两个故事之间没有一丁点相似之处。第三个例子是这样说的:"有人让我确信,圣詹姆斯图书馆里的战斗,如果我没记错的话,来自一本名叫《书的战争》的法语书,①只是做了一些必要的改动。"在这段话中,有两个分句值得注意,"有人让我确信"和"如果我没记错的话"。我首先想知道,若是这个猜测最后证明完全是谎言,这两个分句是不是成为那位德高望重的批评家的完美借口呢?此事无足轻重,但他敢不敢以这样的方式断言更重大的事件?我认为,剽窃的作者最让人蔑视;他竟然用猜测确定是否剽窃,剽窃的还不是一段,而是整部作品都抄自另一本书,"只是做了一些必要的改动"。作者和反驳者一样对此一无所知,也模仿他任意断言:这个诽谤若有一个词是正确的,作者即是鹦鹉学舌般无足轻重的腐儒,反驳者就是机智、礼貌、说真话的人。作者之所以这么大胆,是因为他一辈子都没有见过这部作品,之前也没有听说过这部作品;他确信,来自不同时代、不同国家的两个作家不可能想法一致,两部作品也不可能雷同,不可能仅仅"做了一些必要的改动"。作者也不纠缠于对书名的误解,就让反驳者和他的朋友随便拿出一本书,②要他们找到一个具体案例,让审慎的读者认定作者在此处有过哪怕一丁点的借鉴。我敢说,他们找不到。当然,要允许偶然会有某个想法雷同,虽然他从来没有在那本书里发现过,也没有听到有人提出过异议,但他知道,有时候可能会出现这种情况。

因此,若不幸产生意图,那也必定是这位反驳者的意图。他使人注意到,作者的机智不完全是自己的,但他只能举出三个例子,其中两个无足轻重,所有三个明显都与事实不符。这些绅士在批评中

---

① 德卡利埃(Francois de Callieres, 1645—1717)曾著有《古今之战》(*Combat des Livres*)一诗(1688)。

② 指沃顿和本特利。

若是以这种方式对待世人,而我们又没有闲暇应付他们,读者就需要警惕,注意他们如何利用自己的信任,他们的做法是不是符合人性或事实。那些认为值得花时间去辨别的人更应该如此。

人们认为,这位反驳者若是一心一意做好《木桶的故事》的评论,可能收效更好。不可否认,他在此方面为公众做了点事。通过他比较准确的猜测,一些晦涩的片断也明晰起来。然而,这些人常犯一种毛病(否则的话,他们的辛劳将非常受人称道):不顾自己的才能有限,偏离自己的职责,不懂装懂地指出优缺点。他们本业不在此,也总在此遭到失败;世人从来没有希望他们去做,他们做了,世人也不感激。麦尼尔(Jan Minel)或法纳比(Thomas Farnaby)的工作本来与他们各自的才能相匹配,①本可以帮助很多读者理解比较深奥的部分,但"懒牛渴望马饰"呀,②迟缓、笨拙、丑陋的牛一定要穿上马的装备,却不考虑它生来就是要劳作,为上等生灵耕作土地;它也不考虑自己既没有体型和勇气,也没有速度,却要装扮成那种更为高贵的动物。

这位反驳者公平待人的另外一个范例是,向我们暗示作者已逝,③却怀疑是国内某个我也不知道的人。对此,我只能回敬说,他的所有猜测完全错误;毫无疑问,猜测至多也只是站不住脚的借口,不能用以公开确定人的身份。他谴责一本书,接着谴责他一无所知的作者,同时写书给一些人安上他认为的恶名,而这些人根本不应该受到这样的对待。黑暗中受到撞击可以有理由感到窝火,但若是光天化日之下遇到第一个人就打了起来,把昨夜的伤痛归罪于他,这个报复有点不可思议。

作品如何脱离了作者之手,这个事情不适于讲出来,也没什么

----

① 麦尼尔(1625—1683),荷兰学者,拉丁教材编辑。法纳比(1577—1647),语法学家,校长。
② 贺拉斯,《书信集》卷一,封14,行43。
③ 沃顿暗示《木桶的故事》为坦普尔所写。

意义。它是私事,读者爱信多少信多少。然而,作者身边有修改过的稿子,他打算多加修改,重写一遍。出版商非常清楚此事,在出版商序言里也交代了。他们认为,这是不宜公开的稿件,有待修改。读者不关心这个,但这却是事实;准确来说,不宜公开的稿件才应该被出版。他们急急忙忙,其实没有必要,作者根本没有准备好;但作者听说,出版商为稿件支付了一大笔费用,正处在煎熬之中。

书出版后有多处脱节处,作者原稿中并没有这么多。作者也不知道为什么有些脱节处依然还在。若以前由他负责编辑,至今尚未有异议的几段话多处会得到改动。同样,对于那些似乎遭到合理反对的段落,他也会修改其中的一部分。但坦率地说,他会让绝大部分作品保持原样,因为他确信,人们不可能对它们做出错误的解释。

作者注意到,本书结尾提到一部叫《片断》①的作品。相比于其他作品,他更急于看到此书出版。其只有一个非常粗略的描述,另加一些松散的线索。作者曾经把这些线索给了一位绅士,后者曾经计划写大致相同的题材。作者后来再也没有想起此事,现在看到作品完全按照他计划的方案拼凑在一起,感到十分诧异。这只是鸿篇巨制的基础性工作,看到素材遭到如此愚蠢的利用,作者感到非常惋惜。

驳斥本书的人和另外一些人还有一项反对的理由:彼得经常诅咒。② 所有读者也表示,有必要明白彼得为什么诅咒。诅咒没有印刷成文,只是假想出来的;它与渎神的言语或粗话一样,并不邪恶。人们嘲笑天主教中诅咒别人下地狱的荒唐行径,想象他们诅咒的样子,并不犯罪,但下流语言或有害的观点虽然印得不完整,却让读者产生不健康的联想。作者没这样的问题。审慎的读者会发现,本书最严厉的讽刺是抨击现代人在一些问题上绞尽脑汁的行为,在本书

---

① 指《论圣灵的机械运转》。
② 金博士在《论〈木桶的故事〉》中指出,作者的首要目的是渎神,其次是表明他多么善于威吓、怒吼和诅咒。

页 153d① 和其他地方可以找到明显的例子。当然,有一两处讽刺过于随意,其中缘由上面已经给出。有人向出版商建议,要求作者修改他认为需要修改的段落,但出版商似乎听不进去,因为他担心此举影响销售。

作者在结束辩护前提出一个观点:机智是人性中最高贵最实用的能力,幽默则是最令人愉快的能力;任何创作若是把二者深深地结合起来,将永远受世人欢迎。有些人既没有也无法品味这两种能力,他们大部分人因为自负、粗野和学究受到机智和幽默的鞭笞,却觉得无关痛痒,因为他们毫无感觉。作品中的机智若掺杂一点玩笑,即被称为"戏谑",到此为止。他们的礼貌用语"戏谑"最初来自怀特弗莱斯(Whitefriars)的恶棍,后来在仆人之间流行,最后退隐于学究之手。他们用它评论富有机智的作品恰到好处,仿佛我也应该将之用于形容牛顿爵士的数学。然而,所谓的"戏谑"若是如此卑劣,为什么他们还一直对它心痒难耐?仅拿上面提到的那位反驳者做例子吧。令人难过的是,他在自己的作品里一而再、再而三地想尽办法去搞笑。他告诉我们有一头撅起尾巴的母牛,②然后在回复这段话时说,这仅是搞笑,就是一把长柄勺。③ 其他的段落也同样众彩纷呈。人们或许会说,机智对于这些文学垃圾应该感到羞耻。它们最明智的做法是待到安全的地方,或至少保证,别不请自来。

总之,阅读本书时应该考虑上述几个因素。除此之外,作者认

---

① [译按]参见本中译页 155 – 156。

② 沃顿在《关于古今学问的反思》中说,古代先贤预测天气的技巧完全可以从现代民间采用的一些办法看出来,如英国农夫的晴雨表是他的红色奶牛,牛一撅尾巴,必定预示将有阵雨。

③ 这是沃顿在《关于古今学问的反思》中说的话,他指的是普莱尔(Matthew Prior)的一首诗《长柄勺》(*The Ladle*)。在这首诗中,命运之神答应满足腓利门(Philemon)三个愿望。腓利门把其中一个愿望留给妻子,后者要了一把长柄勺。腓利门很是不满:"你把大事变成笑话 / 我愿勺子长在你的(屁股上)"。

为，对于一位年轻作家而言，也基本没有什么问题不可原谅。他的作品仅给那些具有才智和品位的人看。他说他们都站在他一边，足以使他公开自己的名字，满足一下虚荣心；他认为，这讲得一点没错。世人无论猜测多么高明，仍然蒙在鼓里，这使公众和他本人都感到愉悦和好笑。

作者听说，出版商说服了几位绅士，让他们写一些评注。作者尚未看到评注，不应该也不打算评说其是否恰当。评注付梓之后，他很可能乐意发现自己从未想到过的二十种意义。

1709 年 6 月 3 日

补充说明

自从一年前写完上文之后，有位只顾赚钱的出版商以《〈木桶的故事〉注释》为名出版了一篇荒谬的文章，描述了一下作者，想当然地认定他是几部作品的作者，①其行为之粗暴我认为应该受到法律的惩处。本作者敢向世人保证，该文的作者关于此事的猜测完全错误。作者还声明，整部作品完全出自一人之手，②每个有判断力的读者都可以轻易发现这一点。把原稿送给出版商的那位绅士是作者的朋友，他仅仅删除了几段话，文中也因此出现了需要补充的脱节处。然而，若有人证明全书中有三行是他所写，让他站出来，告知名字和头衔。之后，出版商将得到吩咐，在下一版中署上他的名字和头衔，从此他将被认作毫无争议的作者。

---

① 柯尔（Edmund Currl）认为斯威夫特的堂兄（Thomas Swift）是《木桶的故事》《基督教史》和《论圣灵的机械运转》的作者。

② 斯威夫特的堂兄托马斯曾声称自己撰写了《木桶的故事》部分章节，斯威夫特在此暗中否定堂兄的主张。

致尊敬的萨默斯男爵 *

大人：

　　本人曾写过一篇很长的献词，但那献给了我永远也无幸结识的一位亲王（据我观察，当今没有任何作家尊重他、重视他）；我也完全不像出版商那样受制于乖张的作家们，因此我认为，把本书献给大人，恳请大人的庇护，虽然冒昧，却很明智。神和大人清楚书的优缺点，我自己则完全不知道，其他人对此应该也一无所知，但我根本不因此更加担心书的销售。在书前署上您的大名在任何时候都可以让书销售一空，因此我只希望能够有献给您的权利，不指望您把我提拔为市政官。①

　　作为献与者，我应该列举大人您的美德，同时也非常不愿冒犯您的谦逊。我主要赞颂您慷慨大度地对待那些才高八斗却穷困潦倒的人，说得直白一些，是对我慷慨大度。我正在按惯例书写，研究一两百篇献词，从中整理出一篇献给您，此时，一个偶然事件引起了我的注意。在这些献词的封面，我无意中看到偌大的两个词：

---

* 萨默斯（John Somers，1651—1716），1697年到1700年间任英国大法官，辉格党派成员，皇家学会成员，与牛顿和洛克关系密切。包括艾迪逊（Joseph Addison）在内的很多文人都把自己的作品献给萨默斯。斯威夫特起初的时候希望萨默斯能够提携自己，因此在《论雅典和罗马贵族与民众的竞争和争执及其对两国的影响》（1701）中就萨默斯被弹劾一事的讨论有讨好和支持萨默斯的意思。1704年写的献辞中规中矩，本献辞在原献辞基础上改写，发表于1710年。有学者认为本篇献辞中的有些段落对萨默斯有贬抑和挖苦的味道，因为1710年年底到1711年，斯威夫特对萨默斯开始不那么欣赏，此时的斯威夫特已经从辉格党投靠托利党。

① 讽刺唐森（Jacob Tonson）在1698年借助萨默斯的影响升任市政官。唐森是德莱顿和萨默斯的朋友，曾编过德莱顿作品集，自然成为斯威夫特讽刺的靶子。

"DETUR DIGNISSIMO"。① 我想,它们可能含有重要意义。但不幸的是,我雇佣的几位作者都不懂拉丁文(虽然我常常花钱请他们翻译拉丁作品),②于是我不得不求助于我们教区的牧师,他将之翻译成"献给最优秀的人",还评论说,作者是想把他的作品献给当时最伟大的天才,因为后者具有机智、学问、雄辩、智慧和判断力。我造访一位(受雇于我的)诗人,他的工作室就在附近一条小胡同里。我让他看了看译文并问他,作者所说的"最优秀的人"指的是谁。他沉思半晌后告诉我,他厌恶虚名,但从描述上看,他认为自己就是那个被献与的对象;同时,他还非常友善地免费写了一篇给自己的献词。然而,我问他是不是还有其他人配得上这个称号。他说,呃,只有他或萨默斯大人。从那里出来,我在昏暗中冒着不小的危险,不辞劳苦地爬了一圈又一圈的楼梯,③拜访了其他几个我熟悉的才子,却发现他们重复着同样的话,说"最优秀的人"指的是您和他们自己。现在,大人您应该明白了,这种做法非我自己的杜撰。我曾在哪儿听说过一句名言,所有人公认的第二名毫无疑问应该是第一名。④

这的确让我坚信,大人您就是作者所指的对象。但由于不太熟悉献词的风格与形式,我雇了刚才提到的几位才子,让他们给我提供建议和素材,就大人您的美德写一篇颂词。

两天之后,他们给我送来十张两面都写满的稿子,并向我发誓,他们曾搜罗了所有可以查得到的献词作者,包括苏格拉底、阿里斯提

---

① 暗示亚历山大大帝的遗嘱。据载,亚历山大临终前,朋友们问他谁可以继承帝国,他回答说,"最优秀的人"。
② 可能指唐森和德莱顿。
③ 穷作者都住在阁楼里。
④ 据希罗多德记载,希腊众将在波塞冬的祭坛前投票,在他们中间评选出第一名和第二名。他们每个人都投了自己一票,大部分人一致把第二名投给塞弥斯托克勒斯(Themistocles),结果他们每人只得到一票,远远少于第二名塞弥斯托克勒斯的票数。

德斯(Aristides)、①埃帕米农达斯(Epaminondas)、卡图、塔利(Tully)、阿提库斯(Atticus)和其他一些佶屈聱牙的名字,我现在都记不起来了。然而,我有理由相信,他们利用了我的无知,因为我通读他们收集来的材料时,竟然发现,他们知道的东西没有一处我与其他人不知道。因此,我极其怀疑这是一场骗局,我的这些作家窃取和抄袭了人所共知的东西。我白花了五十先令!

若是像比我优秀的人一样,改个题目,把同样的材料用于另外一个献词,或许可以帮我弥补损失;但我让几个人翻阅一下,他们还没读三行,就都明确无误地让我确信,除了您,这些文字可能不适用于任何其他人身上。

的确,我仿佛曾听说,您在军前勇猛杀敌,无所畏惧地冲上缺口②或翻越城墙;您直接继承了奥地利家族的血统;您在衣着和舞蹈方面具有卓越的才华,在代数、形而上学和东方语言方面有渊博的知识。然而,给世人再讲一遍老掉牙的故事,讲您在各种场合所表现的机智、雄辩、学问、智慧、正义、文雅、坦率和温和,讲您具有敏锐的辨别能力和乐于支持君子,以及四十个其他常见的话题,我承认,自己既不想也没有动力去做。究其原因在于,无论是公开或私下的任何一种美德,您自己遇到的一些事件常常使它们显现于众人面前;极少数美德因为缺少机遇,没受到人们或朋友的关注,但您的敌人最终却将其抖搂出来。③

说实话,我不希望大人美德的光辉案例失传,使后人无法知晓,无论就美德本身还是您自己,但主要原因还是,这些美德非常有必

---

① 阿里斯提德斯是公元前5世纪雅典政治家和将军。普鲁塔克曾为之作传。斯威夫特在《论雅典和罗马贵族与民众的竞争和争执及其对两国的影响》中把萨默斯比作阿里斯提德斯。

② 戏仿艾迪逊献给萨默斯的《致国王》(To the King),也有性暗示,因为萨默斯生活放荡。

③ 萨默斯在1701年遭到弹劾,后宣告无罪。

要去装点已故君主的历史。① 我不愿意在此重复那些美德的另外一个原因是,我听智慧的人讲,献词只写过去的几年,好的历史学家一般不从中寻找证据。

  我认为,我们这些献与者最好变换一下我们的方式。我的意思是,不要再长篇累牍地赞扬我们庇护人的慷慨大度,而要为他们的耐心说一两句赞美之辞。本文如此冗长,您却表现出了耐心,还有什么样的赞美之辞比这更有力?当然,我并不是认为您的优点多半在于此处,因为您以前已经习惯了令人生厌的、有时毫无意义的长篇大论,因而更容易心生原谅。若是说话人满怀尊敬与崇拜,您尤其如此。

大人您最恭顺、最忠实的仆人

出版商

---

① 威廉三世于 1702 年 3 月 8 日去世。

出版商致读者

从我最初得到这些稿子到现在已经六年了,①但它们似乎刚完成一年,因为作者在第一篇序言中说,他是为 1697 年所作,并且,第一篇、第二篇文章中有几处似乎说明,所有这些稿子都是在那时创作完成的。

至于作者,我也没有任何令人满意的介绍。然而我确信,他不知晓此书问世;他断定稿子已经遗失,也永远找不到了,因为借走书稿的那个人已经去世。至于他最后是否做了润色,是否打算完善残缺的部分可能仍将是个谜。

若我费尽口舌告知读者,自己如何无意中得到这些手稿,这个充满怀疑的时代将把其当作行业辞令,不予重视。我因此也乐意为自己和作者省去不必要的麻烦。不过还有一个问题,我为什么不一接到书稿就出版?我当时按捺住冲动出于两个原因。第一,我认为自己手上有更好的作品;第二,我希望收到作者的来信,听从他的吩咐。然而,令我感到惊慌的是,听说有一个不宜公开的版本,②最近得到了某个大才子③的加工与润色,或像我们当下有些作家所说,使其符合时代风气,因为他们曾极其熟练地改写过《堂吉诃德》、博卡利尼(Troiano Boccalini)、拉布吕耶尔(La Bruyere)和其他作者。但我认为,让作品以本来的面目示人更为公平。若有绅士愿意为我撰文,解释比较晦涩的片断,我将非常感激,我会注明他的帮助,单独印刷其解释。

---

① 从 1698 年到 1704 年。
② 通行的出版理由。
③ 可能暗中讽刺斯威夫特的堂兄托马斯。

致后世王子殿下*

殿下：

我在此处向您献上利用偷来的半点闲暇创作出来的果实,①与这种娱乐全然不同的是繁多的公务与工作,使我只能享受短暂的间歇。在漫长的议会休会期间,没有任何外国消息,雨也不厌其烦地下着,利用时间的垃圾写出的拙劣作品让我心烦意乱,再加上一些其他原因,使得作品尤其配不上殿下的庇护。您美德无数,在短短数年便使世人仰望,视您为王子们的未来楷模。殿下虽然尚未成年,学问界已经全部决定,以最为恭敬的姿态恳请您发出未来的号令;在这个文雅和极其文明的时代,命运立您为唯一评判人,裁定人类机智的作品。我想,请求者数目之多,足以令任何天赋比您少的评判人感到震惊。不过,为了避免这种壮观的检验,负责您教育的那个人决定(我听说)让您基本上完全不知晓我们的研究,虽然您天生就具有审查它们的权利。

令我感到诧异的是,光天化日之下,这个人竟大胆劝导殿下,说我们的时代完全没有文化,在任何方面基本上都没有产生过一位作家。我很清楚,殿下成年并学完古代知识之后,由于好奇心驱使,将不再忽视对当前作家的研究。您老师为您所做的讲述傲慢无礼,旨在把当代作家贬低到我都不好意思提及的地步。想到这一点,我就热血沸腾、义愤填膺,因为它关系到我的荣辱与利

---

* 当时,受到谴责的作家通常求助于后世(Posterity)。后世在文中以未成年的王子面目出现,时间(Time)是其老师。作者沿袭常用的手法,扮作其他作家,有时会解释发表作品的原因和借口,因为他们应该把作品隐藏起来,因此为作品问世感到羞愧。

① 当时作者常用的手法。

益,也关系到我们这支又庞大又活跃的队伍的荣辱与利益。多年的经验使我知道,您老师对我们已经明确表示深深的厌恶,而且仍将如此。

将来某一天,殿下细读本文,可能希望拿我这里声明的优点说服您的老师,并命他给您看看我们的创作。他将反问您(因为我很清楚他的意图),作品在哪?它们的结局如何?由此假装证明,这些作品从来没有存在过,因为那时根本找不到它们。找不到?谁把它们放错了地方?掉进深渊里了?从它们自身的性质上讲,它们非常轻,必定永远漂浮在表面。因此,错误在他,是他把重物系在它们的脚后跟上,使它们沉到地球中心。它们的本质遭到破坏了么?谁毁灭了它们?它们是在清洗时淹死了,还是在抽烟时殉道了?谁用它们擦……屁股了?① 不过,殿下毫无疑问知道谁将制造这场大灾难。我恳求您注意,您老师总是煞有介事地随身携带令人恐怖的大镰刀。请注意他指甲和牙齿的长度、力量、硬度和锋利程度;小心他呼出令人厌恶的毒气,此气体破坏生命和物质,具有传染性和腐蚀性;然后再想想,这一代中是否有人可以抵挡得住他。唉,愿殿下在某一天做出决定,解除这位篡权主管的火力,由您自己来管理自己的帝国。

您老师惯用的多种专制和毁灭手段罄竹难书。他对我们时代的作品有着根深蒂固的敌意。这座光荣的城市每年创作出成千上万部作品,但第二年再也听不到其中的任何一部。大部分不幸的孩子②没来得及学会母语去乞求怜悯就被杀害了。一些孩子在摇篮里被他闷死,另一些被他吓得抽搐而暴死;一些被他活活剥皮,另外一些被他肢解。大多数被献给摩洛克(Moloch)神,其余的由于受了他气息的传染,患上慢性肺炎而死。

但我最关心的还是我们这群诗人。我现在代他们向您写请愿

---

① 书未卖出去被当作清洁厕所的擦拭纸、点烟用纸捻和卫生纸。
② 常见的关于作品的比喻。

书,到时160位一流诗人也会在上面签名。您可能从来没读过他们的不朽之作,但他们每个人都既谦逊又热切地索要那顶桂冠,①并且都有相应的大部头作品支持自己的要求。然而,殿下,您老师使这些名人的不朽之作注定不免一死;殿下,您要知道,我们的时代还未产生出一位使这个时代感到光荣的诗人呢!

我们承认,"不朽"是一位崇高、强大的女神,我们向她献上自己的忠心和祭品,但没有效果,因为殿下您的老师篡夺了祭司职位,以无比的野心和贪婪,一定要全部截留和吞下我们的东西。

认定我们时代完全没有文化、什么作家都没有,这种断言似乎过于草率,也与事实相差甚远;有一段时间我曾想,毋庸置疑的证据几乎可以证明与此相反的观点。的确,尽管他们人数庞大,产量也高,但很快被驱赶下台,没给我们留下什么印象,同时让我们看得眼花缭乱。最初打算写本书时,我列举了一长串书名准备呈送给您,证明我的断言毫无争议。我们把原书的扉页贴到街道的各个大门上和偏僻处,②但过几小时回来一看,发现都被撕下,换上了新的。我问过读者和出版商,但一无所获;他们记不起那些作品,也找不到它们在哪儿;③他们嘲笑我,说我是小丑和学究,完全没有品位和修养,对当前的人情世故一窍不通,根本不清楚宫廷和城市的名人圈里的事。因此,我只能向您笼统地断定,我们的确具有大量的学问和机智,但确定细节过于困难,我能力不足,无法胜任。若在大风天,我向您宣称,天边有一大团呈熊状的云彩,天空正上方有呈驴头状的云彩,西边还有一处呈龙状带爪子的云彩,④殿下您可能马上认为,最好检验一下是否是事实,但它们的形状和位置必定会有所变化,新的东西也会出现,我们能够一致确认的是有云彩,但我对它

---

① 可能指所有希图在诗歌领域成名的人,而非特指。
② 为书做广告。
③ 《玛加伯书上卷》12:53。《启示录》12:8。
④ 莎士比亚,《安东尼与克莉奥佩特拉》4.15.2–10。

们形状和位置的描述严重失真。

然而,您老师可能仍然坚持己见,提出下面的问题:写这么多书必定用了大包大包的纸,那些纸现在状况如何?它们也能完全被毁灭了么?并且像我所说是突然毁灭的么?对这个令人反感的异议,我能说什么呢?我们相距太远,不适于安排您到厕所、火炉、妓院窗口和肮脏的灯笼那里去眼见为实。① 书像其作者一样,来到尘世只有一条路,但离开尘世的不归路却有千万条。

我以自己的人格向殿下您表示,我要说的话在我写下的时候是千真万确的。但在您阅读之时会发生什么样的剧变,我决不敢保证。不过,我请求您接受它,把它当作我们的学问、我们的文雅和我们的机智的一个样本。为此,我真心声明,确实有一位诗人叫德莱顿(John Dryden),他翻译的维吉尔的诗最近以对开本出版,装订很好,②如果多下功夫搜寻,据我所知还可以找得到。③ 还有一个诗人叫泰特(Nahum Tate),④他随时都可以发誓说,他已经发表了大量的诗歌,(若有人依法索要,)他和他的出版商仍然可以出示原稿;他由此感到纳闷,世人为何乐意保持这个秘密?第三位是被称为德尔斐(Tom Durfey)⑤的诗人,他兼收并蓄,多才多艺,学问极其渊博。还有非常深邃的批评家莱默尔(Thomas Rymer)先生和丹尼斯(John

---

① 未卖出的书的用途:卫生纸、装馅儿饼的纸袋、油浸过后当作窗户纸(比玻璃便宜)和灯笼罩。

② 德莱顿翻译的《维吉尔作品集》卖出时未完全装订,里面附有说明,指示装订者如何把不同的部分装在一起。斯威夫特的意思是,德莱顿的翻译一切都好,就差可读性,很容易被人遗忘。

③ 《维吉尔作品集》印刷精美,通篇都强调受到诸多贵族的支持,毫无疑问是当时最令人难以忘记的作品之一。

④ 泰特(1652—1715),1692年到1715年间的桂冠诗人,是位多产的诗人和剧作家,并不是他所有的作品都像斯威夫特所说的那样昙花一现。

⑤ 德尔斐(1653—1723)是位多产的诗人,但斯威夫特不喜欢他的俗语创作,也不喜欢他在光荣革命后表现出的辉格派观点。

Dennis)先生。① 有个本特利博士,写了将近一千页高深的学问巨著,全面、真实地叙述了他与出版商之间的一切口角,②既精彩又具有重要意义。他具有无穷的机智和幽默,他开起玩笑比任何人都有风度,都更为兴高采烈。③ 此外,我向殿下坦承,我亲眼看到了神学学士沃顿本人,他曾写了一本大部头著作,④反驳您老师的朋友(天呀,估计您老师也因此不喜欢他),⑤其用语非常有绅士风度,极其文雅和客气,充斥其中的发现同样具有价值,既新奇又实用,文中穿插着少许机智的语言,既深邃又恰当,与前面提到的他的朋友真正是穿同一条裤子。

若是我继续叙述个人细节,仅仅赞美当代的同仁都要写上一卷。为什么我非要这样做呢?我以后用更长的篇幅再单独为他们正名,我打算证明我们国家当前这群才子具有美好的德行。我将用很长的篇幅详细描述他们个人,简要描述他们的才华和判断力。

同时,我在此冒昧向殿下呈上一篇忠实的摘要。它从所有技艺与知识构成的整体提炼而出,⑥完全旨在为您效劳并聆听您的指示。近年来,其他王子收到了许多著作,要求他们提出意见,以促进

---

① 莱默尔(1642—1713)从1704年起因为严格遵照新古典主义的批评原则从事文学批评而臭名昭著;丹尼斯(1658—1734)是《木桶的故事》发表前最出色、最好斗的批评家。

② 博伊尔在《法拉里斯信札》里指责本特利利用馆长身份拒绝他使用一篇手稿。两人为此事进行过几次争论。

③ 本特利与上层人物论争时表现粗鲁,作品也过于严厉。在《法拉里斯信札》真伪的论战中,这些因素成为论战对手不断攻击的对象。

④ 指《关于古今学问的反思》,这是古今之争中最全面、最详细的著作。相比于坦普尔的短文,它有360页之多,第二版加上本特利的文章共有600页之厚。

⑤ 指坦普尔。

⑥ 《木桶的故事》接下来要识别和批评新科学、神秘哲学、天主教以及自由思想家所追求的普遍性。此处的目标可能是普遍化的科学理论(如笛卡尔的学说)和皇家学会的培根式追求:如实记录造化的所有作品。

作者研究。① 这些王子都曾仔细阅读,并大幅度地修改去提升作品质量。我确信,殿下将和其他王子一样对待我的摘要。

每天祝愿殿下年纪、品德、智慧同时长进,最终超越您所有的王室先人!

殿下最忠实的仆人
1697 年 12 月

---

① 法国的太子和亲王们评论了很多作者,并让人写了很多作品,以指导那些作者。

序　言

当今的才子①多如牛毛,又明察秋毫,使得教会和政府要员开始感到胆战心惊,因为这些绅士在国家长治久安之时②可能闲下心来,对宗教和政府的薄弱环节吹毛求疵。为此,最近有几项方案一直在考虑之中,企图避开这些质询者咄咄逼人的锋芒,因为他们不断在薄弱处进行调查和理论。最后,他们确定了一项方案,但需要时间和金钱去完善。同时,才子们不断提出新要求,使得威胁时时都在增加,他们笔墨纸砚俱全(的确有理由害怕),只要有一小时的时间,这些东西便可以变成册子和其他进攻性武器,随时准备斩立决。有人决定,在主要方案尚未成熟之前,必须想出一个针对当前的权宜之计。当局者为此在几天前召开了一个大会(Grand Committee)。③ 某个好奇又文雅的观察员在会上透露了一个重要发现:水手遇到鲸鱼时通常扔给它一个空木桶,④供它玩耍,转移它的注意力,以免它猛烈地撞击船身。这个寓言立即被神话化了:鲸鱼被解释成霍布斯的《利维坦》,戏弄所有形式的宗教与政府,因为很多宗教和政府空洞无物、⑤枯燥吵闹、呆板

---

① 可能是 17 世纪 90 年代反对教权的辉格派作家。

② 若斯威夫特写于 1697 年 8 月,"长治久安"就具有前瞻性,因为英法交战九年之后,在本月缔结和平协定。若是写于 1702 年 5 月,这个词就具有讽刺性,因为仅过了五年零四个月,英国就再次向法国宣战。

③ 指整个下议院或下议院每年任命的四个委员会(宗教、申诉、审判和贸易)之一召开的会议。

④ "扔给它一个空木桶"在 16 世纪和 17 世纪作品中是经常提到的说法,到斯威夫特时期已经家喻户晓。

⑤ 《利维坦》第 19 章讨论了几种政体和最高权力的继承,发现除了君主专制政体之外,所有政体都有问题。《利维坦》第三、第四部分因为支持辉格党的反教权和国家万能论而臭名昭著。

笨拙(wooden)，里面的人轮流执政。① 这就是《利维坦》，我们时代具有威胁性的才子据说都是从中借武器。处于危险中的船只轻而易举地被理解为它的原型——国家。不过，如何分析木桶成了一个棘手的问题。经过长时间的探讨和争论，其字面义得以保留，并规定，为防止这些利维坦们戏弄国家(国家本身也容易颠簸)，应该用木桶的故事转移他们的注意力。本人的天赋据认为正好符合要求，因此，我荣幸地接受了这项工作。

这是发表本书的唯一目的。我希望，本书将使那些不安分的人忙碌几个月，然后，那个伟大的方案便也完美出炉了。至于这项方案的秘密，让文雅的读者知道那么一点点也是理所当然的。

按计划，要建立一个能够容纳9743人②的大学会。③ 据保守测算，这个数字非常接近本岛当前的才子人数。这些人将被划入学会的几个分会，在那里从事最适合自己天赋的研究。研究者在合适的时候将提出自己的方案。一会儿我将详细叙述，满足读者的好奇心，现在只提及几个主要分会。首先是庞大的鸡奸分会，其中有法国和意大利大师。还有配备了宽敞办公楼的拼写分会，还有镜子分会、诅咒分会、④批评家分会、唾液分泌分会、⑤诗歌分会、陀螺分会、⑥怨气分会、赌博分会，还有很多其他无聊分会，不再列举。任

---

① 共和派哈林顿提出轮流执政的观点。参见《论雅典和罗马贵族与民众的竞争和争执及其对两国的影响》注释。

② 当时英格兰估计有1万名教士。一种观点认为，此处意指教会之外没有才子；第二种观点认为，是指计划要建立的学会填补了教会留下的空白；第三种观点认为，斯威夫特意在讽刺国教教士喜欢哲学思辨，包括用自然哲学的发现为宗教服务。

③ 坦普尔曾描述说："红衣主教黎塞留(Cardinal Richelieu)建立起的学会旨在为法国当时的才子提供消遣，引开他们的注意力，使他们不会插手他的政治和宗教事务。"

④ 指批评家分会。

⑤ 用水银治疗梅毒会导致唾液分泌。

⑥ 与哈林顿的轮流执政观点有关。

何人要成为会员,必须有两个有资历的人证明他是个才子。

言归正传。关于序言的主要任务,我受过充分的训练,但前提是我的才华足以完成目标。我三次强迫想象巡游自己的创造能力,①三次都无功而返,因为本书已把它全部消耗完了。更有成就的现代派兄弟就非如此。他们决不放过序言和献词,必定用某种引人注目的特色笔调在开始就给读者一个惊喜,使他们感到诧异,渴望知道接下来的内容。这就是非常有天赋的诗人做的事,他绞尽脑汁,想出新奇的东西,把自己比成刽子手,把他的庇护人比作病人。② 这的确是不同寻常的新东西,以前从来没人想到过。在学习"序言研究"这门崇高的必修课时,③我高兴地观察到很多此类高超的手法。我也把它们移植过来,希望没有伤害到原作者,④因为我曾说过,现代的机智作品最弱不禁风,坐马车都会痛苦不堪。有些表达极其诙谐:"今天""斋戒""在此地""在八点""在瓶子上""某某先生说"和"某个夏日早上",任何一个表达哪怕有一点点变化或误用便味道全无。因此,机智有自己的路线和范围,不能有丝毫马虎,否则可能迷失方向。现代派创造性地固化了这种机智,将

---

① 德莱顿在《吉祥年》(Annus Mirabilis)一诗的前言中写道:"诗人的才华不是别的,就是作家的想象力。它像猎狗一样,在记忆的田野上扑腾和穿梭,直到它想要猎取的猎物跳出来。"

② 德莱顿在《论讽刺》(Discourse Concerning Satire)中说:"有人草率地把头一砍,有人精确地一挥,将尸首分离,但整个尸体仍然站在原处,这两种做法之间有着天壤之别。凯奇(Jack Ketch)的妻子对仆人说:'男人可能会完成一项简单的工作,仅仅是绞死人,但能让罪犯快乐地死去,非我丈夫莫属。'我希望自己也能取得这样的名声,但前提是读者心存善意,认为这样的名声属于我。在我看来,本人《押沙龙》(Absalom)里的齐姆里(Zimri)这个人物是全诗的价值之所在。"齐姆里这个人物意在讽刺第二任白金汉公爵维利尔斯。

③ 博伊尔在《论本特利博士〈关于《伊索寓言》和《法拉里斯信札》的研究〉》中批评说,本特利"在他自己写的书信里结识了大量的同类作品,如序言、前言、注释、导论等"。

④ 博伊尔认为,本特利"必定精通园艺,特别是移植和除草"。

其限定在特定的时间、地点和人物身上。他们的俏皮话传不出考文特广场,①也只有海德(Hyde)角的人能够明白。我有时也忍不住想,当前的形势一旦发生改变,自己在本书中要写的所有恰如其分的片断将显得陈旧老套、索然无味。但我必须坚持这种正确的做法,因为前一代人没有为我们留下任何机智的东西,若要我们为未来费尽心思地创作,简直令我无法想象。我所说的是最近的意见,当然既是我的看法,也是那些最为正统的改进者的看法。然而,我非常希望,在 1697 年 8 月具备欣赏机智能力的所有才子能够深入理解本书中所有的崇高成分,因此,我认为可以定下这个笼统的准则。任何读者若渴望彻底了解作者的思想,对于他写的每一重要段落,最好的方法就是将自己置入作者的生活环境和生活态度之中,这使读者与作者之间的观念达到一致。因此,为了在有限的篇幅内尽可能帮助勤勉的读者处理这一棘手问题,我回忆了一下,记得本书最为敏锐的部分构思于阁楼的床上;其他时间(由于我自己最清楚的原因),我认为可以用饥饿改进创作;总之,整部作品从开始到结束,我一直药不离口,而且穷困潦倒。我现在要声明的是,遇到困难时,真诚的读者如果不乐意按照这些指示培养和锻炼自己,在很多精彩的段落里可能完全不赞成我的观点。我将此规定为我的首要前提。

我曾表明自己是所有现代形式最忠实的支持者,因此我担心,某位才子可能对我提出异议,因为序言写了这么长,却没有按照惯例抨击作家群体,而后者有最恰当的理由抱怨。我刚看了几百份序言,②作者开篇便向读者点出满肚子的委屈。我记了几个例子,尽可能记住多少,就列举多少。一份开篇这样写道:"在出版界充斥着垃圾的时候,一个人要成为作家";另一份开篇是:"对纸张收税并没有减少每天都在聒噪的小文人数量";再一个:"当每个自充才子

---

① 考文特广场既是一座剧院,也是妓女聚集地。
② 博伊尔批评本特利熟悉大量的序言。

的人都拿起笔,想去挑战都枉然";还有一个:"看看出版界充斥的那些垃圾";另外一个:"阁下,仅仅是应您的要求,我才冒昧进入公众的视野,谁这么鲁莽会愿意与那群卑贱的小文人为伍呢"等等。①

针对这种异议,我有两点需要为自己辩护。首先,我根本没有把庞大的作家群体当作我们国家的祸害,在接下来的几处论述中,我会竭力维护关于他们有益于国家的观点。其次,我不太清楚这种做法的合理性,因为我发现,在这些文雅的序言中,许多不仅出自同一人之手,而且还是出自那些非常高产的作家之手。我就此给读者讲个小故事。

在莱斯特(Leicester)广场,有个江湖郎中周围聚集了一大批人。其中有位行动不便的胖子,拥挤使他感到几乎要窒息。他不时地嚷道:"天啊,这儿的人多脏!拜托各位行行好,让一下。哎!这些混蛋挤在一起干吗!他(妈)的,太挤了!兄弟,您胳膊肘挪一下!"最后,站在他旁边的一位织布工忍不住了。(他说:)"脏不拉叽的蠢货,去死吧你!我问你,(到底是)谁像你那样,都占了人群的一半了?你也不想想(呸),你那一堆,五个人占的地方都没你多。这是公共场所,任何人都可以来!把你的肚子缩小一些(去死吧),我保证,大家就都有足够的地方。"

作家有某些众所周知的特权,其好处我相信毋庸置疑,特别是在没人明白的地方可以断定说,其背后隐藏着某些非常有益、非常深刻的东西。另外,无论什么字和句,只要印刷成不同的字体,即被认为是包含了与众不同的东西,要么机智,要么崇高。

我一直考虑利用自己的权利,在或有或无的场合赞颂自己。既然大量杰出的例子已树立了权威,我确信也不需要任何借口了。这里需要注意,"赞颂"(praise)最初是世人支付的补助金,但现代人发现,得到补助金非常困难,而且责任重大,于是买断了不动产,从此,献与权完全掌握在我们自己手中。由此,作家在赞颂自己时,需要使用一种特定形式宣称并坚持自己的权益。他常常采用这些或

---

① 斯威夫特引用的这些表达在当时比较常用,稍微有点夸张。

同类的措辞:"我毫不夸张地说。"在我看来,这显而易见是在表明其权利和合理性。我在此处一劳永逸地宣布,本书无论何处遇到此问题都暗含上述形式;我提到这一点是要省去多处重复的麻烦。

　　让我感到特别心安的是,自己复杂而有益的作品没有掺杂一丁点儿讽刺,也仅在这一点上,我斗胆认为它不同于我们时代与国家的名著。我曾注意到,有些讽刺作家对待公众与学究像对待准备受训的顽皮孩子一样:首先表示不赞同,然后陈述事态过于严重,必须使用棍棒,每说完一句给一棍子。根据我对人类的一点了解,这些绅士完全可以省去他们的训斥和惩罚,因为世界上没有一处比屁股更没有感觉了,无论是脚踢还是鞭笞。另外,我们最近的讽刺作家似乎有某种错觉:既然荨麻刺人,其他杂草必定也是如此。我这样作比,一点也没有诋毁这些知名作家的意思。神话学者都知道,杂草比所有其他蔬菜都重要;因此,本岛第一位君主凭借自己敏锐与高雅的品位和判断,明智地把玫瑰从勋章颈链上除去,用蓟花取而代之,把它当作二者中较为高贵的花。① 比较渊博的古物研究者推测,本岛普遍存在的讽刺癖最初来自于特威德河(Tweed)以北。愿它在这里繁荣昌盛!世人心安理得又满怀鄙视,对它的鞭笞无动于衷,愿它也以同样的方式忽略世人的蔑视,存活下去。愿世人或他们同党的愚蠢不会阻碍作者前进的脚步!但要让他们记住,伴才子如伴剃须刀,只有钝了才不易划伤使用者。此外,那些牙口不好、无法咬人的人最好,因为他们适于用口臭弥补这个缺陷。

　　我不像其他人那样,嫉妒或轻视我无法企及的人才,因此,我必须向我们英国这一群名作家致以诚挚的敬意。我希望,短短的颂词没有冒犯他们的耳朵,因为本文有幸只为他们而写。的确,造化自

---

① 英格兰与苏格兰统一后,苏格兰詹姆斯六世成为大不列颠第一任国王,即詹姆斯一世,他因为在英国政府和重要位置安排苏格兰人而受到批评。苏格兰的蓟花勋章具有古老的传统,至少可以追溯到 15 世纪,后来由詹姆斯二世重新设立,1688 年后者退位后停用,1703 年被女王安妮(Anne)再次启用。

己已经作出安排,讽刺作品比其他智力作品更容易使人获得名声与荣誉,因为世人一受到鞭打就赞颂,像男人一受到刺激便会产生爱情一样。有位古代作家提出一个问题,为什么献词和其他成捆的恭维文写的都是陈旧得发霉的话题,①没有一丝新东西;不仅让基督徒感到痛苦和作呕,而且(若不是突然得到遏制的话)助使那种致命的疾病——嗜眠症——在本岛各地传播。相反,不谈点新东西的讽刺作品则举世罕见人们通常把颂词的问题归结于搞这个行当的人缺乏创新能力,但我认为此观点非常有失公允,其原因不言而喻,合情合理:可供赞颂的材料数量有限的颂词而且早就用完了。健康只有一个,也总是如此,但疾病已有成千上万,而且每天都有新的出现;因此,人类曾经拥有的美德屈指可数,但他的愚蠢和罪恶却罄竹难书,而且随着时间的推移,每小时都有增加。可怜的诗人竭尽全力要做的是,牢牢记住那一组基本美德,②慷慨地把它们给予主人公或庇护人;他可以尽己所能变换腔调和字词,直到把话说圆为止。然而,读者很快发现,全是猪肉,只是加了不同的调料。③在我们的思想之外不可能创造新的专业表达,因此,思想用尽了,专业表达必定也用尽了。

然而,虽然颂词的话题和讽刺的话题一样多,但不难找到一个充分的理由说明后者总比前者更受欢迎。颂词一次只能给予一个或几个人,肯定引起嫉妒,没有受到赞美的人由此将口出恶言;但针

---

① 古代作家可能指德莱顿,他在《西班牙托钵修士》(*The Spanish Fryar*)的献词中说:"大人,我必须承认,我写的东西像是前言,而非献词;这的确也是我的意图:想用我擅长的东西款待you;相比那些被人反复使用的陈旧伎俩即创作大量颂词,这或许更配得上高贵的心灵。"

② 正义、宽容、节制和勇敢。

③ 普鲁塔克在《弗拉米尼努斯传》(*Life of Titus Quinctius Flamininus*)中讲了这个世人皆知的故事。有位吝啬的主人希望给客人一个好印象。他摆了一桌丰盛的酒席,每道菜都用猪肉作基本原料。然而,无论如何精心调味,客人最后还是发现,全是"猪肉"。

对所有人的讽刺从来没有因为某个冒犯受到过任何人的憎恨,因为每个人都不假思索地认为是讽刺别人,非常明智地把他那份负荷转移到世人的肩膀上,后者足够宽大,可以承受得起重负。为此,我曾一度思考了雅典与英格兰的区别,着眼点在当前的问题。在雅典共和国,每位公民和诗人天生有权在公共场合放声指责,或指名道姓揭发他们想揭发的人,即使是最高领导也不例外,无论是克莱昂(Cleon)、希玻波卢斯(Hyperbolus)、阿尔喀比亚德(Alcibiades)还是德摩斯忒涅(Demosthenes)。但另一方面,不经意间说出不利于整个民众的话哪怕只有一丁点儿蔑视,马上被人当作把柄,用以报复作者,无论作者多么充分地考虑了民众的优点。英格兰则正相反。在这里,你可以公然、尽情地展现你的口才,批评人类,仍然能够安然无恙;告诉他们,所有人"都偏离正路,一同变为污秽,并没有行善的,连一个也没有";① 我们生活在最糟糕的时代;无赖行径和无神论像天花一样猖獗;诚实和正义女神阿斯特来亚(Astraea)一起逃离;还有其他老生常谈,经过亮晶晶的黑胆汁一加工,成了新颖又雄辩的用语。你讲完之后,所有听众不仅不感到反感,还要谢谢你向他们传送了宝贵、有益的真理。不仅如此,若不怕扯破喉咙,你可以到考文特广场演讲,抨击通奸、纨绔习气以及其他现象,在白厅(White Hall)② 抨击傲慢、造假和行贿受贿;你可以在律师学院的教堂揭露掠夺和罪恶行为;在市讲坛上随意严厉抨击贪婪、虚伪和敲诈。批评只是传来传去的球,每个人都带有拍子,把它击给其他的同伴。然而,任何人都不应该误判局势,忽视公开的任何一点线索。这样一个人如何让半个舰队挨饿,又让其余的中毒呢?③ 这样一个

---

① 《诗篇》14:3。
② 白厅当时是君主在伦敦的居所,1698年烧毁。
③ 牛津伯爵罗素(Edward Russel)是辉格派成员,自1694年到1699年任英国海军大臣,在1701年被控贪污舰队维护资金,变得臭名昭著。当时很多出版物都报道过这个事件。

人如何出于真正的友爱和荣誉不还债务,却为妓女和赌博花钱?这样一个人又如何得了性病,花光了家产?帕里斯被朱诺和维纳斯贿赂,①不愿意得罪任何一方,又如何在法官席上睡过了整个诉讼?这样的演说家②如何在元老院里滔滔不绝,虽然思想丰富却没有什么意义和目的?我要说的是,任何胆敢这样寻根究底的人,将必然因为诋毁权贵而入狱;③有人会对他发出质疑,以毁谤罪起诉他,并把他带到议会接受审判。

抱歉,我忘了自己在详细探讨我并不关心的话题,本人对讽刺既无天赋也无爱好。然而,我对目前人类的状况完全满意,几年来一直在准备材料写《世人颂》,我还曾想再向里添加一个部分,叫作《为历代平民诉讼小辩》。我曾经打算以附录的形式把这篇作品随同本书发表,但发现这本平庸的书写得比我预想的要慢,于是决定把它们推迟,择时出版。此外,家庭变故也使我不幸中止了这项计划。至于变故的详细情况,按照现代人的习惯,我非常应该告知读者,这大大有助于加长篇幅,使序言达到当前流行的长度。然而,我现在打算放过急切的读者,不让他们在门廊处再等下去。既然已经通过序言恰当地装备了他的大脑,我将乐于把他引入接下来的崇高与神秘之中。

---

① 可能讽刺第一任华顿侯爵(Thomas Wharton)和大法官萨默斯,前者的放荡臭名远扬,后者像帕里斯一样偷了别人的妻子,得了梅毒,在1697年爵位晋升之后,从王室得到大笔款项,用于修建府第,使之更符合自己的身份。

② 指诺丁汉伯爵芬奇(Daniel Finch,1647—1730),他因缓慢而冗长的演讲而声名狼藉,沃顿是他的牧师。

③ 1275年,英格兰立法规定,传播本国权贵不实消息的人将被判刑,这个规定在作者生活的年代仍然有效。

木桶的故事

一 导言

任何人志在让听众听到自己的声音,必须不屈不挠地贴、挤、推和爬,直到自己高出他们一截。在所有的集会里,无论人群有多么拥挤,我们都可以发现这种独特的现象,人们头上有足够的空间,但如何到达那里则是个困难,因为摆脱人群和摆脱地狱一样难:

> 但要回去,看看美丽的天空;
> 这项任务需要历尽千辛万苦。①

为此目的,历代哲学家的方法是建空中楼阁。无论此类建筑从前具有什么样的实践和名声,或将来仍然如此,甚至包括苏格拉底的实践,他曾被放在吊篮里以促进冥思,在我看来,它们最终都似乎因为两个不利条件而失败。首先是基础太高,常常在视野之外,甚至在听力范围之外。其次,建材遭受无情的风霜侵蚀,非常容易腐朽,在我们这些西北地区,更是如此。

因此,要真正完成这项伟大工程,我能想到的只有三种方法。我们祖先的智慧非常实用。为鼓励所有雄心勃勃的冒险家,他们认为可以架起三类木质装置,帮助这些希望发表演讲的演说家,使他们不受干扰。它们是布道坛、梯子②和流动舞台(stage itinerant)③。

---

① 维吉尔,《埃涅阿斯纪》卷六,行 128-129。
② 罪犯上绞刑架用的梯子。死刑犯在此常发表临终演讲。
③ 江湖郎中用的舞台。

至于围栏(bar),虽然具有相同的材质和用途,却不能称为第四类,与前三者相提并论,因为其高度不够,容易受到旁边的人的不断打扰。长椅(bench)虽然有一定的高度也不行,无论其支持者如何坚持。他们若愿意调查最初制作长椅的意图及其附属条件,便马上明白,当前与古代在长椅实践中完全一致,都与该词的词源相对应。这个词在腓尼基语中具有重要意义,直译就是"睡觉的地方",但通常指"具有稳妥支撑并配有坐垫的座位,用于老人和痛风患者休息","以便他们年老时可以退而享受宁静的闲暇时光"。① 命运需要"报答"他们:以前他们讲话时别人睡觉,现在别人讲话时他们也可以睡了。

若没有其他理由把长椅和围栏从演讲用的装置名单上排除,二者的加入将足以推翻我决心无论花费多少论证也要建立起来的数字,而且还模仿了许多其他哲学家和伟大的教士采用的明智方法。这些哲学家与教士的主要布局技巧是偏向于神秘的数字,他们利用想象将其神圣化,强迫简单的理性为其在自然界处处寻找支撑,通过拉郎配和任意清除的形式进行一定范围内的归纳、包含、调整种和属。在所有数字当中,深奥的 3② 最能引起我最崇高的思索,并总能使我欣喜若狂。关于这个数字,我有一篇颂词,现在正在印刷之中(将在下期出版)。在这篇文章中,通过最有说服力的证明,我不仅把各种感官和元素归到它的旗下,还收编了几个从对手 7 和 9③ 那里脱逃出来的成员。

---

① 贺拉斯,《讽刺诗集》(*Satires*)卷一,首 1,行 31。
② 数字特别是数字 3 的神秘性古已有之,如毕达哥拉斯和柏拉图都有论述。斯威夫特的主要目标可能是关于三位一体的争论,特别是谢洛克(William Sherlock)博士、骚斯(Robert South)博士、威敏寺教士及其他国教神职人员之间的大量争论。这些争论在 17 世纪 90 年代非常激烈。斯威夫特攻击的不是三位一体作为神学神秘本身,而是对它肆无忌惮的争论。
③ 可能暗示七十子希腊文本圣经以及格雷沙姆学院最初在七个学科设立教授职位。

在用于演讲的三种装置中，从等级和重要性上讲，排在第一位的是布道坛。本岛的布道坛有多种，但我只推崇由苏格兰林木制作而成的那种，①因为这种林木与我们的气候非常吻合。如果老化了，它更有利于传达声音，还利于其他东西，下文将逐个交代。我认为，进一步使其在形状与大小上更加完美非常困难，因为其基本没有装饰，最佳的是它没有遮盖（古代规定，在任何集会上合法使用布道坛必须使其为唯一没有遮盖的容器），②再加上与绞刑架类似，布道坛总能够对人们的耳朵强大的冲击力。③

　　至于梯子，我什么也不必讲。让我国感到骄傲的是，外国人都发现，我们在使用和理解这种装置时超越了所有国家。登上梯子的演说家不仅用动人的演讲满足了听众，还满足了全世界，因为他们很快发表了这些讲稿。④ 我认为，它们是我们英国演讲宝库中的最佳作品。据我所知，那位德高望重的出版商唐顿（John Dunton）先生不辞辛苦地搜集了可靠的讲稿；他很快打算用对开本发行十二卷，并配有铜版插图。这项工作非常有用和新奇，完全配得上这样的人。

　　演说家最后一个装置是流动舞台。⑤它的搭建显示出高超的判断力：露天立在十字路口。它是产生前两者的巨大源泉，其演说家有时被提拔到前者那里，有时被提拔到后者那里。这得视他们的功

---

　　① 　与英格兰许多其他不同于国教的宗教派别一样，严厉的苏格兰教会强调布道。
　　② 　《使徒行传》9:15；《哥林多前书》11:4。
　　③ 　清教徒在教堂里戴帽子，用这种行动反对宗教仪式。在17世纪早期的英国，持不同政见的人士有时会遭受割掉双耳的惩罚。
　　④ 　从1698年到1719年，纽盖特（Newgate）监狱的牧师洛林（Paul Lorraine）收集组织，集成《临终讲演和忏悔》一书，以对开本发行，获利丰厚。书商唐顿支持辉格派，性格古怪，没有任何证据表明他出版了洛林的稿件。
　　⑤ 　此是江湖郎中的舞台。作者认为，其上面的演说家要么上绞刑架，要么去非国教徒那里。

过而定。三者之间存在严格而又不断的交流。

从这些推理当中可以明显看出,要得到公众的注意,必需一个更高的位置。这一点大家都承认,但原因众说纷纭。在我看来,似乎只有极少数哲学家为这种现象提供了合理解释。我所看到的最深刻、思考最为缜密的解释是:空气较重,因而(根据伊壁鸠鲁的学说)不断地下沉,装载了字词受到挤压之后更是如此,因为字词也是很重的东西,这明显可以从它们给我们留下的深刻印象上看出来。所以,讲话必须站在适当的高度,否则字词既达不到有效目标,落下时也不够力量。

> 那么,如此能伤人的发言必定
> 全是物质;每个音节必是形体。①

日常的观察使我马上支持这种推测。在这些演说家的一些集会上,自然指示听众站着,并张大嘴巴与地平线平行,使从天顶到地球中心的垂线可以与它们相交。这样,若听众围得密不透风,每个人都可以带回家一份,基本上什么东西都不会落下。②

我承认,我们现代剧院的设计与结构更为精巧。首先,听众席大大低于舞台,正好符合上面的推论。任何重东西(无论是铅还是黄金)从上面传出来都可以准确地掉进批评家(我认为人们这样称呼他们)的口中,因为他们的嘴张得大大的,随时准备吞东西。包厢被建成圆形并与舞台具有相同的高度,以尊重女士,因为人们发现,致力提升好色意识和隆起部位的那一大块智力基本上运行在一个水平线上,并总是绕圈。牢骚满腹的欲望和反复使用的妙语由于自身过于轻浮而漂到中部固定下来,并因为中部听众的生硬理解而变得僵化。吹牛和插科打诨从本质上说既崇高又分量轻,因此飞得最

---

① 卢克莱修,《物性论》卷四,行 526 – 527。
② 斯威夫特可能在嘲笑新科学对声音的机械阐释。

高。建筑师有先见之明，事先建了被称为一先令楼座的第四个地方，安插了与之相应的听众，贪婪地截留路过的吹牛和插科打诨，否则，它们将消失在房顶。

　　演讲装置的这种物理逻辑设计包含一个天大的秘密。它是一种类型、一种符号、一种标志、一种象征，①类似广大的作家群体，也类似于作家们用于抬高自己俯视凡人的那些方法。布道坛展示了英国现代教徒的作品，因为他们修炼得超凡脱俗，摆脱了感官和人类理性的糟粕和庸俗。我们上面说过，布道坛由朽木做成，出于两个考虑，一是朽木能够作为引火物，在黑暗中发出亮光；二是它的缝隙中充满两只脚的蛀虫，分别对应演说家两个必备的主要素质和他的作品所面临的两种不同的命运。②

　　梯子恰如其分地表现了派别纷争和诗歌，此二者造就了大量作家的名声。说它象征派别纷争是因为＊＊＊原稿此处缺失＊＊＊＊＊＊＊＊＊＊＊＊＊＊＊③说它象征诗歌是因为：演说家常以赞美诗作结；④拾级而上时，命运在他们离顶端还很远时必定把他们打发下去；⑤它是通过转让财产、混淆你我而实现的提升。

　　流动舞台涵盖了旨在供凡人娱乐的那些作品，如《六便士笑话》《西敏趣事》《欢乐故事》《搞笑王》之类。通过这些作品，格拉布

---

　　①　把几近同义的词并列是清教作品的特色。
　　②　狂热的布道者有两个主要的必备素质，即内心之光和充满蛆虫的大脑。他的作品有两种不同的命运，即被烧毁或被虫蛀。
　　③　本处为作者故意为之。作者认为说的东西不卒一读，或不想进一步探讨，或觉得小事一桩，或娱乐读者（他是最喜欢这样做的），或想带点讽刺，就采取这种惯用的手法。
　　④　死刑犯通常在最后的演讲之后唱一首赞美诗，再被执行死刑。
　　⑤　指绞死。

(Grub)街上的作家近年来大胜时间之神。①他们钳住了它的双翼,削去它的硬喙,锉掉它的牙齿,倒转它的钟表,弄钝它的镰刀,拔掉它鞋上的钉子。我冒昧把本书列入格拉布作品之中,因为我刚刚荣幸地被接纳为这个著名协会中的一员。

我清楚地知道,近些年来,格拉布协会的作品受到了不少歧视,两个乳臭未干的新兴团体长年累月取笑它们的作者,认为它们不配在机智和学问的王国占据那个位置。格拉布协会扪心自问,很容易知道我说的是谁,世人也非粗心大意的旁观者,不会看不到格雷沙姆(Gresham)学院和威尔咖啡馆(Will's)的团体通过污蔑我们来提升自己的名声和荣誉。②在正义和感情方面,想想他们的行为不仅不公,还不敬、不合人情,就让我们感到更加痛苦。世人或他们自己难道忘了(更不要说我们自己有着翔实清晰的记录),他们两个团体都是我们播种和培育的结果? 我听说,两个对手最近联合起来,向我们提出挑战,比较书的重量。对此,我(在会长的授权下)谦虚地给予了两个回应。第一,我们认为,这类似于阿基米德就一件小事的提议,③当然也包括其实践上的不可能,因为他们到哪儿才能找到那么大的秤去称重,或找一位那么有能力的算术家计算数量? 第二,我们愿意接受挑战,但有一个条件:指派独立第三方,由他公正地判定,每本书、每篇论文或每部册子属于哪个团体才最恰当。天啦,这一点目前根本无法确定,因为我们随时可以出示一份清单,上面上万部的作品理所当然应该属于我们协会,但那些揭竿而起的新派作家背信弃义,将之归为其他人。总之,我们认为,让作家自己来决定非常不符合我们的审

---

① 格拉布街象征所有御用文人和平庸作家所在地。斯威夫特对这个名字的由来有很大的贡献。

② 格雷沙姆学院在1660年到1710年间是皇家学会聚集地。威尔咖啡馆是德莱顿等诗人以前常去的地方。

③ 指撬动地球。

慎原则，因为对手们耍弄阴谋诡计，使得我们普遍变节，使得绝大部分人投奔他们，我们最亲近的朋友也开始冷淡起来，似乎要羞于与我们为伍。

我得到授意，关于这个令人沮丧的话题，只能说这么多，因为我们非常不愿意激化矛盾，因为矛盾的持续对于我们所有人的利益有着致命的危害，而我们非常希望事情得到友好解决。我们一方以更开放的姿态，随时敞开胸怀，欢迎两位浪子，在他们觉得合适的时间回来；只要他们离开那些肤浅的东西（husk）和娼妓（从他们现在的研究看，我认为他们是在忙于这两项），①我们将像溺爱孩子的父母一样，继续爱护和认可他们。

然而，我们协会的作品不像以前那样广受欢迎，当前许多读者的肤浅是其最主要的原因（仅次于世间万物的短暂性），因为根本无法说服读者透过现象看本质，但智慧就是狐狸，②只有经过很长的狩猎，再不遗余力地挖掘，你才能最终捕获它。它是奶酪，比较好的奶酪具有较为厚重、朴实和粗糙的表层，有品位的人认为，其中的蛆虫是最佳部分。它是饮料，你越喝至杯底，越觉得甜。智慧是母鸡，它咯咯叫时，我们必须给予重视，因为鸡蛋随之而来。还有，它像坚果，若是选择不慎，可能要嗑掉你的大牙，让你除了虫子之外，一无所获。鉴于这些重要事实，格拉布的圣人们总是局限于采用象征和寓言形式去传达自己的箴言和艺术。但象征和寓言装饰可能过于华丽和新奇，超过了必要的限度，使得其盛装的作品犹如平时流光溢彩的马车一样，过往的行人看得眼花缭乱，因车表面的光彩而浮想联翩，却不关心乘坐马车的人或其主人的才华。我们还有一个更让人难以接受的不幸，和毕达哥

---

① 肤浅的东西指皇家学会空洞的研究；浪子的放荡生活见《路加福音》15章。

② 当时常用的比喻。

拉斯、伊索、苏格拉底及其他先人一样,①它在我们中间也普遍存在。

然而,世人和我们可能都不愿意忍受这种种误解,我在诸多友人的强烈要求和劝说下,②答应发奋写一本全面的大部头著作,介绍我们协会的一流作品。这些作品一方面依其华丽的外表满足了肤浅的读者,另一方面在华丽外表下面深深隐藏着所有科学和艺术最为完美最为精巧的体系。我将把它们一一解开,要么抽出立起,要么切割展示,使其公布于众。

我们最有名望的成员之一几年前就开始了这项浩大的工程。他从《列那狐的故事》开始写起,但未能在有生之年发表这篇文章,也没能推进这项有益的尝试,令人感到十分惋惜,因为他当初与朋友交流的自己的发现当前得到普遍认可;我认为,任何人都不否认,这篇杰作系统地讲述了公民知识,并揭示了所有的政治奥秘。然而,我取得的成就要远大于此,因为我已经完成了几十部作品的注解。在结论允许的范围内,我准备把其中一些线索透露给诚实的读者。

我处理的第一部是《撒姆的故事》。③ 作者是位毕达哥拉斯派的哲学家。这部神秘的作品涵盖了灵魂转世的全部机制,追溯了灵魂经历的所有阶段。

下一部是《浮士德博士的故事》,由一位著名的作家兼炼金术内行阿尔特菲乌斯(Artephius)撰写。他在984岁那年出版该书。④该作者完全采用化学还原或加水进行写作。浮士德博士与海伦的

---

① 他们据说都是丑陋的人。
② 当时序言和导论中的常用语。
③ 撒姆(Tom Thumb)是当时英国民间故事中的小矮人,大小仅相当于其父亲的大拇指。
④ 据说他活到一千岁。

婚姻清晰地阐明了雄龙与雌龙①的云雨过程。

《威亭顿和他的猫》(Whittington and his Cat)为一名神秘的拉比哈纳西(Jehuda Hannasi)所著。该作品支持耶路撒冷学问著作的评注本,并充分地证明了它比巴比伦的评注本更好。②

《雌鹿与豹子》(The Hind and the Panther)是一位仍在世的名作家的代表作,③旨在全面概括从司各特(Scotus)到贝拉明(Bellarmin)的1600位经院神学家。

《波茨》(Tommy Potts)④据说与上一篇出自同一人之手,是它的续篇。

《愚人村的聪明人》(The Wise Men of Gotham)是一部博大精深的著作,⑤在法国和英格兰的争论大都来源于此书。它充分证明了现代学问和机智的先进性,批评了古代人的冒昧、高傲和无知。这位未署名的作者详尽无遗地探讨了这个话题,明察的读者很容易发现,迄今为止关于该话题的作品只不过是在重复。我们协会一位优秀会员最近将出版该书的概要。⑥

这些提示可以帮助博学的读者了解和品味一下整部著作可能产生什么样的效果。我为它已经完全圈定了自己的思想和研究,若是能够在有生之年完成,我将认为,自己悲惨一生还剩下的那些屈

---

① 炼金术暗语,分别指硫黄与水银。

② 《塔木德经》(犹太法典)由法典和评注构成,其巴比伦版本被认为比耶路撒冷版本更具有权威性。拉比哈纳西比较早地把口述法典编辑成书,具有权威性。斯威夫特的意思大概是,《威亭顿和他的猫》由于本特利这样的写手变成了为耶路撒冷版本所做的辩护。

③ 德莱顿的作品《雌鹿与豹子》支持罗马天主教,赞成詹姆斯二世制定的对天主教和非国教徒的宽容政策,故顺理成章地成为斯威夫特的重要靶子。

④ 斯夫威特自己说他指的是民谣《恋人的争吵》(The Lovers' Quarrel)。

⑤ 《撒姆的故事》《浮士德博士的故事》《威亭顿和他的猫》和《愚人村的聪明人》当时都是廉价的故事书。

⑥ 指沃顿写了《关于古今学问的反思》。

指可数的日子算是没有白过。①不过,这已经超出了我的期望,因为在服务国家中,在天主教阴谋、粮桶、特权、绝对服从②、财产、思想自由、③剥夺王位继承权法案、关于生命与财富的献辞、④给友人的信等论战中,这支笔已经劳累不堪,衣不蔽体;因为我的理解肤浅、思想贫乏,总是不断变化;⑤因为我的头有一百处被敌对派别的恶人(malignant)⑥打伤;因为我全身都是梅毒,遭到鸨母和医生的误治,我信任他们,但他们却是(后来才知)我与政府的公开敌人,他们党派不和,却拿我的鼻子和小腿解气。⑦ 我在三个朝代写了九十一部小册子,曾服务过三十六个派别。然而,发现国家不再需要我和我的笔墨时,我欣然隐退,投入哲学家的思考,由此,我很长时间没有冒犯[神和人],⑧令我感到难言的舒畅。

　　再言归正传。诚实的读者让我坚信,我给出的简短样本将轻而易举地使我们协会的所有其余作品不再遭受中伤,因为这些中伤明显是出于嫉妒和无知,认为它们除了依赖自己的机智和风格提供一些稀疏平常的娱乐之外,对人类没有其他用处和价值。在娱乐和价值这两方面以及比较深邃的和神秘的方面,有些作品我确信从未遭受到最为犀利的对手的质疑。在本书中,我通篇亦步

---

　　① 作者这里似乎在模仿莱斯特朗奇、德莱顿和其他一些作家。他们在罪恶、争斗和谬误中度过了一生,却恬不知耻地谈论美德、清白和苦难。

　　② 奥茨(Titus Oates, 1649—1705)伪称,耶稣会士阴谋刺杀查理二世,扶植他的弟弟约克公爵詹姆斯,在1678年到1681年间使英格兰与苏格兰掀起反天主教的狂热运动,牵连诸多方面。本句所说的"粮桶、特权、绝对服从"等都与此事件有关。

　　③ 17世纪90年代,有多种关于"思想自由"的文献出版。

　　④ 当时献辞的一种写法:作者(通常是地方陪审员或治安法官)把自己的生命与财富献给国王。

　　⑤ 讽刺德莱顿不断改变信仰。

　　⑥ 清教徒称呼保皇党人和支持国教的人为 malignant。

　　⑦ 用水银治疗梅毒导致骨质疏松。

　　⑧ 《使徒行传》24:16。

亦趋地追随它们最受人称道的独创。为了让一切显得完美,我思考再三,反复试验,决定把附在前面的主标题(我的意思是,让它成为上自宫廷下至市井的日常谈资)完全按照我们协会的特有风格设计。

我注意到,我特别尊重的一些作家喜欢取多个书名,①这非常受人欢迎。我承认,自己处理书名时有点随意。书籍作为大脑的孩子,和其他优秀作品一样,有权要求取得各种名字,这也的确无可厚非。我们著名的德莱顿竟然更进一步,试图引入多个教父。②显而易见,这是一项更好的改进。遗憾的是,有这样的权威人物示范,这项令人赞叹的创新竟然没有得到更好的培育,至今也没有被普遍效仿。我也一直努力支持这个实用的范例。但是,把教父搬出来似乎常常让人感到不合适,我显然没有这个打算,因为这听起来也合情合理。不合适在哪里,我也不能确定。但我曾花了一堆心思,历尽千辛万苦把自己的书分为四十个部分,恳求我认识的四十位大人赏脸,充当教父,但他们扪心自问后,全部推辞了。

二

从前,有位男子的妻子一胎生了三个儿子,③接生婆也不能确定哪个最大。他们还小时,父亲④就去世了。临终前,父亲把孩子

---

① 富勒(Thomas Fuller)的《英国教会史》(*The Church – History of Britain*, 1655)有 13 页标题。

② 德莱顿翻译了维吉尔的《牧歌》《农事诗》和《埃涅阿斯纪》之后,把它们献给三位贵族,其中长达百页的全幅版画每张都印有一位上层订购者的名字和纹章,其中包括坦普尔的妹妹玛莎(Martha),即吉发德太太(Lady Giffard)。但这并不是德莱顿的首创。

③ 这三个儿子彼得、马丁和杰克意指天主教、英国国教和不信国教的新教徒。

④ 沃顿认为,父亲是基督。

叫到床前说:

儿啊,我没有购置地产,也没有继承任何土地,①因此我一直在思考留点什么好东西给你们。经过再三思虑,花了一大笔钱,最后给你们每人买了一件外套②(拿去吧)。③ 你们要知道,这些外套有两个好处。第一个是,如果好好穿戴的话,可以让你在世时保持精神饱满和身体健康。另外一个是,它们将随你身体的生长而自动按比例加长加宽,因此会总是合身。过来,让我在死前看着你们把它穿上。好,很好。孩儿啊,穿时要整洁,要经常刷洗外套。至于如何穿着和打理外套的每个细节,你们在我的遗嘱(这是我的遗嘱)④里都可以找得到详细说明。你们必须严格遵照着去做,对于每次违背或疏忽,我都规定了惩罚,你们未来的命运也全部依赖你们的行为。在遗嘱中,我还命令你们,应该像兄弟和朋友一样生活在同一处宅子里,⑤那么你们才能繁荣昌盛,而不是相反。

说到这里,这位好父亲就死了,于是三个儿子一起去谋求发展。至于他们在前七年里的冒险经历,⑥我不再赘述,只提醒诸位,他们小心翼翼遵循父亲的遗嘱,把外套保管得很好;他们路过多个国家,遇到了数量众多的巨人,屠戮了几条恶龙。

他们现在到了娶妻生子的年龄,于是来到了城市,喜欢上了女

---

① 《马太福音》8:20。
② 外套指基督教的教义和信仰。
③ 创造外套的神圣的造物主所具备的智慧适用于所有的时代、地方和情况。
④ 指《新约》。新教神学特别是英国国教认为,《新约》是神言的书面记录,高于口述教会传统。
⑤ 《哥林多前书》12:25。
⑥ 基督教前七百年。

士,且特别喜欢当时最出名的三位女士:女公爵阿尔良(Argent)、狄特尔小姐(Grands Titres)和女伯爵奥尔果依(Orgueil)。①他们与这些女士初次见面时,受到了冷遇。不久,他们精确地猜出了原因,很快习得了该城的美德:他们创作、嘲弄、作诗、歌唱、发言、说一些无意义的东西;他们酗酒、打架、嫖娼、乱性、诅咒和抽鼻烟;他们看新剧的首场演出,常去光顾巧克力会馆,暴打更夫,②在街上睡觉,沾上花柳病;他们骗马车夫的钱,欠店老板的钱,与他们的老婆鬼混;他们杀死长官,把小偷踢下楼梯,在洛基特(Locket)饭店③吃饭,在威尔咖啡馆消磨时间;他们谈论会客厅,却从未去过,与贵族吃过饭,却从未谋面,与女公爵耳语,却没说一个字;他们把洗衣女工写得歪歪扭扭的信件当作上层人的情书给别人看;他们总是刚从宫廷出来,那里的人却从未见过他们;他们参加皇室主持的露天聚会,默记一群贵族的名字,然后娴熟地向另一群兜售。总之,他们一直参加贵族的会议,而这些贵族在议会里保持沉默,在咖啡馆里却热闹非凡。他们夜间休会时就待在咖啡馆里嚼政治饭,引来一圈的门徒,后者随时准备接着他们拉下的大便。三兄弟还养成其他四十种同类的习惯,名单过于冗长,不再列举。人们由此确认,他们是城里最为才华横溢的人。然而,所有这些还不足够,上面提到的女士仍然不为所动。为弄清问题所在,请读者给予善意的许可和耐心,我必须讲一讲当初作者没有充分阐明的几处要点。

　　此时出现了一个派别,④其信条得到公认,流传甚广,在上流社

---

① 三个恋人的法语名字分别表示贪婪、野心和傲慢。早期神学家猛烈抨击这三种罪恶,认为基督教的最初腐败来源于它们。
② 当时的更夫通常是老人。
③ 女王安妮在位时非常豪华的饭店。
④ 斯达克门(Miriam Starkman)认为,斯威夫特对裁缝宗教派的讽刺包含三点:世界是一个存在链;大宇宙与小宇宙有对应关系;偶然与第五元素存在逻辑上的差异(*Swift's Satire upon Learning*, Princeton University Press,1950)。

会和时尚人士中间尤其如此。他们崇拜某个偶像。①按照他们的教义,该偶像每天像机器一样造人。他们把偶像放在户内最高处,三英尺高的神坛上。偶像摆出一副波斯皇帝的样子,盘腿而坐。这个神用鹅作为他的标志,因此,有学识的人认为其来源于朱庇特。②神坛下左手边是一个篓子(Hell),③张着口,似乎要吞食偶像正在创造的生物;为避免这一行为,一些牧师时时向里面扔一些批量制作的东西(mass),有时把整个鲜活的肢体都扔进去,那个血盆大口贪婪地吞下去,看了令人毛骨悚然。鹅也被认为是小神,它神坛前的祭品是时刻以人血为食的生物。④在国外,这类生物作为埃及猕猴最喜爱的食物,⑤无人不知。每天,它们有数百万只被残忍地屠杀,以抚慰饥饿的小神。大神也被尊为尺子和针的发明者。至于是否是水手之神或是否具有其神秘特性尚未完全清楚。

　　信奉该神的人也有一套信仰,似乎是基于以下几条原则。他们认为,宇宙是一套大衣,包容一切:地球由空气包容,空气由星辰包容,星辰由原动天(primum mobile)⑥包容。瞧瞧这个地球,你会发现它是一套非常完美的时装。人们称之为陆地的不就是精美的绿外套么?海洋不就是带波纹的马夹么?⑦ 至于创造出的具体作品,你会发现,造化这位工人竟然这么神奇,把雄性植物打扮得漂漂亮亮;假发把山毛榉的树冠装点得多么帅气!桦树穿的白缎紧身衣多么精美!总之,人自己不也是一件微型外套?⑧或说得准确一点,不

---

　　① "偶像"在当时被用于讽刺装扮和时尚。裁缝是各个派系最常提到的职业。
　　② "神"是蹲坐在台上的裁缝。"熨斗"是鹅,其把手是鹅颈状。
　　③ 当时裁缝扔废料的容器称为 Hell [地狱]。
　　④ 指虱子。裁缝翻新旧衣服,整理衣褶时会掐死遇到的虱子。
　　⑤ 埃及人过去崇拜一种喜欢吃虱子的猴子。
　　⑥ 在中世纪,原动天指带动其他天体运行的最外一层天。
　　⑦ 戏仿《利维坦》的开篇,有所改动。
　　⑧ 哲学家曾称人为"小宇宙"(Microcosm)。

也是一样不少的完整套装么?他的躯干没有什么可说的;看看他心智的种种习性,你会发现,它们都在按部就班地制作一套合身的衣服。只举下面几例:宗教难道不是披风?诚实难道不是一双历经风尘的鞋子?利己难道不是外套?虚荣难道不是衬衫?良心难道不是裤子?① 裤子虽然掩盖了龌龊和淫荡,但很容易滑下来为二者效力。

这些前提若是成立,接下来,世人不恰当地称之为服装的那些生物在现实生活中顺理成章地成为最高雅的物种,说得更好听一些,他们是有理性的生物或人。他们不是明显在居住、搬迁和谈话,并从事人类生活的其他事务?难道美貌、机智、风度和教养不是他们内在的品质?简而言之,我们看到的是他们,听到的也是他们。那些逛大街的,把议会、咖啡馆、戏院和妓院挤满的不是他们么?这些被俗称为服装的动物根据不同的搭配也的确有不同的名字。若有动物佩戴金链,身披红色斗篷,手执白色权杖,骑高头大马,他就被称为"市长";若有动物在某个部位戴有皮毛,我们称他们为"法官";若他穿的衣服是由细麻布和黑缎子精美地缝合在一起,我们即称他为"主教"。

其他一些专业人员也同意这个主要体系,但在某些细节上更加细致入微。他们认为,人是由两套服饰组合而成的动物,一套自然服饰,一套天国服饰,也就是肉体与精神;精神是外在服饰,肉体是内在服饰;后者代代相传,但前者每天都要更新和发展。② 他们用《圣经》的"我们生活、动作、存留,都在乎他们",③也用哲学的"神为万物之主"(all in all)④和"主存在于每一部分"⑤去证明这最后

---

① 一些教士常把宗教与衣物相比。
② 从早期教父时期就开始争论的问题。
③ 《使徒行传》17:28。
④ 《哥林多前书》15:28。
⑤ 卢克莱修,《物性论》卷一,行874。

一点。① 另外,他们还说,把二者分开,你会发现,肉体只是令人讨厌的、毫无知觉的躯壳。总之,外在服饰显然必须是灵魂。

这个宗教体系有几个次要教义非常时髦。准确来讲,有学问的人这样推断心智能力:纯机智属于刺绣(embroidery);令人愉快的交谈是金流苏(fringe);机敏的回答是金饰带(lace);幽默是浓厚的长假发;非常好的逗乐是擦满粉的外套。所有这些都需要严格把握场合和时尚,还需要高超的以貌取人技巧才能拿捏得当。

我阅读大量古代作者的书籍,费了九牛二虎之力才简要总结了这种哲学和神学体系。这种体系的创作思想似乎与其他体系都不相同,无论是古代还是现代。它不仅仅要娱乐读者或满足读者的好奇心,更要使读者洞察下面这个故事的几个背景;读者了解遥远时代的风土人情,可以更好地理解由此引起的那些重大事件。因此,我建议,细心的读者在这个问题上对所写的东西应该认真研读,并大量地反复运用。抛开几个无头绪的地方,我小心翼翼地沿着我的故事主线继续讲下去。

因此,这些观点及其实践在宫廷与市井非常普及,我们三个冒险兄弟的处境非常尴尬。②一方面,他们结识的三位女士(我们上面已经提到)在时尚最前沿,她们反感跟在后面的所有人,虽然他们之间只有毫厘之差。另一方面,他们父亲的遗嘱非常严格,其主要规定就是,遗嘱中若没有明确的指示,便不准在他们外套上添加或拆去一针一线,否则将给予最严厉的惩罚。③ 说实话,父亲给他们留下的外套布料十分优良,而且做工非常精细,你看了必会认为它们

---

① 经院哲学的口头禅。
② 故事第一部分是彼得的历史,由此揭露天主教会。众所周知,天主教徒给基督教教会增添了大量内容,这也的确是英国国教反对天主教最为强烈的地方。因此,彼得的恶作剧一开始就是给自己的外套加了一个肩饰。
③ 《启示录》22:18,19。

就是一块布,但同时,它们非常简朴,基本没有饰物。①无巧不成书,他们在城里还不到一月,肩饰流行起来了。②不久,到处都是肩饰;不佩戴肩饰,就不可能走进女士的闺房。一位女士惊呼:"那个男的没有精神;他的肩饰到哪去了?"不久,我们的三兄弟通过悲惨经历明白了自己缺少什么。他们在各种生活中遭到了四十次的难堪和羞辱。他们去剧院,守门人领他们进一先令的楼座。他们要坐船,船夫说:"我的小划艇(sculler)排在前面。"③他们步入罗斯(Rose)酒馆④喝一杯,酒保会高叫:"朋友,我们不卖酒。"他们去拜访女士,男仆在门口对他们说:"有什么事需要传达?"在这种困境中,他们立即翻阅父亲的遗嘱,反复查看,却找不到一个关于肩饰的字词。他们该怎么办呢?他们应该找到什么样的折衷办法呢?绝对要听从遗嘱,但肩饰看起来也必须得要。经过再三考虑,其中一位书本学问比其他两位要好的兄弟说,找到了一个权宜之计。他说:"在遗嘱这么多字词中,的确没有一处提到肩饰(shoulder-knots),⑤但我敢说,它一定全部包含在这么多的音节中。"⑥所有人都立即表示赞同这个高见,于是再次查看遗嘱。然而,他们运气不好,整个遗嘱中都没有找到第一个音节。刚才找借口的那位在失望之余鼓起勇气说:"兄弟,别泄气。我们虽然找不到整个词,也找不到所有音节,我

---

① 对于布料的描写有更深的意义:基督教是最朴实的宗教。
② 可以将此理解为教会初次引入庆典和不必要的装饰,既没用也起不到教化效果。比如肩饰,既不对称也无用处。肩饰是法国样式,在17世纪70年代风靡一时。
③ sculler 指单人划的小船,在当时比双人划的船要便宜,档次也要低。
④ 该酒馆是戏迷常常光顾的地方,据认为也是放荡之地。
⑤ 天主教徒在《圣经》中找不到他们想到的东西时,便转向口传。因此,故事中的彼得有需要,但遗嘱中既没有术语必要的音节,更没有完整的术语时,他不乐意在遗嘱中费力地寻找任何单词的所有字母。
⑥ 人们常用这种语言反对经院哲学的解经方式。

敢说，我们可以用第三种方法，①也就是找字母的方法把它们辨认出来。"他们对这个创意高竖大拇指，然后再次查找，不久便拣选出S、H、O、U、L、D、E和R。此时，那颗让他们不能安宁的扫帚星巧使诡计，让他们找不到K。这个困难太大了。那位出类拔萃的兄弟（我们下面要给他取个名字）现在已经没招了，但他巧妙地证明，K是现代不规范的写法，过去的学问人都不清楚，在古代手稿中也找不到这个字母。"的确，"他说，"Calendar这个词的第一个字母在古籍中偶尔拼写有误时会出现字母K，但在最好的版本中，总是拼写为K。因此，我们的语言拼写knot时出现字母K是个严重的错误"；从今以后，他要注意，拼写这个词时第一个字母是C。② 所有其他困难由此不复存在。肩饰明确无误地获得了父亲之法的许可，我们的三位绅士终于可以佩戴着硕大华丽的肩饰昂首阔步了。

然而，人类的幸福很短暂，那时幸福所完全依赖的时尚也同样短暂。肩饰风靡了一段时间，我们现在必须考虑它的衰落，因为有位大人刚从巴黎归来，外套上增加了五十码的金饰带，完全按照当月的宫廷样式裁剪而成。两天之内，所有人似乎都包裹在金饰带之中。谁要胆敢不加金饰带出来，就会像太监一样臭名昭著，同样也会遭到女士们的冷眼。在这样的重大事件面前，我们的三位骑士该怎么做？他们在肩饰一事中已经够牵强附会的了。查看遗嘱，除了沉默什么也没有。肩饰只是一时糊涂而做的小小改动，但金饰带如果没有更有力的授权，改动可就太过分了。从某种意义上讲，此举关系到本质，因此需要明确的指示。上文提到的比较有学问的兄弟碰巧读过亚里士多德的《逻辑学》，特别是那本名著《论解释》，后者教读者找出除该书之外的一切事物的意义，像《启示录》的评注者，文本一字不识，仍然继续当预言家。"两位兄弟，"他说，"你们应该

---

① 讽刺经院哲学和神秘哲学的解经方法。
② 讽刺本特利的学术作品。

知道,①遗嘱有两种,即口传与书写。② 我们面前放的就是书写下来的经文,里面没有关于金饰带的指示,也没有提到金饰带。我没意见,但是,若口传认可这事,那我反对面前的经文。兄弟,不知你们是否记得,我们小时候曾听有个人转述父亲佣人(这个佣人也是从父亲那里听到的)的话说,他几个儿子只要能挣到钱,就允许他们给自己的外套上添加金饰带。""对啊,确实有这回事!"一个兄弟叫着。"我记得清清楚楚,"第三个也说。于是,他们再也无须多费周折,便佩戴上教区最大的金饰带,像贵族一样四处招摇。

此后不久,用精巧的火红绸缎做衣服里子又流行起来。③绸布商马上把一个样式拿给三位绅士看。"几位先生,"他说,"克利福德(Clifford)大人和沃特斯(John Walters)爵士昨晚就用这块布做的里子,看起来非常棒。到明天上午十点,我剩下的布料不够为我老婆做一个针垫的。"听到此话,他们再次查寻遗嘱。这件事也需要明确的指示,因为正统作家认为里子是外套的本质。找了好长时间,他们也没有找到与之相关的东西,只发现父亲在遗嘱中给了一条小建议:小心火烛,睡觉前吹灭蜡烛。④这一点非常有利,且有极强的说服力,但似乎不足以构成指示。那位学者型的兄弟已经决意排除任何将来的难堪和顾忌。他说:"我记得曾读过遗嘱外典。外典也是遗嘱的一部分,它的内容与其余部分具有相同的权威性。我一直在研究我们面前这份遗嘱,我认为,缺少外典,它就不完整。因此,我将把外典巧妙地固定在恰当的地方。我随身携带外典已有一段时间。其作者是给我祖父养狗的人。⑤ 其中大量谈到了(真碰巧)

---

① 作者下面讽刺《圣经》的评注,因为罗马教会最权威的典籍里都允许存在诸多荒谬的注解。
② 这意味着口传与经文具有同等的权威,甚至要高于经文。
③ 指地狱。作者在下文说得更为详细,但在此处,只是说明书面经文如何遭到歪曲。外典取得了与正典同样的权威地位。
④ 提防地狱,因此,要压抑和灭去他们的欲望。
⑤ 参见外典《多比传》5:16,11:14。

这种火红的绸缎。"这个计划即刻获得另外两个同伴的赞同。一卷旧羊皮以外典的形式被巧妙地添加上去，于是他们便购买并穿上了绸缎。

第二年冬天，流苏制造商协会雇了一位演员，出演一部新喜剧，全身都是银色流苏（silver fringe），由于受到众人的夸赞，导致流苏也流行起来。为此，三位兄弟再次翻阅父亲的遗嘱。令人惊讶的是，他们看到了这样的话："另外，我命令我上文提到的三个儿子在他们上述外套上不能佩戴任何流苏"等等，违者必罚。话太长，其他就略去了。然而，在稍作沉默之后，那位因博学常被提到并以考据见长的兄弟说，他在一位不知姓名的作家那里曾发现了遗嘱中的这个词 fringe，它也有"扫帚柄"的意思，因此，fringe 在本段中毫无疑问应该解释为"扫帚柄"。另外一位兄弟则觉得不妥，因为按他的粗劣想法，"银色"这个词用来修饰"扫帚柄"从道理上讲不合乎文体；但他得到的答复是，要从神秘和寓言意义上理解这个词。① 然而，他又反对说，父亲为何要禁止他们在外套上佩戴"扫帚柄"，这种警告既不合理，也不相关；他的话马上被打断了，因为他的话被认为有辱宗教神秘。神秘确实非常有用，也非常重要，人们不应过分好奇地去打听或巧妙地去论证。简而言之，他们父亲的权威现在已经大大衰落，这个方法使他们合法地佩戴上了流苏。

不久，很早以前的时尚——给衣服绣上印度的男女和孩子——又卷土重来。②他们此时也没必要翻看遗嘱，因为他们记得清清楚楚，父亲一直厌恶这种风气，还特意写了几段话表达他的痛恨之情；③他还说，若三个儿子穿这样的衣服，将永远诅咒他们。尽管如此，三兄弟没过几天就和城里其他人一样为穿着这种样式的衣服兴

---

① 道成肉身。
② 指圣徒、圣母和婴儿时期的耶稣。
③ 教会规定禁止制造和崇拜偶像。

高采烈。他们解决这个问题的办法是说,这些人物穿戴的与前人穿戴的以及遗嘱里所指的完全不同。另外,他们穿戴这个样式的衣服所表达的意义与父亲要禁止的意义也不一样,因为衣服上带有印度人物是受人称赞的行为,对于公众大有好处。因此,这些严厉的条款的确需要考虑某些情况,容许有利的解释,理解时应该带有怀疑的眼光。

但在那个时代,时尚总是变化,那个博学的兄弟对于寻找更多的借口、解决永无休止的矛盾逐渐感到厌倦。因此,他们决定不顾一切地与世界时尚保持同步。他们共同商定并一致同意,把父亲的遗嘱锁进从希腊还是意大利(我忘记哪国了)带回的一个结实的盒子里,①不用再麻烦去查看它,只是在他们认为合适的时候把它当作权威。不久,大家穿的衣服上都镶有大量的星点(points),大部分用白银标识而成。那个学者兄弟言之凿凿地宣布,②星点绝对来自父亲之法,他记得很清楚。的确,这个时尚与其说直接来自遗嘱,还不如说是指定出来的。然而,作为父亲的优先继承人,他们有权制定和添加条款,以获取公众给予的报酬,虽然这些条款与遗嘱不符或导致很多谬误发生。这种举动被理解为按教规行事,因此,在接下来的周日,他们到教堂时就满身星星点点的了。

刚才反复提到的博学的兄弟被认为是那条街或邻街最优秀的学者。由于欠世人钱财,他获取某个贵族的好感,③使后者收留他,并让他教育孩子。贵族不久离开了人世。由于在父亲遗嘱上已有

---

① 天主教以前禁止人们使用地方语言翻译的《圣经》,彼得因此"把父亲的遗嘱锁进从希腊还是意大利带回的一个结实的盒子里"。提到这些国家是因为《新约》是希腊文。拉丁文版是罗马教会的权威版本,采用的是古代意大利语。

② 一些教皇在颁布的教令和诏书中批准了很多唯利是图的教义。这些至今为罗马教会接受的教义在《圣经》中没有提及,古代教会也闻所未闻。

③ 这是指君士坦丁大帝。几位教皇曾伪称,君士坦丁大帝捐赠遗产给圣彼得教堂。

长时间的历练,他挖空心思弄了一个产权转让协议,把住宅转到自己与自己后代名下,由此取得所有权。然后,他把年轻的少爷赶出门外,把自己的兄弟接了进来。

三 关于批评家散记

到现在为止,我都是尽可能小心翼翼,总是准确无误地遵守我们的名家订立的创作原则与方法。但不幸的是,我记忆力不好导致我犯了一个错误。① 我必须立即纠正它,才能体面地继续探讨我的主要话题。我惭愧地承认,自己写了这么长,早就应该对各位尊敬的大人——批评家——说几句劝诫、恳求和歉意的话,这是不可原谅的疏忽。为弥补这个严重的疏忽,我在这里怀着毕恭毕敬的心情斗胆为他们简要地描述他们本人及他们的技巧,按照我们通常的理解去探究"批评家"这个词的来历。

如今,"批评家"这个词反复出现在各个谈话中。根据我所读的《古代书籍与册子》,它有时用于三类迥然有别的人。它所指的第一类是那些为自己和世人独创或起草规则的人;通过遵守这些规则,细心的读者或许能够根据自己判断的真正的崇高与优美,去评判学问著作,还能够把内容或风格的每个优点与低劣的模仿品区分开来。在日常细读书籍时,这一类批评家挑出错误和瑕疵以及那些恶心的、过分恭维的、乏味的、不切题的地方,其谨慎程度类似于一个在早上通过爱丁堡大街的人,②因为后者的确要尽可能保持警觉,一路上密切注意,找出地上的污物;他并不是出于好奇去观察污物的颜色和样子或测量其大小,更不是要从中趟过去或尝一尝,只

---

① 斯威夫特认为现代人健忘。
② 在爱丁堡多层公寓楼区,每个家庭在晚上10点后通常把垃圾从窗户扔到街上。第二天早上7点,街道清洁工将其清理走,但人手太少,垃圾只得到象征性的清理。

是尽量使自己一尘不染地走出来。这一类人似乎非常错误地从字面义理解"批评家"这个词语,认为批评家的主要职责就是表扬和宣布无罪,若他仅仅是为了挑刺和指责,那就和法官①决定绞死面前所有被审的人一样无知和野蛮了。

"批评家"这个词语曾指的第二类人是从蛀虫、坟墓和积尘中恢复古代学问的人。这类人几个时代前就完全灭绝了。此外,进一步谈论他们也与本主题根本不相关。

第三类即最高贵的一类是真正的批评家,其起源是三类人中最古老的。每位真正的批评家都是天生的英雄,直接来自于莫墨斯(Momus)和海珀丽丝(Hybris)神系。这两位神是罗伊卢斯(Zoilus)的父母,罗伊卢斯是提格利奴斯(Tigellinus)的父亲,②提格利奴斯是艾特塞特拉(Etcaetera)的父亲,艾特塞特拉是本特利、莱默尔(Rhymer)、沃顿、佩罗(Perrault)③和丹尼斯(Dennis)的父亲,丹尼斯又是小艾特塞特拉的父亲。

在历史上,学问王国从这些批评家那里获得了巨大财富,他们的崇拜者出于感激,认为他们来自上天,将其位列于赫拉克勒斯、珀尔修斯(Perseus)和其他伟人之中。然而,即使英勇本身也未能免于恶人恶语。④ 有人曾反对说,这些古代英雄⑤战胜了诸多巨人、火龙和强盗,因此而闻名于世,但他们自身比他们征服的任何怪物都

---

① 可能指杰夫里斯(George Jeffreys,1645—1698),其在1685年判处大约两百名叛军死刑。

② 莫墨斯是现代派的庇护神和批评世家。海珀丽丝在希腊语中指因傲慢而产生的无礼和暴力,这里指人格化的傲慢。罗伊卢斯是安菲波利斯(Amphipolis)的犬儒派哲学家,因其任意批评荷马而臭名昭著。提格利奴斯对贺拉斯非常苛刻。

③ 佩罗是古今之争的始作俑者。

④ 弥尔顿在《失乐园》(11:689 – 697)中抨击了完美的英勇品质。

⑤ 赫拉克勒斯穿上用半人半马怪物的血浸染的衣服,无法忍受其带来的痛苦,自焚而死。本特利在修订《法拉里斯信札》时把自己比作赫拉克勒斯。

要令人讨厌。因此,为让他们功德更为圆满,在除去了所有其他祸害之后,他们也应当以同样的手段根除自己,大方的赫拉克勒斯就是如此。为此,他的庙宇和信徒比最优秀的同类人都多。在我看来,正是出于这些原因,有些人才认为,为了公众的学问利益,每位真正的批评家完成自己的任务后,应马上服老鼠药或其他毒品自杀,或从就近的高处跳下自杀;在完成这项工作之前,任何人都不应获得这么荣耀的头衔。

批评具有神的血统,又几近于英勇,因此很容易认定。名副其实的古代批评家要从事的真正工作是穿梭于广阔的作品世界,去追赶和猎取其中滋生的怪异的毛病,如同把卡库斯(Cacus)拖出洞穴一样拖出潜藏的错误,像海德拉(Hydra)头一样大量复制它们,像收拾奥吉厄斯(Augeas)的牛粪一样把它们扒拢在一起,或者赶走某种有害的飞禽,因为它们性情乖张,像施丁法立斯(Stymphalis)的食果鸟一样掠食智慧树上最好的果实。[1]

通过上述论证,我们可以得到关于"真正的批评家"的正确定义:他是作家错误的发现者和收集者。下面的证明将进一步使该定义无懈可击。研读这古老的职业给世人带来的各种作品就会立刻发现,从思路和要旨来讲,作者的思想完全与其他作者的毛病、缺陷、疏忽和失误纠缠在一起;无论什么题材,他们的想象完全充斥着他人的缺点,因此,缺陷的精华部分必然渗入他们自己的作品中。如此一来,所有作品看起来只不过是它们自己所做出的批评的摘要。

我从"批评家"最高贵最普遍的意义上简要考察了它的来源与职责。接下来,我将驳斥一些反对者的声音。他们认为,古代作者没有谈论或忽视批评问题,因此声称,今人践行的、即我所讲的批评艺术完全是现代的,由此,英国和法国的批评家没有资格取得我追溯出的古老而又光荣的称号。若是我反过来能明确地证明,最久远

---

[1] 赫拉克勒斯的四大功绩。

的古代作家对于真正的批评家其人其职曾作过详细的描述,并与我下的定义相吻合,那么他们从古代缄默的作家角度提出的强烈异议将站不住脚。

我承认,自己在很长一个时期里也犯了这个普遍性的错误。幸亏有我们高贵的现代人的帮助,我才从其中摆脱出来,因为我夜以继日、孜孜不倦地翻阅现代人写的最具教育性的书籍,它们既提高了我的心智,也为我的国家造福。现代人不辞辛苦地对古人的薄弱环节进行了有益的探索,还列了一张包罗万象的单子。① 此外,他们毫无异议地证明,古人给予的精华早就被后来者发明并解释清楚;古人曾做出的最崇高的艺术或自然发现全部被当今的卓越天才做出了。这显然表明,真正属于那些古人的成就寥寥无几,从而打消了蒙昧之人对于他们的盲目崇拜,这些蒙昧的人不幸与现代事物接触得太少了!对所有这些进行全面慎重的思考,并考虑到人性的整体情况,我很容易得出结论:这些古人强烈意识到他们有很多缺陷,必定模仿他们的老师即现代人,在自己著作中的一些段落里竭尽全力讽刺或赞美真正的批评家,以便躲避、安抚或绕开吹毛求疵的读者。对于那些用来讽刺或赞美批评家的陈词滥调,我曾经研习了前言和开场白很长一段时间,深受教诲,于是立即决定刻苦研读年代最久远的作家,特别是那些探讨最古老时期的作家,试图在其中有所发现。令我感到极其诧异的是,我发现,他们所有人出于恐惧或希望,偶尔也详细谈到真正的批评家,但他们无论谈及此事的哪一方面都表现得特别慎重,最多也就涉及神话和象形文字。② 在我看来,这使得肤浅的读者又坚持认为,作者保持沉默意味着"真正的批评家"不具有古老的起源,因为其类比恰当,实践也不可避免地顺理成章,使得任何具有现代眼光和品位的读者都很容易注意到它们。

---

① 参见沃顿的《关于古今学问的反思》(*Reflections upon Ancient and Modern Learning*)。

② 培根在《学术的进展》中探讨过古代寓言和埃及的象形文字。

我冒昧从大量的例子里拣选几个,我非常确信,它们将使这个问题毫无争议。

最好思考一下,古代作家以秘密的方式探讨此类题材时,常常关注同一类形象,仅仅根据自己的爱好或才智改变叙述。首先,泡萨尼阿斯(Pausanias)认为,①正确写作的完美程度完全取决于批评家群体;从下面的描述来看,我认为他显然指的是真正的批评家。他说,他们这类人喜欢批评作品的冗余物和瘤子;学问人后来注意到这一点,自愿接受提醒,去除他们作品中冗余的、腐烂的、死亡的、干枯的、蔓生的分枝。然而,他狡猾地将所有这些隐藏于下面的寓言里:阿尔吉亚(Argia)的纳乌普利阿人(Nauplian)注意到,驴子吃过的葡萄藤长得更为茂盛,结的葡萄质地更好,他们由此掌握了修剪葡萄藤的技艺。希罗多德就同一种形象说得更为通俗易懂,基本上准确无误。他大胆地指责那些无知、恶毒的"真正的批评家"公开地告诉我们,在利比亚西部有头上长角的驴。②我认为没有比这更为清楚明白的了。克提西阿斯(Ctesias)提到印度的这种动物时,③作了进一步修正和补充。他说,其他驴子都没有胆汁,而这些角驴胆汁分泌过于旺盛,导致它们的肉质苦涩而无人食用。

这些古代作家为什么只通过类比和形象探讨这个话题?其原因在于,他们不敢公开抨击当时强大可怕的批评家群体。这个群体的声音惊天动地,那些作家一听就直哆嗦,笔都握不住。希罗多德在某个地方明确告诉我们,一头驴叫得使塞西亚大军惊慌失措,望风而逃。④有些渊博的语文学家由此推断,英国作家对真正的批评

---

① 泡萨尼阿斯(公元110—180年),希腊地理学家,著有《希腊志》(Description of Greece),参见此书卷二,章38。
② 希罗多德,《原史》卷四,章191。
③ 克提西阿斯是公元前5世纪波斯宫廷的希腊医生。其关于印度的记载只有残篇,多散见于后世作者的叙述之中。
④ 希罗多德,《原史》卷四,章129。

家满怀敬畏之情的传统,是来自我们塞西亚的祖先。简而言之,这种恐惧非常普遍,随着时间的推移,有些作家想要更加自由地表达自己的观点,他们在描述各自时代的"真正的批评家"时,被迫放弃前人用的形象,因为它与原型太过于接近;因此,他们发明了其他更为谨慎和神秘的词语。在谈到批评家时,狄奥多罗斯(Diodorus)竟然只敢说,赫利孔山上长着一种杂草,其花气味有剧毒,闻者必死。卢克莱修有过一模一样的叙述:

> 在赫利孔,在此学问山四周
> 生长着花香可以杀人的树木。(《物性论》卷六)

我们上面引述过的克提西阿斯更为大胆。当时,那些真正的批评家对他非常刻薄,他因此也忍不住留下一篇作品,狠狠地报复了那个群体。他的意思几近浅显易懂,我奇怪那些人怎么可能忽视这一点,而否认古代有"真正的批评家"。克提西阿斯装作描述印度诸多奇怪的动物,写下了这些著名的话语:"其中,"他说,"有一种没有牙齿、因而也不能咬人的大蛇,但它喷射的毒液(它非常喜欢喷这东西)落到哪里,哪里就会腐烂变质。通常在埋有宝石的山里可以发现这些大蛇,它们常常喷射毒液,无论何人喝了,他的脑子就会从鼻子里飞出去。"

另外,古代有一类批评家与上述批评家在性质上没有区别,但在大小或程度上有所不同。他们似乎只是学问后生。由于他们的工作不同,人们在提到他们时常常称其为一个派别。这些年轻学生的日常工作就是不断地看戏,学会发现剧本中最糟糕的部分,并需要做详细的记录,向他们的老师提交论文。通过这些小型狩猎,他们像幼狼一样茁壮成长,最终变得矫健敏捷,适于捕杀大猎物。现代人和古代人都注意到,"真正的批评家"与妓女和市政官都有一个共同的特征:从不改变自己的称谓或本性;老批评家毫无疑问一直是新批评家,年龄的完善与增长只代表他年轻时的才华得到提升;就像大麻(hemp),①博物学家告诉我们说,只服大麻籽也有窒息的危险。我认为,开场白(prologue)的出现,至少是开场白的完善,曾得力于这些年轻的能手。泰伦斯(Terence)常常用"马来沃里"(malevoli)这个名字称呼他们、夸奖他们。②

毫无疑问,学问王国必须有真正的批评家群体。像塞弥斯托克勒斯(Themistocles)和他那群人一样,③所有人类行为之间似乎都有不同的地方:有人会弹琴,有人会把小镇变成伟大的城市,两者都不会做的只配被踢出这个世界。毋庸置疑,为避免受到这种惩罚,首先诞生了批评家群体,同时也使得以隐蔽的方式毁谤他们的人得以出现,这些人造谣说,真正的批评家在某种意义上就是技工,弄一批备件和工具就可以操业了,像裁缝一样花不了几个钱,④而且两者的工具和能力也具有相似性:裁缝的篓子(Hell)即是批评家札记簿,他的机智和学识鹅可以作证;要想成为一位学者,所需批评家的数目至少和成为一个男子汉需要的裁缝一样多;⑤二者的勇气相当,武器的大小也差不多。关于这些歧视性的观点,有大量的证据可以反驳,我就可以确认第一个是诽谤。与之相反,要成为批评家中的一员,需要付出比其他任何团体的成员都要更高的费用;要成为一个真正的叫花子,最富的人要花完自己的每一分钱,因此,要成为一名真正的批评家,一个人要抛弃自己心智的所有优秀品质,若

---

① hemp 是双关,既指大麻,也指用以绞死犯人的绳子。

② 泰伦斯在自己多部喜剧的开场白中都使用了这个词 malevoli[居心不良的人们]。

③ 普鲁塔克,《塞弥斯托克勒斯传》第 2 章:"在那群人中间遭到长久而尽情的取笑之后……他被迫发言……'的确,我既不会弹竖琴,也不会弹鲁特琴,但我知道如何能使一座名不见经传的小城[雅典]变得光荣而伟大'。"

④ 在关于《法拉里斯信札》的真伪争论中,"技工式批评家"一词被反复使用。

⑤ 裁缝软弱,因此有"九个裁缝才算一个男人"(Nine tailors make a man)的谚语。

是出价低一点，人们会觉得他心不诚。

在充分证明了批评的古老起源，描述了它的早期情况之后，我现在准备考察当前这个批评帝国的情况，并表明它与古时的自己如出一辙。某个作品完全已失传几个世纪①的作家在其第五卷第八章中谈到批评家时说："他们的创作是学问的镜子。"② 从字面上理解，我认为该作家的意思必定是，任何人想要成为一名完美的作家，必须细读批评家的著作，从而像照镜子一样矫正自己的创作。任何人认为古人的镜子其材质是黄铜，没有水银，③可以立即运用现代批评家的两个主要特征进行对照，结果必然会得出结论：他们过去一直没有二致，而且必须永远如此。黄铜象征着持久，经过巧妙的打磨之后，其表面会反射，根本不用借助其背面的水银。批评家其他的才华不用细讲，因为都可以包含在或很容易归纳到这些里面。然而，我要以三个原则作结，它们既可以用来区别真伪现代批评家，也大大有助于那些德高望重的批评家，他们从事的技艺是那么的实用和高尚。

第一，与其他心智能力相反，批评若是出自批评家的第一反应，将永远被认为是最正确最优秀的，就像捕鸟的人认为第一个目标最有把握，若是等第二个目标，基本上都会失败。

第二，真正的批评家擅长拥挤在最高贵的作家周围，来这里也仅仅是受到本能的驱使，像老鼠之于最美味的奶酪、黄蜂之于最美的果实。因此，国王骑在马上时必定是人群中最脏的，因为最会溜须拍马的那些人向他泼的脏水也最多。

最后，真正的批评家研读作品时像宴会上的狗，其思想和胃口全部集中在客人扔的东西上面，因此，骨头最少时，它狂吠得最多。

---

① 讽刺本特利，他有时会引用已经亡佚的作品。
② 作者模仿某个伟大作家的风格，暗指本特利。
③ 水银也有机智之意。

我想,这么做足以报答我的庇护人——真正的现代批评家,也完全能弥补我过去保持的以及将来可能保持的沉默。我曾有功于他们这个群体,我希望他们对我下手时宽容一些、温柔一些。怀着这种期望,我继续大胆地讲述上文已经开始的快乐冒险。

四 木桶的故事

现在,我殚精竭虑地把读者带到这里,他必然渴望有剧变发生。我们常常提到的那位有学问的兄弟,一旦有了属于自己的温暖住房,立刻摆出一副了不起的样子,目中无人。若非礼貌的读者出于十足的坦诚,乐意稍稍提升一下自己的思想,我恐怕,读者以后巧遇到他时,也一直不知他就是剧中的英雄,因为他的身份、衣着和神态有了巨大的变化。

他告知自己的兄弟,要他们明白,他是他们的老大(elder),因此是父亲唯一的继承人;此后不久,他不准他们称呼自己为哥哥,而要称他为"彼得先生";接着,他要求被称为"彼得长老"(Father Peter),有时又要求被称为"彼得大人"(My Lord Peter)。过了一段时间,他觉得自己的出身不能有效支持目前的显赫地位。经过深思熟虑和多方探索,他最后变成了一个骗子加科学半吊子。他以这个身份取得了很大的成就,使当今风靡世界的诸多发现、项目和装置完全归功于彼得大人的首创。我将用最佳方式叙述自己能够收集的主要项目,而不太考虑它们的先后顺序,因为我认为,作家们在这一点上有很大分歧。

我希望,本书翻译成外文时(我毫不夸张地说,收集材料过程很辛苦,叙述很忠实,此书对公众也大有裨益,所有这些使本书完全值得一译),请国外的几个学会,特别是法国和意大利学会里的名人笑纳拙著,以提升全人类的知识水平。我也提醒最令人尊敬的牧师——东方传教士,纯粹为了他们的缘故,我才用了一些很容易翻译成东方语言,特别是汉语的词汇和短语。想到全球都可能因我的工作而受益匪浅,我于是心满意足地讲下去。

彼得大人的第一件事是购买了一片广阔的大陆,①该大陆最近据说是在南方某地发现的。他花很少的钱从发现者(当然有人怀疑那些发现者是不是到过那里)手里购得这片土地,然后把它分成几个区,零售给几个买主。他们去接管殖民时,全在路上遭遇海难。彼得大人再次把上述大陆卖给其他顾客,然后一而再、再而三地如此,屡试不爽。

我要提到的第二件事是,他有治寄生虫特别是脾寄生虫的特效秘方。② 病人晚饭后不吃东西,坚持三个夜晚。上床睡觉时注意侧身,一侧躺累了,可以换到另一侧。病人必须按时用双眼盯住同一个物体,没有正当理由绝不能两头放屁。严格遵守这个处方,寄生虫将在不知不觉中通过出汗从大脑排泄出去。③

第三个发明是建立耳语室,用于照顾和抚慰所有忧郁病或腹绞痛患者,同样也顾及所有偷听者、医生、接生婆、小政客、失和的朋友、诵读自己诗作的诗人、幸福或绝望的恋人、老鸨、枢密院官员、侍从、寄生虫和小丑,总之,要顾及所有因为有太多空话(wind)而面临肚子胀破危险的人。驴头放得恰到好处,使得病人能够轻而易举地把嘴凑近任何一只耳朵。通过驴耳特有的转瞬即忘的能力,病人或打嗝或呼气或呕吐,使得病情即刻好转。④

彼得大人做的另一件好事是设立保险公司,为烟斗、现代狂热教派的殉道士、诗卷、影子、河流等投保,若是这些东西中的任何一件遭受火灾,都可以得到赔偿。⑤因此,我们诸多友好社团显然从这

---

① 指地狱。
② 用于治疗良心不安的免罪符和赦罪文。
③ 此处讽刺罗马教会的苦修和赦罪。只要罪人付钱,教会可以按照罪人的意愿把苦修变得非常容易。
④ 此处奚落秘密或附耳告解。占居耳语室的牧师被形容为驴头。
⑤ 指罗马教会的免罪符一事。人们赎买免罪符是为了免于地狱之火。

个原型会发现,自己仅仅是个复制品,但无论是这个还是那个都给公众和发起人带来了巨大的利益。

彼得大人还被认为是木偶戏和拉洋片的创始人。①这两样东西的巨大用处现在已是家喻户晓了,我就不进一步详讲了。

另外一项使他声名远扬的发明是万能盐水。②彼得说,你们家庭主妇使用的普通盐水只能保存死鱼和几种蔬菜,别无他用,而他花费巨资通过高超的技术发明了一种盐水,可以用于保存住房、花园、城镇、男人、女人、孩子和牲畜。通过这种盐水,他可以把它们保存得像琥珀里的昆虫一样健健康康。喏,我这种盐水在味道、气味和外观上似乎与日常用来保存牛肉、黄油和鲱鱼的盐水(那样使用,效果也一直非常显著)一模一样,但它有许多好的特性,是完全不同的东西。彼得添加了一定数量的品珀林品普(pimperlin - pimp)粉末,③使得盐水的成功率为百分之百。但要在夜晚恰当的时间里喷洒才能完成保存。要保存的对象若是住宅,则可以有效防止蜘蛛、老鼠和黄鼠狼;若是狗,则可以防止疥疮、疯狂和饥饿。这种盐水也会有效地去除孩子身上所有的痂皮和虱子以及头上的头皮屑,从来不会耽误病人正常睡眠或用餐。

但在他所有新奇的东西中,彼得最看重一群牛(bull)。④它们是守卫金羊毛那些牛的嫡传,由于幸运之神的特殊眷顾,得以保存下来。有些人认为它们看起来有点怪异,怀疑它们不是纯种,因为它们来自祖先的某些特征已经退化了,还具备了其他一些特征,虽然非同小可,却是杂种。科尔基斯(Colchos)的牛据记载是铜脚,但不知是由于偷盗而引起的放养不善,还是与其他弱势父母杂交;不知是它们祖先的某个缺陷降低了精子质量,还是随着时间的推移而必

---

① 指天主教徒的修道生活和可笑的游行。
② 指圣水。
③ 假药名。
④ 讽刺教皇,英语中 bull 也有教皇令之意,本处特指革除教籍令。

然出现退化,因为自然的原貌在最近这些作孽的时代里也变质了;无论什么缘故,由于时间的腐蚀,彼得这些牛脚的金属质地的确遭到严重的损伤,现在已沦落为普通的铅。①然而,它们祖先令人惊恐的吼叫却保存了下来,喷火的本领也同样得到延续。许多诋毁者都认为喷火是一项了不起的技艺,看起来也没什么比它更可怕,但它只是这些牛平常以爆竹为食所引起的后果。② 然而,它们两个独有的特征,使得它们迥异于伊阿宋的牛,我以前也只在贺加拉的记述里见过类似的怪物:

> 插上浓密的彩色羽毛,
> 变成一条黑色的鱼。③

这些怪物有鱼尾,偶尔还能超越空中的任何飞鸟。彼得给它们分派不同的活儿。有时,他让它们吼叫吓唬淘气的孩子,④要他们保持安静。有时,他派它们去做大事。这里讲一下它们喜爱黄金的本能也挺有意思,慎重的读者要多多思量是不是要相信此事。这种本能从它们高贵的祖先——金羊毛的卫士——沿着整个家族传下来。它们现在仍然嗜金如命,因此,彼得派它们出去即使仅为了表达问候,它们也要咆哮、吐口水、喷火、撒尿、放屁和鼻子冒火,吵闹不休,直到你丢给它们一点金子。散这么一点点金子足以使它们像绵羊一样安静和温顺。总之,无论是由于主人的默许或纵容,还是由于它们本身嗜爱黄金,抑或兼而有之,可以确定的是,它们和强行索要的乞丐是一路货色。若是得不到施舍,它们会使女性流产、孩

---

① "教皇令"(bull)的名字来自其印章(bulla),而印章为铅质。
② 指教皇严词谴责那些冒犯他的君主,威胁要把他们打入地狱。
③ 贺拉斯,《致皮索斯》(*Epistle to Pisos*),行 2-4。教皇非正式信件用红蜡封住,盖上教皇个人印章,印章上有圣彼得钓鱼的情景。
④ 指惹怒教皇的国王。

子吓哭。时至今日,孩子还称妖魔鬼怪是 bull－beggar。最后,这些牛使邻居街坊感到十分厌烦,于是西北的几位绅士①带来一批正宗的英国斗牛犬,让它们饱餐了几顿,使得它们一直对此念念不忘。②

我必须提一下彼得大人的另一项无与伦比的事业。该事业使他成为水平高、能力强的大师。只要纽盖特监狱恶棍被判以绞刑,彼得就会提出,让他交一笔钱,免除他的罪过。那个可怜的胆小鬼想尽一切办法积攒起这笔钱并送上去,彼得大人就给他一张条子,上面写道:

> 致所有市长、法官、狱吏、警官、法警、刽子手等,我们获悉,甲仍在你们手上,或你们当中的一人手上。我们希望并命令你们,见此书后,让上述犯人返回自己的老家,无论他犯了谋杀、鸡奸、强奸、渎圣罪,还是乱伦、叛国、渎神等罪。此书即为您的正当理由。若有违反,愿您与您家人通通见鬼去吧。我们由衷地向您告别。

您最卑微的人上人
彼得皇帝

相信这张条子的那些可怜虫丢掉了性命,也丢掉了钱财。

我希望,经后代有识之士委任的评论家在评论本部作品时,对一些神秘之处要特别谨慎。评论家若非真正的高手,可能对这些地方贸然做出论断。在某些神秘段落,由于篇幅有限,某些奥秘被合在一起,而在实践中则必须分开。我确信,将来从事这行的孩子将会十分感激我的记载,因为我的解释既受人欢迎,又具有很高的实用价值。

要说服读者很多优秀的发明都取得了巨大成功是轻而易举的

---

① 可能指亨利八世与罗马决裂。
② 在 17 世纪后半叶,用狗斗牛(bull)仍然是大众喜欢看的表演。

事，但我有充分的证据让读者确信，我只讲了很少的几个，挑出这些例子的目的仅是想最有助于公众仿效或最能使人了解发明人的水平和才智。因此，若是此时彼得大人变得极其富有，也不必诧异。然而，唉，他使自己的大脑长时间地过度操劳和紧张，他终于摆摆头，左右转动一下，稍事休息。简而言之，由于傲慢、诡计多端和无赖行为，可怜的彼得发疯了，从而孕育出世上最怪异的想法。在极度疯狂之时（由于傲慢而疯狂的人通常都是如此），他竟然称自己是"全能的上帝"(God Almighty)，①还有时称自己是"宇宙之王"。我看他拿了三顶老式的高帽子，把它们全部扣在自己头上，有三层楼那么高，②腰间还挂着偌大一串钥匙，手持一支钓鱼竿。③ 彼得穿着这一身装束，无论谁拉着他的手表示敬意时，他便像有教养的狗，很有风度地把脚伸给他们。④若是有人拒绝他的善意，他便把脚抬高到他们的嘴部位置，狠狠地在上面踹上一脚，从此，这个动作就叫吻脸礼(salute)。他口气很大，路过的人若是不向他表示问候，他便把他们的帽子吹落到泥里。同时，他的家事起伏不定，两个兄弟生活不幸，他一时发狂，把两兄弟的妻子踢出门去，接着把自己的妻子也踢出门，⑤然后，他命令到街上把遇到的前三个流浪女接回家当妻子。不久，他钉死酒窖门，不让兄弟吃饭时沾一滴酒。⑥一天，在和该城的一位市政官用餐时，彼得发现，这个人像自己的弟弟一样对自己做的牛里脊肉赞不绝口。这位睿智的地方官说："牛肉是肉中之王，其中包含了鹧鸪肉、鹌鹑肉、鹿肉、野鸡肉、葡萄干布丁和牛奶蛋糕的精华。"彼得回家之后，他也特别想如法炮制，没有牛里脊

---

① 教皇不仅可以称为天主教的教宗，还被一些教士称为凡间的上帝以及其他渎神的称号。
② 教皇的三重冠。
③ 象征教皇取得了耶稣门徒的权威。
④ 傲慢的教皇要求人们亲吻他的拖鞋。
⑤ 天主教士的独身行为。
⑥ 教皇不让信徒饮酒，劝他们说，面包含有基督的血，是基督的真身。

肉,就拿黑面包代替。他说:"亲爱的弟弟,面包是主食,其中无所不包,牛肉、羊肉、小牛肉、鹿肉、鹧鸪肉、葡萄干布丁和牛奶蛋糕的精华都包含在里面。总之,面包里混合有适当数量的水,而酵母可以纠正水的低劣品质。如此一来,水变成了健康的佳酿,渗透在整块面包里。"根据这个推论,第二天用餐时,在市宗教庆典所有仪式中都使用黑面包。"来吧,兄弟们,"彼得说,"开吃吧,多吃点;这羊肉味道美极了;①别动,我下手了,我来帮你们。"说完,他彬彬有礼地拿起刀叉,切了两大块黑面包,放到盘子里,递给他的弟弟。大点的弟弟一下子没明白彼得大人话中有话,便客气地问个究竟。"大人,"他说,"鄙人觉得可能有误。""什么,"彼得说,"你真有意思;来吧,让我们听听你想到的笑话。""大人,根本没笑话,若是我没听错的话,大人您刚才提到了羊肉,我真想看一看。""哦,"彼得极其诧异地说,"这到底是怎么回事?"此时,那个老三插进来想把事情说清楚。"大人,"他说,"我觉得,二哥是饿了,想吃大人您原来答应让我们吃的羊肉。""噢,"彼得说,"你们给我听着,要么你们俩疯了,要么想超越我规定的范围去寻欢作乐。若你们不想要自己的那一份,我给你们各自再切一份,但我认为你们那份是整个前腿肉中最好的部分。""什么,大人,"老二说道,"难道这就是你一直所说的羊前腿肉?""好了,先生,"彼得说,"吃饭吧,请别再无理取闹,我现在可没心情跟你们玩。"然而,对方看到彼得一本正经的样子不禁火冒三丈,忍不住说:"大人,我只能说,我的眼睛、手指、牙齿和鼻子告诉我,这的的确确就是面包片。"老三此时插话了:"我一生当中,从来没见过这么像一先令面包的羊肉块。""喂,二位先生,"彼得怒气冲冲地叫道,"要证明你们就是两个愚蠢无知、自以为是、顽固成性的小子,我用这个浅显的例子就足够了:这的的确确是真正的不掺假的好羊肉,与莱登霍尔(Leadenhall)市场上的羊肉没有任何区别,你们若是把它看作是别的东西,永远遭天谴去

---

① 圣餐变体。

吧。"这一通雷鸣般的证明使人没有任何反驳余地。两个否认者开始明白自己的错误,并迅速收拾残局。老二说:"嗯,仔细想想,的确是真的……""哎,"老三打断了他的话,"我现在已经想好了这个事儿,大人您似乎很有道理。""很好,"彼得说,"小伙子,给我倒一杯红酒。来,我诚挚地祝福你们。"两位兄弟看他这么快就和颜悦色起来,也非常高兴,对他报以千恩万谢,并说非常乐意为大人干杯。"你们必定乐意了,"彼得道,"只要你们提得合理,我都不会拒绝。酒喝一点也有益于健康。来,你们一人一杯,这是真正的天然葡萄汁,没有经过你们那些该死的酒商的任何调制。"说完,他给两个人又各拿了一大片干面包,要他们喝下去,别不好意思,因为酒对他们没什么害处。在这种微妙的情况下,两位兄弟像往常一样直盯着彼得好一阵子,看出了局面将可能如何发展,于是决定不再争论,随他怎么做都行,因为他现在正发疯,再去争论或规劝只能使他百倍地疯狂。

我叙述这件大事的方方面面,是因为其是造成当时兄弟决裂、①后来从未和好的罪魁祸首,但这个问题我将在另一部分详细讲述。

然而确凿无疑的是,彼得大人即使在神志清醒的时候与人进行日常的交流也表现出粗俗的倾向,特别刚愎自用,在任何时候都宁愿争辩到底,而一次也不愿意承认错误。② 此外,他非常令人讨厌,竟然能在任何场合讲一些自欺欺人的弥天大谎,还信誓旦旦地说,自己说的是真话,若是周围的人稍有怀疑,他便诅咒他们下地狱。一次,他发誓说,自己家里有一头奶牛,③其一次产奶量可以供应三千个教堂,更为神奇的是,牛奶从来不变质。还有一次,他说自己父

---

① 指宗教改革。
② 教皇永无谬误。
③ 天主教大量复制圣母的乳汁。

亲遗留下一个老指示牌,①其上的钉子和木头可以建造十八艘军舰。有一天,谈起轻盈到可以在山上空行驶的中国马车时,他说:"天啊,那个神奇的东西是哪来的?老天作证,我看到一座石头砌成的房子②行驶在海洋和陆地上空行驶了两千里格(league)远(只是有时停下来歇歇脚)。"③此外,他一口咬定,自己一生当中从未撒过一次谎;每讲一句话,他都会说:"老天在上,先生们,我告诉你们的全是实话,谁若不信我,将永远在地狱里受到煎熬。"

总之,彼得变得臭名昭著,邻居都不加掩饰地说,他和无赖差不多。两个弟弟受到他的虐待,早就感到特别恼火。两人最后决定离开他,但他们先是低声下气地请求抄一份早已被时间抛之脑后的父亲的遗嘱。彼得非但没有满足这个请求,还骂他们"婊子养的"、"流氓"、"叛徒"等其他他能想到的恶毒字眼。然而,趁他有一天出去办事,两个弟弟瞅准机会,设法得到了遗嘱,抄了一本。④他们马上发现,自己过去受到了野蛮的伤害。父亲去世时让他们三个享有均等的继承权,并严令,他们得到的所有东西都是三人共有。接着,他们准备撞开酒窖门,喝点好酒以振奋和安慰自己的心灵。⑤在抄写遗嘱时,他们看到了一条戒律,严禁嫖娼、离婚和分居。由此,他们计划解散情妇,召回妻子。⑥所有这些正在紧张酝酿之时,从纽盖特监狱来了一位律师,希望彼得大人为一个明天就要被绞死的小偷弄张免罪符。但两位弟弟说,他这个自以为是的家伙竟然到这儿要免罪符,彼得比他的顾客还应该被绞死。他们发现这个骗子的种种

---

① 指耶稣受难的十字架。
② 指洛雷托(Loretto)的圣玛利亚教堂,被认为是圣母受孕之处。据传,当地被占领之后,天使把该教堂从拿撒勒(Narareth)运到达尔马提亚(Dalmatia)。在17世纪,反罗马教会作品常用这个故事说明天主教的迷信。
③ 1里格大约为3英里。
④ 指翻译成地方语言。
⑤ 在圣餐仪式中让信徒喝酒。
⑥ 允许教士结婚。

伎俩和我刚才讲的一样。两个弟弟于是建议那位律师,还是让他的朋友向国王索要免罪符吧。①在一片喧嚣声中,彼得进来了,身后跟着一队骑兵。②他与自己的一帮人从所有人那里猜到了即将要发生的事情,于是对两个弟弟劈头盖脸地好一阵辱骂和诅咒,那些脏话不是太重要,不必在这里重复了。然后,彼得等人理直气壮地用武力把两人踢出门外,直到今天也没有让他们再进家门。

五　现代散记

世人乐意用"现代作家"这个光荣的称号称呼我们,但我们的努力若不能高度服务于人类的普遍福祉,我们将永远不能实现永不磨灭、流芳百世的伟大设想。造物主呀,这就是您的秘书我正在从事的冒险:

> 它使我能忍受诸多辛苦,
> 在沉寂的夜晚保持清醒。③

为此目的,我曾不辞劳苦一丝不苟地解剖人性的臭皮囊,关于其不同的互相包含的部位,我阅读了大量的有用讲稿。最后,这具臭皮囊味道变重,无法再保存下去。我于是又费了九牛二虎之力,把所有的骨头按照准确的结构拼装起来,并使它们保持恰当的对称,这样我就随时可以向所有绅士和其他人展示一副完全的骨架。但散记不能再散了,虽然据我所知,有些作者采用了散记里面套散记的形式,像套盒一样。我要声明的是,在小心翼翼地解剖人性的

---

① 忏悔人不应相信骗钱的免罪符,而应该直接乞求上帝的怜悯,只有上帝才可以免罪。
② 骑兵指世俗权力。盲从教皇的君王用世俗权力迫害宗教改革人士。
③ 卢克莱修,《物性论》卷一,行141–142。

过程中，我得出了一个特别奇异、非常重要的新发现：人类公共福祉的取得需要通过教诲和娱乐两种方式。从我阅读的上述讲稿（若我能说服某个朋友去盗取一份，或说服崇拜我的绅士要坚持不懈，世人将来可能会看到这些作品）中，我可以进一步证明，既然人类现在状态不错，他从娱乐中要比从教诲中得到更多的益处；他的通病是吹毛求疵、缺乏规范和呵欠连天；在当今机智和学问的大帝国里，教诲似乎没有用武之地。然而，按照远古的权威经验，我准备把我的论点各方面都推向高峰，与此相应，在这部神圣的作品中，我通篇都会把教诲与娱乐二者糅合在一起，有一层教诲，就有一层娱乐。

光芒四射的现代人已经使微微闪烁的古人黯然失色，把他们排除于所有风行一时的活动之外，因此，我们修养最高的城市精英在一本正经地讨论，古人有没有存在过（在这一点上，杰出的现代人本特利博士进行了大量的有建设性的工作，废寝忘食地撰写了许多著作，可能使我们感到无比的满足）。一想到所有这些，我禁不住悲叹，至今没有现代名人尝试写一部小书，建立一个普遍的系统，把生活中所有已知的、已信的和已实践过的事物纳入进来。然而，我不得不承认，不久前，奥布拉热尔（O. Brazile）的一位伟大的哲学家曾思考过这项计划。①他提出的方法是个秘方。他英年早逝后，我在他的遗稿中发现了这个秘方。出于对现代学人的深厚感情，我在这里把它贡献出来，确信将来某一天会激发某个有志之士。

你适当地拿几本书，②用牛皮包好，背面写上所有现代艺术和科学门类，语言任你选定。你把它们放到坩埚里提纯，同时注入罂粟精华，需要多少放多少，再加三品脱忘河水，此水需向药剂师购买。之后，小心清除残渣，使所有挥发性物质蒸发掉。你得到的只是初步结果，还需要十七次提纯，直到仅剩下大约两打兰（dram）的

---

① 奥布拉热尔是假想的爱尔兰西部一个岛屿。
② 本段类似炼金术作品。

物质。①你把它密封保存在玻璃瓶中二十一天。然后,你开始创作放之四海而皆准的著作,同时,每天早上禁食,只服(事前摇匀)三滴这种万灵药,服时用鼻子把药猛吸入鼻腔。十四分钟之后,药开始在大脑(若有的话)中扩散,你立刻在头脑中察觉到无穷无尽的摘要、概要、汇编、摘录、文集、要点、选集等等之类的东西,所有都自动井然有序,可以直接写入著作。②

我必须承认,正是由于此秘方的指点,我才冒险从事一项大胆的计划,否则,我根本无能为力。除了某个叫荷马的作者之外,没有任何前人成功完成这项计划。荷马在别的方面也有些才能,也算是有点天才的古人,但我在他那里发现了诸多严重的错误。若是他的骨灰还有些许尚存,这些错误都不应该被原谅。我们确信,荷马旨在使自己的作品囊括所有的知识,人的、神的、政治的和机械的,但他显然完全忽略了一些知识,在其余方面也非常不完善。首先,他的门徒描述他为著名的秘术家(cabalist),但他对"旷世巨作"(opus magnum)一笔带过,语焉不详;他似乎只是蜻蜓点水地读过森迪沃奇(Michael Sendivogius)、伯麦(Jacob Boehme)或者《论人的本质及其死后的状态》(Anthroposophia Theomagica)。③他关于"火球"的看法也是错误之极,④这个过失无法弥补,并且(若是读者允许我严厉指责的话)我怀疑他根本没听说过火。在机械领域各个方面,他的失误也同样昭然若揭。读了他的作品,我也像现代才子那样尽力实践,但对于那个有用的烛台底座,我从未发现任何结构指示。在资

---

① 1打兰约为4克。

② 斯威夫特批评现代学人想获取知识,却不愿意下功夫思考和认真学习。

③ 森迪沃奇(1566—1636)是波兰炼金术士、哲学家和医生。伯麦(1575—1624)是德国基督教神秘主义者和神学家。《论人的本质及其死后的状态》为威尔士哲学家沃恩(Thomas Vaughan,1621—1666)所著。

④ "火球"(fire-globe)是沃恩万能药方里的术语,与伯麦神秘的"第三原则"也有关系。

料匮乏的情况下,若是没有现代人伸出援助之手,我们可能仍然徘徊于黑暗之中。但我下面要批评荷马犯了一个更为臭名昭著的错误。我指的是他对于英国的普通法、对于英国国教的教规与教义无知透顶。正因为此,他与所有古人一起遭到神学学士沃顿先生义正辞严的批评。沃顿先生是我杰出的天才朋友。他关于古代学问与现代学问无与伦比的大作受到多么高的评价都不为过,无论是考虑到他充满机智的迂回和平铺直叙非常美妙,他关于苍蝇和唾液的崇高发现具有很高的实用价值,①还是考虑到他的风格矫揉造作得气势磅礴。我必须公开承认事实,以示对荷马的尊重:在创作本篇作品时,本人从这部无与伦比的著作中获得了极大的帮助与提升。

然而,除了上述疏忽之外,上进的读者还发现了荷马的几处缺陷,但这不能完全归咎于荷马。荷马以降,每个知识门类都取得了飞速进步,最近三年尤其如此,②他几乎不可能像他的拥护者所声称的那样在各项现代发现上都非常完美。我们情愿承认他发明了罗盘和火药,发现了血液循环,但我敢说,崇拜荷马的人在他的所有著作里都找不出关于脾脏的完整叙述。在政治赌博方面,③他不是也完全让我们自己去探讨么?有什么比他关于茶的长篇大论更错误百出和令人恼火的呢?至于他不用水银去治疗性病的方法,虽然近来受到高度颂扬,但根据我的知识和经验,一点也不可靠。

人们长时间地请求我、说服我拿起笔,就是要弥补这些重大缺陷。我斗胆许诺,明智的读者将会发现,生活中的任何突发情况需用的一切在这里都可以找到。我确信已经包含和穷尽了人

---

① 沃顿在古今论战中提到,现代人发现了唾液分泌管及各种各样的昆虫。

② 沃顿的《关于古今学问的反思》发表于 1694 年。本文写于三年后。

③ 当时人们喜欢就政治事件的结果下赌注,1708 年,英国通过法案,禁止就法国的战争结果下赌注。

类想象上天入地所能想到的一切。我特别推荐学人仔细研究别人完全没有探讨过的一些发现。重大发现有很多,我只提一提我的《吹牛手册或浅读深知技巧》《奇异的老鼠夹》《理性的普遍规则或每个人都是自己的雕刻师》,以及最有用的抓捕猫头鹰①的装置。明智的读者将会发现,所有这些在本作的不同部分都大体上得到了论述。

我自认为必须尽可能讲明本作品的特色和优点,因为此举符合当前文明的学问时代的时尚和风气。本时代的第一批作家在纠正恶毒、挑剔的读者或教导无知、礼貌的读者时最称道这种风气。此外,最近发表的诗歌和散文中有一些名篇。作者出于对公众满怀关切,为我们详细描述了其中包含的崇高②与优美。若非如此,我们绝对只能发现一丁点儿这样的东西。就我个人而言,不可否认,我在这种场合所说的一切放在序言里更为恰当,也更符合常常把序言指引到此处的风格。然而,我认为,我在这里可以利用自己作为最后一名作家既伟大又光荣的特权。作为最年轻的现代人,我要求获得至高无上的权利,使我对于我之前的所有作家具有任意评判的权力。由此,我完全不赞成,并声明反对把序言当作书的内容介绍这种不良风气。我一直认为,在门上挂一幅大大的写生画,下面给出非常震慑人心的描述,是编造怪物和兜售异国风情的二道贩子最严重的草率之举。这种想法使我节省了不少零钱,因为我从未感到完全的满意,也从未想到要进去,虽然那个急切的销售代表跟前跟后,用他仅有的动听而又不变的言辞敦促我:"先生,我们的确马上就要开始了。"这恰恰是当前的序言、书信、说明、引言、绪论、注解和致读者③所遭受的命运。这种权宜之计起初值得称颂。我们伟大的德莱顿一直以来将其发挥到极致,获得了难以置信的成功。他常常在

---

① 猫头鹰(Owl)在口语中指看起来睿智、实际上愚蠢的人。
② 1698年,有人发表《论崇高》一文,伪称从朗吉努斯翻译而来。
③ 博伊尔对本特利创作的批评。

私下里对我说,世人从不质疑他作为诗人的崇高地位,因为他过去不断地在序言中使他们确信,他们既不可能怀疑也不可能忘记这个事实。可能就是如此吧。然而我非常担心,他的教诲教错了地方,教人在某些方面变得更为睿智,而他本意却不是如此。瞧瞧当代打着呵欠的读者那一身懒骨,他们一脸不屑地迅速翻过四五十页的序言或献词(这通常是现代人吝啬的结果),仿佛是在看拉丁文,真让人感到悲哀。但必须承认,大批的读者据说只读这些东西,别的一概不看,便成了批评家和才子。我认为,当前的读者全部可以准确地归为这两大派别。就我个人而言,我承认自己属于前者,因为我有现代人的癖好,要详细说明我作品的优点,展示我论述的光彩。我想最好在本处即作品中间做这件事,它会大大加长作品的篇幅,技巧娴熟的作者绝对不会忽视这个机会。

这一篇长长的无厘头散记,无来由地把所有人都斥责一通,同时费了不少工夫和手法使我自己的优点和别人的缺点一览无余,算是对我们作家近来的公认习惯表示尊重和承认。满怀着正义之感和对他们的坦诚之心,我现在快乐地回到正题,以极大地满足读者和作者本人。

六 木桶的故事

上次我们讲到,彼得大人与两位兄弟公开决裂,把两人永远逐出家门,任由其流落到大千世界,无依无靠。这样的情况使他们正好成为作家挥毫泼墨的题材,苦难的场景总能使伟大的冒险硕果累累。在这方面,世人可以辨别出善意的作者与普通的朋友之间在品德上的区别。据观察,后者在富贵时能够保持紧密团结,但一旦时运不济,便马上作鸟兽散。善意的作者则与此相反。他从寒门中发现自己的英雄,一步一步地把他推上王位,然后立即隐退,没有什么期望,只要能为自己的辛苦讨回一些谢意就可以了。我依照这种模式,把彼得大人安排在豪门,给了他一个头衔,也给了他钱花。我把彼得搁置在那里一段时间,按照人所共有的善心的指引,回来帮助处于最低谷的两个兄弟。然而,无论发生什么事件,事件又发生到哪里,我都决不会忘记自己是一个历史学家,要亦步亦趋地记述事实。

两个流亡者因为命运和利益而紧密团结起来。他们住在一起,在闲暇时,回顾往日数不胜数的苦难和烦恼,一下子还搞不明白他们的行为错在哪里。经过一段时间的深思,他们想到了那份父亲的遗嘱,当初,他们得手之后多么开心呀。遗嘱马上拿了出来。他们下定决心,纠正过去曾犯过的任何错误,他们将来所有的行为都要严格遵照遗嘱中的规定。遗嘱的主要内容(读者也不会轻易忘记)是一些关于外套穿着的良好规定。两位兄弟仔细研读,每个时期都要对照教规与实践,结果发现二者之间有着天壤之别,每一点都遭到令人发指的直接违背。由此,他们决定马上行动起来,即刻着手把一切都准确还原到父亲的模式。①

匆匆忙忙的读者总是迫不及待地想看到冒险的结果,但我们的作者还没有为他们做好相应的准备,因此,这里需要缓一缓。我要交代一下,两位兄弟此时开始有自己的名字,以示区别。一个希望叫马丁(Martin),②另一个取名叫杰克(Jack)。③ 在哥哥彼得专横跋扈的时候,两位兄弟非常友爱和默契,同病相怜的人都有这种倾向。不幸的人与黑暗中的人一样,任何颜色对他们而言都是一样的,但一旦他们来到这个世界上,开始互相展示,暴露于太阳下面,他们的脸色看起来就迥然不同了。当前的形势使他们突然有机会发现这一点。

然而,苛刻的读者可能理直气壮地指责说,我是个记性不好的

---

① 指路德(Martin Luther)除去天主教的谬误,恢复真实的信仰。
② 指路德。
③ 指加尔文(John Calvin)。同时也让人想起在17世纪早期论战中经常出现的名字 Jack Presbyter[长老会教徒]。

作家。真正的现代作家必然有一点这个缺陷。记忆是运用大脑存储过去的事件，但对于这种能力，我们伟大时代的学人不屑一顾。他们完全做独创，锤炼所有东西都依赖自身，至少是依赖他们之间的碰撞。因此，我们认为，用我们伟大的健忘症作为无可置疑的论据来证明我们伟大的机智非常合情合理。从顺序上讲，我在五十页之前就应该告诉读者，彼得大人喜欢在外套上佩戴任何流行的装饰品，他把这种爱好也灌输给两个弟弟。在逐渐摆脱了原穿戴习惯的同时，他从不取下任何装饰品，而是把所有装饰品都堆在上面，最后，外套成了一个你可以想象得到的最怪诞的大杂烩。到兄弟失和时，原外套上几乎一根线都看不到了，只有数不清的饰带、流苏、刺绣和束衣带（我仅指那些缀有银片的束衣带，①其他的都掉了）。主要部分失去了应有的关注，但此时时来运转，恰好遇到两兄弟计划按照父亲的遗嘱，把衣服改回原来的模样。

　　他们两人共同从事这项伟业，②一会儿看看外套，一会儿瞧瞧遗嘱。马丁先动手，一下扯掉一大把束衣带，另一把扯掉一百多码的流苏。③ 但做到这里时，他迟疑了片刻。他清楚地知道，还有大量的工作要做。然而，最初的愤怒过后，他的暴力活动也开始缓和下来。他决定在其余的工作中更加温和一些。④ 刚才扯掉缀有银片的束衣带（我们上面已经提到过）时差点扯出个大洞，这位审慎的工匠十分精准地把它们缝了两遍，以防掉下来。由于决定要除去外套上大量的金饰带，他小心翼翼地挑开针脚，认真地一点一点地抽掉松散的线头，这的确是个时间活。然后，他着手处理衣服上绣的印度男女和孩子图像。关于这些人物图，你们在相应的地方也听

---

　　① 指那些提升教会的重要性和财富的教义，已经深深地渗入天主教体系中去。
　　② 宗教改革。
　　③ 可能指英国宗教改革始于没收修道院的土地。
　　④ 英国国教的温和路线。

说了,他们父亲的遗嘱表示过极其明确和严厉的反对。马丁不久就非常熟练地把它们完全清除或抹去了。对于其余的地方,他发现刺绣的装饰要么与外套过于紧密,强行拆除会损坏衣物;要么可以掩饰或弥补裁缝不断篡改外套所造成的瑕疵。马丁于是决定,最明智的办法就是保留原样,无论如何也不能再让它遭受损害。他觉得,这种方法最能体现父亲遗嘱的真实意图。这就是我所能收集到的马丁在这场剧变中的表现。

但他的弟弟杰克的冒险非同小可,在本书接下来的部分需要很长的篇幅来书写。他对这事有不同的想法和十分不同的心情,因为彼得大人的伤害留下的记忆使他产生了仇恨。仇恨又促使他采取暴力行为,不顾及父亲的法令,不过,这些法令至多也是支持和服务于他的行为。然而,他为这份杂乱的情感设法找到了一个貌似有理的名字:"狂热"(zeal)。到目前为止,这是所有语言里生成的最重要的一个词。我认为,这一点已经在自己卓越的分析著作中得到了充分证明。我在其中从历史、神学、物理学和生理学角度论述了"狂热",表明它如何首先从突发奇想变成一个词,然后在一个炎热的夏天瓜熟蒂落。这部作品为对开本,共有三大卷。我打算很快以现代的承购方式出版。毫无疑问,本国的贵族绅士们将给予我最大可能的激励,因为他们已经很好地品尝了我将要完成的作品。

因此,据我所知,满怀这种复杂情感的杰克老弟想到彼得的残暴就义愤填膺,看到沮丧的马丁更是火冒三丈。于是在决定行动之前,他这样说道:"怎么,这个恶棍,把酒锁起来,把我们的妻子赶出去,把我们的财产骗走,用他妈的面包片当羊肉蒙我们,到最后,把我们也一脚踢开。难道我们必须要追随他?这个无赖,现在是过街老鼠,人人喊打。"他越说越来气,达到了可以着手变革的火候之后,他马上行动起来,在三分钟内扯掉的零碎比马丁三个小时扯掉的都要多。(尊敬的读者)你知道,"狂热"只有用于撕扯时才最为惬意。被狂热冲昏了头脑的杰克此时听任狂热肆虐。结果,在扯下一束金饰带时,有点过于急躁,把外套的主体部分从上到下撕为两半。杰克不擅长针线活,只好用扦子和粗绳把它缝补起来。然而,在处理绣花时,情况变得愈发不可收拾(我讲起这事来都要痛哭流涕)。他天生笨手笨脚,又缺乏耐性。看到只有极其灵巧的手和极大的耐心才能拆除那几百万针脚,杰克不由得火起,他把包括布料和所有饰物在内的一整块全部扯下,扔到阴沟里,然后继续怒气冲冲地撕下去。"我的好哥哥马丁,"他说,"为了神,像我一样干吧;把所有东西都剥掉、扯掉、拔掉、撕掉吧,让我们看起来与那个恶棍彼得截然不同。就是给一百镑,我也不愿意穿上一丁点让邻居怀疑我与这样的无赖有关的衣物。"然而,此时的马丁却异常冷静。出于关爱,他请求弟弟千万不要毁坏外套,因为这样的外套仅此一件,并让他想一想,他们行事不是要与彼得相反,而是要遵循父亲遗嘱立下的原则;他还要记住,无论彼得犯了什么错误,给他们造成了什么样的伤害,他仍然是他们的哥哥,因此,他们无论如何也要避免与他对着干;的确,先父留下的遗嘱准确规定了穿戴外套的方式,但也同样严格规定兄弟三人要团结一致、友好相处和互相关爱,否则要受到严惩。因此,牵强附会的事可以通融,增进团结而非增加矛盾的举动当然更应该如此。①

　　马丁还在那儿一本正经地讲,但杰克已经急不可耐地走出一箭开外了,否则,马丁无疑会留下一番道德高论,可以快速使我的读者达到身心的宁静(伦理学真正的终极目标)。在经院哲学的论辩中,最能激起反方怒气的莫过于正方一副心如止水的学究样子。辩论双方基本上处于不同的重量级,在天平上称重时,重的一方把轻的一方跷起来,使之突然飞升,撞到横梁上。此处也是一样,马丁语重心长的说教提升了杰克的轻浮,使他突然飞奔而去,哥哥的节制遭到了他的唾弃。总之,马丁的耐心使杰克大动肝火,但最让他感到恼火的是,他发现哥哥的外套很好地恢复到原来的简朴状态,他

---

① 17世纪后期的作家常常呼吁团结一致,斯威夫特也不例外。

自己的外套却撕得所剩无几,有几处逃脱了他的魔爪,却仍然和彼得的外套一模一样。现在,他像个遭到恶霸抢劫的纨绔子弟,像纽盖特监狱里拒付狱卒钱的新房客,像在皇家市场被抓获的商店扒手,只能任由女店主发落,①像依然穿着旧时丝绒衬裙的老鸨,落入了暴民的脏手。无论是像其中一个,还是都像,不幸的杰克现在是衣衫褴褛,浑身上下全是碎布、饰带、裂口和流苏。他的外套若是仍和马丁的一样,他会无比高兴,但若是马丁的外套和他的一样破烂不堪,他更会欣喜若狂。然而,两种情况都不可能发生,他觉得最好面对现实,坚持下去。他挖空心思,心怀鬼胎地再三劝诱马丁,让马丁像他所说的理性一些,或按他的意思,让马丁穿得和他一样短,②一样衣衫褴褛,但他发现,自己是白白浪费口舌。唉,无助的杰克接下来能做什么呢?连续不断地大骂自己的哥哥之后,他满怀着气愤、恶毒和矛盾夺路而去。简而言之,这两兄弟从此产生无法弥合的裂痕。杰克马上搬到了新住处。据可靠消息,过了几天,他便无计可施了。不久,他出现在国外,总像精神病人一样异想天开,原来的消息这下得到了证实。

现在,街上的小孩子都给他起了几个尊称。③ 他们叫他时,有时用秃头杰克(Jack the Bald),④有时用提灯的杰克,⑤有时用荷兰人杰克(Dutch Jack),⑥有时用法国人休(Hugh),⑦有时用乞丐汤姆(Tom the Beggar),⑧有时用北方的撞击手杰克(Knocking Jack of the

---

① 该市场建于1608年,有四排小店铺,以女帽店和女裁缝店居多。
② 长老会信徒穿短外套。
③ 贵格派教徒故意到公共场所,承受"暴民"的诘难。
④ Calvin[加尔文]对应的拉丁语意为bald。
⑤ 有人声称有内在的灵光。
⑥ 荷兰的杰克创立再洗礼派。
⑦ 指当时法国的胡格诺派(Huguenots)。
⑧ 当时在佛兰德斯(Flanders),人们称呼新教徒为乞丐(Gueuses)。

North)。①正是由于其中一个或几个或全部名字(到底是多少,我留给读者裁决),杰克催生了最为显赫最为流行的伊奥尼亚派(Aeolists)。这一派的信徒至今仍然通过盛大的仪式纪念他们的始祖杰克。关于他们的起源和教规,我现在准备详细加以介绍,以飨世人。

——用缪斯的魔力点化一切。②

七 散记赞

我间或听说过一枚坚果壳可以装起一部《伊利亚特》,③但我很有福分,经常可以见到《伊利亚特》里包着坚果壳。毫无疑问,此两种形式都使人类生活受益匪浅,但世人主要得益于哪一种,我认为,这个问题值得好奇之人废寝忘食地去研究。至于第二种形式的起源,在我看来,学问界应主要归功于现代人对散记做出的巨大改进。最近,知识上的改良堪比我国饮食上的进步,因为在讲究口味的人那里,膳食成了大杂烩,包括汤、什锦菜、炖肉和五香菜炖肉。

不错,有些难以取悦、出言不逊、没有教养的人装腔作势,完全拒斥这些高雅的创新。他们也承认这些创新与饮食具有相似性,却厚颜无耻地宣称,举的例子本身说明口味出现了问题。他们告诉我们,把五十种东西混合成一道菜起初是为了迎合疯狂的大脑,同时也是为了满足败坏的胃口;看到某人在什锦菜里扒来扒去,搜寻鹅、野鸭或丘鹬的头或脑子,表明他缺乏可以消化更多食物的胃。此

---

① 指苏格兰的改革派诺克思(John Knocks)。
② 卢克莱修,《物性论》卷一,行934。
③ 普林尼在《自然史》中说,据西塞罗记载,写在羊皮纸上的荷马史诗《伊利亚特》被装入了一枚坚果壳。这个比喻用法早在16世纪的英国就已经很常见了。

外,他们断言,书中的散记像驻扎在某国的外国部队,①后者认为本国缺少自己的心脏四肢,常常镇压土著人或把他们赶到不毛之地。

然而,无论这些傲慢的审查员如何反对,若是人们写作的内容必须限于与主题相关,作家群的成员显然将很快减少到屈指可数。众所周知,若我们与希腊罗马人的情况一样,学问仍然处于摇篮时期,依赖创新来培育和爱护,那么对于某个具体的情况,轻而易举地就可以写满几卷书,只需稍稍加点穿插,帮助推进或阐明主旨,没必要离题万里,详加论述。但知识的推进犹如驻扎在富饶国土上的大部队,依赖当地的物产可以维持几天,一旦供给消耗完,他们要到许多英里以外的朋友或敌人那里搜罗。同时,附近的田地由于遭到践踏变得贫瘠和板结,再也生产不出粮食,只剩下遮天蔽日的扬尘。

从古人到我们,情形就这样完全变了,现代人也很明智地意识到这个问题。当前的我们已经探索出一种更省力、更审慎的方法,不用废寝忘食地读书思考,也可以成为学者和才子。目前,利用书的最佳方法包括两个:一是像对待达官贵人一样对待书籍,记住他们的名号,然后吹嘘自己认识他们;二是把统领全书的索引看透,这个实在是更好、更扎实、更文雅,因为从大门进入学问的殿堂需要花费一定的时间和修饰,所以急不可耐的粗人也满足于从后门进入。各门技艺都在飞驰,因此,只有从后方攻击才能轻易地制服它们。正因为如此,医生只有检测背后放出来的屁才能判断整个身体的状况;人们把才智用于书的尾部才可以获取知识,这和男孩子若是把盐扔到麻雀的尾巴上就容易逮到麻雀一样;②对人生最好的理解是

---

① 1689年的《权利法案》规定,在和平时期,未得到国会同意在国内招募或驻有常备军违法。1697年《里斯维克和约》签订之后,针对该规定出现了大量的争论。笛福支持常备军,斯威夫特反对,认为常备军常年拿薪水,却对本地君王没一点益处,只可能被外来征服者或国内篡权者利用。

② "把盐扔到麻雀的尾巴上逮麻雀"是当时的谚语,意为"容易"。

哲人关于结局(end)的论断;①科学像赫拉克勒斯的牛,向后追踪才能发现;②古老的科学像旧长筒袜一样,从脚上开始被揭示出来。

除此之外,科学的部队经过大量的军事训练,最近已经排好密集的方队,因此,可以迅速检阅一下。我们有此洪福,要完全归功于体系和理论,因为现代学问之父们像小心的高利贷者一样在这方面挥洒汗水,使我们这些孩子能够过上安逸的生活。辛劳滋生懒散,我们伟大的时代能够收获成熟的果实,是值得一提的幸事。

能够变得智慧、博学和崇高的方法成了平常事,各项流程也已经程式化,因此,作家的数量也相应增加,后来到了他们之间必须不断互相倾轧的地步。另外,据认为,目前自然界中已没有多少新东西③可以使某个主题锦上添花,足以填满一卷书。我是从一位计算能手那里得知此事的,他曾根据算术规则完全证明了这个结论。

那些认为物质具有无限性因此任何物种都不会穷尽的人④或许会反对这一点。为答复他们,我们来看看由当代种植并培育出的现代才智最华贵的枝条。在所有的枝条中,它的果实最多也最美。其中一些果实虽然是由古人留下来的,但据我所知,现代人尚没有把任何一个果实编入体系,以供使用。因此,我们可以自豪地断言,这一门学问是现代人一手发现并培育成熟的。我指的就是现代才

---

① 按照希罗多德的说法:"(活得好,)死得(end his life)也好,才配得上叫有福之人;我们必须等他去世之后再下判断,目前不能称之为有福,只能称其为幸运。"

② 怪物卡库斯(Cacus)偷盗赫拉克勒斯的牛,为防止追踪,把牛倒拉入洞里。

③ 这是对沃顿错误的讽刺。沃顿认为,在自然和数学领域当时出现了很多新秀,若是他们能够心无旁骛,并且这种风气能够持续下去,下个时代可能发现,在这个领域可能没什么事可做了。

④ 卢克莱修是代表人物之一。

子们那种令人高度称颂的才华:从两性的生殖器引出令人惊奇、愉悦而且恰当的类比、典故和应用,并给出它们正确的使用方法。我的确注意到,只有这方面的发现最时髦,因此,我有时就想,关于印度小矮人的描述已经预言式地刻画了我国当今的快乐天才:"他们身高不到两尺,但生殖器却很长,直达脚踝。"我曾一度好奇,翻阅了最近出版的一些作品,它们大力渲染这方面的美。尽管这条血脉在自由地流淌,人们所有的精力都用来使它扩张、延伸和保持顺畅,像塞西亚人(Scythian)那样,他们有一种风俗,用某种器具狂吹母马的私处,希望它能够多下奶。① 不过,我恐怕这条血脉已几近干涸,无法恢复原状,要么找到新型才智,要么我们必须满足于包括这个话题在内的各个方面的重复性叙述。

  从此可以看出,我们现代才子毫无疑问不能指望物质的无限性来源源不断地提供素材。我们只剩最后一条路可走了:大索引和小册子。一定要大量收集名言,并按字母编订成书。为此目的,必须要认真咨询批评家和评论家,查阅词典,但作者的意见可以忽略。不过,首先要注意这些谨慎地收集段、名句的人。有人把他们称为学问筛选师,虽然还不清楚他们卖的是饭还是珍珠,也不知道应该珍惜筛选过的,还是舍弃的。

  通过这些方法,不出数周,很多作家都可以应付最为深奥、最为普遍的问题了。他头脑空空如也,但他的庸作却很充实。你若在方法、风格和创造力上不对他有苛刻要求,允许他在自己认为适当的时候,和其他人一样想抄就抄,想跑题就跑题,那他不用其他材料,即可写就一部专著,摆在书架上看起来也像模像样,在上面放到天荒地老也仍然崭新如初,学生的手从不会翻动它,或使它油迹斑斑,图书馆也不会用牢固的黑色链子把它锁起来。② 然而,一旦时机成

---

  ① 来自希罗多德的记述,坦普尔在《论古今学问》中提到这一点。
  ② 在 17 世纪和 18 世纪,图书馆通常把有价值的大开本著作用铁链锁起来,防止偷盗。

熟,这本书为了进入天国可能需要经过炼狱的考验。

若非上述这些宽容条件,我们现代才子怎么可能有机会推出自己数不胜数、性质不同的文集。没有这些条件,学问界便失去了无穷的教诲和愉悦,我们也将被埋没、被遗忘,永无出头之日。

因此,在有生之年,我将会看到我们的作家超越所有同行兄弟的那一天。这是我们塞西亚人祖先遗留给我们的众多幸福感之一,因为在他们那里,羽管笔的数量之庞大,希腊人的修辞都无法表述清楚,只能一言以蔽之:在遥远的北方,人们不可能旅行,因为空气中到处弥漫着羽毛。①

本散记长了一些,但情有可原,因为其非常有必要,我也为其选了一个自认为最合适的地方。审慎的读者若找到更为合适的角落,我这里授权与他,凭他处置本篇散记。我现在要迅速回到更重要的事情上来。

八 木桶的故事

博学的伊奥利亚派认为,万物起源于风(wind);②整个世界最初由此产生,最终也必然结束于此;曾点燃并吹旺了造化之火的那种风终有一天会把它吹灭。

愿统领万物的命运之神让我们免此劫难。③

这就是专业人士所理解的 anima mundi,即世界精神或宇宙之风。通过世间万物审视整个体系,你会觉得它无可辩驳。对于塑造

---

① 来自希罗多德的记述,此处可能暗指 17 世纪后半叶英格兰北部的贵格派创作的三千多部作品。
② 在伊奥利亚派那里,"精神"与"风"是同义词。
③ 《物性论》卷五,行 107。

人形的形式，无论你称其为精神（spiritus）、灵魂（animus）、灵气（afflatus）还是心灵（anima），难道它们不是"风"的不同名字么？所有混合物中的主导元素是风，消解后又回归于风。此外，生命不就是人们常常说的鼻子呼出的气息吗？① 因此，博物学家的发现也顺理成章："风"在某些不能透露的神秘活动中仍然发挥着举足轻重的作用，由此产生了与"排放器官"（emittent）或"接收器官"相对应的有趣的词汇，即"鼓气"（turgidus）和"吹入"（inflatus）。

根据我所收集到的古代记录，我发现他们的教义有 32 条，②——列举起来，未免冗长，但由此引申出的几条关键原则却不容忽略，其中下面这一条就非常重要：既然"风"在任何一种混合物中都是主要因素并发挥作用，因而看起来大量含有这种第一元素的物质都必定无与伦比；因此，人在创造物中最完美，由于哲学家的慷慨大度，他具备了三种不同的灵魂或风，③伊奥利亚的哲人在此基础上又十分大方地赋予他第四种同等重要、同等美观的元素，由此，他可以吸纳四方之气；这使得那个闻名于世的炼金术士邦巴斯特（Theophrastus Bombast von Hohenheim）④把人体与四个基本方位相对应。

由此产生了他们的下一条原则：人来到世间时也带来了些许独特的风，它提取自其他四种元素，可以被称为精华。这种精华在所有紧急情况下都可以使用，可以运用到各种技艺和理论中，也可通过某些教育方法使其得到大大增殖和高度提纯。在其达到完美之时，人们不应该囤积居奇、捂货不出，或怀才不露，而是要心甘情愿地与人类分享。由于这些及其他同样重要的原因，睿智的伊奥利亚人认定，打嗝是理性动物最卓越的行为。他们采取不同的方式培养

---

① 《创世记》2:7。
② 航海用的罗盘有 32 个方位。
③ 生命、感觉和理性。
④ 邦巴斯特是帕拉克尔苏斯（Paracelsus）的另一个名字。

这种技能,使其能更好地服务于人类。在一年中的某些季节,伊奥利亚数不胜数的祭司张开大口,吹出风暴。① 在其他时间,他们几百人围成一圈,每人带一个风箱,对准前面那个人的臀部。这样,他们可以互相鼓吹,直到身体的形状和大小类似于酒桶。正由于此,他们通常恰如其分地称他们的身体为容器(vessel)。② 这些和其他类似的行为让他们变得胀鼓鼓的。当胀气四溢时,他们立刻行动,为了公众的幸福,把自己的所获慷慨地倾注到他们门徒的口中。我们这里必须插一句,他们认为所有学问都是这同一元素混合而来。其原因在于,首先,人们公认,学问使人膨胀;③其次,他们通过下面的三段论也证明了这一点:语词不过是风,学问也即是语词,因此,学问就是风。他们中的哲人在学校里也因此通过打嗝向学生传授自己的教义和观点。在打嗝方面,他们已经熟能生巧,而且花样繁多。然而,能够让人一眼辨认出鸿儒的却是某种表情,因为它确凿无疑地显示出精神把肉体激发到了什么程度。经过几番挣扎,风与水汽鱼贯而出。由于事先在人的小小的体内已经搅翻了天,引起了地震,它们出来时使得当事人嘴歪脸肿,眼球暴突,十分可怕。他们此时的嗝被认为是神圣的,而且越馊越好。瘦弱的信徒把嗝吞食下去,心中充满了无尽的安慰。这还没完,因为人的生气在鼻子,所以最优良、最具有教育意义、最具活力的嗝要巧妙地通过那个通道,以获取某种独特的风味。

  他们的神是四"风"。他们崇拜它们,认为其弥漫于整个宇宙,并使后者充满生机,所有的启示无一例外来自于它们。然而,他们敬拜的大神是"全能北风神",这位古老的神祇在希腊麦伽城(Megalopolis)也同样受到顶礼膜拜:"在所有的神当中,他们最敬拜万能

---

  ① 指一些布道者煽动人们起来造反。
  ② vessel 在笑话中指"人"(chosen vessel:上帝的选民);清教用这个词表示人的身体是容纳灵魂的容器。
  ③ 《哥林多前书》8:1。

的北风之神。"①该神虽然具有无所不在的特征,但思想更为深邃的伊奥利亚人认为他有一个特别的住处:最高天,此处才是他更个人化的居所。该居住地位于希腊人所熟知的地方,他们称其为"黑暗之国"。② 在这个问题上尽管有诸多争议,但大体可以确定的是,最有学问的伊奥利亚人独创的东西就借自于类似的地方;③在每个时代,他们狂热的牧师也从那里带回最上等的灵感,他们用双手从一些膀胱的源头取来灵感,散发给世界各国的教徒,后者过去、现在和将来每天都在渴求这些灵感。

对了,他们按如下方式举行神秘仪式。有学问的人都知道,前人曾收藏过一种装置,可以把风装在桶里带走或保存;④我也不清楚,现在这项技术如何就失传了,真令人感到惋惜,潘奇洛里(Pancirollus)也过于粗心大意,⑤竟然没有记述。据说这是埃俄罗斯(Aeolus)自己的发明,因此,这个派别也以他命名。为纪念创始人,此派至今保留着大量的桶,每座庙里配置一个,上部经过敲打砸平后,向内延伸。⑥ 在礼拜日,牧师走进桶里。他虽然已经按照上面描述的方法准备停当,这时还要用一个隐匿的漏斗⑦把他的臀部与桶底连接起来,以便从北边某个裂缝⑧吸收新的灵感。一切就绪,他向听众展开狂风暴雨一般的布道,他的话来自于下面最隐秘处的精神,⑨但讲起来仍然需要费

---

① 泡萨尼阿斯,《希腊志》,参见该书卷八,章36,段6。"万能的北风之神"与加尔文教和长老会有关,也和路西弗(Lucifer)有关。
② 此处为希腊语,在拼写上是"苏格兰"(Scotland),但其义为"黑暗"。
③ 英格兰非国教徒声称,自己比国教徒分享了更多的精神,把苏格兰教会当作母教会。
④ 《奥德赛》10:19。
⑤ 潘奇洛里(1523—1599)在自己的书中记载失传的和新发明的技艺。
⑥ 非国教徒摆出非常简朴的样子,把布道坛做成桶的样子。
⑦ 德尔斐神庙以前也使用这样的漏斗。
⑧ 苏格兰的长老会与狂热有关。
⑨ 《使徒行传》2:4。

不少的劲儿。进出的风对于他脸的影响就如对海的影响,先是使其变得黑暗阴沉,接着皱纹四起,最后泡沫横飞。伊奥利亚神职人员正是以这种面目把他的神谕式的嘱送给饥渴的众门徒。有些门徒张大嘴巴,贪婪地吸入他神圣的气息;其他门徒则一直吟诵,赞美来风。他们边唱边来回摇摆,的确像得到慰藉的众神呼出的微风。

正是基于牧师的这种惯例,有些作者认为,伊奥利亚人在世界上非常古老,因为我刚才提到的他们的宗教活动看起来与其他古代神职人员的活动一模一样,后者的灵感也来自于暗处的秽气,输出时对于牧师也同样苦不堪言,对于听众产生的影响也是一样的。的确,女性牧师常常主持这些仪式,她们的器官被认为更适合容纳一阵阵猛烈的神谕,因为这些狂风经过时通道更宽阔,一路上还能产生色欲,但经过适当的调整,色欲已经从肉欲升华为精神迷狂。为坚定这种深刻的猜想,人们进一步认为,我们当前伊奥利亚人某些高雅的派别仍然保持着女牧师的传统。① 她们像祖先西比尔(Sybil)一样通过上述通道得到灵感。

人在思考时,他的思维只有顺理成章地冲进高低与善恶两个极端时才会停下来。然而,人最初的臆想通常带着他飞往最完美、最优秀、最崇高的思想,结果飞得太高,超出了他的能力和视野。由于没有发现云端与深渊的边界相邻,他乘着同样的翅膀,以同样的速度,跌落到深渊的底部,犹如一个向东旅行的人进入了西部,或像一条直线由于太长变成了一个圆。或许是我们本性中有些许恶意使我们喜欢让每一个光彩的想法都有它的对立面,或许理性在思考世界时像太阳一样只能让我们看清楚地球的一半,不得不让另一半处于黑暗之中,或许臆想在飞往最高最美的地方时,越过了界限,变得精疲力竭,像死去的天堂鸟(bird of paradise),②一头栽到地上;虽然

---

① 再洗礼派和贵格派中有女牧师,这一点为反教派纷争的作家所诟病。
② 印度人把鸟足剁去,做成标本,出口到欧洲。欧洲人由此认为,这些鸟一生都在空中飞翔,称其为"天堂鸟"。

给出了这么多形而上的猜测,我或许完全没有猜中真正的原因,但这个支撑我度过风风雨雨的判断却完全属实:既然人类最粗野的能力以某种方式向上攀升,构想出一个神或至高无上的力量,他们也会记得用某些可怕概念制造恐惧,这些概念没有创造出更好的东西,而是正好给他们提供了魔鬼。这个过程似乎顺理成章,因为异想天开的人与以快速登高的人一样,虽然享受着越来越高的快感,但看到脚下的万丈悬崖,均不免胆战心惊。因此,在选择魔鬼时,人类通常的做法是选出某种东西,让它在行动和形象上都极其痛恨他们构想出的上帝。伊奥利亚派既害怕又痛恨两个恶毒的魔鬼,后者与他们崇拜的众神之间有着不共戴天的仇恨。第一个是变色龙①(chameleon)——神启的宿敌,它不屑地吞下神的大量启示,一点不还,连嗝都不打。另外一个是一头巨大可怕的怪物"风车"(Moulinavent)。② 它有四条强有力的手臂,总是向他们所有的神发起进攻,不仅能够灵活地躲避对方的攻击,还可以给予更重的反击。

著名的伊奥利亚派曾信仰这些神和魔鬼,他们在今天仍盛极一时。毫无疑问,彬彬有礼的拉普兰人(Laplander)③是这一派最正统的传人。我在此处若不赞扬他们一番恐怕说不过去,因为他们在兴趣和爱好上与他们的兄弟——我们中间的伊奥利亚分子——非常相近。他们从同一渠道批发"风",以同样的价格和方式零售给同样的客户。

这里讲的整套仪式是完全由杰克编制,还是像有些作家认为的那样来自于德尔斐神庙的原文,只是为了适应时代和形势的需要才做了一些增添和修正,我不能完全确定,但我敢肯定,杰克至少用新

---

① 否认神启的牧师。
② 无神论者。
③ 此处的拉普兰人指贩卖精神信仰的北方人,而非过去贩卖风的拉普兰人。"彬彬有礼"是反义词,因为拉普兰人胆小怕事,报复心强,欺骗成性。

的语言来表述它,给它穿上的外衣、赋予它的形式也和我推断的一模一样。

我一直在寻觅这样的机会,为我特别尊重的那个群体伸张正义,因为恶毒、无知的对手赤裸裸地丑化和中伤他们的主张和行为。我认为,消除偏见,让真相大白于天下是人类最崇高、最美好的行为之一,因此,我为了良心、荣誉和别人的感恩而斗胆采取这种行为,不考虑自身的安危。

九 闲谈共和国中疯狂的起源、用途和改进

正如我描述的那样,这一名派的崛立和常规化得力于杰克,但这绝不损伤该派别无可争议的好名声。杰克的智力发生了倒错,脑子也不正常了,我们通常认为这是温热症,称其为"疯狂"(madness)或"狂热"(frenzy)。若是回顾一下世界上发生的由个人主导的丰功伟绩,如通过征服建立起新帝国、提出和改进新哲学范式与设计并传播新信仰,我们将发现,饮食、教育、某种流行思想、空气和气候的影响使得这些创始人的自然理性都经历了巨大的变化。另外,在人类大脑里有一种独特的东西,在某些偶然事件同时发生时很容易兴奋起来。这些事件看起来如星星之火,微不足道,却常常发展成燎原之势,成为急需解决的头等大事。伟大的变革并不常常由伟人完成,偶然的改变和恰当的时机就可以做到。一旦蒸汽进入大脑,再查找火源没有任何意义。人的头部和大气的中部类似,它们的构造材料都采用了五花八门的合成手段才得以制成,然而,它们最后产生的结果却一模一样。雾气来自大地,水汽来自粪堆,水雾来自大海,烟雾来自火,然而,所有的云在构成上都一样,产生的结果也一样,茅房里散发的臭气和神坛上的香气都会变成美妙有益的气体。我想,各位都会认同我目前为止的论证,那么由此可以推出,既然天只有在阴云密布和躁动不安时才会下雨,在大脑里稳

坐钓鱼台的理智受到来自下面器官的水汽的干扰与充斥,①也同样会触动发明创造,并结出硕果。如上所述,这些气体虽然在来源上和天空中的气体一样,都是五花八门,但它们结出的果实在类别与程度上都不相同仅仅是因为土壤的差异。我举出两个例子以解释和证明我现在提出的观点。

有位伟大的君主,②他的军队强大,国库充实,舰队坚不可摧,却一点也不照顾他的重臣或亲信。这立刻惊动了整个世界,邻邦的君主战栗不安,不知道这场暴风雨何时来临;小政客们到处散布高深莫测的猜测。有人认为,他已经在图谋普遍君主制;另外一些人经过大量的思考认为,他只是计划推翻教皇,树立归正教,后者本来就是他自己的信仰。还有一些更为明智的人准备把他派往亚洲,去征服土厥人,收复巴勒斯坦。在筹划此事的过程中,有位国医根据上述症状诊断出君主的病因,③试图将其治愈,于是他手起刀落,划破皮囊,热气冲了出来,他绝没有想到会彻底治愈,因为那位君主在治疗过程中不幸去世。④ 读者会感到特别好奇,想了解长久以来让邻国侧目的那种气体来自何处。是什么神秘的车轮、隐蔽的发条使这么一台精巧的机器转动起来?人们后来发现,指挥整台机器运转的是一位不在场的女士,她的眼神足以让人勃起,但在男人射精之前,她被迁到了敌国。在这种欲罢不能的情况下,不幸的君王该做什么呢?他试用诗人为取得"其他对象"而采取的屡试不爽的方法,但一无所获:

> 肉体寻找使心灵受到爱欲伤害的对象。

---

① 水汽在体内从下向上地机械运动是 17 世纪为人熟知的观念。
② 法国亨利四世(1553—1610)被天主教狂热分子刺杀。1696 年 2 月,詹姆斯二世的支持者刺杀英国国王威廉未遂。
③ 因爱而抑郁。
④ 1610 年,亨利四世乘车路过时被拉瓦雅克(Ravillac)刺杀。

> 他靠近伤害他的东西,并渴望与其融为一体。①

所有平和的方法都用尽了也没有任何效果。积聚起来的精液不断膨胀,心急如焚,最后化作一股怒气,转而顺着脊柱直冲上大脑。皮条客遭到妓女拒绝后会砸碎她的玻璃窗,同样,膨胀的欲望也理所当然地会促使伟大的君主招募大军,只想围攻、战斗和获胜。

> 阴道是最为可怕的战争之源。②

我读到的另外一个例子出自一位老作家之手,说是有一位伟大的国王,③他在三十多年时间里的乐趣就是攻占城池,又丢失城池,击溃敌军又被敌军打败,迫使多位君主离开自己的领地,恐吓孩子交出食物,无论是本国人还是外国人,朋友还是敌人,男人还是女人,全部烧光、毁灭、掠夺、迫害和屠杀。据记载,各国哲学家都在严肃地讨论这一现象的自然、道德和政治原因,以便制定出独树一帜的解决办法。最后,让这位英雄的大脑活跃的、一直变动不居的气体或精神窜到人体盛产"西部麝香"的地方,④在那里积聚起来,发展成肿瘤,使得其余的地方获得一阵安宁。这些气体在它们的积聚地产生了惊天动地的后果,在它们的来源地却无足轻重。精神在快速上行过程中可以征服一个王国,同样也可以下行扑向肛门,终结于瘘管。

接下来,我们要考察那些提出新哲学体系的伟人。他们满怀狂热,对于普遍认为不可能知晓的事物,一心要提出新体系。我们要

---

① 卢克莱修,《物性论》卷四,行1048、1055。
② 贺拉斯,《讽刺诗集》卷一,首3,行107。
③ 指路易十四。
④ 瑞士医学家帕拉克尔苏斯(Paracelsus)试图从人的粪便中提炼出香水。成功之后,他把这种香水称为"西部麝香"。按他的划分,"西部"指人体臀部。

找出这种天性来自于灵魂的哪种能力,出自何种源泉,这些显赫的创新人物拥有各自的门徒又是归功于人性的哪个部分。在古往今来的伟人中,有几个主要人物显而易见常常遭到对手的误解,准确说来是遭到除了他们门徒以外所有人的误解。他们被认为是疯子,因为他们平时的言行方式异于粗人的日常规范,却在大多数方面与当前他们各自在"现代疯人院"①(我将在合适的地方进一步考察此机构的价值和行为准则)中确凿无疑的继承人相吻合。属于这类人的有伊壁鸠鲁、第欧根尼、阿波罗尼奥斯(Apollonius)、②卢克莱修、帕拉克尔苏斯、笛卡尔等。他们若生活在我们这个平庸的时代,远离自己的门徒,并被拴得牢牢的,明显会有放血、鞭笞、戴枷锁、囚禁和扯碎麦草③的危险。对于神智正常的人而言,谁会认为自己有权力把所有人的思想在长宽高方面都精确地简化到和他自己的一样?④ 然而,这是所有创新者在理性王国首先要做的小小的国家设计。伊壁鸠鲁有个小小的希望:在尖锐与圆滑、轻浮与重要、古板与灵活之间经过了长久的龃龉之后,人们的意见在某个时间点上碰巧汇聚在一起,⑤通过某种偏离而最终统一于原子与虚空的观念,这两个观念也是通过偏离在万物之源那里得到统一的。笛卡尔打算在去世之前看到,所有哲学家的意见像他理想体系里的小星辰一样被包裹并被吸引到他自己的漩涡之中。⑥ 对于诸如此类的个人幻

---

① 此疯人院原本是修道院,后改为精神病院,于1675年搬到离皇家学会不远的地方。
② 泰安那(Tyana)的阿波罗尼奥斯在基督教初期信奉毕达哥拉斯学说,据传有特异功能。
③ 这些是疯子的标志。
④ 可能暗讽霍布斯,因为他认为,为了过得安全满意,人们必须把所有的权力和力量授予某个人或某些人,一致服从一个人的意志。
⑤ 原子"碰巧汇聚在一起"是17世纪批评伊壁鸠鲁思想的常用语。
⑥ 笛卡尔提出了漩涡理论。在斯威夫特看来,笛卡尔自认为是太阳,其漩涡包含了其他不重要的哲学家。

想,我倒想知道,若不借助于我的气体理论,如何去解释呢?气体从下面器官上升,直至占领大脑,在那里提炼成概念;由于我们的母语欠缺丰富性,除了用"疯狂"或"狂热"去表示这些概念外,没有其他字眼。因此,让我们作一推测,这些了不起的体系提出者及其学说为何一直不缺少忠心耿耿的门徒。我认为,原因很容易找到:在人类理解力的和弦中,有一根独特的弦在某些人中的音调一模一样。只要你灵巧地拉紧这根弦,定好调,然后轻弹,一旦有幸碰到具有同样音高的弦,它们也会通过必然的秘密共振同时弹出毫无二致的乐声。在这种情况下,技巧或质料因素具有决定性的作用:如果你碰巧在一群高于或矮于你的人中间乱弹琴,他们不仅不会相信你的学说,还要把你绑得结结实实,说你发了疯,让你喝水吃面包。因此,要辨别并随着个人与时代的不同调整这种卓越的技巧是一项极其微妙的工作。西塞罗非常清楚地知道这一点。在给英格兰的朋友的信中,他谈了一些事情,并提醒朋友提防出租马车夫(这些人从过去到现在一直是十足的无赖)的骗。他说了这样一句名言:"你完全有理由为去高卢而感到高兴,因为你在那儿看起来会是位学问渊博之士。"说得露骨一点,最致命的失算是事情安排不当,使自己被那群人当作笨蛋,而如果换一群人,自己本可以成为哲人。我希望我的一些绅士朋友能记住这个恰如其分的说明。

我最具独创性的朋友、德高望重的绅士沃顿先生就犯了这个致命的错误。无论从他的想法还是长相上来讲,他看起来注定要做出丰功伟绩并制订出宏伟蓝图。的确,从来没人像他那样在身心上更适于向公众传播新信仰。这些好天赋若非误用于虚妄哲学,恰当地进入梦幻的轨道,使得扭曲的心灵和面容能够得到自由运用,那么,这个卑鄙无耻的世界就不敢造谣说,他出了问题,不幸得了脑震荡;连他的现代派兄弟都像忘恩负义之徒交头接耳,声音之大直传到我现在写作的阁楼之上。

最后,若有人乐意查找那些世世代代一直涌出汩汩泉水的"狂热"之源,他将发现,源头和中下游的流水一样的动荡和混浊。世人把这点气体称为"疯狂",它带来的益处特别多。没有了它,世人不仅会失去两大幸事:"征服"与"体系";甚至所有人都不幸堕落,无一例外地相信肉眼看不到的东西。① 假设前者成立,即这种气体来自何处并无多大意义,但它从哪些角度②攻击并让大脑其他部位感受到它或对于哪类大脑会产生影响却意义重大;细心又好奇的读者很难辨别和区分,哪些原因使得大脑里这种数学上的差异在同一种气体的作用下产生出迥然不同的表现,使得亚历山大大帝、莱顿的杰克、③笛卡尔先生之间大相径庭。这是我至今所做的最抽象的论证,我为此绞尽了脑汁。下面希望读者能够全神贯注,因为我准备解决这个难题。

人类有某种＊＊＊＊＊＊＊＊＊＊＊＊＊＊＊＊＊＊＊＊＊＊＊＊＊＊＊＊＊＊＊＊＊＊＊＊＊＊＊此处大量遗失＊＊＊＊＊＊＊＊＊＊＊＊＊＊＊＊我认为,这明确解决了问题。

在勉强理解了这个错综复杂的问题之后,读者必定将认同我这个结论:若现代派认为,"疯狂"仅表示下面器官排出的某些气体使得大脑功能紊乱,那么,这种"疯狂"促成了迄今为止在帝国、哲学和宗教上的所有重大变革。大脑在自然恬静的状态下,使得主人过着普通人的生活,一点也不会想到让民众听从于自己的权力、理性或幻觉。他越通过人类学术经典修正自己的理解力,就越不愿意按照个人的思想建立党派,因为它使他认识到自己的弱点和民众的顽固与无知。然而,若某个人的臆想压倒了他的理性,④幻想与判断

---

① 霍布斯认为,幻觉是一种本领,能让人看到肉眼看不到的东西。
② 按照卢克莱修的说法,原子稍微向外倾斜,因此下落时只能使我们感到痒,而不是痛。
③ 指上文中荷兰的杰克。
④ 柏拉图的比喻,象征理性的马车夫试图驾驭象征精神和欲望的两匹马。这个比喻在17世纪的作品里很常见。

相抵牾，常识与共识被驱逐出门，那么，在他手中第一个变节的是他自己。一旦这一步完成，把别人拉过来就没那么困难了，因为强烈的错觉能够起作用常常是由于内因与外因同等有力。行话①和幻觉分别诉诸听觉和视觉，抓痒诉诸触觉。这些我们在生活当中最看重的娱乐和享受特别容易欺骗人的感官，使其放松警惕。考察一下人们常常所理解的与理解力或感官有关的"幸福"，我们发现，一个简单的定义即可涵盖它所有的本质和非本质属性：永远上当而浑然不觉的状态。首先，就心智或理解力而言，杜撰显而易见要远远胜过事实；原因明摆着，因为幻想可以构建更为宏大的场景，创造出更为精彩的革新，而造化花大力气也不能做到这一点。②但也不必因为人类这样做出决定自己命运的抉择而过于责备人类，我们想想，这场思考只在既成事实和想象中的事情之间展开；因此，问题仅仅在于，想象中的事物是否可以恰如其分地表述为根植在记忆中的东西；人们可能有充分的根据认为可以，从而对前者非常有利，因为想象据认为是事物的发源地，记忆则是事物的坟墓。此外，从与感官的关系上考察幸福的定义，人们也将承认它非常合适。没有通过错觉的推送就来到我们面前的事物显得多么平淡无奇和枯燥乏味呀！在自然状态下的事物多么渺小呀！因此，要不是借助人工媒介，如幻灯、折射、上光和装饰，凡人的幸福和享乐将平庸不堪。若世人认真考虑此事（我有理由认为他们几乎不会），他们将不再把揭短当作他们智慧的巅峰之一。在我看来，揭短这个行当与摘面具没什么两样，无论在现实生活中或是在剧院都未得到正确的使用。

　　相对于好奇，轻信更能使心智感到平静；同样，相对于自以为是的哲学，肤浅的智慧更受人欢迎，因为前者深入事物内部，出来时一本正经地告知世人：这些事物本质上一无是处。视觉和触觉是世人

---

① 行话一般指某个宗教派别特别是新教的非国教教徒使用的特殊语言。

② 这些思想在文艺复兴思潮中很常见。

初次认识事物时都要依赖的两种感官。它们只关注颜色、形状、大小以及其他任何存在于或描绘于物体表面的特征;接下来,理性煞有介事地来了,带着工具准备切割、开口、碾压和穿孔,试图证明它们内外并不一致。我认为,所有这些是对自然最严重的扭曲,因为它永恒的法则之一是把自己最美的一面展示出来。因此,为了节省所有这些解剖的昂贵费用,以备将来之需,我在此处认为应当告知读者,在诸如此类的结论当中,理性毫无疑问是正确的;我所了解的大多数肉体凡胎在外表上人见人爱,内心却令人目不忍睹,最近的一些试验让我更坚信这一点。上周我看到有个女人被剥皮(flay),①你简直不能相信这使她有多难看。昨天,我让人当着我的面把一位花花公子的尸体脱光,②我们吃惊地发现,衣服下面有那么多不为人知的缺陷。接下来,我剖开他的头颅、心脏和脾,每一次手术都让我一目了然地发现,解剖越深入,我们看到的缺陷也越大越多。由此,我得出了自己的结论:任何哲学家或创办人若能够发明焊接技术,弥补自然的缺陷和瑕疵,那么他将更有益于人类,也将传授给我们一门更有用的科学;相比而言,加剧和暴露这些缺陷的人,虽然在当今广泛受到尊重,将用处不大(把解剖学看作医学的终极目标的人即是如此)。命运和禀性使有些人处于有利位置,让他们享受这伟大的技艺带来的果实,像伊壁鸠鲁一样,思想里充满着从物体表面飞落的形象和表皮;③这样的人是自然的精华,使哲学和理性去舐食发馊的残羹冷炙。这是幸福的崇高与精致之处,即上当而浑然不觉的状态,或傻瓜在一群骗子中所具备的恬静状态。

再回到"疯狂"上来。根据我上面推出的结论,每类疯狂都必

---

① 这里很可能指法院鞭打妓女。[译按]flay 有"暴打"和"剥皮"等意,为顺应上下文,选前者。

② 可能指用自然哲学为神学服务。

③ 卢克莱修,《物性论》卷四,行 30–32。

然来源于气体过剩,因此,有些类别的疯狂给予肌肉双倍的力气,另外一些则给大脑增加活力、寿命和精神。这些活跃的精神控制了大脑之后,常常像游荡于废弃的空宅子里的精灵一样,由于没事可做,要么带走一块房屋上的东西就消失了,要么待在里面,把所有东西都扔出窗外。由此可以看出疯狂的两大分支。考虑问题不如我仔细的哲学家错误地认为它们的起因不同,仓促地把第一类归结为气体不足,第二类为气体过剩。

因此,根据我上文提到的观点,我认为,技术处理的关键之处在于为过剩的气体提供用武之地,并审慎地调整它的活动周期。如此一来,它必定成为国家普遍的、主要的受益方式。正因为如此,有个人在恰当的时间跳进深渊,成为英雄,被称为救国主;① 另外一个人完成了同样的伟业,但不幸的是,他没有把握好时间,使得人们回忆起他时用"疯狂"一词去批评他。② 就这么微小的区别使我们提起库尔提乌斯时满怀尊敬和爱戴,而提起恩培多克勒时则充满仇恨与鄙视。同样,老布鲁图装疯卖傻通常被认为是为了公众的利益,③ 然而,那也是同一种长期以来被误用的过剩气体,拉丁人称之为"人尽其才"或(我尽量翻译得贴切一些)某种只有用于国事才能如鱼得水的"疯狂"。④

基于这些和其他诸多重要性相同、奇怪性却不同的原因,我很高兴在此得到梦寐以求的机会,向西摩(Edward Seymour)爵士、马斯格雷夫(Christopher Musgrave)爵士、博尔斯(John Bowls)爵士、豪

---

① 公元前 362 年,为拯救罗马,库尔提乌斯(Marcus Curtius)骑着战马,全副武装地跳进罗马广场上开裂的深沟里。
② 公元前 450 年,哲学家、秘法家恩培多克勒(Empedocles)或要显示自己是神或想一探究竟,进入埃特纳火山口而死。
③ 老布鲁图据传说是罗马共和国的缔造者,曾装疯卖傻来躲避塔昆王的报复。
④ 塔西佗,《编年史》卷四,节 39;卷十六,节 18。

(John How)先生和其他爱国人士推荐一项非常崇高的任务,①他们应该提议通过一项法案,委派一些专员检查疯人院及其周围地区;②他们应该有权传唤人员、索取证件和档案,查验每位学者和专业人士的优缺点和资格,精确无误地确定他们各自的禀性和行为。通过这种方式,这些专员恰当地区分和修正了他们的才华。按照我在下面不揣浅陋提出的方法,他们可能发现令人景仰的工具人物,适于进入国家不同的部门,如教会、行政和军事。我希望,礼貌的读者会宽恕我过度关心这项要事,因为我十分尊重这个光荣的群体,还曾一度有幸成为其中不称职的一员。

有没有学者③扯碎麦草、破口大骂、撕咬笼子栅栏、满嘴白沫、在观众面前撒尿?让视察专员阁下给他一支骑兵,派他和其他人一起去佛兰德斯(Flanders)。④ 有没有学者说起话来滔滔不绝,唾沫四溅,无休止地大喊大叫?卓越的才华放错了地方,太可惜了!让他立即带着绿布包⑤和文件,口袋里揣着三便士去威敏厅。⑥ 你还会发现,有人⑦在一本正经地测量自己的陋室,虽然被关在暗处,却具有远见和洞察力,为什么呢?因为他像摩西一样头上长角(Ecce Cornuta ejus Facies)。⑧ 他准确地迈着同一种步子,以恰到好处的庄重和礼节恳求你小小的施舍,大谈日子艰难、税收和巴比伦的妓

---

① 这些人是托利派的国会议员。
② "周围地区"包括格拉布街和格雷沙姆学院。
③ 指疯子。当时的疯人院是个臭名昭著的景点,很多人前去观看。
④ 斯威夫特反对战争,他认为,那些胡言乱语的疯子应该被派去打仗。
⑤ 律师的公文包。
⑥ 当时,四位律师合坐一辆马车从律师学院到威敏厅需要一先令,每人分担三便士。
⑦ 城市里的商人或店主,当时的戏剧中,不少店主被戴上了绿帽子。
⑧ 《出埃及记》34:29-30。通俗拉丁版圣经中 Cornutus 既可指"长角"也可指"发光":"长角"是对希伯来文的误译;英文版圣经译为"发光"。斯威夫特此处故意采用误译,在英语中,"头上长角"是让丈夫戴绿帽子之意。

女,①总是在八点关上自己小房间的木窗,梦见火、商店扒手、法庭犯人和政府部门。若是把这样的人派往城市,和自己的同行在一起,这些才华将会把他塑造成一个多么伟大的人物呀!瞧那第四个,正在深沉地自言自语,在必要时咬咬大拇指,摆出一副煞有介事和深谋远虑的样子;有时候走得飞快,但眼睛还死死盯着手里的文件;很会节约时间,耳朵不太好使,眼睛特别近视,但记忆力很好;总是匆匆忙忙,新主意层出不穷,最善于无聊耳语这项著名的技艺;最崇尚使用单音节词和延期执行,因为他对人随意许诺,却从来不遵守诺言;他已经忘记了词的常用意义,但发音非常准确;特别自由,因为应酬太多,他总是得提前离场。你若是在他平常有空的时候来到他的笼子前,他会说:"先生,给一便士,我给你唱首歌,但便士要先给"(这就是平常所说的 for a song 的来历,②在日常生活中这种实际例子不胜枚举)。这里描述了多么完整的一套宫廷技巧呀!涉及了每个方面!但由于应用错误,全部都浪费了。再到另外一个狗洞前看看,先屏住气,你会看到,一个乖戾、忧伤、邋遢和令人作呕的生物在搂耙自己的粪便,搅弄自己的小便。③ 他最好的食物是恢复到最初状态的粪便,因为后者最终变成气体,不断盘旋而上,直至再次注入他的体内。他长着稀疏的络腮胡,脸色又脏又黄,和新鲜粪便的颜色一模一样;这就像在粪便里出生和长大的昆虫,取得了粪便的颜色和味道。这类学者寡言少语,但在气体释放上有点过于慷慨。他伸出手,随时接受你的便士,一旦拿到手,立即恢复到原来的样子。现在,华威(Warwick)大街协会竟然不考虑回收这样的有用之才,④岂不让人诧异?因为从上述外表上看,此人可能成为这个杰出学会的最大荣耀。还有一位学者大摇大摆,气势凌人冲你走

---

① 新教作家常用这样的句子批评天主教。
② 指"廉价地"。
③ 可能指医生在验尿。
④ 皇家内科医师协会在 1674—1825 年间位于沃里克大街。

来,口里吐着烟雾,半眯着眼睛,伸出手来,让你亲吻。疯人院管理员要你别怕这位专业人士,因为他不会伤害你;只有他可以自由使用前厅。管理员还会告诉你,这个人是狂妄自大的裁缝。这个了不起的学者还具有其他多种才华,我在这里不再详述……听!……若是他的言行和风度不太自然和恰当,那我就犯了个不可思议的错误。

我不再进一步详述,否则就是在强劝纨绔子弟、骗子、诗人、政客,认为世界通过这样的改革或许可以恢复常态。然而,要给国家带来明显的益处,还有什么能比大批量雇佣这些人更有效的方法呢?我可以大胆地说,他们的才华和技能现在遭到了埋没,至少是用错了地方。本调查表明,所有这些人可能在自己的领域内出类拔萃,达到登峰造极的程度,这对于公众将是一大幸事。我在上文已经清楚地表明了这一点,现在再用一个明显的例子加以补充说明。作为这些重大真相的揭示者,我本人的想象力也难以驾驭,很容易摆脱理性的控制。根据长久以来的经验,我发现,我的理性是位体重非常轻的骑手,很容易被摔下马去。正因为如此,我的朋友们在相信我之前,先要我庄严保证,是在为全人类的利益发表自己的见解。彬彬有礼、诚实正直的读者由于满怀现代的恻隐之心和脉脉温情,可能很难相信这一点。

十 散记续

不可否认,当前处于一个非常有教养的时代,因为最近几年,作家群体与读者群体之间极其客气。无论是话剧、册子还是诗歌,基本上没有哪个不带前言,向拜读并赞美它的世人表示感谢,鬼知道这些赞美出自何地何时与何人。为充分尊重这一高尚的传统,鄙人在这里要感谢国王陛下、上下两院、尊敬的国王枢密院大臣和尊敬的法官大人以及本国的教士、乡绅和农民,尤其要感谢在威尔咖啡馆、格雷沙姆学院、华威大街、穆尔菲尔兹(Moorfields)、苏格兰场

(Scotland Yard)、威敏厅、市政厅的兄弟和朋友们;①总之,要感谢所有居民和仆人,无论他们在法院、教会,还是在军营,无论是在城市还是在乡下,要感谢他们的慷慨,感谢他们对本杰作的普遍认可。对于他们的褒奖和美意,我感激不尽;我将尽我所能,抓住一切时机报答恩情。

令我还感到满意的是,命运把我安排到一个幸运的时代。在这个时代里,出版商与作家双方都感到快乐;我敢肯定,他们是英格兰仅有的两个感到满意的派别。随便问个作家,他的上部作品如何引起轰动的。嗯,他必定感谢命运,因为诸事一直很顺利,使他没有任何理由抱怨。但是天哪,他用了一周时间便断断续续地写完了,只是利用了百忙中的一点闲暇,犹如你在阅读前言时发现,提到你的几率只有百分之一,其余的几率都给了书商。作为消费者,你向书商提出同样的问题:他也感谢上帝,因为书卖得很好,他正在出第二版,店里只剩三本了。你把价格砍下来,他说"好吧,先生",希望你下次光顾,便把书卖给你了,价格既合理又让你满意;"请尽量介绍您的朋友来买,我也看在您的份儿上给他们同样的价格"。

是哪些偶然因素造就了这些随时都在涌现的绝大部分杰作,使之去娱乐世人,让世人满怀感激之情?这个问题没有得到认真的思考。若非老天下雨、守夜时醉意十足、勃然大怒、一个疗程的药物、星期天睡眼蒙眬、赌博运气不佳、服装开支太大、钱包太瘪、意见不合、天气太热、饮食引起便秘、书籍匮乏、振振有词地鄙视学术,我认为,若不是这些以及其他一些数不胜数的事件(特别是有意忽略内服硫黄这件事),我怀疑,作者与作品的数量将缩小到惨不忍睹的程度。为证实这种观点,听听著名的哲学家特罗格勒戴特(Troglodyte)是怎么说的:"确凿无疑的是,有些愚蠢自然而然就附加在人

---

① 威尔咖啡馆是才子与诗人光顾的场所;格雷沙姆学院是皇家学会的召集地;穆尔菲尔兹是精神病院所在地;苏格兰场常有士兵和绅士躺在那里晒太阳;威敏厅是法院。

身上,作为人性的组成部分,只是我们可以按照自己的意愿选择,是把它们穿在表面还是里面;通常如何确定这一点,我们不必过多追问,只需记住,人类的能力和酒一样,最轻的总是浮在表面。"①

在这座著名的不列颠岛上,有个微不足道但产量丰富的小文人,读者对他的禀性也并不完全陌生。他通常冒充《上卷》的作者,心怀恶意地创作《下卷》。我不假思索就可以预见,我一搁下笔,这位手脚灵活的操作员将把它偷走,残忍地对待我,因为他曾以同样的方式对待过布莱克摩尔(Blackmore)博士、勒斯特朗奇以及其他我在这里不提及名字的一些人。因此,为了正义和求助,我奔向黑白分明、热爱人类、了不起的本特利博士,恳求他把这个巨大的冤屈当作最为现代的问题去考虑。假如有头驴子做的家具,②化作《下卷》的模样,被错误地强加在我头上,来报复我,那他将很乐意在世人面前立刻给我减负,把家具搬回他自己的家,直到那头真正的畜牲认为应该把它召回。

同时,我在这里向公众宣布,我决定在本文中包含自己多年以来所有的积蓄。我的血脉一旦开了口,我乐意让其一次性流完,以报效我亲爱的祖国,造福于全人类。因此,为照顾到所有客人,他们用餐时可以享用我的全部,我也不屑于把剩饭剩菜放到橱柜里。客人不吃的可以送给穷人,桌下的狗可以啃骨头。③ 我认为,这种做法显得更为慷慨,因为若是明天再邀请他们来吃没有营养价值的剩饭菜,岂不让他们倒胃口?

读者若能公正地看待上述内容的优点,我确信,他的思想和观念将会发生翻天覆地的变化,他将更能接受和欣赏本杰作的结尾部分。读者可以分为三类:肤浅的读者、无知的读者和博学的读者;我措辞得体,以适应每类读者的智力和要求。肤浅的读者会莫名其妙

---

① 可能指培根,他在《新工具》中谈到了洞穴偶像。
② 参见《书籍之战》。
③ 指浅薄的批评家。

地被逗得发笑,笑可以清理胸腔和肺部,是治疗坏脾气的良药,是所有利尿剂中最无毒性的。无知的读者(此类读者与第一类的区别极其细微)总是目瞪口呆,这是治疗眼疾的灵丹妙药,可以提神,还非常有助于排汗。① 我主要为了真正博学的读者的利益,才在别人睡眠时保持清醒,在别人清醒时进入梦乡,而他在此处将找到自己足以用后半生去研究的材料。我也很希望如此;在此,我提出一个小小的请求:基督世界的每个君主选出本国七个最博学的学者,把他们分别关在七个房间,七年不准出来,令他们就本部包罗万象的作品写七部宏论。② 我斗胆断言,他们的想法之间无论有什么差异,都没有丝毫曲解原文,都明显可以从原文中推断出来。同时,我坚决请求,(若他们的君主允许的话)尽快展开这项有益的事业,因为我在离世之前有一个强烈的愿望:品尝我们这些神秘的作家大概只有进入坟墓才能体验的幸运,无论声誉是嫁接到身体上的果实,只有在枝干入土后才可能生长和成熟;还是猛禽,尾随尸体的气味而至;抑或是她认为,只有站在坟墓上,借助隆起的土堆和空洞的墓穴,她的号角声才最响,传得也最远。

秘传(dark)作家一旦发现了死亡这个巧计,对于他们名声的多样性和流传广度必定特别满意,因为夜是所有事物的母亲,睿智的哲学家认为,所有作品越隐晦(dark)则越成功。因此,真正有见识的人(true illuminated)(也就是说,最隐晦的作家)有不可胜数的注疏者。③ 对于这些评注产生出的一些意义,作家本人可能想所未想,但却是它们名正言顺的合法父母。④ 这些作家的言语犹如种

---

① 排汗据说是排除体内有害体液的方法。
② 暗指72位以色列人翻译圣经的故事,毫无疑问也影射格雷沙姆学院最初在七个学科设立教授职位。
③ 指玫瑰十字会会员(Rosicrucian)。
④ 有人认为,这暗指新教徒的猜忌:1688年,王室接生婆偷来一个男婴,放到王后的产床上。斯威夫特后来否定了这一观点。

子,虽然是随手播撒,但一旦落到肥沃的土壤里,将大量繁殖,远远超出播种者的希望或幻想。①

因此,为了推广这么一部大有神益的作品,我在此处冒昧随意提几个暗语;对于那些被委派来全面评注该作品的卓越人物来说,这或许可以起到很大的帮助。首先,把字母"O"的总数乘以 7 除以 9,我在这里安排了一个天大的秘密。② 另外,虔诚的玫瑰十字会信徒若能够满腔热情地连续祈祷 63 个上午,然后按照指示在第二和第五部分写下特定的字母和音节,他们必定可以领会这部杰作的全部。最后,无论是谁,若是能不辞辛苦,计算出本作品中每个字母的数量,准确地总结这些数字之间的差异,并确定每个差异产生的真正的自然原因,那么,这些发现将加倍回报他的劳作。然而,他必须要意识到"深渊"(Bythus)与"静默"(Sige),③一定要记住"智慧"(Acamoth)的特性;"造物主的眼泪产生潮湿的物质,他的笑中产生明亮的物质;他的悲伤产生固体,他的恐惧产生流体"。④ 菲拉雷西斯(Eugenius Philalethes)在此处犯了一个不可原谅的错误。⑤

十一 木桶的故事

绕了这么大一圈,我现在很高兴又回到主题上来。从此处开始,我将和它一起,迈着四方步,走到终点。但若是路边有美景进入我的视野,则另当别论,不过我目前不给予任何提醒和期望,若是出现这样的事,就随它来吧,我将请求读者做我的同伴,带他和我一起欣赏风景。写作如同旅行,若有人要匆匆忙忙赶回家(我承认自己

---

① 《马太福音》13:4-8。
② 犹太神秘哲学的做法。
③ 诺斯替派的两种神秘力量。
④ 爱任纽,《驳异端》,卷一,章 4,段 2。
⑤ 指沃恩的著作《论自然的普遍精神》(Anima Magica Abscondita)。

决不会这样做,因为在家里我什么事没有)或由于长时间的奔波或路况很差,他的马疲惫不堪或马本身羸弱,我会明确告诉他,选最笔直、最寻常的路回去,无论那条路多么糟糕。然而,我们必须承认,这个人至多是个不中用的同伴;每走一步,他都要责备自己,责怪同伴;他们所有的想法、愿望和谈话围绕着旅行的终点这个主题展开;每次泥水四溅,每次跌跌撞撞,他们都巴不得对方离自己远点。

另一方面,趁着人与马都情绪高昂、状态甚佳,而且钱包充实、时间充裕,旅行者踏上一条好走的路或近路,尽其所能使同行的人感到快乐。一有机会,他便带上他们一起去欣赏进入眼帘的每处美景,无论美景是人工的或自然的,还是二者兼而有之。若他们碰巧因为愚蠢或疲劳不愿意去,就让他们自己走好了,滚他妈的!他将在下个城镇追上他们,并风风火火地穿城而过。男女老少都跑出来,看得目瞪口呆。一百条吵吵闹闹的恶狗追在他后面狂吠。[1] 有条狗最放肆,若是他奖赏给它一鞭子,那仅是好玩,而非报复。然而,若是某条更为刻薄的恶狗敢靠得太近,马蹄子会对着它的肋骨冷不防地敬一个礼(但马蹄并不因此而放慢脚步),使它尖叫着、一瘸一拐地回家了。

我现在着手总结著名的杰克的奇异冒险。毫无疑问,细心的读者会十分准确地记得杰克的性情和命运,因为我在上一节结尾时才抛下它们。因此,读者关心的下一件事必定是,从前面的性格和命运抽象出一套观念,使他能很好地欣赏接下来的事件。

杰克审慎地安排了自己大脑的第一次变革,不仅催生了广为流传的伊奥利亚派,还成功获得了各式各样的新奇概念。卓有成效的想象[2]给他带来的一些观念从表面上看解释不通,却具有神秘和意义,也有信徒去支持和完善它们。因此,鉴于自己能够从确凿的传说或孜孜不倦的阅读中收集材料,我可以极其细心和准确地重述此

---

[1] 指真正的批评家。
[2] 杰克与彼得是两个极端,但在这一点上表现相同。

事真实的发展历程。我将尽我所能加以形象的描述,把这些具有一定广度与高度的观念尽可能纳入笔可以勾勒的范围。我丝毫不会怀疑,对于有些人,这些材料将提供大量的宏伟题材,因为他们的转换式想象使他们可以把所有事物简化为"预兆";①他们不借助太阳就可以产生影子,然后不借助哲学就可以把影子变成实体;他们独特的天赋在于赋予字母以修辞和喻言,把事实描述上升为比喻和神秘。

杰克把父亲的遗嘱书写在一大张羊皮纸上,制作得非常漂亮。② 他决心成为最孝顺的儿子,对这张遗嘱爱护备至。我曾反复告诉读者,遗嘱完全是一些简单的规定,③告诉他们如何收拾和穿着外套,以及遵守或违反这些规定所产生的继承和处罚条款。然而,杰克异想天开,认为遗嘱要更深刻更神秘,因此,从本质上讲,它必定含有大量的谜。"先生们,"他说,"我要证明,这块羊皮是肉、饮料和布料,是点金石和万能药。"④这种狂热使他决定在生活中的大小场合都使用遗嘱。他运用起来随心所欲,在他睡觉时,遗嘱是一顶睡帽,在下雨天则是一把雨伞。若是脚趾痛,他用一块遗嘱缠上去;若是发病,他烧两英寸遗嘱,并用鼻子吸入烟气;若是胃消化不好,他刮擦遗嘱表面,让落下的粉末堆在银币上,等到不能再堆时,便吞下粉末。这些全是一贯有效的疗法。与这些改良相对应,他在日常言谈和交流中完全采用遗嘱上的用语,把自己的雄辩也限制在那个范围,生怕说错一个遗嘱不许可的字。有一次在陌生人的家里,他在关键时刻突然无法应付,其中经过不能详述;由于形势急迫,又记不起遗嘱上用什么语言询问到厕所的路怎么走,他选择了

---

① 指一些基督教派别(如清教徒和耶和华见证派)的经文解释方法。
② 作者此处抨击那些自认为纯正的信徒,他们在任何场合都注重引用经文。
③ 新教和国教都认为,《圣经》必须通俗易懂。
④ 讽刺对《圣经》的盲目崇拜。

更为审慎的做法,甘愿遭受相关条款的惩罚。大家一起劝他,把自己再洗干净,没有一点效果,因为他就此事查询遗嘱,发现末尾有一段话(是否是抄写员擅自添加,尚不清楚),似乎禁止此类行为。①

他的教义规定,吃肉前从不用祷告;②所有人都用同样的话劝他,要像基督徒一样用餐,③但无济于事。

他有个怪癖,爱玩抓葡萄干的游戏(snap – dragon),④也爱吃蜡烛吹灭后留下的黑色的烛花,通常是抓过来,一口吞下,动作之敏捷,出乎人的想象。通过这种方法,他使体内的火常年保持不灭。⑤火从鼻子、嘴巴和眼睛里以蒸汽的形式冒出来,并发出微弱的光。因此,在漆黑的夜晚,他的头就像淘气的孩子在里面装了小小烛火的驴头骨,使陛下的臣民感到恐惧。因此,他回家时不用借助其他东西就可以照亮自己的道路,他常说"智者是自己的灯笼"。

他在街道上走路时闭着眼睛。若是碰巧撞到柱子上或掉进阴沟(他很少能够同时避免两种情况,总要遇到一种,甚至两种),他会告诉在旁边嘲笑他的信徒,对于命中注定的摔跤或打击,他完全心甘情愿地接受;根据长久以来的经验,他发现,与命运抗争徒劳无益,敢于抗争的人必定会摔个大跟头或被打得鼻子出血。"在创世前几天,"他说,

> 就注定我的鼻子和这根柱子应该有冲突,⑥因此,造化认为应当让我们在同一个时代来到世上,使我们成为同胞和同乡。所以呢,若是我先前睁着眼睛,这件事很可能一团糟,因为

---

① 参见《启示录》22:11。
② 狂热教徒领圣餐时的做法。
③ 吃洁净食物。
④ 碗里装些酒点着,撒进葡萄干。玩游戏的人猛地把着火的葡萄干捞起吃下。暗指狂热。
⑤ 贵格派的灵光。
⑥ 讽刺强调命定论的加尔文教义。

能够清楚地看到前方的人每天能犯几次错呢？再说了，只有各种感官失去了作用，理解力（the eyes of understanding）①才达到最佳状态。因此大家注意到，相比那些过分相信自己视力的人而言，盲人走起路来更为小心谨慎；任何小小的偶然事件都可以使眼睛秩序发生紊乱，一杯酒或眼翳也完全能够扰乱视力；一群咆哮的恶霸冲上街头时，视力就像一盏灯笼，自己连同主人都有被踢打的危险；若非抛头露面的虚荣让它们摸黑走路，这样的事本可以避免。然而，进一步来说，我们考查一下这些自负的明灯的行为，发现它们比自己的命运糟糕得多。不错，命运或者忘记，或者认为不方便拉我，提示我躲避柱子，使我伤了鼻子，但不要因此而鼓励现在或后来的人把鼻子交给眼睛来保管，因为这样做可能是永久失去两者最有效的方法。原因在于：哦，眼睛呀眼睛，对于我们脆弱的鼻子，你们是盲目的向导，②糟糕的保护者；你们紧盯着视野中的第一处悬崖，拖着我们可怜、自愿的身躯走向毁灭的边缘。然而，哎呀，悬崖边已经松软，我们脚下一滑，跌向深渊，途中没有一簇友善的灌木阻止下跌，除了巨人劳尔卡尔柯（Laurcalco）——银桥（Silver Bridge）领主的跌落之外，③没有任何凡人的鼻子比我们跌得惨。因此，眼睛呀眼睛，最为恰当和公正的做法是把你比作鬼火，引人穿过泥泞和黑暗，直至他们跌入深坑或臭泥潭。

作为例子，我在这里只叙述了杰克在这些抽象问题上的些许雄辩和强大推理。

此外，杰克还擅长宗教的设计和改良。他引入的新神被人称为

---

① 《以弗所书》1:16–19。
② 《马太福音》15:14。
③ 参见《堂吉诃德》卷一，章18。

"混乱"(Babel)或"混沌"(Chaos),①拥有数量众多的信徒,在索尔兹伯里平原上还有他的一座古老的哥特式神殿。② 这座神殿远近闻名,吸引不少香客来这里朝拜和庆祝。

要耍花招时,③他会跪到敞开的阴沟里,眼睛上翻,④然后开始祈祷。明白他诡计的人必定离得远远的,⑤没见过这阵势的人出于好奇或笑他或听他讲些什么,这时,他突然行动,一只手把他的东西和小便对着他们劈头盖脸地扔过来,另一只手甩得他们满身都是污泥。⑥

冬天,他总是披着衣服,不扣扣子,而且越薄越好,以便从周围吸收热量;夏天,他把自己裹得严严实实,以免吸收热量。⑦

在朝代更迭时,他把自己的宅第用作刽子手头目的办公场所,以此名义发号施令时如轻车熟路一般,不用遮遮掩掩,只要一个长长的祈祷即可。⑧

他的舌头肉多又灵活,经过扭曲可以伸到鼻子里,因此他发出的音与众不同。⑨ 在这些国家,他是改进西班牙驴叫技艺的第一人。⑩ 总是竖着的大耳朵使他的技艺达到了完美的境界,以至于仅凭外观或声音很难分清原唱和模仿。

他得了一种让人心烦意乱的病,与被狼蛛(tarantula)叮咬后的

---

① 国教徒指责非国教徒在信仰方面是秩序和规则的敌人。
② 指史前巨柱,这里被称为哥特式是因为哥特具有粗俗、野蛮之意。
③ 杰克的做法类似《巨人传》中庞大固埃(Panurge)在巴黎附近的做法。
④ 清教牧师的做法。
⑤ 伪君子装出特别虔诚的样子,掩饰险恶用心,智者总是提防着他们。
⑥ 贵格派被认为出口粗俗。
⑦ 指非国教徒常常摆出与众不同的样子。
⑧ 克伦威尔及其同党决定谋害国王时,按照他们自己的说法曾去"求过神"。
⑨ 行话。
⑩ 参见《堂吉诃德》卷2,章25、27。

症状相反,①他十分痛恨喧闹的音乐,②尤其是风笛声,但他到威敏厅,或比林斯门(Billingsgate)鱼市,或寄宿学校,或伦敦交易所,或豪华咖啡馆③转两三圈就好了。

对于敌人,他无所畏惧;对于所有人,他有不共戴天之仇;对于画家,④他反感到残忍的地步。脾气上来时,他若是走到街上,口袋里会揣满石头,用来砸那些指示牌。

这种生活方式使他常常需要洗澡。他通常跳进没过头顶的深水,⑤即使冬天也这样,但人们总是发现,他出来时很可能比他进去时更脏。

他第一个发现了制作耳用催眠药的秘密:⑥把硫黄和乳香(Balm of Gilead)掺在一起,再加一点香客的油膏。⑦

他胸前挂着一大块假酸性物质做成的石膏板,在这些酸性物质的作用下,他呻吟起来,像那种著名的木板正被火红的熨斗灼伤一样。⑧

他站在街道的拐角处,叫路上的行人。他喊住一个人说:"尊敬的先生,行行好,扇我一顿耳光";喊住另一个人说:"朋友,帮个忙,狠狠踹我的屁股";"夫人,能否借您的玉手,给我一记小小的耳

---

① 据说,被狼蛛叮咬过的人会歇斯底里地跳舞,需要音乐让他平静下来。

② 不信国教的人反对在教堂里使用器乐。

③ 这些地方可能与诉讼、毁谤、非国教集会、商业诈骗、高利贷以及政治阴谋有关。

④ 连最无辜的必需品和装饰,不信国教的人都不赞成,他们毁坏了英格兰所有教堂的塑像和绘画。

⑤ 成人洗礼。

⑥ 狂热派的布道宣扬地狱和惩罚或天堂的欢乐,其方式令人作呕,与香客的油膏非常类似。

⑦ 这种油膏用猪油和鱼胶做成。

⑧ 由于质地原因,榆木板在这种情况下会发出呻吟声,因此被看作是一种奇迹。

光?""高贵的船长,为了慈爱的神,举起您的手杖,狠打这卑微的肩膀"。① 通过诸如此类的恳求,他设法得到一顿毒打,能够使其浮想联翩和身体膨胀,然后他心满意足地回家了,耸人听闻地向别人讲述他为了公众的福祉所受到的苦难。他露出肩膀说:

> 瞧这伤痕,这是今天早上七点一个可恨的禁卫军士兵打的,因为当时我正竭力驱赶强大的土耳其人。乡亲们,这头上伤得贴副膏药。若是可怜的杰克心疼他的头,你们老早就会看到教皇和法国国王躲在你们太太中间和仓库里。亲爱的基督徒们,强大的蒙古人已经到了白教堂,多亏我这副弱小的身躯,他们没能(上帝保佑)吞掉大人和孩子。

杰克和哥哥彼得似乎互相厌恶,甚至厌烦到了需要刻意表现的地步。② 这种关系所产生的奇怪后果值得高度重视。彼得最近多次耍无赖,不得不潜逃。由于担心警察抓捕,他在夜幕降临前几乎不敢外出。他与杰克两人居住地相距甚远。无论是办事还是心血来潮需要出去,他们都会选择最奇怪的时间段,尽可能绕最远的弯路,以确保双方不会相遇。尽管如此,恒定的命运还是让他们相遇。其中原因很容易明白,两人的狂热和脾性具有相同的根基,③因此,我们可以把他们看作两把打开幅度一样、有一只脚固定在同一圆心的圆规,他们起初运行的方向相反,但必定会在圆周的某个位置相遇。此外,杰克祸不单行,他与哥哥长得特别相像。他们不仅具有相同的脾气和禀性,在体形、高度和神态方面也极其相似。因此,最

---

① 狂热派常常装作受到迫害的样子,他们认为,无量功德要靠自己受到的每一点苦难的积累。

② 天主教徒与狂热分子看起来互相敌视,但据学者观察,二者在很多方面极其相似。

③ 一个主张教皇无谬误,另一个主张灵光无谬误。

常发生的一件事是,警察一把抓住杰克的肩膀,叫道:"彼得先生,你是陛下的犯人。"还有些时候,彼得的某个亲密朋友张开双臂招呼他:"亲爱的彼得,见到你真高兴,请给我拿一包最好的驱虫药。"我们认为,这是一个令人难堪的回报,因为杰克长时间以来花费了那么多的心血和周折。杰克发现,他所有努力的结果与自己的唯一目的和打算都背道而驰。如何能避免这样的结果对于他这样训练有素的头脑和心灵产生糟糕的影响呢?不管怎样,他所剩无几的外套成了替罪羊。冉冉升起的太阳每次开始一天的旅程时,都会发现他的外套少了一块。他请裁缝把领子缝得过紧,到了使他感到窒息的程度,导致眼珠暴突,别人只能看到他的白眼。每天,他把所剩无几的外套①主体对着粗糙的墙壁摩擦两个小时,旨在磨掉那些残余的刺绣和饰带,然而,由于用力太猛,他成了一位异端哲学家。此类的事情他做了不少,但结果一直令他失望。其原因在于,破烂的衣服存心要仿效华丽的衣服,因为二者看起来都比较宽松,如果距离远一点,或在黑暗处,或观者近视,两者就没有区别。因此,在这些情况下,衣衫褴褛的杰克乍一看是令人啼笑皆非的炫耀,使他在气质和神态上更像哥哥,挫败了他与哥哥划清界限的计划,常常使他们各自的追随者把他们搞混。

* 此处遗失 *

古老的斯克拉沃尼亚(Sclavonian)人有句谚语说得好,人和驴一样,要想让他们跑得快,必须抓紧他们的耳朵。但在我看来,我们可以确信,"普路透斯(Proteus)这个无赖仍可以逃脱这些束缚",②

---

① 教义的大杂烩。
② 贺拉斯,《讽刺诗集》卷二,首3,行71。

经验也反复证实了这一点。

因此,读先人的格言警句时最好给不同的时代和个人留有足够的余地;若是查一查早期的记载,我们会发现,人类耳朵的变化比其他任何变化都要巨大和频繁。以前,用一个奇怪的装置可以牢牢抓住耳朵。我想,我们有理由认为这项技艺已经失传,没有其他可能性,因为在以后的时代里,耳朵不仅缩小到可悲的程度,就连所剩无几的部分也退化到使抓取高手也束手无策的地步。鹿只有一只耳朵上有裂口,①却发现这个缺陷足以传遍整个森林;在我们自己和父辈中间,有很多人的耳朵最近遭到修剪和损伤,如果这些行为导致极其严重的后果,我们也不应该感到诧异。的确,当我们这个岛屿处于共和时期(1649—1688),人们付出诸多努力,使我们的耳朵再长起来。② 耳朵的大小不仅被看作是人外在的表现,还是一种内在的天恩。此外,博物学家认为,身体的重要区域若是有部位隆起,如鼻子和耳朵,在次要区域也会发生同样的事情;因此,在真正的虔诚时期,每次集会,那些有天赋的男子大胆地把自己的耳朵及周边部位露在外面,因为希波克拉底(Hippocrates)说过,"耳朵后面血管割断,男子就成了太监"。看到男人如此而受到感化的女子也不甘示弱。有过蒙恩经历的女子关切地环顾四周,希望通过这样的景象怀上相应的孩子。等待蒙恩的女子发现这里有很多选择,必定全神贯注,找出最大的耳朵,使她们生出的后代不致退化。最后,更为虔诚的姐妹把所有尺寸不同寻常的耳朵当作狂热或精神外溢的表现。对于长有大耳朵的头颅,她们必定会崇拜,仿佛大耳朵是恩典的标志。她们尤其崇拜牧师的头,因为他的耳朵通常是最大的,也就是这个原因使牧师利用一切机会,非常频繁、准确无误地把耳朵展示给观众。在夸夸其谈时,他时而拉出这只耳朵,时而拉出那只耳朵,由此产生了流传至今的布道方式,专业人士

---

① 亚里多德,《动物志》(Historia Animalium), vi. 29(578b)。
② 男性清教徒(圆头党)把头发剪短,突出耳朵。

称之为"滔滔不绝地耳提面命"。

如此一来,教徒们在提升鼻子尺寸方面取得了不小进步。人们认为,教徒的成功本来可能非常完美,但随着时间的流逝,出现了一位残酷的国王,血腥地迫害耳朵大小超过特定标准的人。① 因此,有些人愿意用黑布边掩盖茁壮成长的小耳朵,另外一些人完全用假发来掩饰;有些人耳朵被割开,另外一些人的耳朵被修剪,多数人的耳朵被切掉,只剩下根部。此后发生的更多事件都在我的《耳朵通史》里有记述,我计划很快完成这本书,奉献给公众。

我们简要介绍了过去耳朵的衰落和当前为恢复它们的古代尺寸所做出的少许努力,从中明显可以看出,我们根本没有理由指望这样一个短暂、软弱、滑溜溜的抓取部位,若是希望能牢牢地抓住人,必须寻求其他方法。细心地研究人性的人会发现了几个把手,六种感官每种提供一个,② 此外,有大量把手拧在了各种激情上,只有极少数固定在智力上。好奇属于最后一种,也是所有把手中最坚固的。对于懒惰、急躁、牢骚满腹的读者,它类似于马刺、马嚼子和鼻环。通过这个把手,作者可以牢牢抓住他的读者。他一旦握紧这个把手,所有的反抗与挣扎都是徒劳,读者成为他的囚犯,任由他严加看管,直到他由于疲乏或无趣而松开手。

作为本部精彩著述的作者,我出乎意料地通过上述把手一直牢牢地抓住了礼貌的读者。最后,我不得不很不情愿地松开手,让他们在阅读下面的文字时进入这类人固有的呵欠连天的状态。礼貌的读者,为了双方都能心安,我只能向你保证,我们双方所关心的问题一模一样:我不幸遗失了这些传记的其余部分或者把它们误放到其他文件中去了。它们包括意外遭遇、峰回路转和冒险经历,既新颖有趣又出人意料,因此,在各个方面都经过了精心安排,以符合我

---

① 查理二世复辟后,驱逐不信国教的牧师。
② 包括痒(titillation)。

们盛世的雅致格调。然而,天哪,我尽了最大努力,却只能记住几个标题。在这些标题下面,我曾详细讲述了彼得如何获得高等法院的保护令;他和杰克之间如何和解,他们俩谋划在某个雨夜诱骗马丁到负债人拘留所,并在那里把他扒光,马丁如何费尽周折给他们俩看一双漂亮的高跟鞋;又如何出现了针对彼得的新逮捕令,杰克不仅弃之不顾,还偷走了他的保护令自己来用;①杰克的破旧衣服如何在宫廷和城市风靡一时;②他如何骑上了高头大马,吃起了牛奶沙司。③ 然而,这些事件的细节还有我记不起来的其他事件全部遗失,没有任何挽救的希望。由于这个不幸,请我的读者在各自不同体质的承受范围内最大限度地互相安慰吧。然而,从篇首持续到现在的友谊使我恳求他们,不要过分为无可挽救的事情哀悼,以免伤了身体。我接下来写杰出作家要写的礼节性部分,在高雅的现代人看来,这是最不能省去的一节。

结 语

太长必然导致失败,太短也是一样,虽然不那么常见。这一点在脑力劳动方面尤其如此。那位杰出、热心的耶稣会会士过得很好,④他第一个以白纸黑字的形式承认,书像服装、饮食和娱乐一

---

① 詹姆斯二世统治期,在他的撮合下,长老派和天主教联合起来反对英国国教,并上书要求取消刑法和宣誓条例。国王利用他的豁免权,实行宗教自由。长老派和天主教都利用了这一点。光荣革命时,天主教被打倒了,而在英国通过立法实行宗教自由之前,长老派仍然利用詹姆斯二世的豁免权自由地举行集会。

② 威廉三世统治时期。

③ 埃德温(Humphry Edwin)爵士是长老会成员,1697年任伦敦市长。他竟然不顾公共舆论,带着卫兵,隆重地进入一个非国教徒的集会。新伦敦市长上任需要吃牛奶沙司,但提起牛奶沙司常是讽刺用语。

④ 德奥尔良(Pierre - Joseph d'Orleans,1641—1698),耶稣会牧师。

样,必须适应不同的季节需求。我们这个伟大的国家以其他法国模式为基础,完善了这一观点,从而过得更好。我在有生之年,很快可以看到,错过季节的书如白天的月亮、过季一周的马鲛鱼,受人冷落。与其他人相比,购买此书的书商更会仔细地观察我们的气候。他十分准确地知道,在干旱年份什么样的题材最畅销,在多雨季节最先揭露什么问题比较合适。他收到书稿,查看了一下历书,对我说,他全面考虑了长度与题材这两个主要问题,发现这本书只有过一个长假后才会受人欢迎,而且还必须碰巧甘蓝当年收成不好。由于急需用钱,我便问,他认为本月什么题材可能受人欢迎。他向西望了望说:"我估计会有一阵子坏天气。不过,你若是能写一些篇幅短小的戏谑作品(但不要写成诗歌)或就……写一部小册子,应该会火起来。然而,天若放晴,我已经请了一位作者写文批驳本特利博士,我肯定会因此而获利。"

最后,我们就此达成协议:若有顾客来买书,并私下里想了解作者,他会像朋友那样悄悄告诉他,但只是随便指一个碰巧在当周红极一时的才子;若是德尔斐最近的戏剧在上演,我可以说他是康格里夫(William Congreve)。我提到这一点,是因为对于当代礼貌读者的品位,我了如指掌,而且还常常饶有趣味地发现,从蜜罐边被赶走的苍蝇带着良好的胃口马上又落到粪便上吃完自己的这一顿。

针对思想深邃的作家,我有句话要说。他们的数量最近变得越来越多,我也清楚地知道,明辨的世人决定把我列入这个队伍中去。因此我想,就深邃而言,作家与水井一样:眼神好的人,在有水的情况下可以看到深渊的底部,若是底部除了干燥的散土,什么都没有,看到底部就更为常见了;即使井只有一码半深,仍然会被认为深得出奇,只是因为它特别昏暗,没有其他更为明智的理由。

我现在做现代作家经常做的事:言之无物,即某个题材已经详尽地论述完了,仍然不停笔;有人称之为智力的幽灵,此幽灵很高兴能在肉体死亡后出来走一走。说实话,在知识领域,明白在何处停笔的人最少。作者完成作品之际,他与读者变成了老朋友,难舍难分,因此,我有时把写作比作拜访,因为告别的仪式比前面整个谈话占用的时间还多。作品的结尾类似于人生的结尾,有时还被比作宴会的结尾,只有极少数人"像酒足饭饱的宾客"心满意足地离去,① 因为饱餐一顿后,人们通常会坐下来,虽然只是打盹儿或睡觉,去度过这一天的其余时光。然而,在这最后一点上,我完全不同于其他作家。在像现在这样动荡不安的年代里,② 若是通过我的所有努力,从某种程度上促进了人类的安宁,我将感到非常自豪。我不像一些人那样,认为这样的事业有异于才子的职责。在希腊的一个礼仪之邦,③ 人们建造同时供奉睡神和缪斯的庙宇,他们认为,这两个神之间有着最亲密无间的友谊。

最后,我请求读者,别指望本书的每一行或每一页都能以同样的程度使他得到快乐和知识,而应该考虑到他自己以及作者的脾气和间歇性乏味,并真诚地扪心自问,若是他在恶劣的天气或下雨天走在大街上,他是否也同样允许人们悠然自得地从窗户里对此时的他评头论足,并嘲笑他的着装。

在大脑的各种分工中,我认为,创意(invention)是主人,方法与理性是其听差。这种分工的原因来自我对自己个案的观察:在有些场合上,我常常禁不住要显示风趣,虽然我对当时谈论的问题既不精通,也缺乏判断,或者说一窍不通。然而,我过于遵循现代方式,不愿放过任何此类机会,虽然为了引入这些机会,我可能费尽周折或牵强附会。我曾从多位现代最杰出的作家那里,辛苦收集了738种精华文章和金玉良言,通过认真阅读和消化,摘抄到我的笔记本里,但我发现,自己五年来在日常谈话中靠生拉硬扯才用上十来种。

---

① 卢克莱修,《物性论》卷三,行938。
② 本文写于《里斯维克和约》(Treaty of Ryswick)签订之前。
③ 特里真城邦(Trozen)。参见泡萨尼阿斯,《希腊志》卷二,章31,段5。

在这十来种中,有一半没成功是因为用错了对象,另一半在使用时让我煞费心机,最后我决定放弃。我必须承认,这种(没能发现诀窍的)失望使我首先想到,自己要成为一名作家。自从那时起,我在一些朋友那里发现,这已经成为一个非常普遍的问题,在很多人那里产生了同样的结果。我用了很多在论著中完全受到忽略或鄙视的平易近人的词汇,出版之后得到人们的认可和欢迎,一路十分顺利,还受到有些人的重视和尊重。现在,由于有出版自由和出版激励,①我完全能抓住各种场合和机会,展示我习得的才华。我已经注意到,我的发现所引发的故事开始越来越多,超出了处方的篇幅,因此,我在此处暂停。届时,通过给世人和我自己把脉,若是发现对于双方都十分必要,我将重拾笔墨,续写下去。

---

① 1695 年,下议院否决再次实行 1662 年的《出版审查法案》的提案。

书籍之战

作者序

讽刺文学是一面镜子,照镜者往往在其中发现了每个人的面孔,却偏偏没有自己的,这正是世人能够接受它而极少感到被冒犯的主要原因。然而,倘若情况并非如此,危险也不至于过大;从多年的经验中,我已学会永远不在别人对我的看法中捕捉恶意,因为气愤与暴怒虽增强身体筋骨,却令头脑松懈,使其所有的努力变得软弱和无效。

有种头脑,只有一层浮沫可供撇去。有这种大脑的人需慎重收集起这些浮沫,并小心经营这点积蓄,但首先要谨防它们受到更智慧的人的攻击,因为那会令它们全部飞散,主人却找不来新的补给。无知的聪明是一种奶油,一夜之间膨胀而起,一只灵巧的手即刻可以把它搅成泡沫;然而,一旦撇去浮沫,下面露出来的只配丢去喂猪。

上周五发生在圣詹姆斯图书馆里的古代书与现代书之间的战争

——一份完整的纪实

凡细心研究历史年鉴的人都会发现这样的论断：战争是傲慢之子；傲慢是财富之女。前一句论断可能很容易让人接受，但后一句可能很难得到认同，因为傲慢是赤贫与匮乏的近亲，不是同属父系就是同属母系，有时是同一个父母。丰衣足食的人们显然很少发生争吵，侵犯的路线通常是由北向南，也就是说由贫困向富足。争吵最古老最真实的原因在于欲望与贪婪。这两者尽管被我们当作傲慢的同胞或旁亲，实际上却是短缺的子嗣。套用政治学者的表达方式，我们在狗的共和政体（这种政体最初似乎是由多数狗结成的组织）中可以看到，一顿饱餐后，举国上下总是一片和平；然而，若某只领头狗攫取了一块大骨头，或者与少数狗分食，从而造就了寡头政治，或者留给自己独占，就出现了暴政，这两种情况都会导致内乱的发生。①我们发现，同样的推理也适用于它们对某只母狗的争夺中。由于所有权属于公众（在如此棘手的情况下不可能确定财产的所有权），处处充满了嫉妒与猜疑，乃至于那条街上的整个国家明显陷入战争状态，所有公民互相为敌，直至某只更英勇、领导力更强或更幸运的狗夺得并享用了大奖；这只幸福的狗自然又会招来诸多怒火、妒忌和咆哮。如果再审视一下任何一个卷入对外战争的此类共和国，不论是侵略还是防卫，我们也会发现，同样的推理也可用来解释每场战争的根源和诱因；在某种程度上（在此类事件中，真实情况与观点并无区别），

---

① 对霍布斯政治哲学的讽刺。

对于侵略一方,贫困或匮乏与傲慢起的作用一样重大。

　　如今,愿意将这个解释应用于知识界或学问界的人很快会发现目前两大派交战产生争执的首要原因,也就可以根据各方动机的优劣得出公正的结论。但是,要臆测这场战争的结果却并非易事,因为各派系头脑发热的人为这场争吵火上浇油,且各自的要求十分过分,因此,他们无法接受哪怕微乎其微的调解建议。最初引发争执的是一小块土地(当地的一位老人向我证实了这一点),它位于帕纳萨斯山两座山峰中的一座之上;最高耸最雄伟的那座山峰似乎在很久以前就毫无争议地从属于一些人们称之为古代派的定居者,而占据另一座山峰的是现代派。后者由于不满自己当前的地位,便派了些特使去古代派那里,指控他们大大侵害了现代派的权利,说他们占居的地方过高,挡住了他们的景致,特别是向东的视野。①因此,为了避免战争,他们提出了两条道路供古代派选择:现代派慷慨让出自己较低的山峰,古代派连人带财产搬过去住,现代派则接手古代派的地盘;古代派同意现代派带来铲子和镢头,将这座山峰削低到他们认为适宜的高度。就此,古代派的答复是,他们真是万万没有料到,当初以慈悲为怀接纳为近邻的侨民,竟然传来这样的口信。至于他们自己的领地,他们可是这里的土著,所以搬家或出让之说着实令他们无法理解。若说他们所在的山峰较高,挡住了现代派的视线,那也是爱莫能助;只能希望现代派想一想,高峰为他们遮阴挡雨是否大大弥补了他们所说的损害(若是有的话)。至于削平或挖低,提这样的建议不是愚蠢就是无知。不知他们是否明白,山的这一面是一整块岩石,即使现代派挖断了工具,伤透了心,它也毫发无损。因此,他们建议,现代派倒不如抬高自己那座山峰,而不是梦想着削低古代派的山峰。选择前者不仅能得到他们的准许,还会获得大

---

　　①　指坦普尔(William Temple)所说的埃及、印度与东方未记载的口传智慧。

力支持。现代派愤然拒绝了所有这些建议,依然坚持两个方案二选一。于是争端引爆了一场旷日持久的战争,一方仰仗着的是决心和某些领袖与盟军的勇气,另一方则依赖数量优势,屡败之后还有源源不断的兵源。这场争执耗尽了所有墨水,双方也愈发狠毒起来。这里有一点必须要说明,墨水是所有学问战争的重型投射武器。墨水被灌进一种叫作翎管的武器里之后,双方的勇士把它们大量地投向敌人,其技术和暴力不相上下,犹如豪猪在酣战。工程师用胆汁和硫酸亚铁两种成分合成了这种恶意液体,其苦涩与剧毒刚好适合,并在某种程度上也激发了斗士们的才能。古希腊人在交战后若不能就胜负达成一致,双方往往都挂出战利品,败方也乐意以同样的方式鼓舞士气(这一值得赞誉的古老风俗最近在战争艺术中有幸重现)。同样,双方学者们经过一番针锋相对、杀气腾腾的争论,也挂出了他们的战利品,无论哪一方战败。这些战利品上刻下的大多是事业的是非曲直、完整且公正的战役记录、胜利为何显而易见地属于展示该战利品的一方。它们有如下几个为世人所熟悉的称呼:争执、辩论、反驳、简述、回答、答复、评论、反思、异议和驳斥。在短短的几天时间里,它们自己或它们的代表全部被放置在公共场合,供路人驻足观望;①那些最重要最庞大的又从那里被挪到某些他们称之为图书馆的仓库中去,放置在专为它们设置的一个角落。它们自此被称作论战书籍。

每一名勇士生前的斗志被巧妙地灌注到这些书里并保存下来,而死后,他的灵魂也转世到此,让它们充满生机,这至少是较为普遍的看法。一些哲学家断定,在墓地中,有某种他们称之为肉体(brutum hominis)的魂灵在碑石上空游荡,直至尸体腐烂化作灰尘,或被蠕虫分解,而后消失。我相信,图书馆与墓地的情形相同,因此,我们可以说,每一本书上方都有一个永不安宁的魂灵在出没,直到尘土或蠕虫将书吞噬。这一命运对有些书来说只需要几天的光景,对

---

① 指书名页被张贴在大街上为书作宣传。

其他书来说稍晚一些。在所有书籍当中,论战书籍由于受到最不安分的魂灵的光顾,一直被单独安置在一个地方,与其他书籍隔离。此外,由于担心它们之间动武,我们的祖先认为,用坚固的铁链绑住它们以保安宁,方为谨慎之策。最初导致这一发明的情形如下:司各脱的著作首次发表后被送到了某图书馆,并分得了自己的居所;可这位作家一安顿下来就前去拜见他的老师亚里士多德;二人商定要一起用全力抓住柏拉图,将他从他在众神中自古以来的位置上赶出去,虽然他已在此安静度过了近800年。他们的图谋得逞了,这两个篡位者从此取代了柏拉图掌权称王。但是,为了保证将来的宁静,他们下令用铁链锁紧一切大部头的论战书籍。

这一权宜之计本可以确保图书馆的安宁,但近年来,上面提到的学问界争夺帕纳萨斯山最高峰的战争产生了一类新的论战书籍,其中充斥着更加恶毒的魂灵,破坏了这种宁静。

公共图书馆第一次接纳这些书籍时,我记得我曾对几个相关人士讲过,我非常确信,若非小心看护,它们所到之处必然引发争执;因此我建议把各方的捍卫者结成对,或用其他方式混在一起,这样,他们的恶毒或许只能在内部互相攻击,就像混合毒性相反的毒药那样。看来,我既非不祥的预言家,亦非恶意的忠告者,因为正是对这种警告的忽视造成了上周五发生在国王图书馆的这场古代书与现代书之间骇人听闻的战斗。现在,大家刚刚开始谈论这场战斗,全城上下也迫切期待了解细节。我既具有历史学家所必需的一切素质,又不受雇于任何一方,因此,应朋友们的强烈要求,决定公正地记录下这件事的始末。

国王图书馆的馆长其人勇气可嘉,但主要还是以仁慈(humanity)著称。①他一向是现代派坚定的捍卫者。在帕纳萨斯山上的战斗

---

① 博伊尔(Charles Boyle)先生在他编辑的《法拉里斯信札》的前言中说,馆长本特利(Richard Bentley)用"自己独特的方式"(pro solita humanitate sua)拒绝他使用一篇手稿。本特利将之误解成"特别仁慈"。

中，他曾发誓要亲手打倒两个古代派的首领,①这二人正守卫着高处岩石上的一个关口。然而,不幸的是,他的体重和向心力无情地阻碍了他向上攀爬的努力,这也是现代派们的软肋。由于轻浮,他们擅于胡思乱想,认为没有登不上的高山,一旦落实到行动,他们却发现,臀部和脚跟异常沉重。由于盘算落空,这位失望的捍卫者对古代派产生了深仇大恨。为了泄愤,他决心把自己对反古书籍的喜爱点点滴滴都表露出来,把它们安置在最好的房间。同时,无论哪一本书胆敢承认拥护古代派,都被他活埋在某个阴暗的角落,稍有不快,便有被扫地出门的危险。此外,当时图书馆里所有的书都摆放得非常混乱,人们对此给出了不同的解释:有些人认为,是一股邪风将现代派书架上一大堆学问灰尘吹到了馆长的眼里;另一些人断言,馆长有种怪癖,就是从学者们身体里挑出虫子来空腹生食,于是有些虫子掉进他的脾脏,有些爬进他的脑袋,令二者焦虑不堪;其他人则坚持最后一种说法:由于在黑暗中走动过多,他已完全记不得图书馆的布局,在把书放回去时,很可能错把笛卡尔插在了亚里士多德身边,可怜的柏拉图则夹在霍布斯和"七贤"②之间,维吉尔一边是德莱顿,另一边是威瑟斯(George Withers)。③

在此期间,拥护现代派的书籍从自己当中选出一本书,把整个图书馆巡视了一番,检查他们的人数和实力,并协调各项任务。这位信使尽职尽责地完成全部工作后,带回来一张有关他们军队的清单:总共五万士兵,主要由轻骑兵、铁甲步兵和雇佣军组成;④其中,步兵的装备普遍不尽人意,服装更差;他们的马匹高大,却一副病态,萎靡不振;但少数士兵曾与古代派做过交易,因而装备还算不错。

---

① 指法拉里斯和伊索。
② 可能是希腊七贤。
③ 威瑟斯(1588—1667),清教诗人和评论家,当时被称为雇佣诗人。
④ 分别指诗人、历史学家和译者。

时局在酝酿,不和的声音也响彻云霄;双方的言辞也激烈起来,憎恨之情也大量滋生。有位单枪匹马的古代派,挤进一整架子现代派中间,公平地提出就此案进行辩论,并要用显而易见的理由证明,最高峰理应属于他们,因为他们居住在这里的时间长,他们更审慎、更年长,最重要的是因为他们对现代派有着巨大功劳。但现代派否定了这些观点,并且似乎相当诧异,古代派竟然坚称自己年长,因为只要他们了解一下,现代派相比之下显然更年长。① 至于古代派对他们有恩,他们概不承认。"的确,"他们说,

> 我们听说,我方的个别人卑鄙无耻,借用了你们的生活资料,但是其余的人,即我们中的绝大多数(尤其是我们法国人和英国人)不论如何也不会屈尊到如此下贱的地步,因为直到此时此刻,我们之间的交流还没超过六个词。我们的马匹出自我们自己的培育,我们的武器出自我们自己的铸造,我们的衣服也出自自己的剪裁。

柏拉图刚好就在旁边的架子上。他注意到,那些说话的人正如上面所说衣衫褴褛,他们的老马瘦骨嶙峋、跌跌撞撞,他们的武器由朽木制成,他们的盔甲锈迹斑斑,里面穿的无非只是破衣烂衫。他放声大笑,并用他那愉快的口吻对天发誓说,他相信他们的话。

现在,现代派们最近的讨论进行得不够隐秘,未能逃过敌人的注意。那些首先讨论地位高低,从而挑起争吵的现代派扯着嗓门,嚷嚷着要开战。坦普尔(William Temple)碰巧偷听到此事,当即给古代派通风报信。后者马上召集起分散的部队,决心随时打响保卫战,于是几个现代派逃回了自己的阵营,在剩下的人中就只有坦普尔本人。这位坦普尔受的是古代派教育,长期向古代派学习,因而在所有现代派中最受古代派钟爱,并成为现代派最强有力的捍

---

① 培根是提出这个悖论的学者之一。

卫者。

事态发展到这个危急关头，发生了一件具有决定性的意外事件。在一扇大窗户顶处的角落里住着一只蜘蛛，由于吞食了数不清的苍蝇而成了庞然大物。苍蝇的残骸凌乱地散落在它的王宫门前，好像丢在某个巨人洞穴前的人骨。通向它的城堡的大路由栅栏做防护，全都按照现代防御风格建造而成。穿过几个庭院，就来到了中心，那里你会见到守在老巢的总管本人。这里，每面窗户都对应着一条大道，还有几个出口可供防御或出去猎食。蜘蛛在这座宫殿里有过一段安宁富足的日子，头顶上没有燕子威胁它的人身安全，脚下没有扫帚破坏它的王宫。这时，一只迷路的蜜蜂偶然飞到此处，好奇地发现窗户中有一块玻璃碎了，于是就飞了进去，游荡了一阵子后刚好飞落到蜘蛛城堡的一面外墙上。由于承受不起这样的重量，外墙坍塌了。蜜蜂三次竭力要冲出一条路来，王宫的中心也随着它摇了三次。巢中的蜘蛛察觉到了这可怕的震动。它先是以为世界末日即将来临，不然就是撒旦统领三军来找蜘蛛报仇雪恨，因为这个敌人杀死并吞食了他成千上万个臣民。不过，它最终还是鼓起勇气，决心上前受死。与此同时，蜜蜂已从网中挣脱出来，停在远处安全的地方，正忙着清洁它的翅膀，除掉残留在身上的破破烂烂的蜘蛛丝。此时，蜘蛛冒险出山，望着城堡的裂缝、瓦砾和坍塌处，它几乎慌了神；蜘蛛发疯般地咆哮着、诅咒着，气鼓鼓地仿佛随时都要爆炸。最后，它把目光转到蜜蜂身上，聪明地由后果揣摩到了起因（因为它们一看就知道对方是谁了）。"遭天谴的东西，"它说，"婊子养的，没长眼睛啊？是你使劲儿把这儿折腾得一片狼藉吗？难道你就不能看着点？就不能安静一会儿？你是不是以为我什么事都没有，只来为你擦屁股的？""有话好好说，朋友。"蜜蜂说（它此刻已经把自己清理干净，有心情开开玩笑了），"我向你保证，再不会靠近你这狗窝；我自打出生以来还没有这么晕过呢。""臭小子，"蜘蛛回答说，"我们家族有个老规矩，不准出外杀敌，要不是怕破坏这条规矩，我真要好好教训教训你。""请你别发火，"蜜蜂说，

"否则你少不了要破费呢,你或许还会需要这些钱财修补你的房子呢。""流氓,无赖!"蜘蛛答道,"我看,你该多尊重我,因为全世界都认为我比你强得多。"蜜蜂说:"我发誓,这个比较实为一个不赖的笑话。拜托你告诉我,在这么大的争议中,世人有什么理由为你辩护?"一听此话,蜘蛛煞有介事地摆出论辩的姿态,带着真正的论战精神展开了辩论,决心以恶毒的语言和怒火据理力争,丝毫不理会对手的回答或异议,头脑中早就统统排斥了一切被说服的可能。

"与你这样的无赖相提并论,我真是有失身份,"他说,

> 你算个什么东西,无非是个流浪汉,要家没家,要积蓄没积蓄,祖上也没给你留下什么遗产,生来除了一双翅膀和低低的嗡嗡声一无所有。你靠在自然界四处打劫谋生,是个强盗,无法无天地盘旋在草地和花园上空;为了偷窃,你会像抢紫罗兰那样轻松自如地抢劫一棵荨麻。而我可是一个居家的动物,依赖自身的积蓄生活。这么大的城堡乃是我一手建造的(可见我在数学上的进步),所有材料也都取自我本人。

"很高兴听到你至少还承认,我确实是扇动着翅膀唱着歌过来的,"蜜蜂回答说,

> 那么,我似乎只感谢上天赏赐了我翅膀和音乐;神若不是有最崇高的目的才不会赐予我这两样礼物呢。我确实遍访草地和花园中的所有花朵,但是,无论我采集了什么,都既滋养了我本人,也丝毫无损于它们的美丽、芳香和美味。至于你,还有你在建筑和数学方面的技能,我没什么可说的。据我所知,你为建造那座房子可能没少花费苦力和心思;但咱俩的这场悲惨经历证明,它的材质显然不怎么样;我希望你以此为鉴,除了技巧和艺术也考虑一下耐用和材质。你甚至自夸不用任何其他生物帮忙,全靠自己吐丝织网,也就是说,如果我们可以依据流

出来的东西判断容器里的液体的话,你的胸腔里可是存了不少的尘土和毒药;我绝不是在小看或贬低你这两种材料的实际储备,但我恐怕,要增加这两种东西,你多多少少还是有赖于外界的小恩小惠。你身体中的尘土肯定来自下面清扫出的垃圾;一只昆虫为你提供一份毒剂去杀死另外一只。所以说,归根结底就是一个问题:哪一个生物更高贵?一个仅关心四英尺见方的弹丸之地而且狂妄自负,虽然自给自足,却变一切为废物和毒液,最后造出来的只有毒药和蛛丝;另一个以天地为家,凭着不懈追寻、潜心研究以及对事物的正确判断和辨别,带回了蜂蜜和蜂蜡。

二者在这场争执中唇枪舌剑、你争我吵,弄得热火朝天,让下面全副武装的双方书籍一时间静静地伫立着,焦灼地等待着事件的结局。不久,结果出来了,因为蜜蜂认为浪费时间过多而越来越不耐烦,不等对方回答就径直飞向一片玫瑰花,丢下蜘蛛自己,后者像演说家一样定了定神之后,正准备高声辩论。

在这紧急关头,伊索首先打破了沉默。近来,馆长的仁慈所造成的疏远令他备受摧残。馆长撕掉了他的首页,狂暴地损坏了一半书页,并用链条把他牢牢地拴在一个现代书架上。在那儿,伊索很快发现,这场争端有可能大大升级,于是使尽浑身解数,将自己千变万化,最后变为一头驴子。馆长因此错把他当作现代书。靠这个办法,他赢得了时间和机会,在蜘蛛和蜜蜂刚开始论战时,他逃到了古代书一方。他饶有兴趣地观看着这场争吵。争论结束时,他用最高的嗓音发誓说,发生在窗户上和书架上的两件事非常类似,这种情况他这辈子还没有碰到过。他说:

> 双方的论战非常精彩,它们让每一句话都发挥出最有力的效果,对每个正反论点穷追不舍,打破砂锅问到底。只需将两方的论证放到眼前的争论中,再像博学的蜜蜂那样比较各方的

努力和成果,我们就会发现,他们的结论显而易见适用于现代派和我们自己。先生们,有什么能比蜘蛛的架势、措辞和矛盾更现代啊?他大肆吹嘘自己的积蓄和卓越才华,就是在为你们——他的同胞和他本人作辩护;他还说,他自给自足吐丝织网,瞧不起任何外界的恩惠或协助。后来,他又向你们展示他的伟大建筑技巧和数学成就。对于蜘蛛的所有指控,蜜蜂就是我们这些古代书聘来的辩护人,他认为适当的回答就是:若是根据现代派的产出判断他们的伟大天才或者发明创造,那么,几乎没有证据支持他们在任何一方面的夸耀。你尽可以用无尽的奇思妙想绘制蓝图,但如果材质只是从你的内脏(现代人脑袋里的东西)中排出的粪便,最终的大厦就是一张蜘蛛网,和其他蜘蛛网一样,之所以耐久无非还多亏被人们遗忘或忽视,或者由于隐匿在角落里。现代派除了热衷于争吵和讽刺,我记不得他们还会声称有过什么货真价实的东西。现代派虽然声称,这些本质上类似于蜘蛛毒液的争吵与讽刺完全吐自他们自身,实际上则是经过当代技艺提升的结果,是食用当代昆虫和害虫的结果。我们古代派和那只蜜蜂一样,除了翅膀和歌喉,即我们的飞翔和语言,甘愿承认一无所有。而我们所获得的其他一切,都出自无尽的辛劳和寻觅,遍及大自然的每个角落;有所不同的是,我们更乐于用蜂蜜和蜂蜡而不是尘土和毒液去填满我们的蜂箱,进而用两个最高贵之物来造福人类:甜蜜和光亮。

设想一下,伊索的长篇大论结束的那一刻,书籍中发生了何等骚乱。双方都明白了他的暗示,仇恨瞬间陡升,于是他们决心开战。两方阵营即刻跟着各自的旗帜后撤到图书馆深处,就目前的紧急状况进行密谋和商议。现代派正热议着选谁当领袖;完全是大敌当前的恐惧才使他们在这样的场合没有发生兵变。骑兵部队中的争议最大,因为从塔索(Tasso)和弥尔顿到德莱顿和威瑟斯,每个骑兵都自命为总指挥。轻骑兵由考利(Cowley)和布瓦洛(Despreaux)指挥。弓箭手则听命于他们英勇的领袖笛卡尔、伽森狄(Gassendi)和霍布斯;这些统帅力大无比,射出的箭能穿越大气层,永远不会掉落下来,像厄凡德尔(Evander)的箭一样化作了流星,①或像炮弹那样变成星星。帕拉克尔苏斯(Paracelsus)从里希亚(Rhaetia)的雪山带来一个中队的臭气弹投手。接下来还有一支由多个国家的重型骑兵组成的庞大队伍,由伟大将领哈维带领,他们中有些配备了致命武器——镰刀,有些配备了全部浸过毒液的长矛和长刀,还有些射出杀伤力极强的子弹,用的白色火药能准确无误地杀人于无声之中。后面是几支重型步兵队伍,他们是圭恰迪尼(Guicciardine)、德维拉(Davila)、威吉尔(Polydore Virgil)、布坎南(Buchanan)、玛里亚纳(Mariana)、康登(Camden)等旗下的雇佣兵。统率工兵的是雷格蒙塔努斯(Regiomontanus)和威尔金斯(Wilkins)。余下的杂牌军由司各脱、阿奎那和贝拉名(Bellarmine)统领,他们膀阔腰圆,人数众多,但既无装备和胆气,又无军纪。排在最后的是成群的数不胜数的马夫,他们是由莱斯特朗奇(L'Estrange)指挥的无纪律的乌合之众;他们衣不蔽体,跟在阵营后面,是只为打劫而来的一群无赖和流浪汉。

相比之下,古代派的军队少了很多。荷马率领骑兵,品达统率轻骑兵,欧几里得是工兵总长,柏拉图和亚里士多德统领弓箭手,希罗多德和李维指挥步兵,希波克拉底带领重型骑兵,殿后的是沃秀斯(Vossius)和坦普尔带领的盟军。

正当一切激化到决战关头时,常出入国王图书馆并在那里曾分得一大间的流言女神径直飞上天,去找朱庇特,向他如实讲述了下界双方发生的一切(因为在众神那里,她总是讲真话)。对此深切关注的朱庇特在银河系召集会议。议员们到齐之后,他说明了开会的原因:古代派书籍和现代派书书籍大军之间即将爆发血战,这与

---

① 可能是斯威夫特的笔误,《埃涅阿斯纪》中的确提到了厄凡德尔的箭(viii. 166),但像流星一样的箭却是由阿刻斯特斯(Acestis)所射出的(v. 524)。

天庭的利益息息相关。现代派的守护神莫墨斯（Momus）做了一场偏向现代派的精彩演讲，遭到古代派的守护女神帕拉斯的反驳。与会众神依个人偏爱分成了两派，这时，朱庇特命人将命运之书摆到面前。墨丘利即刻搬来三部对开本巨著，这其中记录了所有过去、现在和未来之事。书扣镀了两层银，封面用的是华丽的土耳其皮革，纸张在我们下界几乎算是精致的犊皮纸。朱庇特静静地读过天命后立即将书合上，不肯向任何人透露信息。

伺候在会议厅门外的是一大群轻盈灵敏的神，他们是朱庇特的仆役，朱庇特通过他们来管理下界的一切事务。他们之间若即若离，列队而行，像奴隶一样被一条轻飘飘的链子牢牢地串在一起，链子的另一头系在朱庇特的大脚趾上；然而，领命或报信时，他们可能永远不得越过王座的最低一级台阶，朱庇特和他们只通过一个长长的中空管密语。凡人称这些神祇为偶然原因，但众神唤他们做第二因。朱庇特把消息传达其中的某些神灵后，他们就立刻飞到下界，来到国王图书馆的顶上，商量了几分钟后，便隐身而入，按照指示处置交战双方。

同时，莫墨斯担心会出现最糟的情况，还想起一个对他的现代派后代来说不是什么吉兆的古老预言。于是，他转身飞向被人称之为"批判"的恶神的领地。后者居住在新大陆（Nova Zembla）的一座雪山之巅；在那儿，莫墨斯见她正在洞中伸懒腰，身下是被她吞食过半的一卷卷的猎物，多得无以计算。坐在她右手边的是她的父亲兼丈夫——无知（Ignorance），他因年迈而失明；在她左边的是她的母亲傲慢（Pride），她穿着自己撕下来的纸片；还有她的妹妹意见（Opinion），她头重脚轻，双眼被蒙，刚愎自用，且晕头晕脑，总是在打转；在她身边嬉戏的是她的孩子喧闹（Noise）、无耻（Impudence）、迟钝（Dulness）、虚荣（Vanity）、独断（Positiveness）、学究（Pedantry）和无礼（Ill-Manners）。女神自己长着猫一样的爪子，她的头、耳朵和声音跟驴子的一样，她的牙齿向前突出来，眼睛向内翻，好像只看自己；她以自己溢出的胆汁为食，她的脾脏大得凸出来，像最大号的乳房，这乳房也已具备了奶头形状的赘疣，一群丑陋的怪物正在上面贪婪地吮吸着;奇怪的是,吮吸虽然快,但这块脾脏膨胀的速度更快。"女神啊!"莫墨斯道,"我们那些虔诚的现代派信徒此刻正在激烈地战斗,也许正倒在敌人的剑下呢,难道你坐视不管么?那今后还有谁来为我们这些神献祭和搭建圣坛呢?因此,快到不列颠岛去吧!尽你所能不要让他们遭受灭顶之灾,我呢,去众神中制造内讧,把他们争取到我们这一方来。"

莫墨斯说完,未等她答复就离开了,留下女神独自愤恨。她一怒而起,发出一串独白(这样的场合也要求有独白):

> 是我赐予婴儿和白痴以智慧,是我使孩子比父母更聪明,是我使花花公子成为政治家,使学童成为哲学大师;是我使诡辩家凭借渊博的知识来辩论和得出结论;咖啡馆里的才子(wit)们有我赋予的直觉,即使不理解某个作家的只言片语,也能指正他的风格,揭示他的瑕疵;小伙子们在财产到手之前就挥霍掉了,是我令他们以同样的方式使用自己的判断力;是我废黜了才智和知识对诗歌的统治并亲自取而代之。又有几个古代的暴发户胆敢与我对抗?来吧,我年迈的双亲,还有你们,我的宝贝孩子,还有你,我美丽的妹妹,让我们登上战车,急速前去支援那些为我们效忠的现代派,他们正在以一场大屠宰为我们献祭,我的鼻孔嗅到了从那里飘来的香味。

女神及其一行登上由驯服的鹅拉动的战车,飞越辽阔无垠的疆域,一路上施加她的影响。最后,她们来到了她热爱的不列颠岛。当盘旋在其首都的上空时,她对下面格雷沙姆(Gresham)学院和考文特广场(Covent Garden)①撒下多少神恩啊!现在,她来到圣詹姆斯图书馆这片死亡之地,此时此刻,双方正要开战。女神一行隐身

---

① 格雷沙姆学院是皇家学会召集地;考文特广场周围的一些地方是当时才子常常光顾的地方。

而入，降落在一排曾由名家居住而今却无人问津的书架上。她停留片刻，观察双方的阵势。

此时此景下，慈母情怀开始萦绕她的思绪，涌上她的心头。原来她看到，率领现代派弓箭手队伍的正是她注定短命的儿子沃顿（Wotton）。他的父亲是个无名的凡夫俗子，因与这位女神偷欢而生得这年轻的英雄，女神母亲最宠爱的孩子，于是决心上前安抚他一番。但首先，她要按照众神的老规矩改头换面，因为担心她面容的神光会刺伤他的凡胎肉眼，也令他的其他感官无法承受。于是，她的脸变成一个八开本大小的罗盘，她的身体也变得苍白干枯，裂成碎片，厚片变成纸板，薄片化作纸张。她的双亲和子女巧妙地在其上用一种黑色浆液或苦胆和烟灰熬成的墨汁写上字。她的头部、声音和脾脏还保持着原来的样子，原来的皮肤也未曾改变。女神以这样的装扮来到现代阵营，她的身材和衣着与沃顿最好的朋友神学家本特利难分真假。"英勇的沃顿啊，"女神说道，"为什么我们的队伍还站在这儿无所事事地浪费着他们的斗志和今日的大好时机？去吧，让我们快去向将军谏言，立刻发起进攻。"说完，她从自己的怪物中取出最丑陋的那一个——它吸食脾脏已然过饱，神不知鬼不觉地把它投入沃顿的嘴里。这怪物径直飞入他的脑袋，把他的眼球挤了出来，令他面容扭曲，半个脑子都翻了过来。然后，她秘密命令她的两个爱子"迟钝"和"无礼"在所有会战中密切关照他。女神如此这般武装了他之后就消失于薄雾之中，而这位英雄也察觉到，那就是他的女神母亲。

此时，决定命运的时刻到了，战斗打响了。而我，在胆敢做一番详尽描述之前，必须以其他作家为范，求助于诸多口舌笔墨，即便如此，对于如此浩大的工程来说也无异于杯水车薪。掌管历史的女神啊，是谁第一个杀入战场！正是帕拉克尔苏斯冲在骑兵队首，他注意到对方阵营的盖伦，①于是用力将长矛投向他。长矛刺到这位古

---

① 帕拉克尔苏斯（1493—1541），是文艺复兴时期瑞士著名的医生和植物学家。盖伦（129—199），希腊名医。

代勇士的盔甲上,矛尖在第二层折断了＊＊＊＊＊＊＊＊＊＊＊
＊＊＊＊＊＊＊＊＊＊＊＊＊＊＊＊＊＊＊＊＊＊＊
＊＊＊＊＊＊＊＊＊＊＊＊＊＊＊＊＊＊＊＊＊＊＊
＊＊＊＊＊＊＊＊＊＊＊＊＊＊＊＊＊此处有少部
分亡佚①＊＊＊＊＊＊＊＊＊他们抬着受伤的将军上了他
的战车＊＊＊＊＊＊＊＊＊＊＊＊＊＊＊＊＊＊＊＊
＊＊＊＊＊＊＊＊＊＊＊＊＊＊＊＊＊＊＊＊＊＊
＊＊＊＊＊＊＊＊＊＊＊＊此处缺失很多文字＊＊＊＊
＊＊＊＊＊＊＊＊＊＊＊＊＊＊＊＊

此时,亚里士多德看到培根气势汹汹地冲了上来,于是他瞄准培根的头部就是一箭,但没有射中目标。箭嗖地飞过这位现代勇士的头顶,阴差阳错地射中了笛卡尔;钢制的箭尖迅速在他头盔上找到一处薄弱环节,穿过皮革面和纸板,直插进他的右眼。这位英勇的现代弓箭手在剧痛中翻来滚去直至身亡,好像一颗巨星被自身的漩涡吞噬＊＊＊＊＊＊＊＊＊＊＊＊＊＊＊＊＊＊＊＊
＊＊＊＊＊＊＊＊＊＊＊＊＊＊＊＊＊＊此处缺失很多文字＊＊＊＊＊＊＊＊＊＊＊＊＊＊＊＊＊＊＊此刻,荷马出现在骑兵队首,他座下那匹咆哮的战马连骑手本人都难以驾驭,其他凡人更不敢靠近。他驰骋在敌人的队列中,所向披靡。女神啊,谁第一个死在他手下,谁又是最后一个!冈狄伯特(Gondibert)首当其冲上前应战,②他穿着沉重的盔甲,骑着沉稳、谨慎的阉马,这匹马的速度令人不敢称道,但它在主人上马时所表现出的卑躬屈膝却闻名遐迩。冈狄伯特曾向帕拉斯发誓,不抢走荷马的盔甲决不离开战场。这个疯子,他见都没见过穿那种盔甲的人,

---

① 当时学者处理古代残篇时常采用这些短语("此处有少量亡佚"等)和符号"＊",斯威夫特拿来使用,意在取笑。

② 指戴文南(William Davenant)爵士,他曾以中世纪的伦巴底为背景写了一首史诗,但未完成。

更不知道其力量有多大！荷马将他连人带马打翻在地，使他遭人践踏，在尘烟中窒息而死。接着，他又用一杆长矛刺死了邓厄姆（John Denham），①这个矮胖的现代人从父亲那里继承了阿波罗的血统，但他的母亲是个凡人。他跌于马下，摔了个嘴啃泥。阿波罗取走他的神性，把它变成了一颗星，他剩下的凡俗部分在地上滚来滚去。随后，荷马借坐骑的蹄子踢死了卫斯理（Samuel Wesley），然后又发力将佩罗（Charles Perrault）从马鞍桥上抓起，向丰特奈尔（Sier de Fontenelle）砸去，两个人顿时脑浆迸裂。

维吉尔出现于骑兵的左翼，闪闪的盔甲如量身定做的一样合体，胯下一匹灰色花斑战马。战马步履缓缓只因它最具斗志和活力。维吉尔扫视了一下敌营，渴望找到一个与他的英勇相配的目标，刚好看到一个敌人骑着高大的栗色阉马，从敌方最密集的骑兵队中冲了出来。然而，他的速度尚不及他的动静大，全因他的老马羸弱，在疾步小跑中耗尽了残余的力气，虽然行进迟缓，却颠得盔甲哗啦作响，刺耳不堪。两位骑士此时都进入了长矛的投掷范围，但来者希望谈判，于是他掀开面罩，但里面的脸却几乎看不到。维吉尔踌躇片刻方才认出，来者正是鼎鼎大名的德莱顿。②这位勇敢的古代人顿时大惊，仿佛诧异与失望同时袭来；那头盔比深藏其后的头颅大其九倍之多，因此，他的头简直就像龙虾的肚子，或者像只华盖下的耗子，又像个靠时髦的假发来掩饰的、干瘪的花花公子；他的声音也正与他这般相貌相配，听起来既虚弱又缥缈。德莱顿高谈阔论，安抚着这位古代好人，称其为父亲，并靠大幅删减家谱来摆明他们很可能有亲缘关系。然后，他谦卑地建议，交换盔甲作为双方友好的永久见证。尽管自己的盔甲是用黄金打造而成，值得上一百头牛，而对方的无非是一堆锈铁，维吉尔

---

① 邓厄姆爵士的诗歌良莠不齐，有的非常美，有的则非常平庸，因此，诋毁他的人认为他不是《库珀山》（*Cooper's Hill*）一诗的作者。

② 德莱顿在1697年出版了他翻译的维吉尔作品。

还是同意了(因为隐身而来的胆怯女神在他眼前撒下了迷雾)。可惜的是,与原来的那套甲胄相比,这身金灿灿的盔甲更不适合这位现代人。随后他们同意交换战马,但轮到试骑,德莱顿恐惧得完全无法上马**又一处文字缺失*********************************卢卡努斯(Marcus Lucanus)骑着一匹高大的烈马,①莽撞的马儿驮着骑手在战场上穿梭。他杀死了大量敌军。为了阻止他的屠杀,著名的现代派布莱克莫尔(Richard Blackmore)——其实是雇佣军中的一员——费了九牛二虎之力,用强有力的手掷出标枪,但标枪未及目标便深深地插入地中。于是,卢卡努斯又投出了长矛,但医神埃斯库拉庇俄斯(Aesculapius)隐身上前,掉转矛尖的方向。"勇敢的现代人啊,"卢卡努斯说道,"我觉察到有位天神在护佑着你,因为我的手臂从未让我像这样失望过。哪个凡夫俗子能斗得过神啊?所以我们停止战斗,互赠礼物吧。"卢卡努斯给这个现代人一双马刺,布莱克莫尔报以一套笼头***少量文字缺失************************************柯立奇(Thomas Creech)。② 但迟钝之神摘下一片云,把它变成贺拉斯的样子,并让他全身武装,登上战马,飞到他面前。柯立奇骑士喜欢迎战飞翔的敌人。他追逐着这个影像,并高声恫吓。最后,追到父亲奥格比(John Ogleby)的安息地时,③他被父亲解除了武装,

---

① 卢卡努斯(39—65)著有史诗《法萨利亚》(*Pharsalia*)。
② 柯立奇(1659—1700)曾翻译过卢克莱修和贺拉斯的作品。
③ 奥格比(1600—1676)曾用诗歌形式翻译了《伊索寓言》。他翻译的维吉尔作品印刷精美。

接下来,品达杀死了……、……、奥德姆(John Oldham)、……和步履轻盈的女战士阿芙拉(Afra Behn)。①他从不沿直线前进,而是以不可思议的敏捷和力量左右盘旋,他在敌方的轻骑兵中大肆杀戮。考利(Abraham Cowley)看到了品达,②他那颗高贵的心愤怒了,于是他上前挑战这位勇猛的古代派。考利尽自己之所能,在马力允许的范围内,模仿着对手的举止、步伐和速度。两位骑士进入相距三枪之地时,考利先投出了一杆长矛,没能击中品达,长矛穿过敌人的队伍无力地跌落在地上。而后,品达掷出了一支硕大沉重的标枪。在我们世风日下的今天,一打骑士恐怕都无法把这样的标枪从地上抬起来,但品达投掷起来却轻而易举。他那百发百中的手掷出的标枪鸣叫着划过长空;这位现代派若不是幸运地用维纳斯给他的盾牌来抵挡,肯定不免一死。此刻,两位勇士都拔出了宝剑,但那个现代派吓得不知所措。他丢下盾牌,逃了三次,都没能逃脱。最后,他转过身来,举起手哀求。"神一般的品达啊,"他说,"饶我一命吧,若我的朋友们听说我还活着,是你的囚徒,他们会给予你赎金,另外,拿去我的战马,拿去这些武器。""畜牲!"品达说,"让你的赎金留给你的朋友吧,而你的尸体则要留给天上的飞禽和地上的走兽。"说着,他举剑用力挥去,将这位可怜的现代派截成两半,一半留在地上苟延残喘,被马踩成碎片,另一半被受惊的战马驮着穿过战场。维纳斯带走了这一半,把它在琼浆玉液中洗涤了七次,又用不凋花的枝条抽打了三遍。因此,枝条的表皮渐渐变得圆滑柔软,叶子变成了羽毛,由于它此前就曾被粉饰过,经过再次粉饰,最终成为

---

① 奥德姆(1653—1683)和阿芙拉(1640—1689)都曾写过复杂而又风靡一时的品达式颂诗。

② 考利(1618—1667)作为诗人在当时享有崇高的威望。他把品达式颂诗引入英语,曾发表爱情诗集《恋人》(Mistress),因此在此处受到维纳斯的庇护。

一只鸽子。维纳斯于是把它拴在了自己的战车上。* * * * * *
* *
* * * * * * * * * * * * * * * * * 此处遗漏,非常令
人惋惜* *
* * * * * * * * * *

日渐西山,正当现代派的浩荡大军已有意撤退之时,却从重型步兵中队中杀出一名上尉,其名为本特利。他是所有现代派中最畸形的一个,高而无形,大而无力,不成比例。他的盔甲由一千块互不连贯的碎片拼凑而成,在他前进的时候发出干裂的巨响,好似一阵季风突然把尖塔上的铅皮吹落而发出的声音。他的头盔由陈旧的锈铁制成,面罩是黄铜做的,已被他的呼吸腐蚀成了绿矾色,同时还要承受流自口中的苦胆汁。每当他愤怒或发力时,就可见到从他嘴唇中渗出剧毒的墨汁。他右手握一根连枷(他时刻都携带着攻击型武器),左手提着一个盛满粪便的容器。他就这么全副武装,迈着沉重的步子缓缓前进。正在议事的现代派将领们见他上前,都笑看他的罗圈腿和驼背,虽然他的靴子和盔甲试图遮盖这两处,但无济于事,因为它们也不得不遵循身体的形状,于是丑态更显。将军们利用他,因其有辱骂的天赋。事实多次证明,这种天赋只要能得到控制,对他们的事业大有帮助,如若不然,它惹是生非则多于造福,因为只要对他稍有冒犯(常常一点也没有),他也会像只受伤的大象,转而将辱骂发泄到上司身上。正是在这个节骨眼上,本特利的脾气来了,他看着敌人占据上风而感到痛心疾首,对除他本人之外的任何人的所作所为都看不顺眼。他以谦卑的姿态令现代派的将领们明白,他有充分的证据相信,他们就是一伙流氓、白痴、野种、该死的懦夫、糊涂的笨蛋、无知的小儿和愚蠢的恶棍;如果请他来当将军,那些放肆的卑鄙小人——古代派——早就败北了。他说道:"你们坐在这里游手好闲,可一旦我,或者任何别的现代勇士杀死了敌人,你们定去争抢战利品。你们都要向我发誓,不论我擒获或杀死哪一个,都保证让我毫无争议地占有他的武器,否则,

我不会上前半步。"本特利话音刚落,斯卡利哲(Joseph Scaliger)①白了他一眼道:

> 夸夸其谈的恶棍!自以为能言善辩,你的咒骂既无才智,也没事实根据,更不辨是非。你恶毒的脾气扭曲了天性;你的学识使你越发野蛮;你越是研究人性越是丧尽天良;你与诗人的交往使你更加可怜、肮脏和愚昧。用以教化别人的学问却让你变得粗鲁和不逊;官廷生活让你学来恶习,文绉绉的谈话把你打磨成卖弄学问的书呆子。再说,比你更懦弱的胆小鬼也不会拖军队的后腿。不过别泄气,我向你承诺,不论你夺得什么战利品,都归你一人所有,尽管我希望你这可耻的行尸走肉第一个成为鸬鹰和虫子的美餐。

本特利没敢回答。他已气急败坏,无言以对。他退下来,一心一意要立下惊天动地的战功。他带上挚友沃顿作为助手和伙伴,决心用计谋或出其不意突袭古代派军队中防守薄弱的地方。他们跨过战死的朋友们的尸骨,来到本阵营的右方,随后又迂回向北,一直来到阿德罗范迪(Ulisse Aldrovandi)的坟墓,②又从坟墓西边绕过。现在他们正心惊胆战地来到敌人的警戒哨前,四下张望,看是否能侥幸发现几个伤兵营,或某些没有武装又远离大部队的梦游者。他们就像两只杂种狗,在本性的贪婪和腹内的饥饿驱使之下结成搭档,提心吊胆地趁着夜色去袭击富有的放牧人。他们垂着尾巴,伸着舌头,轻悄悄、慢腾腾地向前爬着。此时,皓月中天,月光垂直洒在他们心虚的头顶;不论是水坑中的倒影还是径直望去,她的容颜

---

① 斯卡利哲(1540—1609)是位古典学者,但因不懂礼节而受到批评,而本特利却为之辩护。

② 阿德罗范迪(1522—1605)是博洛尼亚的博物学家,一生都用于编写《坟墓》(*Tomb*)一书。

都光芒四射。他们虽然为之怒火中烧，却不敢狂吠；一只四下张望，另一只遍地侦查，看能否侥幸在远离牧群的地方找到已被吞食了一半的尸体，那是狼群饱餐后或不吉祥的乌鸦所丢弃的垃圾。这对可爱又互爱的友人就这样前进着，依旧心怀恐惧，丝毫不敢放松警惕。这时，他们看到远处一棵橡树上挂着两套光灿灿的盔甲，盔甲的主人们正在不远处睡得正香。两个朋友经过抓阄，探险的重任落到了本特利身上。于是，他只身上前，靠慌乱与惊愕二神为他打头阵，有恐惧和战栗二神殿后。他走近一看，两位古代军队的英雄法拉利斯（Phalaris）和伊索正躺在那里酣睡。本特利巴不得把二人统统处决。他偷偷摸摸靠近过去，将连枷对准法拉利斯的胸膛，却遭到恐惧女神的干预，她用冰冷的手臂拦住这个现代派，把他拖离了她所预见到的险境，因为就在同一时刻，两位沉睡的英雄刚好翻了个身，尽管他们还呼呼大睡，但在睡梦中，他们也是忙个不停。这一刻，法拉利斯刚好梦到自己如何遭到一个卑鄙之极的蹩脚诗人讥讽，自己又是如何请君入瓮，让那位诗人哀嚎不止。伊索梦到的则是，自己和古代派首领们躺在地上的时候，一头野驴挣脱了缰绳四处乱窜，对着他们的脸又踢又踩又拉屎。本特利丢下睡梦中的英雄，抓起他们的盔甲，退身去找寻他亲爱的沃顿。

此时，沃顿为了干一番事业，也四处游荡了好长时间。最后，他来到一条小溪旁。小溪源自就近的一眼泉水，在凡人的语言中，此泉名为赫利孔（Helicon）。口干舌燥的沃顿停下脚步，决定喝点清泉解解渴。他再三用那亵渎神灵的双手捧起水到唇边，水却再三从他的指缝间溜走。于是他俯卧在地，就在他的嘴要接触到清澈的泉水时，阿波罗来到河道中，举起他的盾牌拦在这位现代派和泉水之间，令他捧起的除了泥巴之外别无他物，因为尽管赫利孔的清澈举世无双，泉底却沉积着厚厚的烂泥。阿波罗曾恳求朱庇特，以此惩罚那些胆敢用不敬神的口品尝泉水的人，并警示所有的人，饮用泉水时不要太深，也不要离泉水太远。

沃顿觉察到在泉水的源头有两个勇士，一个他辨认不出，另一个他很快就认出来了,正是古代派的盟军将领坦普尔。他背朝沃顿,正忙着豪饮用头盔舀来的泉水,因为他刚从苦战中退下来休息。沃顿观察着他,四肢乱颤,自言自语道:

> 噢!我若能够除掉这个屠戮我军的人,该在将领们中换得多么了不起的声誉啊!但是要挺身而出与他交战,人对人,盾对盾,矛对矛,我们哪个现代派有这般胆量?他战斗起来如天神一般,帕拉斯或阿波罗总在他左右。但是,噢,我的母亲啊!如果流言女神所言为真,我是一位伟大女神的儿子,就让我用这长矛刺中坦普尔,送他进地狱,再让我安全地满载战利品凯旋。

有碍于他母亲和嘲讽之神莫墨斯的求情,众神应允了祷告的前半部分,后面的部分被命运之神送来的一阵怪风吹散在空中。沃顿于是抓起长矛,在头顶上舞动三次后,用尽全力掷了出去,他的女神母亲同时也令他臂力大增。长矛呼啸而来,刚好碰到了那位忙于其他事务的古代派的腰带,轻轻擦了过去,落到了地上。坦普尔既没感到武器的触碰,也没听到它掉落的声音。沃顿本可以光荣地逃回他的阵营,因为他将长矛投向这么强大的领袖却未遭还击,但阿波罗气愤了,因为在那位臭名昭著的女神的帮助下,投出的长矛竟然弄脏了他的泉水。阿波罗于是幻化成阿特伯里(Francis Atterbury),轻手轻脚地来到和坦普尔为伴的年轻的博伊尔(Charles Boyle)身旁。他先指指长矛,又指了指远处投掷长矛的现代派,随后命令这年轻的英雄立刻实施报复。博伊尔穿着全体天神共同赠与他的全套铠甲,立刻冲向那位在前方逃跑的如惊弓之鸟的敌人。他就像利比亚平原或阿拉伯沙漠上的一头幼狮,或为了猎物,或为了健身,或是为了训练而被年长的父辈派出来捕猎。它一路搜寻,期望碰到山中的老虎或凶猛的野猪;若恰好一头野驴无休止地嘶叫,冒犯了它的耳朵,这只宽宏大量的野兽本来不情愿被它低劣的血弄脏爪子,却被那刺耳的噪音惹恼了，因为艾柯(Echo)女仙——她的糊涂和其混乱的性别没有二致——又再次重复那噪音，声音之嘹亮和兴奋赛过了菲洛米拉(Philomela)的歌声。于是，为了维护森林的荣耀，它去捕杀那头聒噪的长耳动物。就这样，沃顿在前面逃，博伊尔在后面追，但沃顿装备沉重，步履蹒跚，逐渐慢了下来。此时，他心爱的本特利出现了，他正带着两个古代勇士的战利品满载而归。博伊尔清楚地看到了他，并很快就认出了他的朋友法拉利斯的头盔和盾牌，因为他不久前亲手把它们打磨光亮并镀上金色。眼中闪耀着怒火，他放弃了沃顿，怒气冲冲地冲向这位后来者。他多么想向两人一并寻仇，但他们正朝不同的方向逃窜。这就好比住在小房子里靠纺纱艰难度日的妇人，若恰好她的鹅在田野里四处乱窜，她从这边跑到那边，赶着那些掉队的家伙回到鹅群中；它们却大声嘎嘎叫着，拍着翅膀，在田野上乱跑。博伊尔就是这样追赶着，那对朋友也是这样逃窜着。他们最终发现再逃也是徒劳，于是勇敢地联合起来，形成一个方阵。本特利首先用尽全力投出一杆长枪，希望能刺穿敌人的胸膛，但帕拉斯隐身上前，在空中摘下了枪尖，换上一块铅。长枪撞上敌人的盾，发出沉闷的声响，重重地掉落在地上。于是博伊尔抓住时机，举起一杆又长又尖的长矛。因为这对朋友紧紧地靠在一起，肩并着肩，他于是转到右侧，用异乎寻常的力量投出了武器。本特利眼见他的死期已至，双臂向下捂住肋骨，希望能护住身体。矛尖直插而入，穿过胳膊和身体，既不停止也没减弱力道，直到刺穿勇敢的沃顿，后者正试图撑住他将死的朋友，却落得和他同样的命运。就如一个技术娴熟的厨子刚刚捆好一对山鹬，他用铁制的烤肉扦穿过两只山鹬最柔软的侧面，它们的腿和翅膀紧紧地缚在肋骨上；这对友人也正是这样被刺穿，直至倒下。他们生在一起，死也在一起。他们结合得非常紧密，结果冥府渡神卡戎把他们当作一个人，摆渡他们过了冥河，折合到每人才半价。永别了，亲爱的一对挚友；活着的人中没有几人能与你们匹敌，我愿用尽我的才智和口才，祝你们幸福且不朽。

而现在＊＊＊＊＊＊＊＊＊＊＊＊＊＊＊＊＊＊＊＊
＊＊＊＊＊＊＊＊＊＊＊＊＊＊＊＊＊＊＊＊＊＊
＊＊＊＊以下缺失＊＊＊＊＊＊＊＊＊＊＊＊＊＊＊
＊＊＊＊＊＊＊＊＊＊＊＊＊＊＊＊

论圣灵的机械运转
——致朋友的一封信

书商前言

下面这篇文章到我手上时既完美也完整,但由于其中某些问题不太容于当今社会,我就把它搁置了几年,决意永不出版。后来,在一位明智的朋友的建议和帮助下,我删去最容易得罪人的部分,冒险出版其余部分。作者是谁,我全然不知。我也不能断定是否与前两篇的作者是同一人,因为它的原稿是由不同的人在不同的地点交给我的。我把这个问题完全交给博学的读者,由你们来解决最好。

寄给新荷兰*才子学会的 T. H. 先生**

先生:

长时间以来,我头脑中一直有某种东西应该让世人知道。它对我的健康非常重要,绝对不是可有可无的东西。告诉你个秘密,我是憋不住了。然而,把它从海外寄给您,采用哪个形式最为合适呢,让我踌躇良久。为此,我在西敏厅、圣保罗墓地和舰队街转悠了三天,想寻思个题目出来。我发现,最为流行的莫过于《致朋友的一封信》。最为常见的情况是,有些长信是寄给人们一看便认为没有必要也不易送达的一些人或地方的,比如隔壁邻居、死敌、完美的陌生人或云中君子。有些信就主题而言最不值得邮寄,如哲学宏图、不可思议的国家秘密、批评与哲学的繁琐论证、对议会的建议等等。

先生,讲完本文要用的形式(我恐怕你一接到这封信就会发表它,我要说的是,这与我的意愿相左),接下来我希望你向世人为我作证,这封信行文仓促,未加细酌。也就是昨天我们才偶然间谈及此话题,分手时我的状态也不太好。而且,邮寄匆忙,我根本没有时间整理和润色。您在阅读时,若是想起当前有其他借口,能够用于解释草率与粗心,就把它们插入进来,我一定对您心存感激。

先生,您下次给名人协会(Iroquois Virtuosi)写信时,①请帮我个忙,把本人的拙作提交给这个卓越的机构,并向其保证,我们在格雷沙姆(Gresham)一旦确定了这些现象,马上向其提交报告。

---

*　指澳大利亚。
**　可能指霍布斯(Thomas Hobbes),因为他主张"运动说"。
①　法国科学学会。

从最近的三个邮递员那里,我没收到来自托比南波(Tobinambou)①文化界的任何信息。

先生,说完了形式和事务,现在恳求您允许我开始讲我的内容。在结束前,若我未采用书信体,也请您原谅。

一

据记载,穆罕默德一次要到天堂去,有人给他提供了几种运输工具,如烈火熊熊的马车、飞马、天车等,可以把他拉上天去,但一律被他回绝,他宁愿骑着自己的驴上天。穆罕默德的这种倾向看似奇怪,但一直被数不胜数的虔诚的基督徒所接受。的确,他们有充分的理由去接受它,因为这位阿拉伯人一半的宗教体系据说借自基督教,只是他竟然报复那些反对伊斯兰的人。善良的英国人,说句公道话,在报复方面也不落后;无论就安全还是舒适度而言,天下没有哪个国家有这么多适合上天国的车子,但我们中很多人只对穆罕默德的驴感到满意。

就我而言,我必须承认,自己非常尊重这种动物。通过它,我认为可以非常好地展现人性所有的运作与特性。因此,虽然我读书较少,但在阅读中一旦遇到有关这个我们同类的叙述,我总是出于习惯把它记下来;我若是碰巧写人类理性、政治、修辞和知识,就摊开记录本,把它们插入进去,应用得既巧妙又娴熟。古代与现代作家赋予这个著名的畜牲许多本领。然而,除了上面给出的两个例子,我不记得它还有把主人送上天的才华。我由此认为,这种本领的具体方法只有少数人可以利用,学术界必定乐意多多了解。这就是我下面要完成的任务。为了完成上天行为,骑手和驴子需要具备多种特殊的特性,我下面要尽我所能把它们讲清楚。

我下定决心,一定不能冒犯任何人,因此,我将不再像上面那样

---

① 托比南波指巴西印第安人。

严格按照信件的形式来讲述,而是从此开始采用讽喻的形式。这样一来,明智的读者无论什么时间认为合适,都可以毫不费力地得出自己的结论。因此,如果您愿意,从此处开始,我们用"天才导师"或"开明导师"代替"驴子"一词,用"狂热听众"或类似意义的词代替"骑手"一词。解决了这个重大问题之后,我们要探讨的主要问题就是,这位导师用什么方法获得了自己的天才、圣灵或灵光(light),他与自己的会众又是通过怎样的交流来培养和维护这种天才、圣灵或灵光?

我在所有的作品中都一直关心着这个伟大的目标。我并不是要将作品吻合或应用于某些特定的时间、地点或个人,而是意在普遍性和全人类。本篇论述也是基于普遍性的考虑,因为据我所知,世界上所有的国度和时代只对一种心境或精神状态有过一致意见,即"狂热"症或"迷狂"(enthusiasm)症。某些人或团体进一步把这种症状发扬光大,并施于其他人。此症在历史上引发的变革次数最多,①那些阿拉伯通、波斯通、印度通、中国通、摩洛哥通和秘鲁通们不久也会明白这一点。此外,这种症状在知识王国有很大的权力,很难指出哪一种学问或学科不包含某个"狂热"分支。像点金石、长生药、多重世界、方形圆、至善、乌托邦共和国和其他一些不太重要的学问,所有这些唯一的目的是利用或取悦于已经深入骨髓的"迷狂"禀性。

假如这种植物在帝国和知识的领域内已经扎下根基,那它在圣地②的根系向下更深,延伸更远。在圣地,它以"迷狂"这个笼统的名字出现,或许来源都是一样。它已经派生出几个性质迥异的分支,但这些分支常被人混淆。"迷狂"一词公认的意思是提升灵魂或灵魂的能力,从而超越物质。本文的描述在公认的意义上仍然有效,但我只在宗教领域内使用它。在这个领域内,一般有

---

① 把狂热与国内革命联系起来是斯威夫特常探讨的主题。
② 《出埃及记》3:5。

三种方法可以让圣灵离开或超越物质世界。第一种是上帝的直接行为,即预言或启示。第二种是魔鬼的直接行为,被称为附体(possession)。第三种是自然原因,如强大的想象力、脾气、暴怒、恐惧、悲伤、疼痛等等。一些作者已经对此三种做过大量的论述,我就不再探讨。但第四种方法——宗教迷狂或灵魂出窍——是纯粹的技术或机械操作所产生的效果。尽管它古已有之,但一直掌握在个别人手中,作家们很少或根本没有讨论这种方法。长久以来,它缺少改良,直到后来才大肆流行,经过众多能工巧匠之手,方有今日之形态。

因此,我要讲的是,当前我们英国工匠如何操作这种圣灵的机械运动。就这个问题,我将向读者讲述多次审慎观察的结果,并尽可能如实追溯这种技艺的流程和方法,提供类似的例子,叙述我有幸了解的某些发现。

我曾说过,有种宗教迷狂纯粹是自然原因所致,而我要探讨的则完全是技艺使然。然而,这种技艺又对于具有某些天性或心理的人特别有效。此外,也有不少的运转起初纯粹是技艺的缘故,但经过不断的时代变革,逐渐成了天性。希波克拉底(Hippocrates)告诉我们,在我们的祖先塞西亚人(Scythian)中,有一民族,称为"长头人"(Longhead)。他们的接生婆和保姆起初有一种习惯:挤压塑造幼儿的头颅。天性因此失去了通道,被迫另寻出路,结果发现上面有空间,于是像圆锥一样向上冲击。如此一来,经过几代人的纠偏,天性最后自动生长成那个样子,不再需要保姆的帮助了。此即塞西亚人长头人的起源,习性也是如此,也经历了由次要升格为主导的过程。我们这个民族毫无疑问来自于优良品种,但也有与上述情况类似之处。在这个岛屿上,我们祖辈中有一批人称为圆颅人(Roundhead),①他们的后代现在已遍布英伦三岛,但在起初,这只

---

① 剪短发的男性清教徒。

是技艺使然,靠的是一把剪刀、挤压一下脸和一顶黑帽。① 经过这样处理,头颅成了完美的圆形,在所有集会上最容易引起女性的注意,直接影响了她们的怀孕,结果,天性得到暗示,自动完成了这个任务。由此,像塞西亚人中常见的长头人一样,圆颅人在我们中间也司空见惯了。

就上述和其他很容易举出的例子,我希望好奇的读者,首先要区分由技艺变成天性而产生的结果和从一开始就是天性使然的结果;其次要区分纯粹天性产生的结果和以天性为基础、完全以技艺为上层建筑的结果。第一种和最后一种属于我讨论的范围。这些条件得到界定之后,即可从此扫除对本人下述观点的种种质疑。

工匠从事这门举世闻名的技艺是基于以下基本原理:感官的消亡带来圣灵的再生,因为人的种种感官都通向理智的城堡,但该城堡的大门在技艺施展过程中全部关闭。因此,必须采用一切手段,打扰、束缚、惊吓、讨好或排挤感官。趁他们心不在焉或心有旁骛或内讧之时,圣灵进场完成了自己的任务。

在关键时刻控制感官的常用方法我将在法律规定的范围内详细讲述。我有幸领略每种社会的神秘,因此,若是泄露一些仪式,希望能得到谅解,本人没有丝毫亵渎的意思。

在进一步论述之前,若可能的话,必须清除一个危险的质疑。有些批评人士坚决否认,圣灵可以通过某种方法被导入众多的现代教徒②身上,因为原初的启示方法和当前的启示方法在许多物质条件上迥然不同。他们声称可以从《使徒行传》第二章证明这一点。首先,通过比较可以发现,那些使徒由于同一种约定被召集到同一个地方,此即意味着所有人就信仰的内容和形式达成了一致意见。

---

① 现代脱离国教运动与内战和弑君再次联系起来。长老派牧师在小白帽上再扣上黑帽,露出白色暗示内在的灵光。

② 指非国教徒。

不像我们现在(他们说),任何两个非国教派之间都找不到一致之处,想要在两派领导人之间找到共同点也是徒然。其次,圣灵传授使徒们具有说几种语言的能力,①我们这些技艺贩子对此知识一窍不通,连如何恰当使用自己的语言都不知道。最后(批评者认为),现代工匠煞费苦心地把自己的头部裹得风雨不透,完全抛弃圣灵的所有通道,阻碍了它以古代的方式入场。批评家们必然认为,使徒戴着帽子的时候,火舌永远也不会光临他们的头上,这一点显而易见具有说服力。②

上述三点批评的关键似乎产生于对"圣灵"的不同理解。若把圣灵理解为来自于外界的超自然介入,批评者们倒是有道理的,他们的主张也是可以接受的。但我们这里谈论的"圣灵"完全来自于内部,因而完全避开了上述批评的质疑。同样,我们的现代工匠认为,必须把自己的头部包得足够严实才能防止出汗,若是不戴一点东西,那就把机械之光随意挥霍掉了,我们将来方便的时候会讲到这一点。

因此,讲到圣灵的机械运动现象,这里需要注意的是,在生产和鼓动圣灵的过程中,会众和布道者一样起着重大作用。这种神秘的方法如下。他们急剧地后拉眼珠,半眯着眼;坐在那里时,他们一直上下移动,像坐跷跷板,在恰当的时候发出长长的嗡嗡声,并以同样的音高保持这种吟唱,布道者声音放低的时间就是他们行动的时间。这种做法在任何一方面都不新奇,根据书上记载,它们可以追溯到遥远的国度。首先,瑜伽师(Jauguis)即印度的悟道圣人也是通过拉伸和挤压眼球看到他们的显灵现象的。其次,采用跷跷板和荡秋千的技艺让人陷入狂热也是由祖先塞西亚人传给我们的,今天的女子仍然在玩这些。我刚才叙述的整个过程都由爱尔兰土著人来完成,并有大量改进。这个高贵的民族据说在所有方面都很少容忍

---

① 斯威夫特认为,这是真正的神启,而非技艺使然。
② 讽刺贵格派。

改变,是变化得最少的纯种古代鞑靼人。一群爱尔兰男女超越物质是寻常之事。他们轮流吸一袋烟,在烟的作用下,他们失去了感觉,变得通灵起来;他们每人噙着一口烟直到再次轮到自己,同时还伴有持续不断的浅吟低唱;他们会本能地按要求重复吟唱,并上下晃动身体,他们的头脚有时甚至与地平线平行。其间你可以看到,他们的眼睛上翻,像要努力保持清醒状态。通过这个和其他诸多表现,可以明显看出,思考能力停止了,幻想取而代之,让大脑陷入成千上万的妄想之中。闲话少叙,回到正题,我将描述圣灵进场的方法。按照技术操作,眼睛先被免职,起初你什么也看不见,过一会儿,一缕微光开始出现,并在你面前跳跃。然后,通过不断地上下挪动身体,你发现蒸汽迅速上升,最后你像早上喝多了一样完全昏迷。此时,那位布道者也在忙乎。他开始大声哼唱,让你精神一振。听众也立即附和他。你发现自己自然而然地去模仿他们,而不清楚自己的所作所为。布道者能及时填补时间的间隙,不让静默停顿得太长,否则,圣灵很快就变得萎靡不振。

这就是我可以揭示的在会众一方的圣灵运动。现在,我开始讲述布道者的方法,它在广度和深度上都超过前者。

二

读一读那些杰出、雄辩的作家即现代游记作家的书,你会发现其中郑重其事地表示,野蛮的印第安人和我们在信仰上的根本差异在于,我们信仰上帝,他们信仰魔鬼。然而也有一些批评家坚决否认此种区分。他们认为,所有的民族都崇拜真正的上帝,因为他们想通过效忠于至善全能的无形力量来获取帮助,或许是获取只有神才具备的最显赫的能力。另外一些人则告诉我们,信徒们崇拜两个神灵:善与恶。确实,我也倾向于认为,关于无形的力量,这是人们出于天性最普遍持有的观念。这种思想如何被印第安人与我们所把握,又如何有助于理解二者,可能很值得深究。在我看来,其中的差异是，他们的膜拜多是因为恐惧，我们则多是因为欲望；①恐惧让他们不断地祈祷，而欲望让我们不断地诅咒。令我赞赏的是，他们审慎地把自己的宗教热情和神祇限定在各自的范围内，从来不会让善神的仪式掺入恶神的仪式。我们则不同。我们声称，按照理性的规则延伸一种无形力量的领域，缩减另一种无形力量的领地，表现出对善恶本质的一无所知，惨不忍睹地混淆了二者的界限。人们把善神捧上天堂，把自己似乎拥有的和最为看重的品质与功绩赋予他，把恶神打入十八层地狱，锁住他，诅咒他，使他的禀性比城里的任何恶棍都要恶毒，还给他安上尾巴、头角、巨爪和大环眼。这些理性的人同时又为他们在某些方面是接近上帝还是魔鬼的问题争论不休，还周吴郑王地讨论人们所受的某些影响到底来自于上帝还是魔鬼，某些情感是由善神还是恶神来控制。看到这些，我不禁大笑。

> 在狂怒中，他们按照自己欲望划定的标准
> 区分对与错。②

如此一来，人们把基督与贝利亚（Belial）划为一类；同样，他们也把火舌（cloven tongues）与偶蹄（cloven feet）归为一类。我们面前这篇论述也是如此。它延续了几百年以来一直难分难解的争论：我们英国狂热的布道者的行为与言语是魔鬼附体（possession）还是神启（inspiration），双方为此费尽了口舌，结果却收效甚微。在我看来，生活与悲剧一样，不借助绝对的最高力量就插入超自然的力量，无论是在顺序安排上还是在创意上，都被认为是一个大大的缺陷。然而，每个人都幻想着全世界都在关注他自己的微不足道的问题，这是人类自大心理的写照。他若跨过敞开的阴沟却能一尘不染，那是某个隐身的天使特意来到人间帮他一把；他若是头撞上了柱子，

---

① 恐惧和欲望对于《利维坦》的论证非常重要。
② 贺拉斯，《歌集》卷一，首18。

那是因为他犯了罪过,魔鬼被有意从地狱放出来打击他。看到那么一个微不足道的凡人面对大众啰啰唆唆、胡思乱想、胡言乱语,任何人都觉得,天国或地狱若是自找麻烦,去影响或监视他的所作所为,则有违常理。因此,我决定立即铲除人类的这种错误,明确指出,吐露恩赐(spiritual gift)的神秘行为不过是一门手艺。① 和其他手艺一样,它也可以通过教育、练习和应用习得。我根据自己的知识和经验,从多方面描述和推演整个操作过程,即可完美展现这一点。

* *
* *
* *
* * * * * * * * 这里解释了圣灵运动机制的整个方案,并附有精彩的解释和观察,但将之付梓恐怕既不方便也不安全。* * * *
* * * * * * * * * *

关于戴夹层帽②这种令人称颂的惯例在这里多说几句也无妨。有些人声称,它仅仅是习惯、性格或时尚问题,实则不然,它还是具有实用价值的明智之举。帽子汗湿之后,会阻止出汗,通过反射热量,使得圣灵别无选择,只能从口中蒸发出去,就像娴熟的家庭主妇,用一片湿抹布盖住蒸酒器,所起到的效果是一样的。根据精英们的看法,③大脑只是聚集起来的小虫子,只是它们的牙齿和爪子特别锋利,因此能互相抓在一起,构成我们看到的那个样子,像霍布斯的利维坦,或像蜜蜂垂直云集在树上,或像分解成昆虫的腐尸,④仍然保留着原来的形状。所有的发明创造都是因为两个或两个以

---

① 把信仰特别是非国教的信仰与技艺联系起来在当时司空见惯。1696年,英格兰通过《确认法案》(Affirmation Act),对于贵格派加以豁免。贵格信徒曾争辩说,他们大多数是对社会有益的工匠,从有利于经济的角度出发,让他们做确认比让他们违背良心去宣誓要可取。

② 老人或病人通常戴这种帽保暖。

③ 本段其余部分讽刺机械科学。

④ [译按]当时人们认为,尸体会分解成小虫子。

上的小虫子咬伤了向四处延伸的神经毛细管。其中,神经毛细管有三条分支延伸到舌头,两条延伸到右手。那些精英还认为,这些小虫子体质冰冷;它们吃的是我们呼吸的空气,排出的是我们的痰;我们平常所说的流鼻涕、感冒、出汗不是什么怪事,其产生的原因是那个小虫王国极易集体挣脱环境的约束。此外,只有在酷热的条件下,这些生灵才会打破互相咬合的生活状态,有精力和心情动用它们的小牙去留下印迹。咬过的伤口若是六边形,会产生诗歌;若是圆形,则会产生口才;若是圆锥形,被咬的人在神经方面受的影响比较大,适合写政治;其他以此类推。

  现在我简单介绍一下,通过什么样的动作能够最佳地控制声音,来镇定和提升圣灵。如果不能熟练地调整和发出每个词、每个音节、每个字母的音,整个操作过程就不能完成,对于听众也完全没有达到效果,使得操作人为寻找新词徒然地煞费苦心。要知道,圣灵语言中的啰唆(drone)[①]和行话(cant)即是人类语言中的常识和理性。在长篇布道中,根据语法规则安排字词起不到任何用处,其技巧和影响全在于音节的选择与音调上。这甚至像审慎的作曲家,在谱曲的时候,常常改变词汇和调整词序,结果发现,要想谱出曲子,必须把歌词变成胡话。因此,有人认为,无知之人才能最完美地展现讲行话的技艺。普鲁塔克据说也曾令人费解地暗示过这一点。他告诉我们,最好的乐器源自驴子的骨头。有些更为博学的批评家研究过那段话,认为"驴子"的真正意思是颌骨,但也有人认为是骶骨。这么敏感的问题,我也不愿意判断出谁对谁错。有兴趣的人随便选取自己想要的部位。

  想掌握行话技艺,首先要能够分享内在的灵光(inward light),也就是说,需要庞大的记忆力,能充斥着大量的神学上使用的多音节词和来自于圣经的诡异文本,并经过了上述方法和机械操作的应用和消化。持有内在灵光的人像灯笼,全身由古老的日内瓦圣经上

---

  ① drone 常用于指非国教的布道。

的书页紧紧包裹。埃德温(Sir Humphrey Edwin)①大人在任市长期间曾高度赞许并大力推崇这种创意,断言圣经上的话今日得以实现:"你的话是我脚前的灯,是我路上的光。"②

讲行话的技巧在于巧妙地调整嗓音,配上圣灵传达的任何词语,使得每个词以最强有力的节奏打动听众。古人们通过字词的安排或长短格的变化无法达到这种口才的效果,因为它与现代改良的音乐相一致,全在于音节和字母的拉长。因此,人们常常见到单独一个元音使听众不断地叹息,一群教徒和着一个流音哭泣不已。这些例子相比之下不足挂齿,因为有些口齿不清的音据说也达到了同样强大的效果。杰出的工匠雷鸣般地擤鼻涕,足以震撼听众的心灵,使他们乐意毕恭毕敬地接受他脑袋的分泌物,就像接纳其子嗣一样。清喉咙、吐痰、打嗝是别人演讲中的缺陷,却是他演讲中的精华、标志和花样,因为圣灵都是一样的,通过何种渠道表达出来并不重要。

用几条恰如其分的规则概括出这门著名手艺的原理是一项艰巨的任务。然而,将来某一天我或许可以写一篇评论《行话的哲学、物理学和音乐学考察》,以飨世人。

在嗓音参与的所有调动圣灵的方法中,无与伦比的是通过鼻子发音,其名为发鼻塞音(snuffling),它在世界范围内一直受到人们的热烈欢迎。此风俗的起源非常神秘。但我既然已经了解它的神秘,而且也得到准许,可以公之于众,那我就尽己所能平铺直叙地讲来。

像其他闻名于世的发明一样,这门技艺的诞生是一种偶然,至少其改进与完善是如此。然而,其却因为牢不可破的理由得以确立,从此在这个岛屿上大行其道,荣耀加身。人们一致认为,它的出现是由于风笛的没落和受到抑制。长期以来,风笛受到兄弟会的极

---

① 埃德温(1642—1707),长老派,曾在 1697—1698 年任伦敦市长。
② 《诗篇》119:105。

端憎恨,跌跌撞撞地支持了一段时间,最后随着君主制一起倒下了。① 来源就是这样。

发鼻塞音尚未确立时,一位班伯里(Banbury)②的教徒碰巧出了怪事。有一天,他正忙于罪恶的肉体,突然感到外在的躯壳一片混乱,内部的灵魂奇怪地刺激他向前。对于现代神灵附体的人来讲,这种现象司空见惯。有些人认为,圣灵倾向依赖肉体,正如开胃酒依赖生牛肉。但也有人坚信,圣灵与肉体之间永远都是跳背游戏,有时肉体在前,有时圣灵在前,只不过前者在做骑手时,带有硕大的里本马刺(Rippon spurs),作为驮者时,则极其任性和顽固。然而,那位教徒此时感到自己的躯壳处处都在膨胀(强烈的神灵附体自然会产生这样的结果)。由于时间和地点都不太恰当,他不便通过重复、祈祷和讲经向上排出,只好在低位找了个出口。总之,他与肉体搏斗良久,直至伤痕累累才最终成功控制住它。外科医生现在已经治愈了先前的受伤部位,被从原地赶走的伤病却逃到他的脑袋里,就像训练有素的将军,在战壕里受到猛攻,在战场上遭到痛击,雄赳赳气昂昂地逃回都城,拆掉桥梁,阻止追兵。伤病被从原先的驻地击退后,一路上比先锋官(Rod of Hermes)③还快,逃到上部,在那里深沟高垒,驻扎下来。发现敌人在攻击鼻子,④伤病毁掉桥梁,退缩到头部。⑤ 博物学家现在发现,人的鼻子有个特点,通道越堵,言语越乐意通过,就像竖笛奏出音乐靠手指压住孔。通过这种方法发出的鼻音非常类似风笛的声音,同样深受英国人的欢迎。那位教

---

① 指非国教徒禁止在教堂使用音乐,特别指在内战和共和时期教堂的风琴遭到破坏。此处及其他地方的风笛专指苏格兰教会。
② 牛津郡的班伯里当时以狂热的清教徒而闻名。1602年,清教徒拆掉了那里有名的十字架。
③ Rod of Hermes 指赫耳墨斯的权杖,象征内科医生,同时 Hermes 又名 Mercury[墨丘利],是当时治疗梅毒的药。
④ 梅毒瘤造成鼻子损伤。
⑤ 梅毒三期损伤大脑。

徒在操作圣灵的过程中有了新体验,通过使用新官能,取得了令人叹为观止的效果。有一小段时间,只有通过鼻子说出的教义才算正确和正统。所有牧师立即仿效这种独创,不能达到完美的牧师满怀着热情和崇高的使命利用同样的实验去习得这种方法。因此我认为,教徒们的帝国千真万确得力于某种动物的鼻音,这与大流士一样,后者的帝国归功于马鸣,二者的计谋都以同样的手段来实现,因为我们知道,那头波斯兽在前一天与母马交配而获得了能力。①

我本应该在此处收尾,但我认为,自己关于这方面所提出的一切很可能有不同寻常的例外情况。即使我所说的一切为真,仍然可能有人合情合理地反驳说,在人为的附体行为方面,一些个体所具备的其他凡人似乎不具备的性情和脸色,为技艺的施展创造了真正的平台。只要瞧瞧一些大师在最常见的事件中的手势、动作和表情,你会发现他们属于另外一个种类,异于其他人。注意一下你最常见的那个声称自己有内在灵光的人,看看他外表有多么黑暗、肮脏和阴沉。就像灯笼,内部的光线越充足,粘在灯笼侧面的烟灰被照出来的也越多。只要听听他们的日常谈话,看看那张说话的嘴,你会觉得你在聆听古代的神谕,你的认识也同样得到扩展。基于这些以及诸如此类的原因,某些反对者声称,必定有某种超自然的圣灵附上了现代教徒的大脑,这一点毫无疑问。有些人认定其是作用于无知之人的热情之火,因为其他圣灵都产生于火力作用下的酒糟。② 还有些人认为,凡人的身躯一旦机能失调、孤寂凄惨、弱不禁风、无法修补,圣灵则乐意驻扎进去,因为有些无人居住的、摇摇欲坠的房子据说常闹鬼。

---

① 大流士与其他六位波斯贵族合谋暗杀司美尔迪斯(Smerdis)。之后,七个人同意,天亮之后,坐骑先叫者,主人当王。大流士的马夫前一天晚上安排主人的坐骑与一匹母马交配。第二天,大流士的马遇到那匹母马,立即叫了起来。

② 从酒糟中蒸馏出酒的技术。

为了尽可能阐明这件事,我在这里非常简略地勾勒宗教狂热(fanaticism)从最初到现在的历史。我们若是能够确定那些大师一致同意的基本点,我认为我们就有理由抓住它,把它当作圣灵的伟大起因。

在我们读到的古代记载中,最早的宗教狂热出现在埃及人中间,他们建立了一些仪式,希腊人称之为奥尔吉亚(Orgia)、潘尼吉亚斯(panegyres)和狄奥尼西亚(Dionysia)。① 是俄耳甫斯还是迈兰普斯(Melampus)②把它们介绍到希腊,我们这里不做讨论,将来任何时候也不可能讨论。庆祝这些节日是为了崇拜奥西里斯(Osiris),希腊学家称之为狄俄尼索斯,与巴克斯是同一个神。这使肤浅的读者误认为,整个活动只不过是一群人喝多了酒,来来回回地叫嚣狂欢,但这是一知半解的现代作家强加给世人的令人不齿的错误。写古代的东西要向后追溯,因此,作家们写作时像犹太人一样从错误的一端开始,仿佛学术就是招魂。他们浏览了一下书的索引,即声称理解了该书,就像游客只看到厕所,即开始描述一个地方;也像北美的算命先生,偷窥一下某人的臀部,即知道他的命运。要知道,这些神秘仪式建立起来的时候,全埃及都没有一枝葡萄藤,当地人喝的仅仅是麦芽酒。这种酒比葡萄酒要古老得多,幸运的是,它的发明和传播不仅得力于埃及的奥西里斯,也要得力于希腊的巴克斯。他们著名的远征把随军携带的麦芽酒酿造方法一路上送给了他们征服或访问的民族。另外,巴克斯很少或从未醉酒。据记载,他最早发明了法冠(mitre),他自己也一直戴(正如酒神信徒所为),以防饮酒过量后的出汗和头痛。也正由于这个原因(有人说),那个身穿朱红色衣服的淫妇(Scarlet Whore)借助于三层式法

---

① 指希腊神秘信仰。

② 迈兰普斯,希腊哲学家,像俄耳甫斯一样,懂得飞鸟和爬行动物的语言,并用以占卜。

冠把盛满可憎之物的杯子置于自己腿上,①用它灌醉了地上的君王,却让自己保持着清醒状态,虽然轮到自己喝酒时也是来者不拒。因此,设立这些节日是模仿奥西里斯的伟大远征和他的同伙,其中酒神仪式的标识和象征非常繁多。从上面的叙述可以明白,酒神信徒的狂热仪式不能归结于醉酒,肯定有更深层次的原因。这到底是什么呢?我们可以从他们神秘仪式中的某些场景得到很多启示。首先,在他们的游行队伍中,两性混在一起,骚乱不堪;他们喜欢游荡于山丘和荒野。他们的花冠由常春藤和葡萄藤编成,分别象征着劈开和缠绕;也有的由能产松脂的冷杉编成。② 另外,他们还模仿森林之神,骑着驴,前后由山羊簇拥着。驴和山羊是向女性献殷勤的能手。长杆上面加上奇特的形状就是他们佩戴的徽章,从外观和大小上都像生殖器,还有一些附属物表示整个神秘仪式的很多暗示和象征;他们还携带着女征服者捕获的战利品。最后,在阿提卡的某个小镇,整个仪式去掉了所有标识,完全在自然状态下举行。信徒们不是成群结队,而是两两结伴而行。我们也可以从这些仪式的创始人之一俄耳甫斯的死亡推测出同样的观点。俄耳甫斯被女子撕碎,因为他拒绝与她们发生性关系。有人解释其原因时说,他失去妻子,悲痛万分,便自我阉割了。

略去许多其他不知名的狂热信徒,我们所知道的有点名气的狂热团体是出现在公元后五百年以内为数众多的异端派别中,从西蒙(Simon Magnus)及其追随者到欧迪奇(Eutyches)的信徒都是。通过大量的阅读,我获得了他们的体系。把他们的体系与不同时代的继承者的体系相比较,我发现,即使是最离奇的人类思想也有某种边界,那些继承者的体系比通常理解的要狭隘得多。即使是用最狂热的胡言乱语,他们也经常出现雷同之处,因此,他们肯定要达到某个根本点,

---

① 《启示录》第17章。新教教徒将这个妇人等同于教皇和戴法冠的主教。

② 指酒神狄奥尼索斯。

就像不同的直线相交于一个中心点,那就是女子共享。① 他们这方面的渴望非常强烈,他们信仰体系中也有条款旨在实现这样的目标。

最后一派比较著名的狂热信徒始于路德改革后不久,并像雨后春笋一样大量出现,比如莱顿的约翰(John of Leyden)、乔治(David George)、纽斯特(Adam Neuster)②以及很多其他人。他们的启示仪式结束时,总是每人带着十几个女教友,这种结束方式还是他们体系的重要部分。其原因在于,人的生活是无休止的航行,如果我们希望自己的船只③能够安全通过这个动荡不安的世界里的惊涛骇浪和狂风暴雨,必须让肌体(flesh)有充足的供应,就像水手远航前贮备牛肉。

这里简要介绍了各个时期主要的狂热教派(忽略了伊斯兰教徒和其他一些人,他们也可能有助于证实我的观点),我还可以增加我们中的几个,比如家庭派(Family of Love)、以色列甜歌派(Sweet Singers of Israel)等等。他们关于女性的教义没有什么差别。从整个历史和他们的女性教义来看,我倾向于认为,使人们对于无形力量产生幻觉的原因是物质,因为较为高深的化学家告诉我们,最强大的圣灵可以从人的肉体中提取。此外,脊髓仅仅是大脑的延伸,必须使高级官能和低级官能之间能够自由沟通,因此,肉中刺会刺激圣灵。我想医生会一致认为,对大脑影响最大的莫过于色心,抑制和满足它都会达到上部区域;从日常实践来看,它常常上冲,让人疯狂。有位著名的医生确信地告诉我,贵格派开始出现时,他常常给该派中的女教徒看病,她们得的都是色情狂病。受到启示的教

---

① 批评再洗礼派、喧嚣派(Ranter)等非国教派别。

② 莱顿的约翰是明斯特的裁缝,在1532年成为再洗礼派领导人,建立由12人组成的政教合一的政权,自封为王,自认为是弥赛亚,建立女子共享制度,娶15位妻子,1535年兵败被处死。乔治(1501—1556)是荷兰再洗礼派教徒,家庭派早期倡导人。反对者指控这个派别有通奸和换妻的行为。纽斯特(1530—1576)是德国加尔文教神学家,后皈依伊斯兰教。

③ vessel[船只]在幽默中也指人的"身体"。

徒,无论男女,对待别人的态度最为色情,因为和其他火堆有共同的火花时常常会激起狂热,火热的兄弟情会激起恋人的狂热。审视一下普通的现代求爱过程,我们发现其中有一个诚恳的翻眼动作,称为送秋波;它是一种人为的行话和机械的哀诉,无话可说的时间则用耸肩、哼叽、叹气或叹息填补;求爱时,言语没有什么意义,前言不搭后语,又非常啰唆。我认为,这些就是对情妇说话时常用的把戏。除了教徒,谁还能把这套把戏玩得如此娴熟?有个面色红润的兄弟会高级教士告诉我,在圣灵操练达到巅峰和高潮时,他们常常……紧接着,他们发现,圣灵突然和神经一起松弛、疲软下来,使他们被迫草草收场。还有一个现象可以进一步佐证这一点:你会惊奇地发现,所有女性都莫名其妙地喜欢有幻觉或狂热的布道者,虽然后者在外表上处于最令人不齿的时刻;人们常常认为这种喜欢完全是圣灵因素使然,与肉体没任何关系。然而,我有理由相信,女性有着某种特点,根据这些特点,她们或许比我们男性内部的互判更能真实地判定人的能力和行为。到此为止,我们比较确信的是,圣灵的花招无论如何开始,也通常和其他事物有一样的结局;它们可能向天穹伸展,但根仍在泥土中。① 血肉之躯做不来严肃的沉思,它必须按照事物的必然规律马上松手,回归物质。旨在神圣结合的恋人只是另一类柏拉图主义者。他们声称在女士的眼中看到了星星和天国,从来没有卑下的眼光和思想。然而,同样的陷阱在等待着他们。他们似乎是下面这个故事的完美寓意:有位哲学家,他的眼睛和思想都专注于星辰,结果下身掉到了沟里。

对这个问题我还有更多的话要说,但邮递员要动身了,我不得不草草结束。

谨致问候!

接到这封信,请立即把它烧掉。

---

① 《罗马书》11:6。

论雅典和罗马贵族与民众的竞争和争执及其对两国的影响

如果你认为这是正确的,就认输;如果你认为是错误的,就准备反驳。①

——卢克莱修

---

① 《物性论》(*De Rerum*)卷二,行 1042–1043。

一

　　人们公认，在所有政体中，都有一个绝对无限的权力（power）。无论由哪个部门来执行，这种权力从历史起源和自然法上讲似乎都被赋予给了全体国民。这与身体本身一样，我们无论先动哪个部位，头部、心脏抑或总称为活力的东西，身体都要经过所有部分的一致同意方能移动和行动。历代最杰出的立法者提出各式各样的政体，试图把这种根本上属于全体国民的无限权力托付给那些能够让人民免遭外来侵犯与内部掠夺和压迫的人。他们大部分人认为，这种责任过于重大，不能交付给某个人或某群人。因此，他们把这个权力仍然留给全体国民，而把行政权或执行权交给一个人、少数人或一群人，所有独立人或人群似乎都自然而然地归属为三种力量（power）。就本人通读的文献看，无论是迦太基和罗马这样的大国，还是意大利、希腊和西西里数不胜数的小国，由契约或宗族政治而走到一起的自由国民一旦按照公民社会的规范行事，似乎就自动分属三类力量。第一类是某个杰出人士的力量。①他在国家保卫战中是骁勇的斗士和幸运儿，或在国内是流行技艺的能手，因而对国民有着非同小可的影响，在战事中成为他们的领袖，在公民大会中充当主持。这是基于自然和共同理性的原则，因为在需要谨慎或勇气的困难与危险中，这些原则促使我们投向某个人而非某群人寻求建议或帮助。第二类自然形成的力量来自那些拥有大量财产，因而拥有大量随从的人，或来自那些继承祖上丰厚家业和世袭权力的人。这些人很容易在思想观点上达成一致并共同行动，采取措施保护自己的财产，其中，攘外安内是最好的措施；由此产生了一个重要的议会或由贵族构成的上议院，以处理繁重的国家大事。最后一类是国民大众的力

---

①　三类力量分别指威廉三世、上议院和下议院。

量。国民一起或通过代表来施展力量,非常强大,也毋庸置疑。学校书本上通常所说的三种政体之间的差别,仅在于行政权力交给了谁:交给一个人,有时是两个人(如斯巴达),他们被称为王;交给上议院,其中的人被称为贵族;交给所有民众或他们的代表手中,这些人被称为平民。在希腊,这三类人轮番取得行政权,在罗马有时也这样;最后,立法者都无一例外地让三方分权而治。每个自由的民族在政治上都奉行一条永恒的法则:国与国之间和每个国家内部都要认真遵守权力均衡原则。

无论是国内还是国外,弄清楚权力均衡的真正含义最好先考察均衡的本质是什么。均衡包括三个要素。首先是承托点和托住它的手,其次是两个托盘和要放到其中的重物。现在设想一下几个国家相邻的情况。为了维护国与国之间的和平,他们必须达成权力均衡,其中一国或多国做主,把其余的国家分成同等重量的组织,偶尔会去除某国,将其添加到另一方,或者将自己的整个重量添加到最轻的一方。国内也是一个道理,必须要有第三只手维持均衡,这只手需毫厘不差地划分其余的权力。当然,三者之间的权力划分不必要平均,因为决定平衡的力量可能在于最弱的第三方,后者通过自己的言行退出或加入任一方,足以让力量保持均衡。斯巴达的两位国王、罗马的执政官、被居鲁士占领前米堤亚的国王(如色诺芬)以及哥特人的几个小国都是这种情形。

一旦由于疏忽、蠢行、维持平衡之手软弱无力或强者倒向某一方,力量在其余双方之间不会长久平分下去,在重新恢复平衡之前,将完全集中到一方。这是"专制"(tyranny)一词在最古老的希腊名著中最准确的解释。与许多浅薄之士的严重谬论相反,它不是指某个人攫取了绝对权力,而是指任何一方打破平衡,让权力全部放在一个托盘里。国内的专制和篡权(usurpation)绝不以数量为衡量标准,可以轻易地找到足够多的事实来说明这一点。本观点非常重要,我需要举几个例子,加以证明。

罗马派人到雅典和意大利的希腊化城市取回多部最好的法律,

然后挑选十名立法者负责整理。在执行这项任务期间,罗马还暂停了执政官的权力,把行政权也交给这十人。后者虽然旨在为自由国家的政府酝酿法律体系,却马上攫取了无限权力,无恶不作,像当时其他僭主一样拥有卫兵和间谍,摆出国王的架势,屠戮贵族,压迫平民。其中有一个最过分,竟然要奸污一位品德贤良的女士,此罪曾导致六十年前的罗马国王被驱逐,十人委员会也因此罪得到同样的结局。

斯巴达的监察官(ephor)最初是国王在外作战时选派来处理国内事务的一批人。他们有几次夺取了无限权力,与当时其他僭主一样冷酷无情。

西西里远征失败后不久,雅典选出四百人处理事务。他们却成了一群僭主。用当时的语言讲,这些人是寡头政治(Oligarchy)或少数人专政。很快,他们顶着这些恶名被愤怒的平民罢免了。

莱山德(Lysander)征服雅典之后,任命三十人管理该城,这些人马上实行十足的暴政。这还不够。他们觉得自己的权力基础不够庞大,于是又招收三千人参与政府管理。如此稳固之后,这些人成了历史上最残酷的僭主。他们残忍地杀害了大量的优秀人物,仅仅是因为嗜血成性,没有其他任何理由,如尼禄和卡里古拉(Caligula)。僭主数目之庞大,几乎相当于整个城市人口的三分之一,因为按照色诺芬的说法,雅典城当时有一万户居民。假设每家有一名男性(其他人为妇女、儿童和仆人)可能参与政治,结合其他明显的抵消因素,这些僭主若是精诚团结,可能占全体国民的大多数。

第二次布匿战争中,迦太基的权力天平倒向平民一边。有些作家因此把他们手中的政府称为平民专制。平民似乎无论什么时候都容易陷入此类政体,最终促使国家灭亡。狄奥多洛斯(Diodorus)告诉我们,经常杀害自己的将军逐渐成了他们的习俗。这或许是另一个说明专制与数量无关的例子。

这样的例子还可以列举很多,但我只再给出一个狄奥多洛斯的。阿尔戈斯的平民代表(用现在的话讲,你可以称之为议长或统称为民众代表)煽动平民反对贵族,一次屠杀了一千六百名贵族,最后自己也被砍头,因为他们不再控诉,说得明白点,是收回控诉。平民的狂热一旦激起,他们也无法平息。这种情形与最近发生的事件一样,或许值得注意。

从以上所述可以得出几条结论。

首先,学校课本上已知的几种政体形式混合起来构成的混合政体绝非哥特人的发明,也符合自然与理性,这种观点似乎正好与大多数立法者情投意合。大多数国家也采用这种形式,无论它们名义上是君主制、贵族制还是民主制。恺撒和塔西佗笔下具有此种混合政体的共和国就不用提了。珀律比俄斯(Polybius)告诉我们,最好的政体要包括三类形式 Regno、Optimatium 和 Populi Imperio,准确地翻译过来就是国王、贵族和平民。吕库尔戈斯(Lycurgus)在斯巴达建立的原始政府就是如此。他发现,这三类形式都容易腐败堕落,因此结合三者炮制出自己的方案,即由国王、元老和平民构成的政体。执政官领导下的罗马也是一样。珀律比俄斯说,罗马毁灭在这个模式上纯粹是因为偶然(我倒认为是自然和公共理性),但斯巴达的毁灭则是因为观念和设计。迦太基最后成了强国,因为他们有国王(suffete)和拥有贵族权力的元老院,平民也享有法定的权力。

其次,那些辩士耗费那么多的热情、才智和闲暇,呼吁在基督世界里实现权力均衡,同时又在国内不遗余力地去破坏它。因此,他们并不像人们表面所看到的那样是伟大的爱国者或国家利益的真正捍卫者,倒仿佛是被雇来的人,做左手建右手拆的活儿。

再次,有人认为,权力存放于多人手中永远比存放在一人之手要安全,并把此奉为金科玉律,他们的错误在此显露无遗。若多人之手均来自上述三方中的一方,从上述例子(在其他时代和国家也很容易找到类似的例子)可以很清楚地看到,他们和单个人一样,也能够奴役整个国家,实行各种专制和压迫,然而,我们应该认为,他们的数量不仅是四五百,还会超过三千。

最后,如上所述,为了在混合政体里维持均衡,每一方的权限显然应该加以界定,并晓谕天下。这样做的弊端在于引发了国内关于特权与自由、少数人侵犯多数人权利、多数人侵犯少数人特权的斗争。这些斗争过去和将来都以专制结束,起初是少数人或多数人的专制,最终不可避免地是一人专制。国内三方中任何一方要争取更多的权力(其余两方通常也是),假如没有得到另外两方应有的重视,他们肯定在任何新问题上都做出偏向自己的决定,并奢谈固有权利。他们暗中积蓄力量,秘密占据特权,偶尔尽力,常得过且过,必要时则不遗余力。他们狮子大开口,很少做出让步,常常满载而归。因此,均衡最终被打破,专制来临了。至于它来自哪一方则无关紧要。

在任何场合都自认为具有宣告权利,相当于在使用全部权力,也就是说,在某种意见还一直处于争论之中,或许从未进入台面时,就宣布其成为法律。要想通过只着眼于公共利益的法律,必须同时通过只着眼于提升某一方权力的法律。除了提出正反主张又有什么意义呢?有些辩士认为,财产的巨变与没收创造了庞大的新附属地,①需要添加新的力量。这种信念最为有害。若支配权追随财产,二者需同步进行,因为全国范围的财产变化缓慢,与之对应的权力总要与之相伴。认为议会发起的工作必须进行到底,②而不用顾及可能引发的大事,这会改变事件的发展方向;终止程序是不公正的行为,有损于议会的尊严;还未告诉人们前提条件,即做出结论。在我看来,所有上述行为既是使用无限权力,又是实践教皇永无谬误论。议会要忙于此类不负责任的事项,是因为权力和特权缺乏应有的限定。

---

① 指詹姆斯二世在爱尔兰兵败之后,天主教的财产被没收。
② 几位与分割协议案有关的辉格党上议院议员在 1701 年 6 月被宣布无罪,但据说托利党人决心进行深入调查。

政体可能的确需要大的改变,但同时需要保持形式不变,维持权力均衡。然而,两次革新之间必须存在足够长的时间间隔,使得变化可以沉淀下来,与宪法相一致。我们知道,梭伦(Solon)重新塑造雅典共和国时就是如此。我国和其他国家由于忽略此项原则所引起的动荡仍历历在目,老少皆知。再犯这样的错误的确显得太快。

从上面可以看到,在所有自由的国度里,都有天然的权力均衡;权力的划分有时由平民来完成,比如罗马,有时由立法委员会来完成,如希腊和西西里的众多国家。接下来我准备查明,三方利用时机采取了哪些方式打破平衡,实现他们的夙愿,这在多数时代和国家的记载中可能也会出现,因为某个特定国家出现的无限权力与在多个相邻国家里出现的普遍君权(universal monarchy)具有同样的性质。无论是个人还是国家,均欲壑难填。他们大小通吃,根本不会为一个完美的计划做出一丁点让步。人们结成政体之后,从尼努斯(Ninus)到这个最正宗的基督王,①一直流传着有关普遍君权的种种希望与努力,众多国家与君主都参与了角逐。雅典、斯巴达、底比斯、亚加亚(Achaian)几次试图在希腊建立普遍君权;迦太基与罗马取得了当时已知世界的普遍君权。同样,在一个特定国家内,几方都要争夺无限权力。少数派和多数派频频努力,但大多情况下还是个人取得了成功,因为前者的意图不统一、观点不一致,既不能驾驭也不能保住手中的权力,却总被某个雄心勃勃的名人所迷惑。因此,贵族和平民试图谋求权力,打破平衡,从策略上讲从来都是错误的。他们一旦意识到,在角逐权力的路上,必定撞上他们本打算避开的岩石(我觉得他们也是让我们这样认为)——某个人的独裁,他们在这场角逐中的热情便会大打折扣。

关于三方角逐无限权力的例子不胜枚举,但我的讨论必须适应我写作的时代,因此只叙述希腊与罗马贵族与平民之间的争执及其

---

① 指路易十四,人们当时常常指责他企图在欧洲建立普遍君权。

后果;在这些争执中,平民的表现咄咄逼人。

我先讲希腊,把我的观察局限于雅典,但有可能举一些其他城邦的例子。

二 雅典少数派与多数派的争论

据有点真实性的史料记载,特修斯(Theseus)第一个把分散在各个村庄过着原始生活的希腊人集聚到城市,在雅典建立民主国家(popular state),并自封为法律卫士和战时统帅。不久,由于雅典人本性喜欢犯上作乱,他被迫让他们放任自流,直到后来罗马人解散了他们的政府。阿提卡似乎是希腊最贫瘠的国家,因此本地居民未遭受野蛮入侵者的驱逐(侵略者认为其不值得占领),得以一直保持土著特色,也因而有一点狂暴,这个特点与他们的政府共始终。特修斯的政体看起来有点类似混合君主制而非民主制。据我所知,它在一连串的王朝更迭中一直延续到考德卢斯(Codrus)去世,后者据说是梭伦的祖先。梭伦发现,穷人与富人分成截然对立的两派,导致局势混乱不堪。于是,他抛弃当时的君主制,重塑政府,采取适当措施,解决权力均衡问题:选四百人组成元老院,根据财产安排行政长官和其他公职,让民众有选举权,他们还有通过上诉决定某些议程的权力。由每个部落选出一百人一共四百人构成的议会似乎是代表平民的机构,当然,平民作为一个整体也保留着一部分权力。这段历史有诸多谜团,但可以确信的是,权力均衡实现了;另外,被作家称为雅典僭主的庇西斯特拉图斯(Pisistratus)若改变了梭伦的法律,其统治必定不像当时那样平安无事。这几种力量加上行政长官构成了雅典的政府形式。从此,这种形式开始出现在战争与历史舞台上。

这种政体培育出的第一个伟人是米尔提阿德斯(Miltiades)。他晚于梭伦大概九十年,被认为是雅典也是全希腊第一位杰出领袖。从他到被认为是最后一位著名将军的弗吉昂(Phocion)中间跨度有一百三十多年。之后,雅典遭到亚历山大手下将领的征服与羞辱,虽经几轮革命,仍然是一个默默无闻的附属小国,最后与希腊的其他地方一起臣服于罗马政权。

从米尔提阿德斯到弗吉昂这一时期,民众和一些将军之间有过争执。我将追溯雅典人在这些争执上的表现。当时雅典好战,那些将军凭借自己的权力和在军队中的威望,与执政官和其他行政官员一起,共同抗衡自梭伦去世以来已经被蚕食了很多权力的民众。我将简要、公正地叙述这些争执是什么,它们怎么产生的,又带来了什么后果。

我这里必须作一说明,雅典的贵族当时尚未结成实际的议事机构,这一点我可以推断出来,因此,民众的不满常常通过弹劾法案发泄到某些人身上。罗马和其他国家的民众,虽然有时也采用这种方式,但通常情况下,他们会利用一个机构与另一个机构由来已久的诸多争论,达到扩大权力的目的。然而,针对个人的弹劾行为不局限于以前,贵族与民众两个议事机构之间根深蒂固的斗争与争论也是一样。前者是希腊灭亡的原因,后者是罗马灭亡的原因。我准备阐明这两种情况。若有些国家涉及其中任何一种(若是今天仍然存在的话),他们可以根据以前争执的方式和问题,判断他们的原因是否相同。若是相同,他们可能考虑,自己是否有充分理由担心同样的结局。

在这个设定的范围内要谈到雅典公民大会弹劾的个人,不得不讲述几乎所有雅典伟人的历史。因此,我只挑选六人,他们生活于雅典的鼎盛时期(的确,由这些人掌权,雅典不可能不强大)。由于受贿、独裁、挪用或盗用公款、海上不当行为等重罪和小罪,他们被弹劾,却作为国家的卫士受到国人的爱戴和悼念,也名正言顺地得到所有时代的纪念与尊敬。

米尔提阿德斯是抵抗波斯军队的将军之一,著名的马拉松战役的胜利主要归功于他的英勇和指挥。后来,在被派去征服帕罗斯(Paros)岛的途中,他将远处的大火误判为波斯舰队,认为力量对比悬殊,于是掉头回了雅典。他一回来,虽然因伤不能出庭,仍立即被公民大会以叛国罪弹劾,还要交纳三万克朗罚金,最终死于狱中。此案例对于雅典政局的影响只是使雅典永远失去了如此杰出和优秀的人物,但我还是忍不住把它讲出来。

他们下一位伟人是阿里斯提德斯(Aristides)。除了为国立下赫赫战功,他还刚正不阿,谙熟雅典的多种政体模式和法律。在某种意义上,他就是雅典的总理。因为一个微不足道的莫须有的罪名——赞成独裁,他遭到流放。用现代英语来说,雅典人通过投票决定,他应永远离开雅典和议会。不久,他们变聪明了,又把他召回,雅典因他后来的贡献得以延续下来。由此,我们必须承认,对于雅典民众,他们不认为自己永无谬误,也不像登峰造极的现代议会,固执地坚持一时冲动和鲁莽做出的决定。他们认为,努力纠正错误并不会损害议会的尊严,至少后悔不会如此,虽然这个后悔常常来得太晚。

塞弥斯托克勒斯(Themistocles)最初是个平民。他使雅典成为海上强国。他认为这是雅典共和国的真正的永恒利益;在著名的萨拉米斯海战中,雅典大胜波斯即是得力于他的指挥。民众似乎觉得他的性格和行为有点傲慢,于是放逐他五年,但由于某个微乎其微的罪名,又派人把他抓了回来。当时,他差一点逃到波斯,后者曾多次邀请他率领波斯舰队回去报仇雪恨,但他太爱祖国,不顾卑劣的祖国对他忘恩负义,选择了自愿受死。

雅典民众弹劾伯利克勒斯(Pericles),指控他滥用公款,为己谋利。伯利克勒斯是共和国功臣,一个出色的演说家,非常受人爱戴。他需要时间来整理他混乱的账目,因此,仅仅为了转移焦点,摆脱这种困境及其后果,他被迫让国家卷入伯罗奔半岛战争——希腊有史以来最长的战争,结果完全葬送了雅典。

还是那些雅典民众。他们决意要征服西西里,集结了一支强大的舰队,由尼基阿斯(Nicias)、拉玛库斯(Lamachus)和阿尔喀比亚德(Alcibiades)率领。前两个年长,阅历丰富;后一个年轻,出身名门,受过良好的教育,拥有万贯家财。舰队出发前的一天夜里,城里树立的几处墨丘利石像脸部全部被人削过。雅典人认为,这种行为意在推翻民主政权。由于阿尔喀比亚德以前惯于玩此类的恶作剧,民众立即对他提出指控。不知道是由于意识到自己的清白还是坚信自己做得神不知鬼不觉,阿尔喀比亚德主动提出在领军出发前接受审判,遭到雅典民众拒绝。但他一到西西里,他们马上召回他,意在趁他远离朋友和军队的情况下指控他,因为他影响很大。他似乎太了解忿忿不平的民众了。因此,他根本不相信他们,逃到了斯巴达。在那里,阿尔喀比亚德复仇的渴望超过了对祖国的热爱,于是他成了祖国最强劲的敌人。同时,在进攻西西里时,雅典一位统帅战死,另一位迷信、软弱,指挥处处失误,致使全军溃败,整支舰队被俘,士兵惨遭屠杀,几乎没有一个活着回去。之后不久,民众出于需要,按照阿尔喀比亚德自己的条件,把他召回,并任命他为海陆两军统帅。事与愿违,他的副将违背命令,与赖山德(Lysander)交战,被打败,再一次使阿尔喀比亚德遭到羞辱和流放。然而,雅典人在西西里一战已经元气尽失,现在又失去了唯一一个能为他们挽回损失的人才。他们后悔自己的轻率,力图让他官复原职,但为时已晚。阿尔喀比亚德逃走后,投奔了一位波斯将领,后者把他献给了愤怒的赖山德。赖山德征服了雅典人的所有疆土,占领了雅典城,摧毁了他们的城墙,破坏了他们的防御工事,改变了他们的政府形式。虽然司莱西布勒斯(Thrasybulus)一度重振雅典(科农[Conon]曾重建城墙),但我们不得不认为,强大的雅典就此衰落。这之后一直到亚历山大大帝一共五十年的光景,希腊的控制权和强国地位落在了斯巴达和底比斯的手里。当然,亚历山大的父亲(当时最基督化的国王)腓力二世之前已经开始骚扰希腊各国。他一方面依赖军事征服,另一方面靠贿赂,特别是把大量金钱给予受人欢迎的雄辩家,使得他们中的很多人站在自己一边。

在亚历山大及其将领统治时期,有人提出,雅典人有机会恢复自由,回到过去的样子,但他们认为,聪明的做法是弹劾并牺牲此人,不让他的想法得逞。亚历山大灭了底比斯之后,意图占领雅典。雅典将军弗吉昂,当时还是雅典大使,通过高超的谈判智慧和技巧打消了亚历山大的念头,并使他喜欢上了雅典。亚历山大死后,弗吉昂在安提帕特(Antipater)那里也赢得了同样的胜利,此时,雅典政治重新受到梭伦法典的约束。然而,年幼国王的总管玻利佩洪(Polyperchon)憎恨弗吉昂。他通过国王下令,恢复被弗吉昂流放的人的职位。阴谋得逞了。弗吉昂遭到雄辩家的指控,被处以死刑。

这就是希腊最强大的共和国,自梭伦建制,经过多次大衰退,被草率、嫉妒和变化无常的民众彻底葬送。这些人容不得将军胜利,也容不得将军不幸。公民大会一直在错误地审判和报答那些最有功于他们的人。

有一点让这些例子显得更加重要。有人信誓旦旦地宣称,雅典民众的这种权力是与生俱来的;他们坚持认为,它是雅典公民无可置疑的特权。事实上,这种权力是可以想象得到的最猖狂的权力侵犯,是对梭伦建制最严重的背离。简而言之,他们的政府是变成了平民专政或民众专制;他们一步一步地打破了立法者曾设计好的权力均衡。从我们刚才对梭伦的描述可以看到这一点,狄奥多洛斯的一段话更能清晰地说明这一点。他告诉我们,亚历山大的大将之一安提帕特"废除了(雅典的)民主政府,恢复选举权和公职,但仅限于财产有两千银币的人;通过这种方式,(他说)共和国再一次受到梭伦法典的约束"。通过这段话明显可以看出,此位伟大的历史学家把梭伦建制与民主政府视为两样不同的事物。至于安提帕特这次的复古,没有产生令人瞩目的影响,也没能延续长久。

我可以轻而易举地列举更多的例子,但上面这些已足以说明问题。读者或许应该花点时间稍作思考,想一想事情的是非曲直,想一想遭受祖国如此对待的那些人。我别的不说,只重复下列事实,请读者注意:阿里斯提德斯铁面无私、精通律法,在民众中的声望无人能望其项背；塞弥斯托克勒斯是个非常幸运的海军统帅,他大胜杰出的波斯国王率领的舰队；伯利克勒斯是才干出众的大臣、杰出的演说家和文人；最后一位弗吉昂不仅军功显赫,还因他的国际谈判而闻名于世,他在任大使时让当时世界上最伟大的帝王签下令人称道的和平协定,使得自己的祖国得以保全。

我将以珀律比俄斯关于雅典民众的性格概括来结束我对雅典的评论。他说:"此时,雅典人由两人统治,忙于自身事务,与希腊其他地区基本没有来往,变成了疯狂崇拜君王的人。"

从亚历山大的将军直到罗马人征服希腊(珀律比俄斯的记述就从这后半部分开始),雅典再也没有产生出一位杰出的政治家或军事家,甚至没有著名学者。对于整个希腊而言,这是一个死气沉沉的黑暗时代,其间值得一提的只有阿拉图斯(Aratus)和菲洛玻伊门(Philopoemen)领导了阿哈伊亚(Achaian)同盟；阿吉斯(Agis)和克莱奥梅尼斯(Cleomenes)力图重振斯巴达,因为监察官的惯例所引发的专制多次使这个国家饱受蹂躏之苦。毫无疑问,所有这些后果都归结于雅典的倒退。

三 罗马贵族与民众的争执及其对国家的影响

在前一章中,我专门讲述了民众利用弹劾的手段控告某个人,结果使雅典遭受灭顶之灾。在这一章中,我将论述罗马的民众和贵族整个阶层之间的争执。这个话题太大,我尽可能缩小范围。

从我们掌握的最古老的资料来看,希腊过去是由多个王国构成；大部分意大利也是一样,由几个小共和国组成。希腊的国王据说是因为他们的独裁行为被民众废黜,意大利的各个共和国则与此相反,最终全部被专制的罗马皇帝所控制。然而,希腊君主制国家和意大利共和国之间的区别并不大,因为根据荷马的《伊利亚特》的记述和《奥德赛》中的几段话,围困特洛伊的君主在权力上明显类似于斯巴达的国王、雅典的执政官、迦太基的国王和罗马的执政官。因此，在政治上，限权与分权是这些民众最古老的天赋准则。罗马的分权与限权从罗慕路斯开始一直到实行一人专制的恺撒即是如此，虽然中间时有停顿。其间（这段时间比我们的诺曼征服到现在长不了多少），民众逐渐扩大了权力，增加了财富，一步步紧逼贵族，到最后，他们完全打破了权力均衡，为那些野心勃勃的民众人物打开了方便之门，后者颠覆了最明智的共和，奴役着这个世界上最高贵的人群。这一切是如何发生的将是我探讨的主题。

  罗马由国王统治时，其首脑完全由选举产生。罗慕路斯建好罗马城，被宣布为王，一方面因为民众一致同意，另一方面根据占卜，这被认为是神的安排。他把国民做了一些区分，其中之一是把他们分为贵族和平民，前者类似于诺曼征服之后英格兰的贵族，后者则和我们那时的平民几无二致。平民依赖于他们选出的贵族，贵族要保护平民，在任何情况下都要代表他们、保卫他们；平民也需向贵族交纳财物以换取保护。这种保护制似乎非常古老，曾被希腊人长期采用。

  罗慕路斯从这些贵族中选出一百人组成元老院或大议会，协助他处理行政事务。因此，元老院最初全部由贵族构成，本身是一个常设议事机构，民众的召集只有这个机构认为有必要让民众知情的情况下才进行，如任命行政官员、立法表决投票和宣战。但前面两项民众权利需要元老院的批准，最后一项也只能视国王的心情而定。这就是罗慕路斯时代民众所能具有的最大权力，其余权力在国王与元老院之间划分开来。所有这一切与诺曼征服之后几百年间的英格兰体制几乎同出一辙。

  罗慕路斯死后一年，元老院依据自己的权力选定了一位继承人，一位外乡人，仅仅是因为他具有美德之名，而无须公民大会的同意。他们在推选下两任国王时也是如此。然而，在选举第五位国王老塔克文（Tarquinius Priscus）时，我们首次听到，选举结果得到了民众的支持。对于自由人民而言,这样的行为也在情理之中,但我读书甚少,记不清是什么机会促使民众的权力得到如此大的提升。不管怎样,民众同意选他为王。他出于感激,从民众中选出一百元老。现在,加上先前增加的元老,元老院的人数已达到三百。

民众一旦发现了自己的力量,马上抓紧时机施展,而且是不遗余力。在这位国王死后(他被前任的儿子谋杀),国家寻求继承人而未得之时,出身低贱的外乡人塞尔维乌斯(Servius Tullius)被民众推举为护国主,而未取得元老院的同意。元老院因此大为不快,使得塞尔维乌斯转而尽力讨好民众。于是,民众宣布并承认他不再是护国主而是王。①

这位君王首先引入可以给予奴仆自由的风俗,使他们成为公民,具有与其他人同等的权利,此举大大加强了民众的力量。

如此一来,仅仅过了几年,公民大会甚至可以把选举国王的权力从贵族的手中夺取过来。这一步变化巨大,造成国内局势动荡,争斗频频,国将不国。紧随国内纷争而来的是个人的独裁,这需要完全推翻王制,并在新的基础上建立政体。贵族们遭受公民大会此番羞辱,个个愤恨不已,于是紧密团结起来,直接用武力废黜了当朝君王,选定傲慢者塔克文(Tarquin the Proud)继位。但塔克文专制花样百出,残酷无情,令所有人都感到痛苦。于是民众与贵族握手言和,一致同意驱逐塔克文。

执政官制度开始时,贵族与民众之间重新达到了权力均衡。两名首席执政官由贵族提名,由公民大会批准;法律规定,没有公民大会的批准,任何人都不能担任官职。

在这样动荡的年代,大量比较贫穷的平民欠下很多债务,债主或者是他们中间的富人,或者是议员或其他贵族。在罗马最初的四年里,债务人在还款日要么还款要么成为债权人的奴隶,别无选择。在现在这个节骨眼上,民众发生了哗变,心怀不满地离开罗马城。

---

① 有人在1657年5月提出,让克伦威尔加冕为王。

要他们回来,必须免除他们的所有债务,而且,有些行政长官必须每年一选,他们职责是保护民众不受侵害。这些人被称为保民官,①他们神圣不可侵犯。民众发誓永不废除这个职位。随着时间的推移,一些具有报复心理或野心的人利用保民官制度,明目张胆地强迫民众满足自己的需要,犯下滔天罪行,导致政府灭亡。

保民官制度建立起一两年之后,科里奥兰纳斯(Coriolanus)问题引发了贵族与民众之间的激烈争论。科里奥兰纳斯是一位贵族,遭到了民众的弹劾(前一部分只局限于希腊例证,没有涉及此例),也给他们的国家带来了同样致命的后果。从此,保民官开始习惯于按照自己的意愿向民众指控任何贵族,于是,每个时期都有几个贵族遭到流放或处死。

此时,罗马与相邻诸国交战频繁,但即使在非常短暂的和平时期,贵族与民众之间的争论仍然会再次抬头。他们争论得最多的话题之一是征服地问题。②民众希望面向公众分配,但元老院不同意,因为元老院中有几位英明的贵族开始担心民众不断膨胀的力量。他们明白由于财产增加导致民众的壮大会给他们带来什么样的后果,于是采取一切手段阻止这种提议。亚平家族(Appian)在此事上最为著名,也最遭民众憎恨。他们中有一位曾发表演讲,反对分地,被民众以叛国罪弹劾。审判他的日期已经确定,但他不屑于为自己辩护,自愿采用了罗马人常用的方式:自杀。他死后,民众取得了胜利,分到了土地。

这轮争论刚刚结束,新的争论又出现了。民众希望立法,让所有公民的权利与特权平等化,把地方官的权限扩大到与执政官的一样。保民官原来有五人,现在也如愿以偿地增加到十人。历史学家告诉我们,他们的蛮横与权力随着数量的增长而增长,叛乱也增加了一倍。

---

① 暗指托利党领导人享有议会特权保护。
② 爱尔兰被没收的地产。

罗马建国进入第四个百年时,保民官权力之大,可以借民众的名义控告代表王权的执政官并处以罚金。元老院发现,在所有的争论中,自己都被迫屈服于保民官和民众,因此认为最明智的做法也是随波逐流。于是,他们通过一项法令,派遣大使到雅典和位于意大利被称为大希腊地区的其他希腊式共和国,去收集最优秀的律法。从这些律法以及罗马人自己的一些律法中整理出一套新的法律体系,后来被称为十二铜表法。

罗马选出十个人消化整理这些律法,并让他们管理一切事务。他们利用这个机会做了什么事,上文已经作过描述。毫无疑问,这是一场巨大的变革,其起因完全是民众诸多罪恶的夺权行为。若是愚蠢邪恶的民众当初允许事态发展下去,罗马的命运可能就完全改观了。

几年之后,民众又进一步侵犯贵族的权力,提出了众多要求,其中之一是,任何罗马公民都可以担任执政官,而此前,只有贵族才有这个资格。这个要求当时没有得逞,后来才得到满足,急剧加速了共和国的灭亡。

以上关于罗马的叙述主要来源于严谨勤勉的哈里卡纳索斯的狄奥尼修斯(Dionysius Halicarnasseus)。他的史书由于历史原因,叙述到罗马建国的第四个百年之初就中断了。我将从其他史学家那里选取材料作一补充,但我认为,不必像上文那样追根溯源。

至于贵族与民众之间的力量何时最为平衡,可能存在争议。珀律比俄斯告诉我们,在第二次布匿战争期间,迦太基由于民众大权在握而日渐衰落,罗马则由于元老院掌权而处于鼎盛阶段。这发生在狄奥尼修斯史书记载之后的两百到三百年之间。在此期间,民众又进一步扩大了权力。然而我们必须承认,(直到公元4世纪中期)元老院在任何时候似乎都坚决行使自己的权威,并且团结一致,从而常常达到自己的目的。另外,那些最杰出的历史学家们也注意到,驱逐国王在罗马产生了争吵和骚乱,在此场合,民众常常出言不逊,甚至在广场上拉拉扯扯,但在格拉古斯兄弟(Gracchi)之前,民众骚乱都没有出现流血事件。然而我的看法是,力量的天平在多年前已经开始向民众倾斜。但这个问题得到了纠正,在某种程度上是因为刚才提到的原则:骚乱中永不准有流血事件发生,也有部分原因是民众的好战特性在当时几乎一直得到了利用,最后一部分原因是他们杰出的统帅利用自己在军队中的威望施压,进一步削弱民众日益增长的力量。此外,生活在小斯基皮奥(Scipio Africanus the Younger)时代的珀律比俄斯同样担心民众对权力的不断蚕食。他具有出类拔萃的能力和非凡卓越的智慧,不逊于任何一个同时代人。看到腐败(他说)已经深入到罗马的肌体,他几乎预言到会出现什么样的后果。他的言语不同寻常,大意可以直译为:"人们一路上播下了最终导致亡国的权力滥用与腐败的种子,这些种子与国家一起成长;锈腐蚀掉铁,虫蛀空木头,它们都寄生于自己要毁灭的物质之上。对于人类所创造的各式政权也是一样,某些罪恶或腐败悄悄潜入其中,与其一起生长,并最终毁灭它。"珀律比俄斯在另外一处竟然大胆预测了罗马政权的具体命运。他说,民众的骚乱将导致罗马政权的灭亡,并迎来民众专制。毋庸置疑,他在这一点上有充分的理据,因此可以大胆推测出民众专制的后果,因为重复不变的经验告诉我们,民众专制必然走向个人独裁。

到立国的第四个百年中叶,罗马宣布,贵族与平民通婚合法。许多其他国家的经验已经证明,此举是毁灭贵族、提升平民最为有效的途径。

现在,民众通过强行立法,使国家最重要的职位一个又一个地向民众开放:执政官、监察官、财政官、司法官、祭司,甚至独裁官。在很长一个时期,元老院对此都坚决反对。但面对民众与支持他们的保民官持续不断的强烈抗议,他们仅仅为了换取一时的安宁,作出了让步。法律还规定,所有事务都必须经过平民投票表决。也就是说,立法程序最终完全颠倒过来了,因为民众通过的法案过去要由元老院来批准。到最后,民众可以按照自己的意愿批准或否决元老院通过的法令。

阿匹乌斯(Appius Claudius)推行一条制度,允许获取自由的奴隶的后代进入元老院。此举及后来类似的变革使元老院沦落为一个邪恶腐败、拉帮结派、内讧频频的机构,其权威也受到人们的鄙视。

接下来的半个世纪直到第三次布匿战争结束,迦太基被完全消灭,罗马都一直在忙于应付战争。战争的间歇非常短暂,保民官与民众基本没有闲暇或精力挑起国内争吵,但只要他们能腾出一点点时间,情形就和以前基本上一样。据史书记载,保民官泰伦提乌斯(Terentius Leo)卑鄙无耻,滥用罗马公民的特权,完全是在羞辱贵族。因此,大西庇阿和他的哥哥尽管立下了汗马功劳,仍然遭到忘恩负义的民众的弹劾。

然而,民众好战的性格被引入到连年的战争中去,避免了矛盾激化,这种局面一直持续到格拉古斯兄弟上台。①

这俩人在天下太平时期上台,把民众多年来蚕食到的所有权力付诸实施,狂热地推进他们的权力。曾经有一段时间,除了一位国王留下的私人大庄园之外,②还有一些征服地有待分配。在大格拉古斯的挑唆下,保民官根据自己的法定权力宣布,这些地产不能由贵族处置,只能由公民大会分配。小格拉古斯也实行同样的计划,而且还通过一项法律:包括罗马人在内的所有意大利人都有投票权。简而言之,他们的全部努力就是不断削弱贵族在各项事务上的权力,特别是司法权。他们虽然在这条路上丢掉了性命,但其开辟的道路却为后来的马利乌斯(Marius Gaius)、苏拉、庞培、恺撒所仿效,从而葬送了罗马的自由和辉煌。

在马利乌斯时代,保民官萨图尼努斯(Saturninus)通过一项法律,规定元老院必须发誓赞同民众订立的任何法令。据记载,马利

---

① 指1697年9月《里斯维克和约》后的政治斗争。

② 威廉三世把詹姆斯二世爱尔兰的地产送给以前的情人维利尔斯(Elizabeth Villiers),后者后来成为斯威夫特的朋友。

乌斯自己在做保民官时殚精竭虑、不遗余力地打击贵族，提升民众的力量，特别是限制贵族最古老的固有权力：司法权。

苏拉通过同样的方式彻底成为罗马的独裁。他把三百平民增列到元老院，使其力量分化，起不到任何作用。接着，苏拉撕下面具，废除了保民官一职，因为这架通向独裁的梯子，对于他已没有任何用处。

至于庞培和恺撒，普鲁塔克告诉我们，他们利用在民众中的威望，联合起来打击贵族，从而引发了内战，最终导致恺撒专制。他们俩在做执政官期间尽一切所能，利用一切机会削弱贵族权力，放纵民众夺取权力。他们非常渴望这些夺权斗争，以便为自己谋取利益。

从罗马民众的夺权结果来看，读者可以轻而易举地判断，权力向一边倾斜到了何种程度上。的确，根基此时已被移除，共和国在道德上不可能再维持下去。民众霸占了国家的公职，把元老院踩在脚下，政府已经不存在，只有民众专制。因此，让我们探讨一下民众是如何走到这一步的。

民众比较擅长破坏和建设而不善于保持已有的东西；民众喜欢攫取不属于自己的东西，但更喜欢把它拱手让人，并把自己也搭进去。我认为这是一个普遍的真理。他们的拜神用语讹误百出，极易产生多个神灵，但在某一段时间里，他们所崇拜的自己创造的偶像基本不会超过一个。他们划起神之桨，技术娴熟，相互间也不会有太多的异议，但如果让他们一起装货或掌舵，情况就不同了。

到了罗马帝国时期，不同的省份由国家重臣统管，边疆的重臣由于征战或防御的需要拥有强大的军队。这些总督无论打算复仇还是实现自己的野心，必定面临国内权力分制的局面，因而要改变自己的思想和行为去迎合民众，因为后者现在是大大高出对手的强者。罗马历史上出现的两位伟人恰巧出现在同一时期，谋划着同样的事业。在这个当口，此事对于贵族与民众的争论最为不利。这两人就是庞培和恺撒。两颗耀眼的明星之间的联合和对抗都可能带来致命的后果。

保民官和民众现在已经打败了所有对手,开始玩强大民众玩的最后一项游戏:为自己选主人。贵族预知到后果,用尽所能阻止此事。民众首先选定庞培作为海军统帅,全权负责地中海所有地区,不久又任命他为罗马陆海军大元帅和亚洲总督。在另一方面,庞培恢复了被苏拉废除的保民官职位。在任执政官期间,他通过一项法律,调查过去二十年内在任的行政长官或军官的渎职行为。庞培讨人喜欢的许多其他例子都有历史记载,我们可以读到。他是民众的宠儿,还意图变得更加受宠。但由于没有机会施展,他的口号也就失去了价值。恺撒带着自己的军团驻扎在高卢,一直阻碍着他实现自己的意图。在讨好民众的本领上,恺撒不久就把庞培远远甩在后面。恺撒亲口告诉我们,元老院竟大胆通过严厉的法令,拒绝了他的请求,驱逐了保民官。保民官全部离开罗马,投靠恺撒一方,一并带来了民众的爱戴和利益。恺撒的记述进一步清楚地告诉我们,有几个城市的市民发动叛乱,反对守卫军官,宣布自己与城池效忠于恺撒。另外,恺撒在公共场合信誓旦旦地表示,他发动内战的目的是要恢复保民官和民众的权利,因为他声称,这些人遭到了贵族的压迫。

为免于被两方都抛弃,庞培被迫违心地改变立场,转而与选他为元帅的元老院和行政长官们保持一致。

如此一来,由庞培领导的元老院(至少是原来那部分贵族)和由恺撒领导的民众最终展开决战,解决两者之间长久以来的纷争。我认为,虽然国内纷争总会激起个人的野心,但个人野心绝不会引起这场内战。因此,个人实际上成为解决纷争强有力的工具,最终也必定夺取胜利果实。两支军队之间的战争马上打响,一群秃鹫在上空盘旋,此时此景,谁也不会傻到说,战争流血是因为秃鹫,虽然尸体最终归它们享用。权力均衡如果得到维持,个人的野心——无论是演讲家还是伟大的将军,都不会带来任何危险或恐惧,也不可能奴役全国;权力均衡一旦被打破,对立双方被迫与各自的领导人站在一起。在这些领导人的领导下,某一方最初取得了胜利,但双方最终都成了奴隶。无可讳言,罗马的自由和体制遭到彻底颠覆完全归因于导致贵族与民众之间力量失衡的措施,而某些个人的野心只是结果。我们只需想想,在恺撒死后,元老院中比较正直的那部分人作出了巨大的努力,要恢复以前的状态和自由,但收效甚微,未达到他们的期望值。整个元老院权力非常小,使得这些爱国者被迫逃离,以躲避疯狂的民众,而民众受到高谈阔论的演讲家的挑唆,按照自己的意愿,一味地推进残暴的奴役制。否则,像安东尼这样的浪子或渥大维这样十八岁的孩子怎敢梦想管理这样的帝国和民众?渥大维胜利后,必然推行最为邪恶的独裁,历史上怒气冲冲的上帝给予堕落恶毒的民众最为严酷的惩罚也莫过于此。在恺撒去世时,尚未有多少迹象,因此,西塞罗写信给布鲁图斯,说他如何依赖渥大维对自己的信任,说服渥大维答应赦免布鲁图并保障他的安全。这位伟大的罗马人接到信后,感觉受到了莫大的侮辱。他回信(至今仍有记录)给西塞罗,对于出自这样一只手的友好表示,他报之以极度的愤恨和鄙视。

  罗马的自由景象至此全部终结。这里保存着贵族与民众之间所有充满智慧的权力纷争,它们安然无恙地存留于尼禄、卡利古拉、提比略(Tiberius)和图密善(Domitian)的心中。

  我们现在可以看一看,从希腊罗马的一般争执和特定弹劾案的结果,可以自然而然地得出什么样的结论,以便指导在多方面可能遭受同样困境的国家。

四

  关于弹劾问题,我们可以看到,民众自己或他们的演讲家指控贵族的惯例(现在称为以下议院的名义发起弹劾)在迦太基、希腊和罗马具有悠久的历史,因此似乎是自由民众的固有权利,或许事实上就是如此。但反过来,首先要考虑到的是,这个惯例为共和国或行政权力主要在民众手中的国家所独有。随着民众不断侵夺最高权力,这个惯例在一定程度上愈演愈烈。当时最为睿智的人士和最为杰出的历史学家都认为,这是放任而非自由的结果。无论是民众代表还是民众集体在任何时候都不会谨慎到注意区分放任与自由。然而,在民主国家,弹劾特定人物这一惯例可能只是民众在必要时亲自行使自己的司法权,就像英格兰国王应该在王座法院当大法官一样。据说,英格兰国王过去有时就是如此。在实行王制的斯巴达,民众完全自由,但由于行政权力归于两位国王和(由元老院协助的)行政长官,因此我们看不到民众的弹劾案例,也没有针对伟人野心或不当行为的审判程序。当然,据我所知,有时会有针对国王本人的审判程序,但也只是在有行政权力的人手里进行。同样,罗马实行王政期间,虽然定下了混合君主政体,民众的权力也有了很大提升,但据我所知,在执政官制度确立、民众夺取很大的权力之前,没有一例民众弹劾贵族的案例。

其次要考虑到的是,假定按照民众的意思,弹劾权是固有权利,但民众若总是误判诉讼案件与当事人的是非曲直,错误估计弹劾案对于国家和平的影响,我们只能得出结论,希腊罗马的民众(或其他国家的此类人)绝不适合在此类事务中担任起诉人或法官。因此,谨慎的做法是停止这些特权,要使用它们必须是出于特别重大或紧急情况的需要:国家明显处于危险之中,全体国民一致抗议政府,并且当时没有其他可行的办法。然而,有几个受民众欢迎的演讲家以自己的喜好为转移,他们提出控诉或因为热衷于出风头,或因为想晋升,或因为听到了可以让德摩斯忒涅(Demosthenes)改变立场的雄辩。我认为,在国家希望安定祥和,并只有一件重要事务需要处理的时候,①让这些人弹劾米尔提阿德斯,指控他海上大胜后没有追击波斯舰队,让这些人弹劾雅典人中法律知识和实践最为渊博的阿里斯提德斯,指控他独断专行(也就是说,按照他们的解释,没有

---

① 指即将到来的西班牙王权继承战(1701—1714)。

与民众保持一致),让他们因为个别小额账款弹劾劳苦功高的伯利克勒斯,让他们弹劾弗吉昂,指控他为了国家安全参与和平谈判,这些无休止的诉讼只能挫伤正义的行为和个人,并最终导致亡国,除此之外,还可能有其他结果么? 因此,当时的历史学家几乎无一例外地将此事公布于众,使我们看到,遭到民众指控的人拥有最为崇高最为优秀的思想,却遭受悲惨的命运;指控者后来几乎都感到后悔,但为时已晚。

这些弹劾总是落在许多杰出的希腊人和罗马人头上。这么多的例证,足以阻止德才兼备的人士从事公众服务,却有助于引来那些野心勃勃、贪婪肤浅、心术不正的人,他们鲁莽放肆,没事找事,而前者则谨慎谦逊,讲究节制。那时,希腊人都知道,哲人把急于做官当作最糟糕的追求;柏拉图曾经说过:"若所有人都按照要求的那样具有美德,共和国的争论就不应该像当前这样关注谁应该做官,而是关注谁不应该做官。"①色诺芬笔下的苏格拉底严厉指责了他的一个朋友,因为后者在各方面都适合服务公众,却没有去做官。那时,具有美德的人就是用这种退避三舍的办法对付争权的民众和一帮精明世故、狼子野心的演说家。狄奥多洛斯告诉我们,锡拉库扎模仿雅典陶片表决放逐制(ostracism)出台了橄榄叶表决放逐制(petalism)。该法因为专门针对出身高贵的或具有美德的名士而臭名昭著,使这些名士畏缩不前,再不也关心公共事务。结果,民众自己担心局面失控,不得不废除这项制度。

第三点需要注意的是,希腊和罗马民众在所有弹劾案中都认定,无论发起的控告多么可笑,无论臆想的证据基础多么脆弱,民众对于任何人的判刑都是一件关乎荣誉的事。认为民众整体可能误判是不可想象的侮辱,只能等到时局已经无法挽回,用结果来说服他们。在我看来,这是所有民众控诉的宿命,但我认为,"民众的声音即是上帝的声音"这句俗话应理解为民众的普遍天性和取向,而

---

① 《理想国》卷七,520d – 521a。

非仅仅指一些代表中的多数。民众常常被反复使用的雕虫小技所说服;民众中蓄意作恶和复仇的人要比阻止他们的人更能锲而不舍。

从罗马贵族和平民的两个机构之间的争执所引发的结果,可以得出几点想法。

首先,国家的权力均衡一旦正式确定,最为危险和愚蠢的做法是对于民众最初的夺权行为做出妥协。这样做通常是为了逃避无理取闹,以获得安宁,或者把妥协当作仅供买卖的商品。这等于拆掉整体去满足一时之需,是江湖庸医的止痛疗法,将带来意想不到的严重后果。迁就孩子,他会顺从满足;稍微迁就一下恋人,他也会满足,不再有其他要求。于是,贵族们希望用小小的让步使民众满足。在整个历史长河中,无论是哪一个公民大会,假如能找出一条例证,说明它在起初夺权时得到了一点点满足就从此安于现状,假如能找出一条例证,说明公民大会曾经清楚提出或宣布他们的权限,那么我们才有希望通过思考、讨论和辩论调整权力均衡。然而,既然所有事实显而易见均非如此,我认为,在稳定的国家里不必要采取其他措施,那些被托付重权之人应该持之以恒,坚定信念,永远不要让步于民众的无理取闹,不要使国家有一丝的裂痕,否则无数的权力滥用和争夺迟早必定强行涌入。

其次,从这种结果不难判定民众侵权的特定等级。国家中决定权力平衡的人可以判定程度,提前采取措施和实际行动,避免致命后果的降临。这些等级在上文中已基本给出,不必在此重复。

再次,(对于公民大会,恕我直言)很难找到某个人只犯一种错误或只有一个缺陷,也很难找到民众代表或民众整体能够完全避免某种错误或缺陷。民众中的人各有各的缺陷,他们可能运气不佳,基本上被其中最差的人所引导和影响,我指的是受人欢迎的演讲家、护民官或今天我们称之为伟大的演讲家、领袖等等之流的人。由此,我们有时可以从民众的表现上发现,他们和任何个人一样报复心切、残忍、恶意和傲慢,一样盲目、顽固和多变,一样狂暴,一样善于施恶、诡辩和欺骗。

最后,所有自由的国度应该避免独裁,即把无限权力仅交给一人、少数人或多数人手中。现在,我们已经证明,希腊罗马的大多数政治变革始于民众的独裁,却通常终于个人的独裁。因此,夺权的民众成了自己的牺牲品,只是受某个人托付的助手和采购员。他们把这个人送上舞台和权力宝座,却换来了自己的毁灭。他们盲目得就像某些昆虫,至死都在为一个强者织锦衣。

五

最近我们的一些公共诉讼和我们仍然深陷其中的错综复杂的派系斗争引发了一些思考,这些思考促成了这篇论文。在打算公布这些例证之前,我早就读到过它们。它们现在仍然保持着我最初接触它们时的样子,因此,我觉得,自己没有扭曲任何一个例证。

临近结尾,我禁不住想有针对性地多说几句,谈论一下本国的当前局势和趋向。

帝国的命运已是老生常谈的话题:所有人类创立的政治形式都如同创立者一样必有灭亡之时,和个人一样只有一定的存在时期。普通人通过学习和观察都会知道这个道理。然而,很少有人想到,加速帝国灭亡的病症是如何产生的,然而,这必将是个有益的探索。我们的确不能延长国家天定的寿命或其注定的生卒日期,这和不能让人类寿命超越精子质量所支持的时间是一个道理,但我们可以调理病体,维护健康的体魄;我们可以小心谨慎,预防不测;我们可以避开外来打击,清除潜伏在体内的病变。这些和其他一些方法虽然不能让国家不朽,却可使其长寿。然而,有些医生认为,若能让体内互相冲突的体液精确地保持平衡,人就可能不朽。同样,若是权力总是能够准确地保持平衡,政体可能也会不朽。但我担心,二者基本上不具有实践性。

多种内外情况一起发生,共同促使国家走向灭亡,此时,全体民众要么愚蠢无知、毫无知觉,要么全身心投入到自我毁灭的运动中去。这就是命数已到的迹象,国家即将走到终点。所有人重复着前人的错误,破坏国家建制;冲突的党派在别的地方毫无共同之处,却在必将导致国家灭亡的措施上结成坚定的同盟。简而言之,外部面临严重威胁,内部因诸多党派的恶意争斗而分崩离析;人们在这种情况下仍悠然自得、毫无察觉,基本没有任何担心。在我看来,这些和其他一些可能提到的情况是由生病状态走向死亡最可靠的症状。

愿掌管事务的命运之神指引我们避开这种命运。
愿理性的思想而非事件本身让人信服。①

有人认为,政权消亡所带来的影响要比其他方面更让人痛心疾首。在我看来,国家终结时,最糟糕的情况是,邻国有个野心勃勃的强大君主像秃鹫一样盘旋在上空,②等待吞食,至少准备肢解它的尸体。也就是说,它仅仅成了某强国的一个省或兼并地区,再没有复生的希望。

我知道,有一群多血质的人会以纨绔子弟的姿态嘲弄和奚落诸如此类的担心。他们张口就来,说英格兰人从禀性和习性上都不容奴役;他们就这个话题有一大堆的陈词滥调。但依我之见,此类辩驳比较短视,只在较小的范围内有效。我认为,在任何时代都把禀性当作有力的论据是个非常大的谬误。在欧洲,几乎找不出哪个地方的居民没有频繁地完全改变他们的习性和禀性。我也看不出有任何理由可以说明,一个民族的禀性为什么在政治上应该更为坚定,而在道德、学问、宗教、情绪、交往、饮食和习性上就可以不那么坚定,而所有这些在每个时代都发生了巨大变化,每一个因素都对

---

① 卢克莱修,《物性论》卷五,行 107-108。
② 指路易十四。

人们的政治观念产生了异乎寻常的影响。

诺曼征服以后,英格兰的权力均衡常常发生变化,有时甚至完全颠倒。民众拥有那部分——关于其来源、进展和范围的争论最为激烈——据他们自己承认仅仅是无足轻重的砝码。总的说来,他们的权力一直在扩大,虽然不断遇到磕磕碰碰、进展缓慢的情况。农奴制的废除以及亨利七世统治时期推行的贵族可以出售土地的规定极大增强了民众的权力。然而,我认为,更能扩大下议院权力的事件发生在亨利七世继任者时期。当时,修道院被解散,占据其中的教会人士被全部赶了出去,代之以民众。没过几年,通过赏赐或购买,这些民众拥有大量地产,其中既有教会的土地,也有其他土地。在我看来,伊丽莎白统治中期,民众与贵族之间的权力比以前和以后都要均衡。但不久出现了一个名叫清教的派别,他们用政治上的共和原则建立新的宗教体系,逐渐开始深入人心。清教徒在六十年内以不同的名义索要特权,进逼贵族,最终颠覆了国家建制。根据此类革新通常的发展规律,他们先是迎来了民众专制,然后是个人专制。①

不久,旧政体得到恢复,但在两位软弱君主近三十年的统治下,②局势发展走了样。此时,权力均衡受到威胁,预将遭到权力之手的颠覆,但最后来了一场革命,及时避免了这个危险。然而,人类天生要从一个极端冲向另一个极端。因此,刚过了几年,我们从君权的巅峰一跃而下掉进民众专制的深渊,我估计,已达到我们体制能够承受的极限。人们当初希望,民众最威严的机构应该想用文书的形式编订自己的权力和特权,然后由整个立法机构批准。若他们愿意,这个过程可以像《大宪章》一样庄严。然而,要把划界圆规的一只脚固定在他们认为合适的地方,再把另一只脚延伸到极远处,却根本画不出圆周,使得我们与他们自己都处于非常不稳定的状

---

① 指克伦威尔(Oliver Cromwell)。
② 指查理二世和詹姆斯二世。

态,有点轮流执政的意味,即使《大洋国》的作者都从未梦想过这样的轮流执政。①我相信,最坚定的保民官目前也不敢斗胆认定,我们有正当的理由担心王权或少数人的侵犯。那么,另外一方可能不犯错么? 我们必须前进多远? 或我们应该在哪里止步? 波涛汹涌的大海和疯狂的民众在圣经中一起出现,②只有上帝可以对其中任一个说:你只可到这里,不可越过。③

一定限度内的权力均衡绝对必要,就连克伦威尔本人在完全实施独裁前,还需要议会装装样子的时候,也被迫设立一个全新的上议院,以抗衡下议院。的确,考虑到陶土土质低劣,我有时想,那个时代的保民官没有哪个胆敢问陶工:你做什么呢?④然而,此时已是民众篡权的最后一步了;命运或克伦威尔已经让他们准备迎接个人独裁了。

从古到今,国内外的重大议事机构有时抛出无知、鲁莽、错误的决议,常常让我感到诧异。这使我意识到,民众的议会也会犯个人所能犯的所有问题、蠢事和邪恶,我刚才也提到了这一点。若想有例外,这样的议会必须一致行动,遵守公共原则,为公众服务;辩论时不要有虚情假意,不受某个领导人或鼓动家的影响;议员不是想方设法说服大多数人同意自己的意见,而是随时准备同意整体上比较明智的决议,虽然它与自己的观点相左。必须承认,无论是什么样的议会,按照这些或诸如此类的方法行动,必定会避免个人易犯的种种过失。然而,我认为,议会在辩论事务时出现的大多数错误或失策来源于个人对于大多数人的影响。用日常语言可以称这些

---

① 斯威夫特曾认真研究过《大洋国》中的乌托邦。其共和派作者哈林顿(James Harrington,1611—1677)是政治俱乐部"轮流"(Rota)里的成员,他们活动于共和国末期,提出的观点之一就是哈林顿的"上议院议员轮流掌权"。
② 《犹大书》13 章。
③ 《约伯记》38:8 – 11。
④ 《以赛亚书》45:9。

人为领袖和党派。因此,我们有时遇到一些词组合在一起,称为议会决议,可能无法认同其是明智之举或为公众谋利,此时最好思考一下,这样的决议由个人头脑酝酿、产生和培育,后来由溜须拍马的党派扶植和支持,接着由所谓的大多数通过惯用的程序批准生效。我们假设由五百人组成的议会,他们的智慧和诚实度鱼龙混杂,议会通常都是如此。我们假设,他们仅仅按照自己或多或少的智慧和理解能力自然而然地提议、辩论、决定和投票。我敢断定,大量难以理解、无效、恶意和愚蠢的开场白可能出现并传播几分钟,但会随即消亡。因为言说必须维护人的利益,一旦人们摆脱习得之见,常识和朴素的理性将永远对他们产生全面影响。愚蠢和缺陷的类型无穷无尽,在每个人身上的表现也千差万别。若没有其他谬误去误导人们的判断,从而误导他们的意志,这些愚蠢和缺陷永远也不能获得大多数人的认可。

要描述议会中如何产生党派,目前是一项过于繁重的任务,可能也不太安全:"可能是危险的任务"。①那些领袖登上高位,是否常常因为其具有某种本能或神秘构造的本性或受到星相的影响,而非具有卓越的能力,可能还需要较多的讨论。然而,一旦领袖确定,就永不缺少追随者。人喜欢模仿,与羊的性格差不多("模仿的人,一群奴性的动物"②)。无论谁第一个(虽然他是人群中最差的一个)大胆一跳,从周围人头上一跃而过,其余的人马上效仿。另外,党派一旦形成,那些散兵游勇就显得非常可笑和无足轻重,他们没办法,只好投奔到群里,这样至少可以得到藏身之处和保护。在群里,要受人重视,唯一的办法是走极端。

然而,关于党派,有一种情况我认为对于国家最为有害。若有党羽在一定程度上支持我,我会很感激。因为克娄狄乌斯(Clodius)和居里奥(Curio)碰巧在某些独特的观念上与我一致,我因此全部

---

① 贺拉斯,《歌集》(*Odes*)卷二;首1,行6。
② 贺拉斯,《书信集》(*Epistles*)卷一,封29,行19。

盲从他们：说得好听一些，经过劝说，忠心耿耿的党员毕布路斯（Bibulus）相信，克娄狄乌斯和克里奥真的把国家利益作为自己的主要目标，因此在实现目标的方式上对他们言听计从。在没有详细调查的情况下，毕布路斯与其他党员说："我同意克娄狄乌斯""我赞同克里奥"。这就行了么？就用这些方法去形成他们认为可以称之为国家共同智慧的东西？在有些情况下，难道克娄狄乌斯不可能变得傲慢无礼？难道强烈的欲望不可能让他变得恶毒和充满仇恨？难道克里奥不可能变得堕落，出卖自己的口舌和文笔？我认为，像奴隶一样追随任何最善于花言巧语的党派是对人的天性和理性的极大侮辱。

无论是在当今民众代表中间，还是在过去的全体民众中间，一个人对一群人的影响似乎同样巨大。这种现象及其对立法的影响使我不断地反思狄奥多洛斯笔下一个叫卡荣达斯（Charondas）的人。作为古意大利锡巴里斯人的立法者，他讨厌一切革新，尤其讨厌个人提出的革新（我想，他可能要使得那些自以为是的人无法通过提出个人方案，任意扰乱国家建制），因此，他通过一条法令：提出革新的任何人必须走出去把绳子缠在脖子上；提出的主张获得一致通过，就应该成为法律，若是没有通过，提出者即刻被绞死。重臣可以随意讨论他们的计划，但我怀疑，是否真能够找到更为有效的方法，（用今天的话说）除去那些不安分的棘手人物，因为他们为满足自己的傲慢、恶谋、野心、虚荣或贪婪，扰乱议会，阻碍公共事务。

近期，有人开始区分个人能力与政治能力。若是用于判断君王，似乎有些道理。我认为，一个人作为履行公共职责的民众代表和他作为日常生活中的普通人之间的差异是世界上最大的差异，基本找不到能出其右者。在日常生活中，他让自己与其他人处在同样的地位，按照自己的理性和方式行事。在言行上，他宁愿显得与众不同，而非鹦鹉学舌地模仿最为明智的邻居。总之，他的愚蠢与智慧，他的理智与情感，都来源于他自身，而非附和或听从别人。然而，他一旦进了议会，就摆出一副全然不同的架势；他认为自己优于外面的人,在其活动的圈子里,人类生活的日常行为规范也失去了作用。他加入了一个党派,既不知道领袖的脾气,也不知道领袖的意图,甚或不知道领袖是谁,但他必须满怀热情、坚定不移地听从和支持领袖的意见,正如修习并信仰某个哲学派别的年轻学者之于该学派的哲学家的观点一样。他没有自己的思想、行动和言谈,所有这一切都由领袖传达给他,像风刮过风琴。营养品在进入他口中之前不仅被咀嚼过,还被消化过。受到这样的教导,他在所有意见上都追随自己的党派,无论对错,养成了顽固地坚持意见的习惯,完全违背了自己的本性。

这使我希望,趁现在神志清醒的时候,①回到家里的议员可以暂时收起习性,在静谧的环境和季节熏陶下,恢复原来沉稳的本性。若能够做到这一点,他们作为个人最好回过头去,稍微看看他们逃避的论战和引起的骚动;想一想他们在英格兰曾经创造的新奇迹——下议院失去了选民的一致支持;②观察一下他们认为应该受到正义审判的那些人如何受到民众的公开拥抱;回忆一下他们面临民众的愤怒时多么担心自己个人的安危。现在,若明白了"主人们"所有史无前例的行为秘密,他们肯定不再认为,这是自由辩论或自由表达的结果,而是违反议会规则,任意将人神共恨的个人凌驾于他们头上的结果。在这样的紧急关头,所有民众似乎睁开了双眼,不愿意再受治于克娄狄乌斯、克里奥及其一帮忠实奴仆,尽管后者人数庞大,还包括自己的代表。

人民反对下议院最近的诉讼是个偶然事件。这件事若能持续久一点,或许可以进一步派上好用场,使得权力更为均衡,从而超出他们最近的措施似乎要达到的目标。这次偶然可以归结为两个原

---

① 1701 年 6 月 24 日,议会休会。

② 1701 年 5 月,肯特的 5 位请愿者精心安排了一次游行,支持威廉三世,反对路易十四,结果遭到监禁,引起轩然大波;辉格党随后大肆宣传笛福《群众请愿书》(*Legion's Memorial*),取得成功,使 5 位请愿人无罪释放。

因。第一个是人们普遍担心和害怕法国的强大和影响,他们整体上都关注此事,当然也有正当的理由,因此,在这个关键时刻,他们不愿意看到政府也就是下议院议员完全坐视不管。另外一个原因是民众对于现任国家非常热爱和感激,因为国王对他们所有合理的要求都给予满足,国王的优秀品行长久以来都有很好的口碑和实践基础,因此,有一段时间,他们开始提起并翻出关于他的一些事例,虽然他在很多事情上基本没插过手。这种情感能持续多久(激情转瞬即逝,民众的激情尤其如此)或它们又带来怎样的后果,答案不久便出。然而,民众的议会一旦缺乏此类阻力,拥有的权力超越了权力均衡所允许的范围,仍会认为所得不够。它打破权力平衡,通过弹劾和与贵族争论企图获取更多的权力。按照事态的正常发展,我看不出,同样的原因在我们这里会产生不同于希腊和罗马的结果。

还有一点我必须加以说明,虽然我想很多人觉得其不可理喻、自相矛盾。几年前,禁止贿选的法案获得通过时,我记得曾对上下两院的一些议员说过,我们很大程度上误信了法案所能带来的后果。关于法案利与弊(仍然需要诸多论证),他们也持有相同的观点。现在看来,我们当初的猜想是正确的。我认为,上一届议会是该法案的第一批结果。①当时与现在的诉讼使得许多人希望在这方面恢复过去的样子。是如此巨变大大超越了当前如此腐败的时代,还是说,按照国人的习惯和天性,相对于选举人自己斟酌决定,贿选还算不上腐败?至少卡图持有第二种观点。据记载,罗马和我们一样处于危急关头时,卡图四处奔走,(我记得)在一次反对恺撒的选举中,向民众散发钱财,呼吁支持庞培。他解释说,是形势和腐败的民众迫使他这样做。这一举动使他完全免于西塞罗的指责,后者曾说,卡图考虑问题和采取行动"仿佛他生活在柏拉图的理想国,而非

---

① 威廉三世的第四届议会从 1698 年 12 月 6 日到 1700 年 12 月 19 日止,通过了几项针对国王的措施。斯威夫特认为国王影响选举具有合法性,并为此辩护。

罗慕路斯的群氓中"。无论如何,有些才能使一个人适于在议会中为国效劳,有些才能使人在讨好民众时游刃有余,二者大不相同,在同一问题上常常没有共同点。就道德而言,二者更是天壤之别。利用民众弱点与虚荣的人是不道德的,这和他利用民众的贪婪具有同样的性质。此外,可以通过所结果实判断两棵树。前者产生一群受人欢迎的人,他们欣赏自己的品行、能力、观点和口才;而贿选似乎最坏也只是不当地维护原来的样子,使得我们的财产在遭受危险时有人保护,但这些保护者将成为最伟大的烈士。从上届和本届议会很容易看出,一些区和郡的代表以前几乎未曾想到会抱此希望。我们从同样的原因在雅典和罗马所产生的结果可以很容易判断,这种方式能走多远,在什么时候流行技艺可以畅行无阻并受人追捧。让爱好猜想的人开动脑筋,若是愿意甚至可以进一步深究细化;我们将始终坚信,只要人们以私利为目的来为公众服务,只要有人声称像真诚的罗马人一样热爱我们的国家就被视为虚情假意、矫揉造作或装腔作势(长久以来,我们的情况即是如此,很可能将保持下去),那么保护财产和国家建制比较安全的办法是,将其托付给那些花了钱才当选的人,而非那些靠对民众溜须拍马而获选的人。①

---

① 最后一段只出现于第一版,以后再版时,被斯威夫特删除。

附 录

评《木桶的故事》*

沃　顿

各位读者,我认为,我已经全面回答了坦普尔爵士的《思考》对于《反思》一文的所有质疑。① 假如他误解我明确提出的问题这种情况不存在,我们必然认定,他是在故意误解;他本打算考察在我看来现代派占有优势的几项,却放弃了,尤其说明了这一点。这种做法的确高明,正如《木桶的故事》的作者所说,"原稿此处缺失",使得我们认为,作者计划作出比较,但偶然情况使其没有完成。坦普尔爵士说:"现代派的辩护者很不情愿地承认古人在诗歌、演讲、绘画、雕塑和建筑方面更为卓越,我接下来要考察现代派辩护者关于有些学科的论证,因为他们断言今人在这些学科上能够胜过古人,主要有工具发明、化学、解剖学、矿物自然史、植物学、动物学、天文学、光学、音乐、物理、自然哲学、语文学和神学。对于所有这些学科,我将作简要的介绍。"这里出现了空白,斯威夫特博士补充道:"按照设想,此处应该比较现代人与古代人在上述学科中所取得的知识,然而,作者是打算亲自完成这部作品,还是仅仅想把它当作对其他人的提示,不得而知。接下来的作品和先前的一样,都是由作者本人书写。"这样的回复方式令人大失所望。在问题的关键之处,手稿却戛然而止;在可以发挥的地方,坦普尔爵士洋洋洒洒。用他

---

* 选自《为〈关于古今学问的反思〉一辩》。

① ［译按］沃顿撰文《关于古今学问的反思》(简称《反思》)反驳坦普尔爵士的《论古今学问》,后者又以《对〈论古今学问〉的评论的若干思考》(简称《思考》)加以反击,但《思考》一文在作者生前没有发表。

自己的话说,"若不是笑话,真是太精彩了";我理所当然地认为,斯威夫特博士得到了明确的指示,出版这份不完整的答复。

出版支离破碎的作品,但该作品的目的在于继续讨论问题,而不是零散的格言警句,亦非一时的想法或不合逻辑的句子。这样出书我鲜有见到。据说模仿了本书,却和本书一样臭名昭著的是《木桶的故事》。据公开消息,斯威夫特博士的一个堂兄即使不是该书的作者,至少也是其编者。书中描写我和本特利博士时用语粗俗,但我认为自己可以有把握地同时向两人作出回应。我们对此事本不屑一顾,但借此机会,对于那些郑重其事的批评,必须给予反驳。

各位,我敢说,与我们两人相关的是书中最无害的部分,主要是让人们笑上半个小时,除此之外没有其他作用。有人若是因为美德善行而受到讥笑,世人会还他们以公正;否则,若是罪有应得,他们应该心平气和地领受。因此,关于我们的所作所为,我们没有时间关心某个人的嘲弄,而是心甘情愿交给公众来评判。然而,与我们两人无关的书的其余部分敌视信仰,粗鄙地戏谑人类所有教派和宗教奉为神圣的一切事物。许多人认为,这种戏谑没什么害处。借助这次难得的机会,我认为最好揭露这部荒唐寓言的危害,指出人们贪婪地购买和阅读的东西隐藏着什么意义。简而言之,在《木桶的故事》里,神和信仰、真理和诚信、学问和勤奋成了儿戏,世上最严肃的事物成了不同的场地布景。

从下面的细节可以看出,这就是那部作品的真正用意。《故事》的主要内容是这样的:"有位男子有三个儿子,是三胞胎。男子既没有购置过也没有继承过地产,在去世时只能给每个儿子买一件新外套。外套将可以让他们在世时保持精神饱满和身体健康,也可以自动加长加宽,因此会总是合身。"《故事》接下来表明,这三个儿子彼得、马丁和杰克意在指代天主教、国教和非国教的新教。有什么能比这样的《故事》更为臭名昭著呢?圣父是耶稣基督,去世时给门徒留下遗嘱或《圣经》,并许诺把永久的幸福给予他们以及他们和后来者应该建起的教会。故事作者让父亲对儿子说:"至于如何穿着和打理外套的每个细节,你们在我的遗嘱(这是我的遗嘱)里都可以找得到详细说明。你们必须严格遵照着去做,对于每次违背或疏忽,我都规定了惩罚,你们未来的命运也全部依赖你们的行为。"他给儿子的外套指代以色列人的外衣,后者由于神的神奇力量,在荒野四十年没有变旧或穿破。① 三胞胎的数字影射三位一体,在与题目相对的空白页上,作者列了一个书目,其中有一本书是《数字 3 礼赞》,"3"(THREE)是全页中唯一一个全部大写的单词。②

随着寓言的展开,我们看到了三位小伙子的放荡生活。他们的情人是女公爵阿尔良(Argent)、狄特尔小姐(Grands Titres)和女伯爵奥尔果依(Orgueil),也就是贪婪、野心和傲慢。古代教父曾猛烈抨击这三宗重罪,认为是它们最先败坏了基督教。兄弟们的外套具有卓越的品质,永穿不烂,使作者有更多的空间制造笑料,用来嘲笑宗教、诚信和良心这些能把人与人联系起来的最强大的纽带。"宗教难道不是披风? 诚实难道不是一双历经风尘的鞋子? 利己难道不是外套? 虚荣难道不是衬衫? 良心难道不是裤子?"最后一种说法又给他一个说下流话的机会,这样的机会他从不错过。

关于衣服的怪念头是他最喜欢的主要想法之一。"人是由两套服饰组合而成的动物,一套自然服饰,一套天国服饰,也就是肉体与精神。""精神每天都要更新和发展。他们用《圣经》上的'我们生活、动作、存留,都在乎他们'去证明它。""在乎他们"(在肉体穿的衣服里)的字眼只能用于创造天地的崇高的神,圣保罗曾用这些话来称呼他。③ 作者就这样讲述着故事。为避免在英格兰遭到指责,他对待彼得和杰克即天主教和狂热派残酷无情,对待代表国教的马

---

① 《申命记》8:4。
② 这里的引用大都来自第一版《木桶的故事》。
③ 《使徒行传》17:28。

丁特别宽容。各位读者,我承认,无论对哪一种拜神方式开玩笑,我都会反感。作者放纵自己,丑化天主教徒和非国教新教徒,不知不觉中可能失去自己的信仰,至少会失去信仰在自己心中的力量。我们还是继续。

《故事》第一部分是彼得的历史,因此揭露的是天主教。众所周知,天主教徒为基督教增添了大量内容。这也正是国教反对他们的重要理由。与此相应,彼得的第一桩恶行是为外套添加肩饰,但"他们父亲的遗嘱非常严格,其主要规定就是,遗嘱中若没有明确的指示,便不准在他们外套上添加或拆去一针一线,否则将给予最严厉的惩罚"。作者对于外套面料的描写超出字面的意义,有着更深刻的含义。"父亲给他们留下的外套布料十分优良,而且做工非常精细,你看了必会认为它们就是一块布,但同时,它们非常简朴,基本没有饰物。"这是基督教的突出特征。"坦诚朴实的基督教"是马尔科利努斯(Ammianus Marcellinus)①的描述,而他自己是个异教徒。天主教徒在《圣经》里找不到想要的东西时,便转向"口传"。我们于是看到,彼得需要找某个词时,若遗嘱里没有构成该词的音节,更没有整个词,便会查找构成该词的所有字母,后来他对这个枯燥的方法也感到不满了,他说:"兄弟,不知你们是否记得,我们小时候曾听有个人转述父亲佣人(这个佣人也是从父亲那里听到的)的话说,他几个儿子只要能挣到钱,就允许他们给自己的外套上添加金饰带。"这种方法后来大大有助于他获取父亲遗嘱中没有明确许可的东西。

我们的故事叙述者展现才华的下一个主题是圣经的诠释。天主教最权威的经书中包含很多荒谬的诠释。三个年轻人希望在外套上添加银色流苏。彼得说(或许是要嘲笑本特利博士和他的批评):"我在一位不知姓名的作家那里曾发现了遗嘱中的这个词 fringe,它也有'扫帚柄'的意思,因此,fringe 在本段中毫无疑问

---

① [译按]马尔科利努斯(330?—390?)罗马历史学家。

应该解释为'扫帚柄'。"这使其中一个兄弟提出了完全不同的意见。"彼得说,你说的有辱宗教神秘。神秘确实非常有用,也非常重要,人们不应过分好奇地去打听或巧妙地去论证。"人们会认为,作者效仿了托兰德(Toland)先生。托兰德每写到"神秘"一词就会让大家大笑;人们都知道,他认为"神秘"只是"无稽之谈"(tale of a tub)。

  罗马教会的画像成为我们的故事叙述者很好的把柄。"兄弟们记得清清楚楚,父亲厌恶给衣服绣上印度的男女和孩子像,还特意写了几段话表达他的痛恨之情;他还说,若三个儿子穿这样的衣服,将永远诅咒他们。"此处的寓意一清二楚。天主教先生禁止人们使用翻译成通俗语言的《圣经》;彼得因此"把父亲的遗嘱锁进从希腊还是意大利带回的一个结实的盒子里"。说出这些国家的名字是因为《新约》是用希腊语写成的;罗马教会里《圣经》的权威版本是用通俗拉丁语写成的,而后者是古代意大利的语言。教皇们曾通过诏书和教令批准了大量的唯利是图的教义;这些教义当前仍然被罗马教会所承认,但《圣经》没有提到过它们,在古代教会那里也闻所未闻。彼得因此"言之凿凿"地宣布,"用白银标识的星点绝对来自父亲之法",于是他们就星点满身了。罗马的主教起初依赖皇帝的照顾而享有特权,最后他们把皇帝赶出首都,伪造君士坦丁大帝的捐赠,以便更好地合理化自己的所作所为。彼得仿效此种行为,"由于欠世人钱财,他获取某个贵族的好感,使后者收留他,并让他教育孩子。贵族不久离开了人世。由于在父亲遗嘱上已有长时间的历练,他挖空心思弄了一个产权转让协议,把住宅转到自己与自己后代名下,由此取得所有权。然后,他把年轻的少爷赶出门外,把自己的兄弟接了进来"。一个治寄生虫特别是脾寄生虫的特效秘方戏弄了苦修和赦罪,按照彼得的处方,这些虫子将在不知不觉中通过出汗从大脑排泄出去。通过耳语室减轻偷听者、医生、老鸨和枢密院官员的痛苦,作者讽刺了附耳告解,担当此任的牧师被描述为驴头。作者把圣水称为万能盐水,"可以用于保存住房、花园、城镇、男人、女人、孩子和牲畜。在这种盐水里,他可以把它们保存得像琥珀里的昆虫一样健健康康"。圣水与普通水仅在仪式上有所不同,因此,我们的故事叙述者说,彼得的盐水在气味和外观上似乎与日常用来保存牛肉、黄油和鲱鱼的普通盐水一模一样,却添加了品珀林品普(pimperlin-pimp)粉末,具有了新特性。故事中点名讽刺了教皇令(Papal Bull),①使得我们清楚地知道叙述者的意思。在彼得的信中,"临终赦罪"和"交钱赎罪"遭到嘲笑。教皇的普遍君主制、三重冠、钥匙和渔人权戒也依次遭到取笑。他傲慢地要求人们亲吻他自己的鞋子也没有逃脱被揭露的命运。彼得把自己的妻子和兄弟的妻子都扫地出门,批评了罗马教士的独身主义。然而,没有什么能比圣餐变体更能让作者感到好笑:彼得把面包变成羊肉,根据教皇的血肉同在教义,也把它变成了酒;作者称之为用"他妈的面包片当羊肉蒙兄弟们"。天主教关于大量圣母乳汁的荒谬说法被他用奶牛的寓言加以取笑,因为这头奶牛一次的产奶量可以供应三千座教堂。彼得满口秽语,把我们救世主在上面受难的十字架说成"他自己父亲遗留下一个老指示牌,②其上的钉子和木头可以建造十八艘军舰"。有人对他谈起轻盈到可以在山上空行驶的中国马车时,他在十一行里骂了四次,说洛雷托的教堂虽然用石头和石灰砌成,却在海洋和陆地上空行驶了两千里格。

各位读者,我就知道你会说,作者这里只是在批评天主教荒唐的捏造;罗马教会通过这些说法欺骗愚昧迷信的民众,骗取他们的钱财;世人长久以来受到奴役,我们的祖先把我们从它的枷锁中拯救出来,为人称颂;因此,罗马教会应当得到揭露,是罪有应得。

先生,我承认所有这些看法都是正确的,但若是伤人一千,自损八百,我是不会做的。国教教义的基石是正确的,它来自上帝。

---

① [译按]指彼得的牛。
② 指耶稣受难的十字架。

在这个基石上,人们认可的教皇们和诸多公会建立起大厦,用的是容易消亡的脆弱材料,用圣保罗的话说,是干草和麦茬。一旦建筑被大火烧毁,基石显露,我们将会看到哪些部分有缺陷。然而,我们的故事叙述者要摧毁的就是基石。对他而言,正如一位玩世不恭的诗人在某个场合所说,一切都是"搞笑",一切都是"长柄勺"。父亲、遗嘱、马丁和彼得、杰克都是故事的一部分,随着司空见惯的荒诞故事开场白"从前"而全部上场。我们被告知,"遗嘱的主要内容是一些关于外套穿着的良好规定",它使彼得疯狂成一个样,使杰克疯狂成另一个样,却使马丁保持清醒,他不慌不忙,仔细地把外套上的饰物拔掉,"下定决心,纠正过去曾犯过的任何错误,他们将来的所有行为都要严格遵照遗嘱中的规定"。这仅是《故事》的一部分,却加重了叙述者的罪过,其从根本上表明,他鄙视基督教的任何事物。

请先生注意,作者若仅仅把天主教或狂热派加以人格化,还情有可原,但事实不是这样。在其他一些地方,他自己为自己代言,把下流无耻和对信仰的敌视均匀地搅和在一起。有哪个基督徒把江湖郎中的舞台、布道坛和梯子放在一起比较的?江湖郎中是公认的骗子,被逼急时,就把舞台拆掉,常常开玩笑地说"人总得活下去"。宣扬上帝之言的牧师与这样的人相提并论,他的布道坛还被称为"空中楼阁"。说这话的不是彼得,也不是杰克,而是作者自己。他一本正经地告诉我们,他得了梅毒,找到他信任的鸨母和医生治疗,效果却适得其反,后来他反思此事时说,由于长时间"没有冒犯神和人",令他"感到难言的舒畅"。

作者在他的散记之一当中亲口说:"图书馆也不会用牢固的黑色链子把书锁起来,然而,一旦时机成熟,这本书为了进入天国可能需要经过炼狱的考验。"在另一篇散记中,我们的作者描述了疯人院里的一个疯子,妻子的放荡行为使他精神失常,像"摩西一样头上长角"。这是通俗拉丁版《圣经》的译法,英文版《圣经》的翻译是,他从山上下来时,"脸上闪闪发光"。① 作者自己声称:"茅房里散发的臭气和神坛上的香气都会变成美妙有益的气体。"这位作者用了很多荒唐的比喻,形容那些从书末(end)的索引获取学问的人。他说:"对人生最好的理解是哲人关于结局(end)的论断。"与《故事》无关的片断②使埃德温爵士用赞美诗来指作者的话"你的话是我脚前的灯,是我路上的光",③指我们的作者自己发明的古怪的黑灯笼;作者在此笨拙地暗示休迪布拉斯(Hudibras)④的精神黑灯笼,这种灯笼只给提灯笼的人照亮,其他任何人无法借光。整个第八节讨论伊奥利亚派,作者在其中讽刺了神灵的启示,处处亵渎神灵,粗野放肆。我若是仅仅复述他的原话,那显得我不关心读者,就像作者不关心公众一样。书名页引用爱任纽的话,似乎是一派胡言,但令人有些诧异的是,引文竟然是古代马尔库斯(Marcus)异端派采用的教导形式。这位拙劣的作者竟然兴高采烈地嘲笑人类一直以来奉为神圣的东西!

因此,他攻击起杰克时,同样肆无忌惮;像先前对待彼得一样,对基督教两面夹攻。非国教新教徒在宗教场合和宗教创作中比国教徒更频繁地使用经文。因此,书中的杰克"在日常言谈和交流中完全采用遗嘱上的用语,把自己的雄辩也限制在那个范围,生怕说错一个遗嘱不许可的字"。有一次内急,他一时想不起《圣经》上的原话,也不愿意用其他语言询问到厕所的路。还有比这儿更亵渎神灵的么? 从被比较的事物上总是可以看出比较者本人的好恶。我们的非国教徒最近在五大要义上追随加尔文教;为取笑救赎预定论,杰克蒙着眼睛穿过几条街道。"在创世前几

---

① 《出埃及记》34:29、30、35。
② [译按]见《论圣灵的机械运转》第二节。
③ 《诗篇》119:105。
④ [译按]17世纪作家巴特勒(Samuel Butler)曾写叙事诗《休迪布拉斯》,讽刺圆颅派、长老派和清教徒。

天,他说,就注定我的鼻子和这根柱子应该有冲突,因此,造化认为应当让我们在同一个时代来到世上,使我们成为同胞和同乡。"这是在直截了当地亵渎神的庄严。"他十分痛恨喧闹的音乐,尤其是风笛声",这是揭露不信国教的人反对在教堂里使用器乐。杰克长得与彼得相像,人们常常将两人认错,而且,他们越是不愿意见到对方,越是经常撞见,这种荒唐可笑的描写持续了几页,表现了我们的非国教徒与天主教徒的一致性,这种一致性在主教史蒂林菲特(Stillingfeet)的《罗马教会的狂热》(*Fananticism of the Church of Rome*)一书中有论述。若非从整体上看故事基于何种原则,而是孤立来看,这一点可能没什么害处。

　　这一点使当今那些反对任何基督教派别的、尖刻邪恶的作品有别于宗教改革时期欧洲各个派别之间的论战作品。尽管过去人们彼此之间的愤怒和恶意与现在一样的强烈,但彼时的人在本性上尚是虔诚的,他们的作品基本上不会促使人们更加憎恨某个派别,基督教因此没有遭到丝毫削弱。然而,现在出现了公敌,露出狰狞的面目,攻击某个派别,从而伤害了整个基督教。《故事》就是如此,它是迄今为止对基督信仰最为亵渎的搞笑作品之一。这种精神贯穿了《故事》《散记》和那部片断的始终。最后这部作品中尤其如此,所有不同寻常的神灵启示在其中都成了他蔑视和嘲弄的对象,虽然在外人看来,只有非国教的新教徒是最为明确的靶子。的确,书商在前言中声称"作者是谁,我全然不知。我也不能断定是否与前两篇的作者是同一人,因为它的原稿是由不同的人在不同的地点交给我的"。这或许是实话,但片断与《故事》具有同样的风格、措辞和精神,我想,没人会怀疑它们出自同一作者之手。若两文的作者不同,那更糟糕,因为这表明,世上有更多的人按照这同一种精神行事。无论作者是一人还是两人,其真面目在片断里更加显露无遗。作者采用驴子驮骑手去天国作比喻。他承认自己的驴子是比喻的用法之后说:"如果您愿意,从此处开始,我们用'天才导师'或'开明导师'代替'驴子'一词,用'狂热听众'或类似意义的词代替'骑手'一词。""解决了这个重大问题之后"（他不无揶揄地说），他要探讨"这位导师用什么方法获得了自己的天才、精神或智慧"。在他看来，狂热是一种普遍的骗术，深入各个国家各个研究领域，任何事物都"包含某个狂热分支"。他认为追求幸福是狂热的一种。《使徒行传》第2章讲到了第一个降灵节，圣灵在我们的救世主升天之后以分叉的火舌形式降临了，这成为作者的笑料之一。在我们非国教教徒的礼拜会上，听众以前在布道时间常常很不适当地戴着帽子。作者因此说："使徒戴着帽子的时候，火舌永远也不会光临他们的头上，这一点显而易见具有说服力。"他用这样可笑的证据证明非国教牧师没有得到神启。作者还直截了当地说："我决定立即铲除人类的这种错误，明确指出，吐露恩赐的神秘行为不过是一门手艺。和其他手艺一样，它也可以通过教育、练习和应用习得。"还有什么比他的精神与肉体之间的跳背游戏更亵渎神灵的呢？此处装腔作势地模仿圣保罗的教义，而非某个派别的诠释；语言仍是妓院用语，间或夹杂着经文，从而构成了作者的风格。有些人由于放荡失去了鼻子，造成鼻塞；我们的非国教教徒以前据说努力地模仿他们发出的鼻音。作者就此评论说："凡人的身躯一旦机能失调、孤寂凄惨、弱不禁风、无法修补，精神则乐意驻扎进去，因为有些无人居住的、摇摇欲坠的房子据说常闹鬼。"作者讲述狂热派时告诉我们，"肉中刺会刺激精神"。这不是在奚落圣保罗么？这位教徒谈及自己受到的诱惑时，明确提及了《以西结书》的一段话。① 在世界上除英国外的任何一个国度，看到自己的信仰受到恶毒的攻击，人们会作怎样的反应？博学的普里多（Prideaux）博士（现为诺里奇教区教长）写过《穆罕默德传》一书，我记得曾读过该书在法国巴黎出版的法文译本。译者在前言中告诉公众，他把《致自然神论者》仍以英文形式附在后面，不翻译，因为他说，我

---

① 《哥林多后书》第7章；《以西结书》28：24。

们的政府不能容忍这样的人,没有毒药就不必要有解毒药。这种情况在法国是否属实与本文目的无关,但它表明,没人敢在哪个国家公开玩弄信仰。穆罕默德的信徒有多么尊重《古兰经》?他们中有人敢公开蔑视他们的先知或取笑先知的法令么?印度商人和其他派别的东印度异教徒又多么不折不扣地崇拜他们的神和神庙?各位,你们清楚地知道,这既不是迷信也不是偏执。信仰的本质在于,给予神的名和言最高程度的尊重,但这本书通过常见的咒骂和随意引用经文嘲弄神的名和言,无论场合可笑程度如何。

  作者或许打算发挥自己的才智,嘲笑在他看来包括本特利博士和我在内的几个学究,娱乐自己,也娱乐读者。《故事》可以这样来解释;众所周知,确有漠不关心的读者作过这样的解释。即便如此,本书同样对人类造成了很大危害。此外,这个借口不能解释那部片断,因为后者针对的不是某个人,至少我看来如此。前不久还在牛津基督教堂学院的金博士非常清楚这一点。有人因为书中的名人而把书放在他家门口,他立刻发表评论,与书的作者彻底撇清干系。他那样做像个基督徒;是基督徒的人若是在书中找不到自己会感到特别不安。这就是斯威夫特先生更应该做的事,因为那是他的职业使然。世人还会觉得奇怪,一个人竟然会在献辞里嘲笑当今他最应该感谢的那位伟人,因为在坦普尔爵士的请求下,时任英格兰掌玺大臣的萨默斯(Sommers)大人为斯威夫特先生谋取了一份非常好的圣职,工作所在地是郡里最怡人的地方,该郡是英格兰最美好的郡之一。据公开的消息说,是他写了这本书。你知道,我既没有编造也没有传播这个消息,因为公众知道这个事已经很久了。若某位牧师被认为写了这部搞笑作品,而他又没有作出澄清,还信仰还他自己一个公道,那么,对信仰的伤害将无法弥补。我说"他自己",因为我真心认为不是他写的。我认为,作者已经去世,该书很可能完成于人们所说的1697年。

各位，无论作者是谁，在离开他之前，我要说，他的机智在很多地方不是他的。他的闹剧中的名字彼得、马丁和杰克借自机智的已故白金汉公爵的一封信，该信论及克利福德的人类理性。彼得对圣餐变体的戏谑来自同一位公爵与一位爱尔兰牧师的谈话，只是在这里，面包变成了羊肉和酒，使戏谑更加粗鲁，而在公爵那里是瓶塞变成了马。但在其他地方，所有的疑问和断言都一模一样。我确信，《圣詹姆斯图书馆里的战争》来自一部法语书，若我没记错的话，是《书的战争》。

先生最忠实的仆人
沃顿
1705 年 5 月 21 日

坦普尔遗著的编辑问题

斯威夫特

《坦普尔爵士和其他大臣书信集》献辞和编者致读者信*

献给尊敬的陛下，
统治英格兰、苏格兰、法国等地的威廉三世

坦普尔爵士的这些信交由我处理，谨献给陛下。

陛下最尽职的子民

斯威夫特

编者致读者信

本书信集的出版得力于勤奋的唐顿（Thomas Downton）先生，在这些信写作的年代，他一直是坦普尔爵士的秘书之一。这对于公众而言是一大幸事，因为书信里记载了信件创作的七年间基督教世界里发生的所有重大协议和谈判，如第一卷中记述的开始于1665年的英荷战争、陛下与明斯特（Munster）主教之间的协定及其后果、①

---

* 发表于1700年。

① ［译按］在英王查理二世许诺援助的情况下，明斯特主教答应从东部进攻荷兰。

1667年法国对佛兰德斯的入侵、西班牙和葡萄牙在国王调停下达成和平协定、①《布雷达条约》、三国同盟②和《亚琛（Aix la Chapelle）和平协定》，第二卷记述了这些同盟带来的各种谈判及同盟本身逐渐走向衰亡的历程、大公夫人的旅行③与死亡、洛林（Lorrain）的被夺、陛下的召回、④坦普尔夫人及其家人乘坐的游船上所表现出的英荷两国之间的第一次敌意⑤以及1672年开始的第二次荷兰战争。

本书信集还收录了一些令人赏心悦目的日常信件。

我在坦普尔爵士的文件中发现了这个集子，因为我在他家度过多年，有机会长期接触这些资料。

我没有其他功劳，只是要保证唐顿先生的书信集抄写不出现问题，信件按照时间先后排列。我还做了一些简单的修订，特别是拉丁语、法语和西班牙语信件。我仔细把它们翻译过来，印在另一栏，以方便不熟悉原语言的读者。译文中若有错误，我自己恐怕应该负担绝大部分责任，其余的责任则由那些乐意帮助我的朋友分担。我只是说法语和拉丁语的翻译；至于西班牙语的翻译，我认为没必要承担责任。⑥

人们普遍认为，这位作者把英语提升到了该语言所能达到的完美程度。然而我认为，没有什么比这些书信更能够表现他作为语言

---

① ［译按］英王查理二世促使两国签订《里斯本条约》。
② ［译按］英格兰、荷兰和瑞典三国在1668年结盟阻止法国扩张。
③ ［译按］查理一世的女儿亨丽埃塔（Henrietta d'Angleterre，1644—1670）嫁到法国，她1670年的英国之行促使英法两国秘密签订了《多佛条约》，其死因当时众说纷纭。
④ ［译按］虽然有三国同盟在先，但查理二世为报前仇，与法国秘密签订《多佛条约》，帮助法国进攻荷兰。1670年8月法军攻占洛林。同年，查理二世把坦普尔爵士从荷兰召回。
⑤ ［译按］这是刻意安排的挑衅事件。1671年8月24日，坦普尔夫人乘坐的游船驶过荷兰舰队，要求对方鸣礼炮，遭到拒绝。虽然坦普尔在国王面前竭力解释，但英国仍视这个事件是对英国的侮辱。
⑥ 西班牙语的信件可能由坦普尔的妹妹所译。

大师的卓越之处。无论收信人是忙人还是闲人，是不拘小节之人还是不苟言笑之人，是才子还是匹夫，书信都会按照他们的身份不同而改变自己的风格。因此，人们可以从书信的风格发现收信人的性格特征。

每一卷的结尾处添加了几封由同一人誊写的信。它们是在这些协议签订中和六年的谈判生涯里国内外要人写给大使坦普尔爵士的信。其中大多来自当时名盛一时的首相德咸特（John de Witt）。这是我所知道的这位首相流传下来的所有作品。

一直以来，人们振振有词地抱怨，我们没能写出优秀的英语书信。为弥补这个缺陷，最近几年一直在从其他语言翻译过来，但我认为成效不大。推荐这类作品的益处多多，其中一个确凿无疑的益处是，只有书信才能真实地叙述历史，讲的都是鲜活的事件，其他叙述讲的都是过去僵死的事件。因此，人们一直认为，西塞罗写给阿提库斯（Atticus）的书信对于那个时代的叙述比其他任何作家的作品都要好。

在本书信集里，读者处处都可以发现作者的感染力和精神气质，但对于国内外的读者而言，最有价值的是：一、基督教世界从那时起到现在所有的和平谈判、和平条约、所有战争和侵略都是基于书信中叙述的情况；二、书信作者在很大程度上亲自参与了这些协议签订和谈判。

我住在作者家里，因此知道，国内外的几位要人三番五次让作者出版那些事件和协议的回忆录（这也是本书信集的主题），特别是关于《三国同盟协定》和《亚琛和平协定》的回忆录，但他常常回复说，他曾写过那些情况和谈判的回忆录，不过全部烧掉了；或许他去世之后，有些文章可能会流出，讲述那些事件。他曾常常告诉我，"有些文章"指的就是这些书信。

作者在世时，我就开始准备将书信整理出版，但一直未能说服作者松口，虽然他也乐意费力修订，指示我整理它们。后来，神喜欢这位虔诚的伟人，把他带到自己身边。让我感到荣幸的是，他把自己的作品托付给我处理。我想,我目前对于祖国或纪念作者所做的最大贡献莫过于把这些书信发表。

通过前言,我只需要提醒读者,在《比利牛斯和平条约》①和陛下1660年顺利恢复王位之后,基督教世界出现一片和平景象(西班牙和葡萄牙之间的余战除外),直到1665年英荷战争爆发,促使陛下与明斯特主教签订协议。本书信集就从这一年开始。

对于我不能亲临现场而出现的印刷错误,还请读者多多包涵。②

《坦普尔爵士文集》* 卷三
编者致读者信和评论

编者致读者信

《论民众的不满》和《论健康与长寿》两篇论文完成时距离作者亡故尚有好多年。作者亲自修订,打算把它们收入文集第三卷;若是他的余生健康状况足够好,他还打算再写些作品添加进去。

至于第三篇论述古今学问之争的文章,我不太清楚它写作的原因是什么,因为我当时身在国外;作者看起来没有完成这篇文章。

其余两篇文章只开了头,本打算论述人生和命运的不同境遇与谈话。我指示把它们与其他文章一起印刷,因为我认为,即使是作者的草稿,很多人都乐意看。

在文集末尾,我收录了作者在三十多年前翻译的维吉尔、贺拉斯和提布卢斯(Tibullus),准确说来是仿作,其中第一首在1679年与维吉尔的其他牧歌一起发表,但没有任何地方提到作者的名字。的确,它们不应当出版发行,但我了解到,流传到国外的几个版本错

---

① [译按]该条约由法国和西班牙在1659年签订。
② 这一句是当时出版业的套话。
* 发表于1701年。

误百出。因此,读者若是在这儿就可以读到,就不会跑到别的地方找那些问题版本,其中可能还有伪托作者写的东西。

评论

[《文集》卷三页 203–287 是《对〈论古今学问〉的评论的若干思考》,坦普尔没有写完。坦普尔在页 230–231 说,他将要考查"现代派辩护者关于有些学科的论证,因为他们断言今人在这些学科上能够胜过古人,主要有工具发明、化学、解剖学、矿物自然史、植物、动物、天文学、光学、音乐、物理、自然哲学、语文学和神学。对于所有这些学科,我将做简要的介绍",但坦普尔没有兑现诺言。作为编者,斯威夫特做以下评论:]

按照设想,此处应该比较现代人与古代人在上述学科中所取得的知识,然而,作者是打算亲自完成这部作品,还是仅仅想把它当作对其他人的提示,不得而知。

接下来的作品和先前的一样,都是由作者本人撰写。

《坦普尔致国王、重臣和其他人的书信合集》*
前言和评注

前 言

这些书信是此类作品的最后一批,作者就此曾给我详细的指示。这些信件由作者本人修订,抄写于作者在世时期,抄写质量很高。我在各个方面都尽可能严格遵循他的指示,但由于出现了不可预见的偶然事件,我认为最好减少篇幅。因此,我抽去了一些信件,因为作者只是由于收信人的职务而非信任对方而与之通信。大量

---

* 发表于 1703 年。

诸如此类的信件来自办公室,通过其他方式(至于这些方式的合理性我就不再追问)已经得到出版。作者的名气给予信件以美名,但长篇累牍地谈论枯燥乏味的公事并不受人欢迎。我若是能够预见到这个行业的末日,我会经过思考,把这些信件藏得更久一些,不让它们问世。然而我每天都听到,新发现的信件原稿匆匆忙忙地被印刷出来。为拦住这股洪流,我被迫提前发表本书信集。因此,我利用这个机会告知读者,作者本人从浩瀚的文书中选出一些书信,合成本集,以作者被从国外召回(回国不到两年就从所有公共事务中隐退)为结尾;这部书信集是作者曾打算出版的最后一部作品。

我若是被巧言令色的书商说服或出于其他小小的考虑,我或许不会减少篇幅,相反,很可能添加大量的内容,这可能是阻止好事者最稳妥的方法。然而,若是出版物必须长篇大论,我宁愿它不是因为我的缘故。因此,我希望利用编者的身份(这个身份容易遭到诸多指责,却无权得到一点荣耀或赞许)再说一句话:若我没有受到别人或自己误导,读者将会发现,本集中的书信没有一封配不上作者,没有一封不包含乐趣或教诲。

《坦普尔致奥蒙德公爵》*评注

[斯威夫特的这条评注出现在《坦普尔致国王、重臣和其他人的书信合集》页 355-356,解释了坦普尔信中下面这句话:"对于陛下,我有特殊的理由(由于距离远,我不能告诉阁下这些理由)相信,他已经完全不期待法国有任何善意的举动,法国将来的任何友好表示都不会欺骗到他。"]

此时,国王和公爵们非常渴望并决心与法国决裂,他们的秘密如下:

为了打破同盟的力量,并避开实现普遍和平的正义条款,法国决

---

* 写于 1678 年 7 月 2 日。

定采取一切办法与荷兰达成单独协议。为此目的,法国必须得到英王的大力帮助,因为无论什么时候,英王只要乐意,就可以被人视为和平之主。大概三四百英镑就达成了协议。一切都谈好了,但法国大使巴里隆(Barillon)先生告诉英国,他接到主子的命令,付款前需要增加一条秘密条款:英王应该保证,英国的常备军永远不得超过 8000 人。这条出人意料的提议使英王大为光火,他说:"疯了,我法国的兄弟竟然这样对待我么?他答应让我做自己国家的最高主子,难道他的诺言就是这个?或者他认为用 8000 人就可以办成那事?"

在钱数和人数上,我可能有点不准确,但故事的主要内容却完全是我从作者那里听到的。

《坦普尔回忆录》第三部* 前言

我十分尊重某些人的意见,完全是按照他们的要求,我才一直没有出版本部作品。他们似乎认为,这些回忆录中有些段落过于坦率,可能冒犯现在仍然在世的人,因为他们参与了本书中所叙述的事件,若传到后世,会影响他们的声誉。该反对意见本身的分量可能值得商榷,但至少对我没有什么影响,在此问题上,我不会受到任何限制,因为我现在的年龄不适于记住那些事务,我也不认识那些提出不良建议或诉讼的人,而且他们现在都已经作古。

的确,作者坦然曝光了不良大臣的缺点和腐败,他也不吝赞扬其他大臣的才干和美德,这在回忆录的不同段落中可以看出来,讲到已故的桑德兰(Sunderland)伯爵时尤其如此。这位伯爵是作者终生的挚友,其子是那位最为博学、最为优秀的大人——现任的国务大臣。公正无私的作者讲到罗切斯特(Rochester)和戈多尔芬(Godolphin)伯爵即现在的财务大臣时也是如此。伯爵当时在内阁中被委以重任,是理所当然的。如今,他再次任这个

---

* 发表于 1709 年。

职务,获得了普遍赞誉,给女王和他本人都增光添彩,对于祖国和整个同盟是一大幸事。

作者在世时出版过一些回忆录。我曾耳闻,当时有两种反对意见。现代出版的回忆录可能也会遭到同样的反对。一、从内容上讲,作者讲自己过多;二、从风格上讲,他矫揉造作地使用法语特有的表达和词汇。

我认为,持有前一种批评意见的人没有认真思考回忆录的性质。(如果我没说错的话,)这种文类主要归功于法国人;坦普尔爵士是第一个,(至少从影响上看)也是唯一曾尝试写回忆录的人。法国回忆录作者都深深参与了自己所描述的事件,无论是战争还是谈判。坦普尔爵士就是这样。因此,在我看来,编者(未经作者的默许就把回忆录发表)给它起了一个错误的书名:基督教世界回忆录。准确来讲,书名应该是《奈梅根(Nimeguen)谈判回忆录》。显然,这也是作者的意思。他在信中告诉儿子,想给他留下一些回忆录,讲一讲自己出使国外时基督教世界发生的事件。他说,那本书中追溯基督教世界的战争,是为接下来叙述那个著名的条约做准备,使读者不会感到突兀。在那场谈判中,作者与詹金斯(Lionel Jenkins)爵士是仅有的持续时间较长的两位大使。作者是第一大使,因此,在能力或声望方面,无论是国内还是国外,两人都没有可比性。作者作为首要的、最受人尊重的调停人,他的回忆录理所当然真实地反映了一般性和平谈判,文中常常提及他自己不仅顺理成章,而且不可避免。这种辩护也可以用于本回忆录,因为在它涉及的绝大部分时间里,国王极其信赖作者。此外,还可以加上一条原因:在第一页的起首,作者用寥寥几行说明,写本回忆录一方面是因为要满足今后朋友的要求,另一方面是因为他现在卸任了,决心以后不再介入公共事务。

至于有些人反对先前回忆录的风格,因为其中处处都是法语词汇和表达,他们应该考虑到,在奈梅根谈判中,所有事务,无论是公文或口头交流,都采用法语;作者在国外任大使多年,在所有公事和私下交流中也使用法语，因此，他以自己的风格写就的关于公共事务的作品不带点法语几乎不可能，虽然在其他作品中几乎找不到法语的影子；他常常对我说，他从不刻意使用法语。因此，既然有人反对先前的回忆录使用法语，他便删除了一些法语词，用英语取而代之，虽然数量可能并不多。

有一点应该令读者知悉，以前仅出版过一部《回忆录》，为什么本书被称为《回忆录》第三部？在那部《回忆录》中，作者开篇提到之前有一部《回忆录》，在结尾处他答应写第三部。第一部主要讲《三国同盟协定》的谈判。在这场谈判中，阿灵顿（Arlington）大人是国务大臣和第一公使。坦普尔爵士常常对我说，他烧掉了那些回忆录；正因为如此，他愿意在死后发表自己在海牙和亚琛担任大使时写的书信，以弥补损失。

促使坦普尔爵士烧毁第一部《回忆录》的原因，或许可以从先前出版的第二部中的几段话推断出来。作者在一处这样写道："在上一部中光芒四射的阿灵顿大人现在失去了所有威望……"他在其他地方告诉我们，阿灵顿大人的使团破坏了三国同盟，支持对荷兰发动战争，主张与法国结盟。简而言之，阿灵顿大人是当时英国采取毁灭性政策的根源。因此，有位内行告诉我一个看起来很可能的原因：坦普尔爵士无法想象，阿灵顿大人在任国务大臣期间本应努力推进著名的三国同盟，受到颂扬，但他却采取了相反措施，去破坏同盟。在本书末尾，我增加了一个附录，其中收录了坦普尔爵士在下议院的演讲和国王就下议院要求通过《排除法案》的答复，二者在回忆录中均有提到。

我只需再告知读者一声，作者亲自修订了书稿，但从页边空白处的一些提示或笔记可以看出，他曾打算在几处添加一些东西。是由于遗忘、疏忽还是健康问题使他未能完成，我不敢确定。他曾欣然告诉我关于琼斯（William Jones）爵士的一段话，我把它放进了附录。其余的我就一无所知了，不过，没有它们，故事的主线依然完好。

图书在版编目（CIP）数据

图书馆里的古今之战/(英)乔纳森·斯威夫特(Jonathan Swift)著；李春长译.--2版.--北京：华夏出版社有限公司，2020.6
（西方传统：经典与解释）
ISBN 978-7-5080-9919-4

Ⅰ.①图… Ⅱ.①乔… ②李… Ⅲ.①散文集－英国－近代 Ⅳ.①I561.64

中国版本图书馆CIP数据核字(2020)第045918号

图书馆里的古今之战

作　　者	[英]乔纳森·斯威夫特
译　　者	李春长
责任编辑	马涛红
责任印制	刘　洋
出版发行	华夏出版社有限公司
经　　销	新华书店
印　　刷	北京汇林印务有限公司
装　　订	北京汇林印务有限公司
版　　次	2020年6月北京第2版 2020年6月北京第1次印刷
开　　本	880×1230　1/32
印　　张	9.75
字　　数	240千字
定　　价	69.00元

华夏出版社有限公司　地址：北京市东直门外香河园北里4号　邮编：100028
网址：www.hxph.com.cn　电话：(010)64663331(转)
若发现本版图书有印装质量问题，请与我社营销中心联系调换。

西方传统：经典与解释
Classici et Commentarii
HERMES
刘小枫○主编

古今丛编

克尔凯郭尔　[美]江思图 著
货币哲学　[德]西美尔 著
孟德斯鸠的自由主义哲学　[美]潘戈 著
莫尔及其乌托邦　[德]考茨基 著
试论古今革命　[法]夏多布里昂 著
但丁：皈依的诗学　[美]弗里切罗 著
在西方的目光下　[英]康拉德 著
大学与博雅教育　董成龙 编
探究哲学与信仰　[美]郝岚 著
民主的本性　[法]马南 著
梅尔维尔的政治哲学　李小均 编/译
席勒美学的哲学背景　[美]维塞尔 著
果戈里与鬼　[俄]梅列日科夫斯基 著
自传性反思　[美]沃格林 著
黑格尔与普世秩序　[美]希克斯 等著
新的方式与制度　[美]曼斯菲尔德 著
科耶夫的新拉丁帝国　[法]科耶夫 等著
《利维坦》附录　[英]霍布斯 著
或此或彼（上、下）　[丹麦]基尔克果 著
海德格尔式的现代神学　刘小枫 选编
双重束缚　[法]基拉尔 著
古今之争中的核心问题　[德]迈尔 著
论永恒的智慧　[德]苏索 著
宗教经验种种　[美]詹姆斯 著
尼采反卢梭　[美]凯斯·安塞尔-皮尔逊 著
舍勒思想评述　[美]弗林斯 著
诗与哲学之争　[美]罗森 著
神圣与世俗　[罗]伊利亚德 著
但丁的圣约书　[美]霍金斯 著

古典学丛编

赫西俄德的宇宙　[美]珍妮·施特劳斯·克莱 著
论王政　[古罗马]金嘴狄翁 著
论希罗多德　[古罗马]卢里叶 著
探究希腊人的灵魂　[美]戴维斯 著
尤利安文选　马勇 编/译
论月面　[古罗马]普鲁塔克 著
雅典谐剧与逻各斯　[美]奥里根 著
菜园哲人伊壁鸠鲁　罗晓颖 选编
《劳作与时日》笺释　吴雅凌 撰
希腊古风时期的真理大师　[法]德蒂安 著
古罗马的教育　[英]葛怀恩 著
古典学与现代性　刘小枫 编
表演文化与雅典民主政制
　[英]戈尔德希尔、奥斯本 编
西方古典文献学发凡　刘小枫 编
古典语文学常谈　[德]克拉夫特 著
古希腊文学常谈　[英]多佛 等著
撒路斯特与政治史学　刘小枫 编
希罗多德的王霸之辨　吴小锋 编/译
第二代智术师　[英]安德森 著
英雄诗系笺释　[古希腊]荷马 著
统治的热望　[美]福特 著
论埃及神学与哲学　[古希腊]普鲁塔克 著
凯撒的剑与笔　李世祥 编/译
伊壁鸠鲁主义的政治哲学
　[意]詹姆斯·尼古拉斯 著
修昔底德笔下的人性　[美]欧文 著
修昔底德笔下的演说　[美]斯塔特 著
古希腊政治理论　[美]格雷纳 著
神谱笺释　吴雅凌 撰
赫西俄德：神话之艺
　[法]居代·德·拉孔波 等著
赫拉克勒斯之盾笺释　罗逍然 译笺
《埃涅阿斯纪》章义　王承教 选编
维吉尔的帝国　[美]阿德勒 著
塔西佗的政治史学　曾维术 编

古希腊诗歌丛编
古希腊早期诉歌诗人 [英]鲍勒 著
诗歌与城邦 [美]费拉格、纳吉 主编
阿尔戈英雄纪（上、下）
[古希腊]阿波罗尼俄斯 著
俄耳甫斯教祷歌 吴雅凌 编译
俄耳甫斯教辑语 吴雅凌 编译

古希腊肃剧注疏集
希腊肃剧与政治哲学 [美]阿伦斯多夫 著

古希腊礼法研究
希腊人的正义观 [英]哈夫洛克 著

廊下派集
廊下派的苏格拉底 程志敏 徐健 选编
廊下派的神和宇宙 [墨]里卡多·萨勒斯 编
廊下派的城邦观 [英]斯科菲尔德 著

希伯莱圣经历代注疏
希腊化世界中的犹太人 [英]威廉逊 著
第一亚当和第二亚当 [德]朋霍费尔 著

新约历代经解
属灵的寓意 [古罗马]俄里根 著

基督教与古典传统
保罗与马克安 [德]文森 著
加尔文与现代政治的基础 [美]汉考克 著
无执之道 [德]文森 著
恐惧与战栗 [丹麦]基尔克果 著
托尔斯泰与陀思妥耶夫斯基
[俄]梅列日科夫斯基 著
论宗教大法官的传说 [俄]罗赞诺夫 著
海德格尔与有限性思想（重订版）
刘小枫 选编
上帝国的信息 [德]拉加茨 著
基督教理论与现代 [德]特洛尔奇 著
亚历山大的克雷芒 [意]塞尔瓦托·利拉 著
中世纪的心灵之旅 [意]圣·波纳文图拉 著

德意志古典传统丛编
论荷尔德林 [德]沃尔夫冈·宾德尔 著

彭忒西勒亚 [德]克莱斯特 著
穆佐书简 [奥]里尔克 著
纪念苏格拉底——哈曼文选 刘新利 选编
夜颂中的革命和宗教 [德]诺瓦利斯 著
大革命与诗化小说 [德]诺瓦利斯 著
黑格尔的观念论 [美]皮平 著
浪漫派风格——施勒格尔批评文集 [德]施勒格尔 著

美国宪政与古典传统
美国1787年宪法讲疏 [美]阿纳斯塔普罗 著

世界史与古典传统
伊丽莎白时代的世界图景 [英]蒂利亚德 著
西方古代的天下观 刘小枫 编
从普遍历史到历史主义 刘小枫 编

启蒙研究丛编
浪漫的律令 [美]拜泽尔 著
现实与理性 [法]科维纲 著
论古人的智慧 [英]培根 著
托兰德与激进启蒙 刘小枫 编
图书馆里的古今之战 [英]斯威夫特 著

政治史学丛编
自然科学史与玫瑰 [法]雷比瑟 著

地缘政治学丛编
克劳塞维茨之谜 [英]赫伯格-罗特 著
太平洋地缘政治学 [德]卡尔·豪斯霍弗 著

荷马注疏集
不为人知的奥德修斯 [美]诺特维克 著
模仿荷马 [美]丹尼斯·麦克唐纳 著

品达注疏集
幽暗的诱惑 [美]汉密尔顿 著

欧里庇得斯集
自由与僭越 罗峰 编译

阿里斯托芬集
《阿卡奈人》笺释 [古希腊]阿里斯托芬 著

色诺芬注疏集
居鲁士的教育 [古希腊]色诺芬 著

色诺芬的《会饮》　[古希腊]色诺芬 著

柏拉图注疏集
立法与德性——柏拉图《法义》发微　林志猛 编
柏拉图的灵魂学　[加]罗宾逊 著
柏拉图书简　彭磊 译注
克力同章句　程志敏 郑兴凤 撰
哲学的奥德赛——《王制》引论　[美]郝兰 著
爱欲与启蒙的迷醉　[美]贝尔格 著
为哲学的写作技艺一辩　[美]伯格 著
柏拉图式的迷宫——《斐多》义疏　[美]伯格 著
哲学如何成为苏格拉底式的　[美]朗佩特 著
苏格拉底与希琵阿斯　王江涛 编译
理想国　[古希腊]柏拉图 著
谁来教育老师　刘小枫 编
立法者的神学　林志猛 编
柏拉图对话中的神　[法]薇依 著
厄庇诺米斯　[古希腊]柏拉图 著
智慧与幸福　程志敏 选编
论柏拉图对话　[德]施莱尔马赫 著
柏拉图《美诺》疏证　[美]克莱因 著
政治哲学的悖论　[美]郝岚 著
神话诗人柏拉图　张文涛 选编
阿尔喀比亚德　[古希腊]柏拉图 著
叙拉古的雅典异乡人　彭磊 选编
阿威罗伊论《王制》　[阿拉伯]阿威罗伊 著
《王制》要义　刘小枫 选编
柏拉图的《会饮》　[古希腊]柏拉图 等著
苏格拉底的申辩（修订版）　[古希腊]柏拉图 著
苏格拉底与政治共同体　[美]尼柯尔斯 著
政制与美德——柏拉图《法义》疏解　[美]潘戈 著
《法义》导读　[法]卡斯代尔·布舒奇 著
论真理的本质　[德]海德格尔 著
哲人的无知　[德]费勃 著
米诺斯　[古希腊]柏拉图 著
情敌　[古希腊]柏拉图 著

亚里士多德注疏集
《诗术》译笺与通绎　陈明珠 撰
亚里士多德《政治学》中的教诲　[美]潘戈 著
品格的技艺　[美]加佛 著
亚里士多德哲学的基本概念　[德]海德格尔 著
《政治学》疏证　[意]托马斯·阿奎那 著
尼各马可伦理学义疏　[美]伯格 著
哲学之诗　[美]戴维斯 著
对亚里士多德的现象学解释　[德]海德格尔 著
城邦与自然——亚里士多德与现代性　刘小枫 编
论诗术中篇义疏　[阿拉伯]阿威罗伊 著
哲学的政治　[美]戴维斯 著

普鲁塔克集
普鲁塔克的《对比列传》　[英]达夫 著
普鲁塔克的实践伦理学　[比利时]胡芙 著

阿尔法拉比集
政治制度与政治箴言　阿尔法拉比 著

马基雅维利集
君主及其战争技艺　娄林 选编

莎士比亚绎读
莎士比亚的历史剧　[英]蒂利亚德 著
莎士比亚戏剧与政治哲学　彭磊 选编
莎士比亚的政治盛典　[美]阿鲁里斯/苏利文 编
丹麦王子与马基雅维利　罗峰 选编

洛克集
上帝、洛克与平等　[美]沃尔德伦 著

卢梭集
论哲学生活的幸福　[德]迈尔 著
致博蒙书　[法]卢梭 著
政治制度论　[法]卢梭 著
哲学的自传　[美]戴维斯 著
文学与道德杂篇　[法]卢梭 著
设计论证　[美]吉尔丁 著
卢梭的自然状态　[美]普拉特纳 等著
卢梭的榜样人生　[美]凯利 著

莱辛注疏集
汉堡剧评 [德]莱辛 著
关于悲剧的通信 [德]莱辛 著
《智者纳坦》（研究版） [德]莱辛 等著
启蒙运动的内在问题 [美]维塞尔 著
莱辛剧作七种 [德]莱辛 著
历史与启示——莱辛神学文选 [德]莱辛 著
论人类的教育 [德]莱辛 著

尼采注疏集
何为尼采的扎拉图斯特拉 [德]迈尔 著
尼采引论 [德]施特格迈尔 著
尼采与基督教 刘小枫 编
尼采眼中的苏格拉底 [美]丹豪瑟 著
尼采的使命 [美]朗佩特 著
尼采与现时代 [美]朗佩特 著
动物与超人之间的绳索 [德]A.彼珀 著

施特劳斯集
论僭政（重订本） [美]施特劳斯 [法]科耶夫 著
苏格拉底问题与现代性（增订本）
犹太哲人与启蒙（增订本）
霍布斯的宗教批判
斯宾诺莎的宗教批判
门德尔松与莱辛
哲学与律法——论迈蒙尼德及其先驱
迫害与写作艺术
柏拉图式政治哲学研究
论柏拉图的《会饮》
柏拉图《法义》的论辩与情节
什么是政治哲学
古典政治理性主义的重生（重订本）
回归古典政治哲学——施特劳斯通信集
苏格拉底与阿里斯托芬

* * *

施特劳斯的持久重要性 [美]朗佩特 著
论源初遗忘 [美]维克利 著

政治哲学与启示宗教的挑战 [德]迈尔 著
阅读施特劳斯 [美]斯密什 著
施特劳斯与流亡政治学 [美]谢帕德 著
隐匿的对话 [德]迈尔 著
驯服欲望 [法]科耶夫 等著

施米特集
宪法专政 [美]罗斯托 著
施米特对自由主义的批判 [美]约翰·麦考米克 著

伯纳德特集
古典诗学之路（第二版） [美]伯格 编
弓与琴（重订本） [美]伯纳德特 著
神圣的罪业 [美]伯纳德特 著

布鲁姆集
巨人与侏儒（1960-1990）
人应该如何生活——柏拉图《王制》释义
爱的设计——卢梭与浪漫派
爱的戏剧——莎士比亚与自然
爱的阶梯——柏拉图的《会饮》
伊索克拉底的政治哲学

沃格林集
自传体反思录 [美]沃格林 著

大学素质教育读本
古典诗文绎读 西学卷·古代编（上、下）
古典诗文绎读 西学卷·现代编（上、下）

中国传统：经典与解释
Classici et Commentarii
刘小枫 陈少明◎主编

《孔丛子》训读及研究 /雷欣翰 撰
论语说义 [清]宋翔凤 撰
周易古经注解考辨 /李炳海 著
浮山文集 [明]方以智 著
药地炮庄 [明]方以智 著
药地炮庄笺释·总论篇 /[明]方以智 著

青原志略 / [明]方以智 编
冬灰录 / [明]方以智 著
冬炼三时传旧火 / 邢益海 编
《毛诗》郑王比义发微 / 史应勇 著
宋人经筵诗讲义四种 / [宋]张纲 等撰
道德真经藏室纂微篇 / [宋]陈景元 撰
道德真经四子古道集解 / [金]寇才质 撰
皇清经解提要 / [清]沈豫 撰
经学通论 / [清]皮锡瑞 著
松阳讲义 / [清]陆陇其 著
起凤书院答问 / [清]姚永朴 撰
周礼疑义辨证 / 陈衍 著
《铎书》校注 / 孙尚扬 肖清和 等校注
韩愈志 / 钱基博 著
论语辑释 / 陈大齐 著
《庄子·天下篇》注疏四种 / 张丰乾 编
荀子的辩说 / 陈文洁 著
古学经子 / 王锦民 著
经学以自治 / 刘少虎 著
从公羊学论《春秋》的性质 / 阮芝生 撰

现代人及其敌人
海德格尔与中国
共和与经纶
现代性与现代中国
现代性社会理论绪论
诗化哲学 [重订本]
拯救与逍遥 [修订本]
走向十字架上的真
西学断章

编修 [博雅读本]
凯若斯：古希腊语文读本 [全二册]
古希腊语文学述要
雅努斯：古典拉丁语文读本
古典拉丁语文学述要
危微精一：政治法学原理九讲
琴瑟友之：钢琴与古典乐色十讲

译著
普罗塔戈拉（详注本）
柏拉图四书

刘小枫集

民主与政治德性
昭告幽微
以美为鉴
古典学与古今之争 [增订本]
这一代人的怕和爱 [第三版]
沉重的肉身 [珍藏版]
圣灵降临的叙事 [增订本]
罪与欠
儒教与民族国家
拣尽寒枝
施特劳斯的路标
重启古典诗学
设计共和

经典与解释辑刊

1. 柏拉图的哲学戏剧
2. 经典与解释的张力
3. 康德与启蒙
4. 荷尔德林的新神话
5. 古典传统与自由教育
6. 卢梭的苏格拉底主义
7. 赫尔墨斯的计谋
8. 苏格拉底问题
9. 美德可教吗
10. 马基雅维利的喜剧
11. 回想托克维尔
12. 阅读的德性
13. 色诺芬的品味
14. 政治哲学中的摩西
15. 诗学解诂
16. 柏拉图的真伪
17. 修昔底德的春秋笔法
18. 血气与政治
19. 索福克勒斯与雅典启蒙
20. 犹太教中的柏拉图门徒
21. 莎士比亚笔下的王者
22. 政治哲学中的莎士比亚
23. 政治生活的限度与满足
24. 雅典民主的谐剧
25. 维柯与古今之争
26. 霍布斯的修辞
27. 埃斯库罗斯的神义论
28. 施莱尔马赫的柏拉图
29. 奥林匹亚的荣耀
30. 笛卡尔的精灵
31. 柏拉图与天人政治
32. 海德格尔的政治时刻
33. 荷马笔下的伦理
34. 格劳秀斯与国际正义
35. 西塞罗的苏格拉底
36. 基尔克果的苏格拉底
37. 《理想国》的内与外
38. 诗艺与政治
39. 律法与政治哲学
40. 古今之间的但丁
41. 拉伯雷与赫尔墨斯秘学
42. 柏拉图与古典乐教
43. 孟德斯鸠论政制衰败
44. 博丹论主权
45. 道伯与比较古典学
46. 伊索寓言中的伦理
47. 斯威夫特与启蒙
48. 赫西俄德的世界
49. 洛克的自然法辩难
50. 斯宾格勒与西方的没落
51. 地缘政治学的历史片段
52. 施米特论战争与政治
53. 普鲁塔克与罗马政治
54. 罗马的建国叙述
55. 亚历山大与西方的大一统
56. 马西利乌斯的帝国